Silence de mort

CHRYSTINE BROUILLET

Silence de mort

www.quebecloisirs.com

UNE ÉDITION DU CLUB QUÉBEC LOISIRS INC.
© Avec l'autorisation des éditions de la courte échelle inc.
© 2008, les éditions de la courte échelle inc.
Dépôt légal — Bibliothèque et Archives nationales du Québec, 2008
ISBN Q.L. 978-2-89430-884-4
Publié précédemment sous ISBN 978-2-89651-062-7

Imprimé au Canada

*Pour leur aide précieuse et
leur constante amitié, l'auteure tient à
remercier Jacques Gagné, François Julien,
Gilles Langlois et Isabelle Richer.*

À mon cher neveu François

Nous faisons nos amis,
nous faisons nos ennemis,
mais Dieu fait notre voisin.

G.K. CHESTERTON

Chapitre I

Victor Duchesne venait de se réveiller et il regardait ses mains ; elles auraient dû être douloureuses mais il ne souffrait pas. Il ne savait pas si c'était l'effet de l'adrénaline ou parce qu'il avait fumé du bon stock après avoir donné une petite leçon à Fabien Marchand. Ou s'il avait rêvé. Non, il ne rêvait pas, il ne se souvenait pas de chaque seconde, tout s'était passé trop vite, mais il se rappelait parfaitement le son sourd de ses poings quand il frappait Marchand, ses cris, puis ses gémissements. Il avait savouré chaque instant, répétant à Marchand qu'il n'était qu'un trou du cul, que personne n'avait le droit de jouer dans ses plates-bandes. Si Frank Potvin n'était pas intervenu quand Marchand avait perdu conscience, il serait encore à le battre, tellement il avait aimé la sensation de puissance qu'il avait ressentie. À cause du bruit des os fracturés. Duchesne avait eu l'impression qu'il n'avait jamais entendu aussi distinctement ce son particulier.

Frank Potvin l'avait arraché à Marchand, l'avait entraîné, poussé vers sa moto avant de faire démarrer la sienne. Il ne servait plus à rien de traîner dans le coin. Ils devaient rouler, rentrer chez eux.

Victor Duchesne agita ses mains, les pliant, les dépliant ; est-ce qu'elles enflaient ? Il regarda autour de lui. Où était-il ? Sûrement pas dans sa chambre à Stoneham. Il y avait une fenêtre dans sa chambre, une belle grande fenêtre qui donnait sur une cour immense. Il n'y avait pas de fenêtre là où il se trouvait. Il n'était pas couché non plus sur son lit. Où était-il ? Il sentit la bile remonter dans sa gorge alors qu'il prenait conscience de l'odeur d'urine de la cellule. Il était en cellule. Que faisait-il là ? Il n'y avait personne sur les berges de la Saint-Charles quand il avait battu Marchand. Ça, il s'en souvenait. Frank le couvrait. Où était Frank ? Que s'était-il passé ? Il tituba jusqu'à la porte, tambourina pour qu'on lui ouvre. Il voulait rentrer chez lui. Tout de suite.

Il y retourna dix heures plus tard. Entre-temps, il avait appris qu'on l'avait arrêté pour excès de vitesse sur le boulevard des Chutes, que son comportement avait paru suspect, erratique aux patrouilleurs qui l'avaient appréhendé et qui avaient trouvé deux joints dans les poches de son blouson de cuir. C'était René Lalonde, l'avocat de son père, qui le lui avait dit en venant le chercher. Il lui avait aussi dit que Louis Fournier était vraiment furieux d'avoir dû solliciter ses services. Et maintenant, après avoir tant souhaité rentrer à la maison, Victor redoutait la colère de Louis Fournier. Il ne pourrait pas lui expliquer pourquoi il roulait si vite sur le boulevard des Chutes, il n'en savait rien. Tout ce qu'il savait, c'est que son père l'engueulerait, hurlerait que s'il se plantait avec sa moto, il ne lui en achèterait certainement pas une autre. Ça ne lui avait pas suffi de bousiller une Harley, l'année précédente ? Sa mère s'en mêlerait, gémirait qu'il finirait par se tuer. Tout le monde crierait, alors que Victor n'aspirait qu'à une chose, fumer un joint pour se détendre et oublier cette nuit en cellule. Il regrettait de ne pas pouvoir révéler à son père qu'il avait corrigé Fabien Marchand. Il aurait dû être fier de lui, fier qu'ils se ressemblent, et le féliciter de ne pas s'être laissé marcher sur les pieds, mais Louis Fournier le frapperait s'il apprenait qu'il dealait. Il le frapperait en hurlant qu'il lui donnait assez d'argent pour qu'il n'ait pas besoin de se livrer à ce trafic imbécile. Pourquoi ne s'apercevait-il pas qu'il avait vieilli, qu'il n'était plus un gamin à qui on peut tout interdire ? Il ne saisissait pas encore que Victor pouvait être un fameux bras droit.

Repenser aux cris, aux supplications de Fabien Marchand, à l'image de son ennemi recroquevillé pour échapper à ses coups rasséréna Victor. Quand on saurait ce qui lui était arrivé, plus personne n'oserait empiéter sur le territoire de Vic Duchesne. Seul son père s'entêterait à ne pas comprendre qu'il veuille gagner de l'argent. Au lieu de ça, Fournier le forçait à étudier, il voulait qu'il se rende aux HEC. Alors que lui-même n'avait pas fini son cinquième secondaire.

Vic alluma une cigarette, nota que le bout de ses doigts était encore sombre, même s'il s'était lavé les mains pour faire disparaître l'encre qui avait servi à prendre ses empreintes. Heureusement qu'il avait dix-sept ans, son dossier serait effacé à sa majorité. C'était presque certain, d'après maître Lalonde. Et puisque ce dernier le représentait, il n'avait rien à craindre ; son père n'engageait jamais des « deux de pique ». C'était juste un mauvais quart d'heure à passer. Le pire qu'il pouvait arriver, c'est que son père le prive de sa moto pendant un bout de temps. Jusqu'à ce que sa mère se lasse de le conduire en ville. La sanction serait vite levée.

* * *

13

Louis Fournier et Jacques Gauthier regardaient Anthony Nantel s'éloigner vers la rue Cartier, quasi déserte après un orage violent. Ils fumaient une cigarette devant un bar de Grande-Allée, où les lumières décoratives et les enseignes des restaurants donnaient un air de vacances même si les terrasses étaient vides. Des serveurs s'affairaient à essuyer les chaises et les tables qui seraient prises d'assaut dans moins d'une heure, maintenant que les nuages s'étaient dispersés.

— Penses-tu que Nantel deale avec quelqu'un d'autre ?

— Il a beaucoup d'ambition…

— Assez pour essayer de nous fourrer ?

— Je ne sais pas, dit Fournier. Nantel n'avait pas l'air trop nerveux. Il nous regardait droit dans les yeux.

— Il est peut-être aussi bon menteur que bon vendeur.

— On n'a pas de preuves que c'est lui…

— On s'en débarrassera, s'il le faut.

Ils retournèrent à l'intérieur du bar pour terminer leur bière. Fournier taquina la serveuse en commandant un scotch, tenta de savoir à quelle heure elle finissait de travailler.

— Tu n'arrêtes jamais, hein ? dit Gauthier. Il n'y a pas une fille avec qui tu ne veux pas coucher.

— Celle-là est à mon goût en crisse ! Elle a tout ce qu'il faut aux bonnes places.

Il gonfla la poitrine en riant.

— Sauf qu'on a promis à Lortie d'être chez lui dans une heure. Il avait l'air content.

— Avec tout ce qu'il a fait planter, il peut être de bonne humeur. Ce champ-là va nous rapporter plus que tous les autres réunis. À condition de ne pas avoir de problèmes avec les bœufs et leurs maudits hélicoptères…

Fournier but une gorgée de bière, soupira ; s'il fallait qu'on découvre les plantations, qu'on les détruise…

— Pourquoi on aurait des problèmes ? protesta Gauthier. Tu es un honnête restaurateur. On a pris nos précautions. Bois ta bière au lieu de stresser.

— J'aurais besoin de descendre une caisse de douze pour oublier les câlices de niaiseries de Vic ! Je veux qu'il étudie les affaires, le business, qu'il nous serve à quelque chose. Je lui ai payé les meilleures écoles…

— Il a fait un excès de vitesse. Ça arrive à tout le monde.

— Une chance qu'il porte le nom de sa mère. On ne fera peut-être pas le lien avec moi.

— Et après ? T'es un bon citoyen, propriétaire d'une chaîne de restaurants. Tu paies même des impôts ! Et Vic n'avait pas de dope sur lui, c'est ce que tu m'as dit ?

— Juste deux joints. Mais il avait bu.

— C'est rien ! Vraiment rien. Ton gars a été malchanceux, c'est tout. Dis-moi que t'as jamais conduit trop vite.

Fournier haussa les épaules, répéta qu'il ne devait pas se faire remarquer. Que ce n'était pas le moment. Ou alors, ça dépendait par qui, corrigea-t-il en voyant revenir la serveuse. Elle lui adressait un large sourire qui l'encouragea à insister ; à quelle heure pouvait-il venir la chercher ?

— Je finis à minuit s'il n'y a pas trop de clients.

— Minuit, c'est une belle heure pour boire un verre…

Pendant que Fournier baratinait la serveuse, Gauthier, lui, s'étonnait de la facilité avec laquelle il séduisait les femmes. Il était tout sucre, tout miel avec elles. Elles riaient, gloussaient, se tortillaient. Comment auraient-elles réagi si elles avaient su que Fournier avait tué deux hommes en leur enfonçant des ciseaux dans les yeux ? Tout le monde le connaissait à Montréal dans le milieu.

Les enquêteurs aussi. Que Fournier n'ait été arrêté qu'une fois dans sa vie, pour extorsion et vol à main armée, puis relâché à cause d'un vice de procédure tenait du miracle. Mais Gauthier n'aurait jamais osé dire à Fournier qu'il avait une chance de cocu : cocu, il ne le serait jamais. Si lui pouvait tromper sa femme, l'inverse était impensable, et Annie Duchesne en était parfaitement consciente.

— Je reviens tantôt, promit Fournier à la serveuse. Ne m'oublie pas !

Gauthier rangea son paquet de cigarettes dans la poche de son blouson tandis que Fournier laissait de l'argent sur la table. Gauthier vit quelques billets de dix, c'était beaucoup pour quatre bières et un scotch. Il fallait toujours que son ami d'enfance se montre grand seigneur. Parfois, il exagérait vraiment. Avec son fils, par exemple, à qui il donnait tout ce qu'il voulait. Il ne se rendait pas compte que Vic était un imbécile, incapable de réfléchir. Gauthier était persuadé que Vic n'apporterait que des ennuis à son père. Il était trop capricieux, trop impulsif. Encore heureux que Jennifer soit si différente de lui. C'était bête ; c'est elle qui aurait dû ressembler à sa mère au lieu de Victor, mais c'est lui qui avait hérité de la beauté d'Annie. Et Jennifer de l'intelligence de Louis Fournier. Elle savait donc qu'elle était moche. Et Vic s'imaginait qu'il était futé. Les cartes avaient été mal distribuées. Jacques Gauthier se reprocha d'avoir pris la défense de Victor ; il aurait dû en profiter pour mettre Fournier en garde contre son fils.

* * *

Le soleil éclairait le parc Montmorency où Élian s'était assis pour manger un sandwich au beurre d'arachide. Il avait tellement venté que les bancs avaient séché rapidement après l'orage. L'adolescent regardait des touristes qui descendaient Côte-de-la-Montagne après avoir dévalé l'escalier Frontenac ; deux garçons et trois filles qui parlaient assez fort pour qu'Élian les entende. Il ne comprit pas tout ce qu'ils disaient, ils s'exprimaient trop vite. Il y avait une différence entre les conversations menées durant les cours d'anglais à l'école et les bribes de discussions entendues dans la rue. Élian avait pourtant fait beaucoup d'efforts pour améliorer ses notes en anglais ; il voulait être bilingue car c'était indispensable pour voyager. Il était déjà allé en Floride avec sa mère et Simon, celui qui se présentait comme son beau-père alors qu'il n'était même pas marié avec Laura.

Élian remballa le reste de son sandwich, résista à la tentation d'en offrir aux écureuils qui s'étaient approchés de lui. Puisqu'il ne rentrerait pas à la maison ce soir-là ni le suivant, il ne devait pas gaspiller ses vivres. Il n'avait que quatre-vingts dollars sur lui pour se rendre jusqu'à Rimouski. Le trajet en autobus coûtait trente-sept dollars. Il faudrait qu'il dépense ses économies avec prudence. Élian se dirigea vers les remparts ; il allait descendre vers le port par la côte de la Canoterie pour admirer les voiliers et le bateau de croisière qui mouillait en face du Musée de la civilisation. Dans *Le Soleil*, il avait lu qu'il y avait deux cinémas sur ce paquebot qui mènerait les voyageurs jusqu'en Alaska. Lui aussi irait un jour en Alaska. Il ne put résister à l'envie d'enfourcher un des canons de la rue des Remparts après l'avoir examiné avec soin ; il était difficile de croire que ces vieilleries pouvaient cracher des boulets jusqu'au fleuve, éventrer les navires ennemis. Il regrettait cette époque où les gens se battaient pour les pays qu'ils avaient découverts.

Aujourd'hui, les hommes devaient se rendre dans l'espace pour être les premiers à fouler un sol inconnu. Au pied de la côte, il entendit des exclamations. Il reconnut les touristes qu'il avait aperçus plus tôt. Ils se disputaient en regardant un plan de Québec, les filles indiquaient la côte Haldimand et les garçons secouaient la tête en tapotant le plan. La plus belle des deux blondes poussa un long soupir avant d'apercevoir Élian.

— *Eh ? Come on ! Do you know where is the mall ?*

— *The mall ?* Ah ! Le mail Saint-Roch ?

La blonde lui sourit. Oui, c'était ça, le mail Saint-Roch. Élian tenta de lui expliquer, mais il finit par lui faire signe de le suivre. Les autres emboîtèrent le pas et ils marchèrent jusqu'au parc Saint-Roch où Élian les prit en photo devant les cascades d'eau, à l'intérieur du kiosque. Les filles répétaient que c'était *so nice* tandis que les garçons s'affalaient sur les bancs du parc, ouvraient leurs sacs à dos, en tiraient des sandwichs, en offraient à Élian.

— *You're like my little brother. What's your name ?*

— Élian. *And you ? Where are you from ?*

— *Toronto*, répondit Nelson. *I'm Debbie's cousin.*

Élian sourit ; il était un peu déçu que Nelson soit Ontarien. C'était moins exotique que s'il venait de Los Angeles.

Debbie se présenta, puis Mark, Dorothy et Diana. Ils vivaient à Montréal et parlaient un peu français, mais Élian était fier de leur répondre en anglais.

— *You're our guide, now. O.K. ?* proposa Debbie.

Élian hocha la tête en examinant le plan de Québec de Nelson ; ils voulaient se promener dans Saint-Roch avant de gagner la gare d'autobus. Ils avaient rendez-vous là avec des amis qui étaient arrivés à Québec avant eux.

Quand Nelson lui apprit qu'ils partaient à Rimouski, Élian se mit à rire ; c'était sa destination. Il leva le bras, ouvrant la paume, la frappant contre celle de Nelson ; il avait trouvé des compagnons de voyage. C'était encore plus simple qu'il l'avait espéré. Il balada ses nouveaux copains rue Saint-Joseph avant de les ramener à la gare. Il téléphonerait de Rimouski le lendemain pour avertir Laura de ne pas s'inquiéter pour lui. Elle serait furieuse, mais elle ne demanderait sûrement pas à son ex-belle-sœur de lui renvoyer Élian le jour même. Il pourrait passer la fin de semaine à Rimouski, s'amuser un peu. Tant pis si ça chauffait quand il rentrerait à Québec.

* * *

Maud Graham regardait les photos prises la veille à l'hôpital. Elle aurait dû être à la maison, mais elle ne parvenait pas à quitter son bureau. Comme si, à force d'examiner les photos de Fabien Marchand, à force de scruter ses blessures, elle allait deviner le nom de ses bourreaux. On avait découvert le jeune Marchand au bord de la rivière Saint-Charles, inanimé. À l'urgence de l'Hôtel-Dieu, on ne pouvait dire aux enquêteurs à quel moment l'adolescent reprendrait conscience. Ni même s'il se réveillerait un jour. C'était Graham qui s'était chargée d'avertir les parents de la victime, qui les avait rejoints à l'hôpital où elle avait bien vu qu'ils étaient dépassés par les événements. Qui avait battu Fabien ? Pourquoi ? Quand ?

Graham ne pouvait répondre qu'à cette dernière question. Fabien avait été agressé vers une heure vingt le matin du sept juin, si on se fiait à l'heure qu'indiquait sa montre brisée. On avait trouvé un sachet de comprimés et cent grammes de pot dans les poches de sa veste de jean. Est-ce qu'il dealait depuis longtemps ?

Pierre Marchand avait protesté. Son fils fumait un joint à l'occasion, peut-être un peu plus ces dernières semaines. Il l'avait d'ailleurs sermonné à ce propos, mais de là à prétendre qu'il vendait de la drogue…

— Tu comptes passer la nuit ici ? demanda Rouaix à Graham.

Elle agita les photographies.

— As-tu vu ça ? Son corps est couvert de bleus. On lui a fracturé le bras gauche et trois côtes. Mais le pire, ce sont les coups sur la tête et dans le dos. Il a protégé son visage avec ses mains et c'est l'arrière de la tête qui a trinqué. Jusqu'où vont-ils aller ?

— Jusqu'au meurtre, voyons. Pourquoi s'arrêter en si bon chemin ?

— As-tu hâte de prendre ta retraite ?

André Rouaix haussa les épaules ; même à la retraite, il continuerait à lire les journaux, il saurait ce qui se passait à Québec et dans le monde.

— J'ai lu que notre époque n'est pas plus violente que d'autres, commença-t-il. Mais dans notre métier, c'est difficile d'y croire. Ce garçon-là a quinze ans, trois poils au menton.

— Presque l'âge de Maxime. Ça pourrait arriver à Maxime.

— Tu crois qu'il consomme ?

— Il a déjà fumé, c'est sûr. Je lui en ai parlé, il jure que c'était juste pour essayer. J'espère que c'est vrai, mais je ne suis pas si naïve… Il faut cependant que je lui fasse confiance. Sauf que Max ne ressent pas le danger comme nous.

Rouaix hochait la tête ; il avait vécu des inquiétudes similaires avec son fils Martin. C'était heureusement terminé. Il plaignait Maud Graham d'avoir à se tourmenter pour l'adolescent qu'elle avait recueilli quelques années plus tôt.

— Rentre chez toi. Tu ne peux rien faire de plus à cette heure-ci. On a parlé aux gays qui ont appelé l'ambulance, on a fait le tour des commerces proches du lieu de l'agression. On a eu la liste de ses amis grâce à ses parents. On verra les élèves de son école demain. Il faut dormir maintenant.

— Et la chaîne qu'on a ramassée à côté de la victime ? Il y a des empreintes dessus ?

— Oui. Elles ne sont dans aucune banque.

— Je vais la récupérer pour la montrer aux Marchand. À Fabien, s'il se réveille.

Graham attrapa son fourre-tout d'une main, tandis qu'elle refermait le dossier Marchand de l'autre avant de le glisser dans son sac. Elle relirait ses notes dans la soirée. Elle eut un sourire en se rappelant que c'était jeudi, que Grégoire viendrait à la maison, qu'il était peut-être déjà là. Avait-il préparé le souper avec Maxime ? Si Maxime était rentré, bien sûr… Elle se répéta qu'elle ne devait pas avoir une attitude négative, mais Maxime la défiait sans cesse depuis quelques semaines et elle ne savait comment réagir. Parce que Maxime lui avait crié la semaine précédente qu'elle n'était pas sa mère ? Elle ne devait pas accorder trop d'importance à ces mots qu'il lui avait lancés sous le coup de la frustration, mais elle y repensait souvent, en avait parlé à Alain, à Grégoire. « Il était fâché. Il t'aime, c'est évident. » Oui. Non. Elle avait l'impression qu'elle ne savait plus rien. Sauf qu'en allant à l'hôpital, aujourd'hui, elle s'était revue au chevet de Maxime, quelques années plus tôt. Elle ne voulait pas revivre cela, ne voulait pas qu'il traîne avec n'importe qui, se drogue et finisse à la même place que Fabien, si mince, si frêle dans le grand lit blanc.

— Ça ira mieux quand Max sera en vacances, fit Rouaix. Les jeunes ne sont plus tenables à la fin des cours. C'est pareil chaque année.

Graham sourit à Rouaix ; elle appréciait ses efforts pour la rassurer, espérait qu'il ait raison. Espérait aussi qu'Alain serait plus souvent à la maison cet été comme il l'avait promis. Il communiquait mieux avec Maxime.

Parce que c'était un homme ou parce qu'il était plus jeune qu'elle ?

* * *

Laura pianotait sur le comptoir de la cuisine tout en cherchant à qui elle pouvait téléphoner pour avoir des nouvelles d'Élian. Quand elle avait appelé chez son ami Stéphane pour lui parler, elle avait compris, aux hésitations de celui-ci, qu'Élian lui avait menti, qu'il ne dormirait pas chez son copain. Où traînait-il ? Stéphane avait juré qu'il l'ignorait. Et Laura avait raccroché en se demandant si elle devait signaler tout de suite sa disparition.

— Évidemment, affirma Simon. Appelle la police ! Il a treize ans.

— Et s'il revient tantôt…

— Il ne reviendra pas, il t'a raconté des histoires. Il a tout prévu. Appelle la police !

Laura saisit le combiné. Le reposa.

— Je vais téléphoner chez Sébastien et Rachid. Peut-être qu'ils connaissent ses plans.

— Pourquoi ne veut-il pas rester ici ? Il a tout ce qu'il peut désirer. Je suis cool avec lui, non ? Je n'essaie pas de jouer au père ni de…

Simon se tut ; Laura ne l'écoutait pas. Elle composait le numéro de Rachid puis raccrochait après avoir laissé un message sur le répondeur.

— Ça ne répond pas non plus chez Sébastien. C'est possible qu'ils soient ensemble.

— Tu devrais appeler la police.

— C'est la troisième fugue d'Élian. Ils nous enverront la DPJ.

— Et après ? Peut-être qu'il y a là quelqu'un qui sait comment parler à un ado pour se faire comprendre !

— S'ils me l'enlèvent ?

— Pourquoi t'enlèverait-on Élian ? Tu ne le bats pas, tu n'as pas de problème de consommation, tu as un bon travail, la maison est propre. Élian va à l'école comme tous ses amis. Ça ne rime à rien. Ils ont des cas bien plus lourds que ça ! Tu as seulement un ado de treize ans qui te défie.

— Bientôt quatorze !

Laura se mordit les lèvres ; elle ne pouvait pas révéler à Simon qu'elle avait peur que son passé de délinquante remonte à la surface puisqu'elle ne lui avait jamais parlé de son adolescence trop mouvementée. Simon était si sérieux, elle n'avait pas voulu l'apeurer et voilà qu'elle était prise au piège de ses silences. Voilà qu'il ne pouvait pas comprendre pourquoi elle craignait tant qu'Élian connaisse toutes les drogues qu'elle avait consommées, qu'il lui ressemble aussi dans ses désirs d'évasion. Sans son voyage au Viêt-Nam, peut-être n'aurait-elle jamais changé. Ne se serait-elle jamais calmée. N'aurait-elle jamais apprécié une vie rangée comme celle qu'elle avait aujourd'hui avec Simon. Simon, son garde-fou.

— Je traverse chez les voisins, déclara-t-elle. On ne sait jamais…

Simon leva les yeux au ciel mais garda le silence. Il ne voulait pas se quereller avec Laura à propos d'Élian. Elle lui répéterait qu'il n'avait pas d'enfants, qu'il ne savait pas ce que c'était que d'élever toute seule un gamin hyperactif. Ils avaient déjà eu vingt fois cette discussion sans régler quoi que ce soit, et Laura finissait toujours par dire qu'il devait regretter d'avoir voulu habiter avec elle, avec eux. Il protestait, même s'il devait s'avouer qu'il avait des moments de nostalgie quand il repensait à sa vie de célibataire, son appartement dans Montcalm où tout était en ordre.

Simon regarda Laura traverser la rue pour aller sonner chez Jessie et Anthony. Elle se tenait devant la porte, attendant qu'on lui ouvre. Comme personne ne venait, Simon la vit contourner la maison, disparaître derrière la haie de cèdres.

Jessie Dubuc sursauta quand Laura lui toucha l'épaule, poussa un cri.

— Tu m'as fait peur !

— J'ai sonné deux fois. Tu ne m'as pas entendue à cause de la musique.

— Je viens d'acheter ce disque-là. C'est vraiment *hot* !

— As-tu vu Élian ? Il n'est pas encore rentré et comme il vient souvent te voir…

— Élian ? Il doit s'être rendu au Vieux-Port. Il paraît qu'un paquebot est arrivé, hier.

— Tony est chez vous ? fit Laura.

— Non, il n'est pas rentré, lui non plus.

Jessie esquissa un sourire las ; à son âge, Tony pouvait rentrer à n'importe quelle heure.

— Mais Élian, lui, n'est pas un adulte qui peut traîner dehors jusqu'à deux heures du matin.

Jessie regarda Laura s'éloigner. Tony avait raison, Laura et Simon étaient vraiment trop *straight* pour devenir leurs amis. Et, de toute façon, Tony ne voulait pas trop fréquenter le voisinage. Elle était assez intelligente pour comprendre pourquoi, mais lorsqu'elle se plaignait qu'ils se soient installés dans un quartier trop tranquille, il rétorquait que c'était justement pour cette raison qu'ils y vivaient. Ici, les policiers n'avaient pas à intervenir dans des chicanes de ménage ou des batailles d'ivrognes. Un quartier sans histoires, sans drames, bien propre. La maison voisine avait été vendue. Les nouveaux venus ne tarderaient sûrement pas à emménager. Jessie espérait qu'ils seraient moins coincés que les anciens propriétaires. Elle entortilla une mèche de cheveux au bout de son index ; si leur voisin était trop mignon et célibataire, elle aurait des ennuis avec Anthony et sa maudite jalousie. Pourquoi fallait-il qu'il s'imagine constamment qu'elle cherchait à séduire tous les hommes qu'elle croisait ? Après une crise, il lui disait que c'était parce qu'elle était trop belle ; il savait que tous les hommes rêvaient d'être à sa place à lui.

Elle vit Laura traverser la rue, espéra que son fils rentrerait bientôt, même si elle comprenait qu'Élian n'ait pas envie de passer ses soirées avec sa mère et son beau-père. Élian était jeune, il avait l'âge de s'amuser. Il venait souvent chez elle sous prétexte de discuter musique et elle se doutait bien qu'il avait un petit béguin pour elle. L'idéal serait qu'il y ait quelqu'un de son âge dans les parages. Peut-être chez les nouveaux voisins ? Est-ce que ceux-ci emménageraient avant le premier juillet ? Jessie se souvint de leur propre déménagement en janvier ; elle avait eu tellement peur qu'il y ait une tempête et que le camion n'arrive jamais de Sorel. Elle jeta un dernier coup d'œil à la maison vide avant de rentrer pour remettre son nouveau disque pour la cinquième fois. C'était vraiment hot! Anthony l'adorerait! Elle le prêterait à Élian pour qu'il s'en fasse une copie.

* * *

Jessie Dubuc et Anthony Nantel venaient de s'envoler pour la Floride quand Vivien Joly emménagea en se félicitant qu'il ne pleuve pas. Il y voyait un signe de bienvenue. Il serait heureux dans cette demeure! Il fallait qu'il le soit, il avait tellement vu de maisons avant de se décider pour celle-ci. Il s'avouait maintenant qu'il s'était peut-être mis trop vite à chercher une résidence. Quelques jours après le décès de Claude, c'était prématuré. Aucune demeure ne lui avait plu. À l'époque, si Claude n'était pas tombé malade si subitement, ils auraient sûrement déménagé, ne pouvant plus supporter le vacarme causé par le chantier de construction, ni l'idée de toutes ces tours qui leur gâcheraient le paysage. Ils avaient contemplé le fleuve pendant vingt ans et voilà que des imbéciles décidaient d'ériger quatre hautes tours. Si Claude n'avait pas été aussi faible, ils auraient quitté Montréal et acheté une maison à la campagne. Vivien avait tellement pesté contre le chantier, contre tout ce bruit qui empêchait Claude de se reposer durant le jour. Il avait souffert au son du marteau-piqueur et des grues. Vivien avait rêvé que le fleuve déborde et noie les fondations des tours, emporte les parpaings, les camions, le béton, les malaxeurs, tout. Et les ouvriers avec! Il les détestait! Il savait qu'ils faisaient leur travail, qu'ils devaient gagner leur vie, mais il les haïssait, il honnissait ces hommes qui faisaient tant de bruit, dont les coups de marteau enterraient les préludes de Chopin qui devaient bercer Claude.

Vivien avait été très étonné de vendre la maison aussi vite, aussi cher. Les acheteurs avaient pourtant bien vu les grues, de l'autre côté de la rue. Comment pouvaient-ils accepter de voir ces grosses tours tous les matins à leur réveil? Ils s'étaient pâmés sur la piscine et le jardin, sur les larges fenêtres. Vivien avait félicité son courtier et s'était aussitôt mis à chercher un endroit où il se sentirait mieux. Il n'avait plus besoin d'une grande demeure. Un modeste cottage lui conviendrait, pourvu qu'il y ait de beaux arbres dans la rue et une cour assez grande pour satisfaire sa passion du jardinage et ne pas regretter d'avoir quitté Montréal pour revenir dans sa ville natale.

Vivien Joly indiquait aux déménageurs où ils devaient installer le piano quand il entendit une voix féminine derrière lui. Une femme se tenait sur le porche, lui tendant un sac orné de rubans verts.

— Je vous ai fait des biscuits au chocolat pour vous souhaiter la bienvenue. Je m'appelle Nicole.

— C'est gentil! Moi, c'est Vivien. Je sais, ce n'est pas courant comme nom.

— On a un Élian dans la rue. Ça aussi, c'est rare.

— C'est vraiment aimable de votre part, déclara-t-il. Vous êtes ma voisine de…

— De biais. Quand j'ai vu le camion devant votre porte, j'ai pensé vous faire des biscuits. J'en avais fait aussi pour Laura et Simon, vos voisins d'en face. Et pour les Hotte, les Thériault, les Mondoloni.

— Vous connaissez tout le monde.

— J'habite ici depuis des années. Au début, quand je me suis installée à Québec, j'étais entourée de voisins plus âgés. Ils ont vendu leur maison l'un après l'autre pour aller vivre dans des résidences. Ils regrettaient de quitter leur maison. Moi, je ne pourrais pas être privée de ma cour. La vôtre est vraiment grande.

Tout en s'entretenant avec sa voisine, Vivien se demandait qui elle lui rappelait. Dans la jeune soixantaine, elle teignait ses cheveux en brun et elle était chaussée de souliers à talons hauts afin de paraître plus grande. Elle accusait un léger embonpoint et avait sûrement choisi la robe pervenche qu'elle portait parce qu'elle s'harmonisait avec ses yeux bleus. Mais ce qui frappa Vivien, c'était sa bouche aux commissures tombantes qui rappelait celle de Jeanne Moreau. La voix n'était toutefois ni rauque, ni sensuelle comme celle de la grande actrice.

— L'été ne dure pas si longtemps, au Québec, continuait Nicole. Il faut en profiter.

Un bruit sourd alerta Vivien qui s'excusa auprès de sa voisine ; il valait mieux qu'il surveille les opérations de près.

— On se reverra quand je serai installé, promit-il. Et merci encore pour les biscuits !

Nicole recula de quelques pas, hésitant à l'inviter à souper chez elle le soir même, y renonçant. Elle ne voulait pas qu'il s'imagine qu'elle se jetait à son cou. Elle attendrait quelques jours avant de l'inviter. Et si elle organisait un barbecue avec Laura et Simon ? Et les Hotte-Martel, peut-être ? Elle aurait bien convié les Thériault, mais ils avaient des jumelles de huit ans qui réclamaient constamment de l'attention. Élian accompagnerait sûrement Laura et Simon, mais il rentrerait à la maison dès qu'il aurait fini son repas pour retrouver ses jeux vidéo.

Laura avait confié à Nicole que les fugues de son fils l'inquiétaient, même si elle savait que c'était une manifestation courante de l'adolescence.

— Qu'est-ce que je peux faire ? lui avait-elle dit. L'attacher à un piquet dans la cour ?

— Ça lui passera, avait répondu Nicole en se félicitant de ne pas avoir eu d'enfants.

Au travail, ses amies avaient toutes eu leur lot d'ennuis avec leurs gamins et elles continuaient à s'inquiéter pour eux même quand ils étaient majeurs. Ou s'enthousiasmaient à l'idée d'être grands-mères. Grand-mère ! Elle échapperait à cette malédiction : personne, jamais, ne pourrait l'appeler ainsi. Laura, elle, espérait tout le contraire. Elle avait avoué avoir hâte que son fils soit grand, marié et père de famille. Peut-être disait-elle cela parce qu'elle pensait qu'il comprendrait alors dans quelles affres il la plongeait quand il fuguait. Le mieux était de ne pas avoir d'enfants. Est-ce que son nouveau voisin était père ou non ? Avait-il été marié ? Était-il veuf ou divorcé ? Depuis combien de temps ?

* * *

Les palmiers d'Hollywood Boulevard s'agitaient en tous sens depuis le début de l'orage et Jessie se demandait si des noix de coco se détacheraient pour les assommer. Anthony avait relevé la capote de la voiture et il conduisait trop vite, mais Jessie n'osait pas le lui reprocher, car c'était elle qui avait insisté pour qu'ils louent une décapotable en arrivant à Miami. Il fallait être vraiment malchanceux pour essuyer un tel orage quand tout se déroulait à merveille. Anthony avait l'air satisfait de sa rencontre avec Jack Hoffman même s'il ne lui avait rien raconté de leur entretien. Elle n'avait pas osé le questionner. Elle n'osait pas demander pourquoi il avait fallu qu'il discute avec Hoffman à Miami alors que ce dernier vivait à Montréal, pourquoi Hoffman avait précisément besoin de lui comme comptable… Et cette gêne à interroger Anthony commençait à la troubler. Pourquoi avait-elle peur de lui poser des questions sur son travail ? Quand elle avait rencontré Tony, elle avait été étonnée qu'un gars aussi sexy soit comptable, s'était trouvée idiote ; pourquoi un comptable ne serait-il pas sexy ?

Il lui avait confié qu'il s'occupait des finances de plusieurs sociétés, veillait à ce qu'elles puissent économiser le maximum en impôts. À l'époque, elle avait voulu savoir de quelles compagnies il s'agissait et Anthony lui avait répondu qu'il était avec elle pour se changer les idées, pas pour parler de son boulot. Il travaillait déjà trop, il devait se détendre. Elle ne l'avait plus questionné. Dans un premier temps, c'était pour ne pas l'indisposer. Aujourd'hui, elle se taisait pour éviter d'apprendre comment Tony gagnait autant d'argent. Il avait payé comptant la moitié de la maison. Quel employeur pouvait lui verser un tel salaire ? Depuis que Tony avait fait l'acquisition de la maison, depuis qu'il lui avait proposé de venir y vivre, elle avait l'impression qu'ils menaient des existences parallèles alors qu'ils auraient dû être plus intimes. Se sentait-elle mal à l'aise parce qu'il avait refusé qu'elle débourse de l'argent pour leur demeure même si le contrat notarié était à leurs deux noms ? Anthony répétait qu'elle était chez elle autant que lui, rue des Parulines, mais elle avait du mal à s'en persuader. Elle ne parvenait pas à aimer cette maison qui était pourtant plus confortable que son ancien appartement. Avait-elle le droit de se plaindre d'habiter un trop beau et trop vaste endroit ?

Combien de femmes auraient changé de place avec elle ? Pouvait-elle en vouloir à Anthony d'être si souvent absent alors qu'il travaillait pour rembourser l'hypothèque de leur nid d'amour ? Elle enviait Laura et Simon qui partageaient beaucoup d'activités ensemble, tandis qu'elle voyait seule ses collègues et ses amies au gym ou au restaurant pendant que Tony, lui, sortait avec ses associés sans elle. Il faudrait que les choses changent avant la fin de l'été.

— Il me semble qu'il tombe des gouttes d'eau, dit-elle.

— C'est dans ta tête. On sera à l'hôtel dans dix minutes.

— Il ne faut pas oublier de prendre des photos de notre chambre. C'est la plus grande que j'ai jamais eue ! Attends que ma sœur voie ça !

— Tu as fini par comprendre comment fonctionne ton nouveau kodak ?

— C'est facile de rire de moi. Mais il y a plein de boutons, c'est compliqué…

— Surtout quand on est blonde !

Jessie rétorqua qu'il avait toujours dit qu'il l'avait remarquée à cause de ses cheveux pâles si brillants. Et naturels. S'il préférait qu'elle se teigne…

— Arrête, tu es parfaite comme ça…

Un camion les doubla, arrosant la voiture, arrachant un chapelet de jurons à Anthony qui serra les mains sur le volant. La voiture tenait mal la route, il n'aurait pas dû céder aux prières de Jessie et louer une décapotable. Heureusement qu'il la ramenait chez Hertz dans deux jours. Il en avait assez de la Floride. Il avait vu Jack Hoffman ; il n'avait plus à traîner dans le coin. Il avait hâte d'être rentré au Québec. Il se demandait seulement s'il parlerait tout de suite de Hoffman à Gauthier. C'était lui qui avait établi le contact, il souhaitait que cette relation reste privilégiée. D'un autre côté, cacher quelque chose à Gauthier — et par le fait même à Fournier — n'était pas si facile. Ni très prudent. À moins que ce ne soit pour une courte période, le temps que ses échanges avec Hoffman soient fructueux et prouvent à Gauthier qu'il n'était pas le seul à avoir de bonnes idées. Et s'il tentait plutôt de parler directement avec Fournier de ce marché qu'il développait avec Hoffman ? Gauthier avait beau jouer au boss, Tony Nantel savait parfaitement que Louis Fournier était le vrai patron. Il verrait qu'il pouvait compter sur lui. Qu'il avait du talent pour les affaires. Il n'avait pas fait des études aux HEC pour rien. Aurait-il son million pour ses trente ans comme il l'espérait ?

— Je me demande qui va déménager en face de chez nous, fit Jessie. J'aimerais que ce soit un couple de jeunes.

— Au prix que coûtent les maisons, il n'y a pas tant de jeunes comme nous qui peuvent en acheter une. Au mieux, ils seront de l'âge de Laura et Simon…

— Je n'ai pas hâte d'avoir quarante ans. Je serais découragée, à la place de Laura…

— Elle est encore belle.

— Ne la regarde pas trop ! badina Jessie.

Contrairement à Anthony, elle n'était pas jalouse. Parce que sa seule vraie rivale était l'ambition de Tony. Certainement pas Laura. Elle était même contente qu'il trouve jolie une femme de quarante ans. Elle espérait qu'il ne la rejette pas quand elle aurait cet âge-là.

Chapitre 2

Maud Graham prit une longue inspiration avant d'entrer dans l'hôpital. À quelques mètres des portes principales, des infirmiers et des patients fumaient, et Graham éprouva une furieuse envie de quêter une cigarette, se rappelant combien elle aimait exhaler la fumée, la détente illusoire qui l'accompagnait. Elle aurait aimé s'asseoir sur un banc et allumer une cigarette, regarder la fumée se dissiper dans le ciel bleu où des nuages dodus se poursuivaient gentiment. Elle aurait aussi aimé oublier que si Fabien Marchand émergeait du coma, ce serait pour apprendre qu'il ne marcherait plus jamais. Que les coups portés au dos avaient endommagé deux vertèbres, écrasé les nerfs.

— C'est sûr qu'il ne pourra plus marcher ? s'enquit Graham à une infirmière.

— À moins d'un miracle. Les parents veulent qu'il sorte du coma, mais je peux vous jurer qu'ils ne sauront pas quoi lui dire pour lui remonter le moral... Ce n'est pas juste.

— Vous m'appelez dès qu'il reprend conscience. C'est promis ?

Carole Boucher avait acquiescé, désireuse d'aider les enquêteurs. Il fallait que le jeune patient soit vengé, qu'on trouve qui l'avait agressé et que le criminel croupisse pour un bout de temps en prison.

Sous le porche de l'Hôtel-Dieu, Maud Graham demeurait immobile afin de humer la fumée expirée par une jeune préposée qui fermait les yeux pour goûter pleinement son plaisir. Le soleil était si ardent que la chevelure noire de la fille avait des reflets bleutés et que son front, ses joues se teintaient déjà de rose. Quelques gouttes de sueur perlaient à ses tempes sans qu'elle les essuie ; elle jouissait de cette chaleur. Graham aurait souhaité rester là, au soleil au lieu d'aller au Palais de justice pour témoigner dans une sordide histoire d'inceste. Elle n'avait pas envie de revoir le grand-père qui avait abusé de son petit-fils, l'écouter se justifier, entendre son avocat plaider les circonstances atténuantes. Elle voulait que son témoignage fasse condamner le vieil homme à la peine qu'il méritait. Elle espérait que les journalistes qui couvraient le procès la questionneraient uniquement sur cette affaire. Même si elle répondait invariablement qu'elle n'avait aucun commentaire à faire, elle redoutait qu'on l'interroge sur l'agression de Fabien Marchand. Est-ce que les habitants de Saint-Roch et de Limoilou pouvaient se promener sur les berges de la Saint-Charles sans craindre d'être tabassés et laissés pour morts ?

Non, aurait-elle pu répondre, personne n'est à l'abri d'une agression, aujourd'hui. Marc Tougas, un de ses voisins, n'avait-il pas été agressé par un homme furieux parce qu'il avait éraflé sa voiture à la sortie du pont de Québec ? On ne tue pas quelqu'un parce qu'un peu de peinture manque à la portière d'une automobile, mais l'homme, enragé, incontrôlable, avait pourtant tenté de l'étrangler. Oui, aurait-elle pu répondre, à condition de ne pas être impliqué dans un trafic de drogue comme semblait l'être

la jeune victime. Québec ne vivait pas le même phéno-
mène de gangs que Montréal, mais la drogue qui circulait
dans la ville n'était pas le fait d'un seul réseau. Avec qui
ou contre qui Fabien Marchand entretenait-il des relations? L'enquête avait révélé que Marchand dealait dans
plusieurs établissements scolaires, mais à qui avait-il nui
au point de mériter une telle punition? Graham se demandait si l'agression avait été préméditée ou si tout avait
dégénéré à la suite d'une engueulade avec un autre dealer, un client, un fournisseur. Si c'était prémédité, et non
un coup de tête, pourquoi n'avait-on pas fouillé Fabien?
Pourquoi ne lui avait-on pas volé le sachet de vingt-sept
comprimés et les cent grammes de pot qu'il avait sur lui?
Marchand éclaircirait-il ce point ou se murerait-il dans le
silence comme le faisaient beaucoup d'ados? Quinze ans.
Bientôt seize. Il fêterait son anniversaire à l'hôpital. Le
mot fêter n'aurait aucun sens cette année. À moins d'un
miracle. À moins qu'un bon génie lui permette de remonter dans le temps. Quinze, seize ans! À seize ans, Maud
Graham s'ennuyait chez ses parents mais n'avait cherché des sensations fortes qu'en faisant de la moto, en
cachette, avec Thomas Beaulieu dont elle s'imaginait être
amoureuse. Est-ce que Fabien Marchand trouvait sa vie
si ennuyante qu'il avait décidé de vendre de la drogue
à des élèves? Graham en avait interrogé plusieurs qui
avaient tous affirmé n'avoir consommé qu'une seule fois
et elle n'avait pas insisté pour faire avouer le contraire
à certains d'entre eux. Elle était ainsi persuadée que les
frères Champoux, Sébastien Lareau, Michaël Beaumont
étaient des clients habituels de Marchand, mais ce qu'elle
désirait apprendre dans l'immédiat, c'était depuis combien
de temps durait le trafic de Fabien et quelle était son étendue. Qui étaient ses complices? Ou ses rivaux.

En contournant l'Hôtel-Dieu, Graham emprunta la côte Haldimand pour rejoindre Rouaix au Palais de justice. Aurait-elle le temps de faire un saut au marché après son témoignage? Grégoire avait dit qu'il viendrait souper; il trouverait un réfrigérateur bien garni quand il arriverait. Comme Maxime ne rentrait pas avant dix-huit heures, elle aurait peut-être le loisir de s'entretenir de lui avec Grégoire; le prier de mettre Maxime en garde contre les paradis artificiels. Grégoire répéterait qu'il lui en avait déjà parlé, mais que Maxime était complexé par sa petite taille et faisait tout pour prouver à ses amis que rien ni personne ne l'effrayait. Il avait grandi durant l'année, objecterait Graham, et Grégoire répondrait que ce n'était pas assez, que c'était d'ailleurs le seul point qui semblait faire réfléchir Maxime : l'hypothèse que la drogue pouvait retarder sa croissance. Était-ce un argument suffisamment dissuasif ou l'adolescent fumerait-il comme tant de jeunes? Comme Fabien Marchand qui avait commencé par goûter au cristal meth avant d'en vendre afin de pouvoir se procurer ses doses? Elle devait trouver son fournisseur, tout aussi responsable de son triste état que l'agresseur.

* * *

Vivien Joly examinait un des rosiers plantés par le précédent propriétaire quand un ballon de soccer atterrit à ses pieds.

— Excusez-moi, monsieur. Pouvez-vous me le relancer?

Un adolescent se tenait à côté de la haie de cèdres, l'air embarrassé, en tortillant le bas de son trop grand tee-shirt vert.

— Ce n'est pas grave, il n'est pas tombé sur mes plants de tomates. Tu aimes le soccer ?

— Oui.

— J'étais à Paris, en 1998, quand les Français ont remporté la coupe. Ils ont fêté ça ! Ça klaxonnait dans les rues ! Durant des heures ! C'était assourdissant !

— Il paraît qu'ils klaxonnent beaucoup…

— Comment sais-tu cela ? Tu es déjà allé là-bas ?

— Non, juste en Floride. Si j'allais à Paris, je voudrais me promener en péniche.

— Tu sembles aimer voyager… euh…

— Élian. Je sais que c'est un drôle de nom.

Vivien éclata de rire avant de déclarer qu'il n'était pas le seul à avoir un prénom hors de l'ordinaire.

— On a des parents qui voulaient être originaux.

— On survit à ça. Je me suis rendu à soixante-cinq ans… Où étais-tu, en Floride ? Du côté de Saint-Petersburg, des Keys ? À Miami ?

— À Fort Lauderdale. Il y avait des perroquets en liberté qui se perchaient dans des palmiers.

— J'en ai vu en Amérique du Sud.

— Où ?

— Au Brésil. Je peux te montrer des photos, si tu veux. Fais le tour du jardin, je vais t'ouvrir.

Dès qu'il pénétra dans la maison, Élian se dirigea vers le globe terrestre posé sur une petite table au fond du salon. Il fit courir ses doigts sur la surface, arrêta le mouvement pour montrer un endroit précis en annonçant Brasilia.

— C'est la capitale. Tout le monde pense que c'est Rio de Janeiro, à cause du carnaval. Êtes-vous déjà allé au carnaval ?

Vivien Joly hocha la tête ; Claude et lui étaient jeunes, à l'époque. Ils avaient fêté durant des nuits. Dans ce temps-là, ils voyageaient souvent, ils avaient l'énergie nécessaire. Ces dernières années, ils avaient préféré louer des maisons ou des appartements en Europe, s'installer confortablement au lieu de traîner des bagages d'un hôtel à l'autre.

— Ça doit être beau, le Brésil, dit Élian. J'aimerais ça me rendre jusque-là. Et en Australie. J'aurais aimé être un explorateur, sauf qu'il ne reste pas grand-chose à découvrir sur la Terre.

Après avoir offert un thé glacé à son jeune voisin, Vivien Joly lui expliqua que c'est lui-même qu'il découvrirait en voyageant. Pas seulement des gens ou des paysages, mais son identité, son âme. Il cita Nicolas Bouvier.

— *C'est le propre des longs voyages que d'en ramener tout autre chose que ce qu'on y allait chercher.* J'adore Bouvier ! Si ça te tente, je pourrais te prêter ses livres.

— Je ne lis pas vite…

— Ce n'est pas grave, on est voisins. Si j'en ai besoin, je te les redemanderai. C'est toi, le gars qui a fugué ? C'est une voisine qui…

— Ce n'était pas une fugue ! protesta Élian. Ma mère dramatise tout. Je voulais juste me promener un peu. C'est ennuyant à mourir chez nous. Et je n'ai pas trouvé de travail d'été.

Vivien eut alors l'idée de proposer à Élian de lui donner un coup de main dans le jardin ; il y avait tant à faire, bien plus qu'il ne l'avait imaginé. Ce serait plus amusant de travailler en équipe. Est-ce qu'Élian était intéressé ? Il pourrait l'aider quelques heures par semaine durant les vacances. L'adolescent hésita, avoua qu'il ne connaissait rien aux fleurs ni aux tomates.

— Tu apprendras. C'est comme ça que j'ai commencé. Maintenant, je visite des jardins partout quand je voyage.

— Partout où vous allez ?

— Tu devrais me tutoyer si on doit travailler ensemble. Es-tu d'accord ? Je te paierai huit dollars de l'heure, c'est O.K. ? Et dès que je trouve les livres de Bouvier dans mes caisses, je les mets de côté pour toi.

Vivien regarda l'adolescent lancer le ballon dans les airs alors qu'il retournait chez lui ; avait-il eu une bonne idée de lui proposer de jardiner avec lui ? Peut-être qu'il l'agacerait au bout de trois heures. Mais peut-être qu'il lui ferait momentanément oublier combien il aimait œuvrer au jardin avec Claude et que ça n'arriverait plus jamais. Ils avaient eu peur d'avoir le sida. Comme plusieurs de leurs amis, ils avaient passé un test et s'étaient réjouis d'avoir échappé à cette maladie. Ils croyaient qu'ils auraient une retraite dorée, mais le cancer avait tout bouleversé, et c'étaient Jacques et Réjean, qui réussissaient à vivre avec le VIH grâce à la trithérapie, qui avaient accompagné Vivien dans le deuil. Il se fustigea ; il ne devait pas s'apitoyer sur son sort. Il entendait la voix de Claude lui dire qu'il avait une maison à son goût, résolument moderne, alors qu'il l'avait embêté durant toute leur existence commune en multipliant les bibelots dans leur ancienne demeure. Il entendait Claude lui dire qu'il avait un jardin orienté à l'ouest comme il l'avait toujours souhaité et que leurs amis étaient encore là pour lui. Il devait se retrousser les manches et créer un paradis végétal pour les recevoir. Il était temps de se remettre aux fourneaux, d'inviter les copains. Et ses nouveaux voisins, pourquoi pas ? Vivien repensa au sourire qui illuminait le visage d'Élian quand il avait posé ses mains sur le globe terrestre ; il ressemblait à Claude quand ce dernier préparait un voyage. Sans lui, Vivien ne serait pas allé plus loin qu'à Paris ou Rome ; c'était par amour pour

Claude qu'il avait accepté de le suivre un peu partout, lui qui détestait prendre l'avion, s'inquiéter pour les correspondances, subir le décalage horaire. Claude le taquinait en disant qu'il était pantouflard et Vivien rétorquait qu'il était méritant de parcourir le monde avec lui et que, heureusement, Claude s'était un peu calmé les dernières années. Il devait admettre qu'il était agréable de louer une villa en Toscane au lieu de crapahuter par monts et par vaux. Comme Vivien aurait aimé retourner à Pietrasanta pour déguster un Tignanello avec Claude. Mais c'était fini, tout ça. Il resterait au nid, aménagerait son jardin, en ferait une telle merveille qu'il s'y sentirait apaisé juste en le regardant. Ce sont les larges baies vitrées qui avaient incité Vivien à acheter la maison ; il pourrait voir le jardin toute l'année. Il y avait une rangée de cèdres et un pin parasol qui se détacheraient joliment sur la neige, l'hiver venu. Le couple à qui avait appartenu la demeure ne partageait pas la passion de Vivien pour le jardinage, mais n'avait pas commis de grossières erreurs en plantant les conifères, le lilas japonais et l'érable rouge. Vivien n'avait pas à faire abattre un arbre trop gros ou mal placé, il n'avait qu'à s'occuper des plantes vivaces — l'ancolie et les violettes s'étaient trop répandues — et des annuelles. Il avait fait une liste des fleurs qui pourraient convenir au jardin. Des fleurs qu'il planterait avec Élian.

Il se servit une vodka à l'herbe de bison, se remémorant Claude qui adorait l'odeur végétale, légèrement miellée de l'alcool, disposa quelques craquelins dans une assiette et retourna dans la cour. Il s'installait sur la chaise longue quand il entendit les premières notes d'un tube américain. Il ne pouvait pas dire qui chantait, mais il avait entendu cet air lors des fêtes au collège où il enseignait l'histoire. Dans ces fêtes où la musique était toujours trop forte. Comme maintenant. Il but une gorgée de vodka avant de se relever pour distinguer d'où venait le bruit. Il sortit de la cour; la musique provenait de la maison de biais avec la sienne. Il n'y avait vu personne de toute la semaine et s'était interrogé sur les voisins qui habitaient cette demeure cachée par un trio de bouleaux pleureurs. Les Hotte-Martel, qu'il avait rencontrés à un barbecue chez Nicole Rhéaume deux jours plus tôt, lui avaient dit que les jeunes qui avaient acheté cette maison n'étaient pas souvent chez eux.

— Et c'est tant mieux, avait précisé Danielle Hotte. Ils sont mal élevés.

— Vraiment?

— Je ne sais pas pourquoi ils ont choisi un quartier résidentiel. Tony Nantel conduit avec le volume de la radio poussé au maximum. C'est agaçant!

— Il n'a pas conscience des autres, dit Nicole. Il a tondu sa pelouse un dimanche soir, vous vous en souvenez? Je lui ai demandé s'il pouvait faire ça durant la semaine. Au moins, pour ça, il m'a écoutée. Pour la musique, c'est une autre histoire. Ils se tiennent tranquilles durant deux semaines, puis ils recommencent. C'est peut-être moi qui suis trop vieille, mais je n'apprécie pas tellement leurs petites fêtes.

— Simon Valois non plus. Il me l'a dit et il est plus jeune que nous. Il y a seulement Laura et son fils qui n'ont pas l'air d'être dérangés par leur vacarme.

— Vous n'avez pas prévenu la police? s'était enquis Vivien. Il y a des lois.

— C'est délicat. On ne veut pas d'une mauvaise ambiance dans la rue... C'est Jessie la pire. Anthony fait attention à la tondeuse maintenant et il ne prend pas souvent sa moto, mais elle… Dès qu'elle rentre, elle met la musique à tue-tête. Et elle est souvent seule.

— Elle ne travaille pas ?

— Elle est coiffeuse à temps partiel. On ne la connaît pas beaucoup.

Vivien avait tout de suite deviné que Jessie n'avait pas été invitée chez Nicole et ne le serait jamais.

Il resta quelques minutes devant la maison. Devait-il aller se présenter à cette Jessie et lui demander de baisser le volume de la musique ? Ce n'était pas si compliqué. Peut-être que les autres voisins n'avaient pas trouvé la façon de lui parler. Et peut-être que la musique s'arrêterait bientôt. C'était lundi demain, Anthony et Jessie devaient travailler comme tout le monde. De toute manière, l'air était plus frais et Vivien n'aurait pas pu souper dans le jardin comme il l'avait fait la veille. Il n'avait qu'à fermer les fenêtres pour ne plus entendre la musique. Il était préférable d'attendre un autre moment pour faire connaissance avec Jessie et Anthony ; il ne souhaitait pas que leur premier contact ressemble à une plainte. Il se rappelait la tolérance de Claude quand il se lamentait, à l'hôtel, de la mauvaise insonorisation des chambres, de la malchance qu'ils avaient d'être toujours logés à côté de gens qui voyageaient avec des enfants.

— Ils ont le droit de s'amuser, disait Claude.

— On a le droit de dormir le matin, prétendait Vivien. Pas de se faire réveiller par des braillements à six heures ! On est ici pour relaxer…

— Oublie-les. Mets des bouchons.

— Ce n'est pas suffisant, voyons.

— Tu es pourtant capable de dormir alors que je ronfle à côté de toi. C'est illogique.

— Ce n'est pas pareil. Je suis habitué à tes ronflements, pas à entendre crier à l'aube. Tu sais que je suis plus sensible aux bruits depuis que j'ai souffert de cette labyrinthite. Tout est amplifié, les sons plus perçants, plus aigus.

Ce sont ces récriminations qui avaient décidé Claude à louer des appartements ou des villas lors de leurs derniers voyages. Vivien se resservit une vodka ; que ferait-il pour souper ? Des pâtes ? Non, il en mangeait déjà trop. Il ferait plutôt décongeler un des plats préparés qu'il achetait par douzaines aux Halles de Sainte-Foy. Il aurait été beaucoup plus économique de faire lui-même ces plats, mais il n'avait pas le goût de cuisiner. Ça reviendrait peut-être, dans cette nouvelle maison. Il devrait bien utiliser les fines herbes qu'il avait plantées…

Est-ce qu'il avait eu raison de proposer à Élian de l'aider au jardin ? Il ne doutait pas que Laura autorise son fils à venir sarcler chez lui. Nicole lui avait confié que Laura avait hâte qu'Élian soit plus vieux et puisse travailler, qu'il soit occupé au lieu de faire des bêtises. Il n'avait croisé Laura qu'une fois, alors qu'elle sortait de sa voiture les bras chargés de sacs d'épicerie, et il avait noté qu'elle ressemblait à Miou-Miou qu'il adorait comme actrice pour son jeu souple, naturel. Si Claude avait été près de lui, il l'aurait sûrement taquiné sur sa manie de comparer les gens qu'il rencontrait aux comédiens célèbres. Il ne pouvait s'en empêcher ; il avait même attribué la forme du visage d'une comédienne, le nez d'une autre, les yeux d'une troisième à Josée Rochon, leur pharmacienne. Claude se moquait, oui, mais il avait été flatté qu'il lui trouve une ressemblance avec Andy Garcia. Claude était si beau. Il s'était longtemps demandé pourquoi il s'était intéressé à lui, si ordinaire. Pas moche, non, banal. Claude protestait ; il était trop sévère, il avait un sourire irrésistible. Il n'en abusait pas depuis la mort de Claude. Il avait des demi-sourires quand il était en public pour acquiescer à une répartie, pour ne pas inquiéter ses amis, mais il ne se rappelait pas son dernier fou rire.

Vivien regarda son verre à moitié plein, le vida d'un coup, hésita puis renonça à se resservir. Il devait surveiller sa consommation d'alcool ; ce n'était pas une solution à sa solitude. Il boirait juste un peu de vin en soupant. Il mit un plat à réchauffer au micro-ondes, sortit un napperon rouge, y déposa une assiette, des ustensiles et une serviette de table ; il n'allait pas manger debout, tenant une barquette dans ses mains, avalant son repas à toute vitesse. Il s'assoirait, lirait en soupant. Depuis qu'il avait quitté le collège, il s'était mis à relire les classiques et il redécouvrait Zola avec un plaisir accru maintenant qu'il connaissait bien Paris. Il avait lu *La fortune des Rougon* avant de s'envoler pour la France, mais à présent il voyait les boulevards haussmanniens se dessiner, la place de la Concorde se préciser, les Halles où travaillait la Gervaise de *L'assommoir*. Il situait les personnages, les suivait dans les dédales des rues parisiennes, entendait leur pas sur les pavés.

Non, il ne les entendait pas ce soir. Il subissait la musique des voisins. Il se releva, fit le tour de la maison ; découvrit qu'il avait oublié de fermer la fenêtre de la salle de bain. Il retourna ensuite vers la cuisine, tendit l'oreille. C'était mieux. Il distinguait toujours un bruit de tam-tam, mais ça ne l'empêcherait pas de prendre plaisir à regarder *Le Parrain* en dégustant un verre de Brolio devant la télévision qui était au sous-sol. Là, il ne pourrait percevoir la rumeur sourde des basses fréquences.

À minuit, quand il éteignit le téléviseur, il n'y avait plus aucun bruit, les lumières étaient éteintes chez Jessie et Anthony; Vivien se félicita d'avoir été patient. Il se présenterait à eux dès qu'il en aurait l'occasion. Il crut apercevoir la silhouette de Nicole Rhéaume à quelques mètres de chez les Hotte-Martel. Avait-elle soupé chez eux? Ils semblaient assez amis.

Vivien Joly se trompait: Nicole Rhéaume se promenait devant chez lui en espérant qu'il la voie, qu'il sorte de sa maison pour la saluer, malgré l'heure tardive. Elle lui proposerait alors de boire un verre ou une tisane en admirant les étoiles.

Elle aperçut sa silhouette derrière les voiles des fenêtres du salon, puis vit s'éteindre les lumières de cette pièce, celles de la cuisine. Si Vivien l'avait reconnue, il n'avait pas eu envie de venir jaser avec elle. Mais peut-être aussi qu'il ne l'avait pas vue. Elle portait un vêtement sombre. Il pouvait croire que c'était une passante anonyme. Pourtant, de la fenêtre ouest de la cuisine, on voit très bien la rue, le lampadaire définit les formes; Nicole le savait car elle était allée à quelques reprises chez les Rouleau, les anciens propriétaires. Elle avait été heureuse d'apprendre qu'ils vendaient leur demeure, elle n'avait jamais eu de plaisir avec eux. Elle avait souhaité qu'ils partent et ils étaient partis. C'était peut-être un hasard, ou alors ses lectures portaient leurs fruits. Elle avait découvert un ouvrage où il était question de forger son destin, d'émettre des ondes positives pour obtenir ce qu'on désire. Elle l'avait lu plus d'une fois, fascinée par ces lois de l'attraction, déterminée à les utiliser à son profit. Elle savait ce qu'elle voulait: un mari. Riche. Et elle l'aurait. Elle devait simplement être totalement disponible, perméable à ce que la vie lui offrirait, attentive, présente et bien dans sa peau. Les malheureuses ne sont pas attirantes pour les hommes, alors que, au contraire, y a toujours des femmes qui s'intéressent aux déprimés, toxicomanes ou alcooliques, toujours des Florence Nightingale, des Mère Teresa prêtes à tout faire pour sauver l'homme de leur vie, pour l'aider à changer. C'était injuste, mais c'était ainsi ; une femme devait être quasi parfaite pour qu'un homme la remarque et l'apprécie. Car l'homme avait le choix. Nicole savait très bien qu'elle n'était pas la seule à être lasse de son célibat. Et inquiète de son avenir ; elle ne voulait pas changer de train de vie. Mais elle ne rencontrait personne. Si Vivien n'avait pas emménagé tout près de chez elle, Nicole en serait presque venue à regretter son premier mari.

Elle grimaça au souvenir de Jean-Yves, jeta un dernier coup d'œil à la maison de son voisin. Plus une lumière. Vivien s'était couché. Elle devait l'imiter avant de se ridiculiser à traîner devant chez lui, au cas où d'autres voisins l'observeraient, voisins qui possédaient comme elle des jumelles. Et si elle s'achetait un chien ? Elle aurait un bon prétexte pour se promener et elle avait lu que bien des gens s'étaient rencontrés lorsqu'ils sortaient leur labrador ou leur border collie. Demain, elle irait à la librairie acheter un ouvrage sur la gent canine. Il s'agissait de ne pas se tromper ; tel caractère lui conviendrait, tel trait la rebuterait. Il ne fallait pas songer à l'aspect physique de l'animal mais à sa personnalité. C'était la même chose avec les hommes ; elle ne s'était jamais arrêtée à un joli visage. C'était ce que l'homme pouvait lui apporter qui la charmait, son intelligence, sa position dans la société. Vivien Joly n'était pas un Apollon, mais c'était un retraité cultivé et bien nanti. Il avait voyagé, il avait de belles manières ; il ne lui ferait jamais honte dans un restaurant en tenant maladroitement ses ustensiles, il ne coincerait pas sa serviette de table dans le col de sa chemise. Il savait déguster le vin. Il avait apporté une bonne bouteille quand il était venu souper chez elle. Il s'était enquis des plats qu'elle avait préparés pour un meilleur accord avec le vin. Nicole sourit ; si Vivien se moquait d'elle, il n'aurait jamais pris la peine de choisir un cru avec autant de soin, surtout pour un barbecue sans chichi. Et il avait téléphoné hier pour la remercier de son délicieux repas. Délicieux. C'était le mot qu'il avait utilisé. S'il ne lui avait pas fait signe ce soir, c'est qu'il ne l'avait pas reconnue. Ou qu'il était trop réservé. Il faudrait qu'elle sache s'il était allergique aux animaux avant d'adopter un chien. Ce serait trop bête de faire une dépense inutile !

Elle l'apprivoiserait. Elle le voulait tellement qu'elle y parviendrait ; c'était écrit noir sur blanc dans ce bouquin sur l'attraction. Il s'était vendu à des millions d'exemplaires, ça signifiait quelque chose, non ? En s'installant à Québec sept ans auparavant, elle avait cru qu'elle rencontrerait plus facilement quelqu'un, mais les quatre hommes qu'elle avait fréquentés l'avaient tous déçue par leur manque d'intérêt et de curiosité, leur étroitesse d'esprit. La retraite ne devait pas être un moment où tout s'arrête, bien au contraire : on a enfin du temps, des loisirs, il faut en profiter ! Ils avaient de l'argent, mais ils refusaient de le dépenser pour s'amuser, pour entreprendre des voyages. Elle n'était pas du genre à se contenter de petites escapades dans la province, en Floride ou à Cuba dans un « tout compris » où il n'y aurait que des couples et des familles. Elle voulait revoir la Riviera italienne où elle était allée après le décès de Jean-Yves. C'était peut-être envisageable pour Noël ? On était presque à la Saint-Jean. Ça lui laissait six mois pour séduire Vivien.

Elle se mettrait au régime dès lundi. Elle surveillerait son alimentation quand elle mangerait seule, mais quand elle inviterait Vivien, elle se montrerait gourmande. Les hommes détestent les femmes qui chipotent dans leur assiette. Il avait apprécié le saumon cajun qu'elle avait préparé pour le barbecue ; il goûterait à ses fameuses crevettes au lait de coco la prochaine fois qu'il viendrait souper chez elle. Même si elle n'en avait pas envie, il devrait encore y avoir d'autres convives. Elle appellerait Laura et Simon. Un souper en tête-à-tête était prématuré. Ensuite, ce serait à Vivien de l'inviter. N'avait-il pas affirmé qu'il se débrouillait bien au barbecue ? Il ne l'avait pas encore utilisé depuis son arrivée, elle en aurait senti les arômes. Jean-Yves aussi aimait s'activer devant un barbecue. Il achetait de nouveaux ustensiles chaque année, discutait avec le boucher des modes de cuisson des viandes. Chaleur indirecte ou non pour le canard ? Papillotte pour la truite et le saumon ? Il était si content d'épater leurs amis en leur servant les truites qu'il avait pêchées à Sacré-Cœur ou à Mont-Laurier ; l'important était que la route soit longue pour se rendre au chalet qu'il avait loué afin d'indisposer sa femme qui n'aimait pas être en voiture. N'aurait-il pas pu louer un chalet à Magog, à une heure trente de Montréal ? Non, non, monsieur voulait vivre en pleine nature, voir des hérons et des huards, partir en canot pour la journée, pêcher à la mouche durant des heures, revenir à la brunante, rire de son inquiétude. Il riait toujours d'elle, à Montréal ou à Tadoussac, dans un des hôtels chics où ils se rendaient lors des congrès médicaux ou sur la grève d'un lac envahi par les moustiques. Il avait ri pendant des années. Puis il avait cessé, un matin d'octobre, quand leur canot avait chaviré. Le plus drôle dans cette histoire, c'est qu'il avait insisté pour que Nicole l'accompagne. Elle avait commencé par refuser, comme toujours. Puis elle avait changé d'idée. Dès qu'elle avait décidé de se débarrasser de lui. Elle pouvait dire à quelle heure elle s'était juré de ne pas le supporter davantage ; c'était à l'apéro, chez les Francœur qui les avaient invités pour la soirée. Jean-Yves avait dit qu'elle était une vraie girouette qui n'arrivait jamais à se brancher. On n'avait qu'à compter le nombre de fois où elle avait changé de couleur de cheveux. Blonde en hiver, rousse en été, brune à l'automne. N'avait-il jamais compris qu'elle cherchait à plaire, comme tout le monde ? À tout le monde puisqu'elle ne lui plaisait plus à lui ? Elle n'avait pas réagi alors que Francine prenait sa défense, expliquait que les femmes aiment essayer de nouvelles coiffures, qu'elles le font pour être plus jolies pour leur mari. Dans la cuisine, plus tard, quand Nicole rapportait des assiettes vides, Francine lui avait dit qu'elle avait bon caractère ; elle-même aurait réagi plus mal si son mari l'avait critiquée devant des amis. Nicole avait haussé les épaules : Jean-Yves voulait seulement la taquiner.

Personne ne devait douter de la solidité de son couple.

On avait ainsi cru à son chagrin quand Jean-Yves était mort noyé. On ne l'avait jamais soupçonnée puisqu'elle avait basculé dans le lac avec lui. Mais elle avait une ceinture de sauvetage bien attachée alors qu'il avait dédaigné la sienne. Au fond, c'était son imprudence qui avait tué Jean-Yves. Ils avaient chaviré parce qu'elle s'était levée dans le canot, mais il avait coulé parce qu'il n'avait pas mis sa ceinture. Elle avait dû le frapper avec l'aviron, bien sûr. Comme elle savait qu'on remarquerait la plaie à l'autopsie si on récupérait le corps rapidement, elle avait raconté aux enquêteurs, immédiatement après la tragédie, qu'elle avait tendu l'aviron vers Jean-Yves afin qu'il s'y accroche mais que le courant l'en avait empêché et que, au moment où elle lâchait prise, l'aviron avait heurté Jean-Yves. Celui-ci s'était aussi frappé la tête contre le canot en tentant de le retourner sans succès.

Le sergent-détective Chabot l'avait crue mais Vaillancourt, son collègue, avait tout de même posé des questions aux parents et amis du défunt. Tous avaient répondu que Jean-Yves et Nicole s'entendaient bien, comme la plupart des couples après vingt-cinq ans de mariage. Si Vaillancourt avait douté des déclarations de Nicole, il n'avait rien pu trouver contre elle. Rien de rien.

Après la disparition de Jean-Yves, Nicole avait vécu une période d'euphorie qu'elle avait soigneusement dissimulée. Puis le plaisir de la liberté s'était émoussé, faisant place à la solitude. Elle n'aimait plus Jean-Yves depuis des années, mais, paradoxalement, elle appréciait la vie conjugale. Qu'y avait-il de plus déprimant qu'une femme attablée seule dans un restaurant? Elle avait essayé les voyages de groupe, mais elle s'était sentie encore plus seule parmi tous ces couples et toutes ces autres femmes esseulées. Elle avait tenté les croisières sans plus de succès. Puis elle avait déménagé à Québec qu'elle avait toujours considérée comme une ville romantique, s'imaginant que tout serait plus facile. Hélas, il n'y avait pas davantage d'hommes disponibles. À moins de se contenter d'un parti modeste. Ce qui était impensable…

Et voilà que Vivien Joly avait emménagé à quelques mètres de chez elle. Elle venait tout juste de relire l'ouvrage sur les lois de l'attraction. N'était-ce pas un bon indice du potentiel de ces lois?

Avant Noël, avant l'Halloween, elle serait la compagne de Vivien Joly.

* * *

La pluie tombait si fort que Maud Graham fut obligée d'arrêter sa voiture, de se garer sur l'accotement pour attendre une accalmie avant de repartir. L'horloge indiquait sept heures trente-sept. Elle serait en retard. Parce qu'elle avait eu de la difficulté à se lever, parce qu'elle avait mal dormi. Parce que Maxime était rentré à deux heures du matin. Il était venu souper à la maison, puis s'était éclipsé malgré la présence de Grégoire.

— Je te l'avais dit, il ne veut pas me voir. Je ne lui ai pourtant rien fait !

— Il est parti rejoindre ses chums, sa gang.

— Qu'il n'ait pas envie de passer la soirée avec moi, je peux le comprendre. Je suis une vieille croulante. Mais toi ? Vous vous êtes toujours bien entendus !

Grégoire avait haussé les épaules ; Maxime cherchait à faire preuve d'indépendance. Il avait quatorze ans, c'était normal. Lui, à cet âge-là, restait dehors toute la nuit. Ou chez un client. Maxime rentrait dormir, que voulait-elle de plus ? Elle devait cesser d'être sur son dos.

— C'est lui qui t'a dit ça ?

— Non, avait menti Grégoire. Mais je te connais, tu veux toujours tout savoir. Tu me posais beaucoup de questions quand on s'est rencontrés.

Maud Graham avait protesté, se souvenant qu'elle avait fait d'énormes efforts pour ne pas avoir l'air de s'immiscer dans la vie de Grégoire, sachant qu'elle le ferait fuir si elle l'interrogeait avec trop d'insistance. Comment pouvait-il dire qu'elle l'indisposait avec ses questions ?

— O.K. C'est vrai que tu n'étais pas trop envahissante. Mais Maxime n'a pas envie de jaser, ces temps-ci.

51

— Mais plus il se tait, plus j'ai l'impression qu'il me cache quelque chose.

— Arrête, Biscuit. Arrête de vouloir tout contrôler.

Elle avait failli rétorquer que si elle ne s'occupait pas de tout, rien ne fonctionnerait, et qu'elle était la tutrice de Maxime. Elle s'était contentée de se resservir une part de clafoutis aux cerises.

— Elles ne sont pas encore assez sucrées, dit Grégoire, mais je ne voulais pas mettre des fraises. Ça donne une texture trop molle. Ce sera meilleur quand on aura des framboises et des bleuets.

— Tu es toujours content de travailler au Laurie Raphaël ?

— Je suis au garde-manger, maintenant. C'est mieux que de nettoyer les poissons.

Ou vendre son corps, aurait pu ajouter Maud Graham en songeant aux premiers mois de sa relation avec Grégoire. Il avait l'air d'un chat de gouttière, efflanqué, constamment sur le qui-vive, prêt à donner un coup de griffe à qui tenterait de l'embêter, charmeur, enjôleur, irrésistible. Elle comprenait qu'il séduise si facilement les hommes, que plusieurs lui aient proposé de s'occuper de lui, de l'installer dans un appartement afin de pouvoir jouir de son attention de manière exclusive. Elle connaissait assez Grégoire aujourd'hui pour deviner pourquoi il n'avait jamais accepté d'être le jouet d'un seul client. Il était beaucoup trop indépendant. Il aimait avoir le sentiment que c'était lui qui choisissait ses clients et non l'inverse, que c'était lui qui exerçait le pouvoir. C'était vrai en partie. Mais à quel prix ? Si elle avait cru en Dieu, elle aurait prié chaque jour pour que Grégoire ne se lasse pas de sa nouvelle vie au restaurant, qu'il ne boude pas la chance qui s'était offerte à lui. Jusqu'à présent, il avait râlé, pesté contre les horaires trop stricts qu'on lui imposait, mais il avait gardé son boulot. Il avait même suivi des cours en hôtellerie à l'institut Wilbrod-Bherer. Peut-être que Maxime l'imiterait ; il aimait cuisiner avec lui ou avec Alain.

Jusqu'à ces dernières semaines.

Jusqu'à ce qu'il change. Qu'il rentre un soir après minuit en lui disant qu'elle n'était pas obligée d'attendre qu'il soit de retour pour se coucher, qu'il prétende avoir traîné avec ses amis au Vieux-Port sans se rendre compte de l'heure. Elle avait demandé qui l'avait ramené. Il avait affirmé qu'il avait marché jusqu'à Sillery avec Josh. Il n'était pas soûl même s'il sentait la bière. Et la cigarette.

Dans sa voiture où la pluie qui martelait le capot l'isolait du monde, Maud Graham se demandait s'il fumait la cigarette pour dissimuler l'odeur du pot. Elle appellerait son père, en tout cas ; Bruno Desrosiers pourrait peut-être raisonner son fils lorsqu'ils se retrouveraient cet été. Maxime avait dit qu'il n'avait pas envie de se rendre au Saguenay où habitait Desrosiers depuis qu'il avait quitté le monde interlope. Il aimait son père, mais il n'avait rien à faire là-bas. Ses amis vivaient à Québec.

— C'est important que tu voies ton père.

— Tu penses que c'est un si bon modèle pour moi ? Ça ne te dérange pas qu'il ait vendu de la dope pendant des années ?

— Ton père gagne honnêtement sa vie, aujourd'hui. Il a fait des erreurs, c'est vrai, mais il les a payées assez cher, non ?

Maxime avait marmonné qu'il était bien placé pour le savoir ; lui aussi s'était fait tirer dessus quand on avait tenté d'assassiner Bruno Desrosiers.

— Ce n'était pas facile pour lui de changer de vie. Il l'a fait pour toi. Tu dois aller le voir.

— Est-ce que je vais être obligé d'aller niaiser là-bas pendant des années juste pour le féliciter d'être straight ? Je n'ai pas le goût de pêcher, cette année. J'ai le droit, non ? Je m'arrangerai avec lui au téléphone.

— Si tu n'y allais qu'une dizaine de jours, avait négocié Maud, ça irait.

Elle s'en voulait d'avoir cédé à Maxime, de ne pas avoir insisté davantage pour qu'il parte quinze jours au Saguenay comme il l'avait fait chaque été depuis qu'elle était sa tutrice. Elle était furieuse contre elle, furieuse contre Alain qui était parti enseigner à Toronto pendant un mois, et déçue d'elle-même, de sa réaction puérile quand il lui avait annoncé qu'il avait été choisi pour enseigner en Ontario. Elle l'avait félicité poliment, songeant qu'elle serait seule une bonne partie de l'été, seule avec Maxime avec qui elle ne savait plus comment agir. Elle était nulle avec lui, avec Alain, avec tout le monde.

Elle écouta la pluie en pensant qu'elle aurait aimé rester là, dans sa voiture, durant des heures, des jours, des semaines. Jusqu'à ce que tout se tasse, que Maxime redevienne l'enfant qu'elle avait recueilli, qu'Alain rentre à la maison et qu'elle ait perdu cinq kilos. Tant qu'à rêver… La voiture qui s'était arrêtée devant la sienne redémarra. Elle l'imita et s'apprêtait à regagner l'autoroute quand son portable se mit à sonner. Carole Boucher l'avertit que Fabien Marchand était réveillé.

— Je sais qu'il est tôt, mais vous m'aviez dit de vous appeler. Il est assez confus. Il a parlé de serpents…

— Reconnaît-il ses parents ?

— Oui. Mais il est plutôt incohérent. Il est resté plusieurs jours dans le coma. Depuis jeudi dernier, ne l'oubliez pas.

— J'arrive !

Elle appela Rouaix pour le prévenir qu'elle n'assiste-rait pas à la réunion du matin et fonça à l'hôpital. Les parents de Fabien Marchand étaient épuisés par des heures de veille, mais une lueur d'espoir était apparue au fond de leurs yeux cernés.

— Il nous a parlé de sa sœur. Il se souvient d'elle. De nos voisins, de nos amis.

— Et de l'agression ?

Non, Pierre Marchand avait dû expliquer à son fils pourquoi il était à l'hôpital, lui rapporter les circonstances de l'agression telles qu'elles leur avaient été décrites par le premier patrouilleur arrivé sur les lieux.

— Il ne se rappelle pas ce qu'il faisait sur les bords de la Saint-Charles.

Était-ce la vérité ou Fabien préférait-il ne pas se sou-venir de ce qui l'avait poussé à traîner là-bas la nuit ? Maud Graham imaginait Grégoire ou Maxime dans cette situation ; ils auraient sûrement prétendu qu'ils ne se souvenaient de rien. Un ado le moindrement sensé n'avouerait pas à ses parents qu'il vend de la drogue pour payer ses propres doses. Cependant, les tests sanguins s'étaient révélés positifs et Graham lui réciterait la liste de tous ces produits qu'on avait décelés dans son sang. Il ne pourrait pas nier très longtemps la vérité.

Graham se présenta, s'informa de son état. Souffrait-il beaucoup ? Fabien esquissa un geste, grimaça la seconde d'après ; le moindre mouvement réveillait la douleur.

— Je suis désolée de ce qui t'est arrivé. Je suis là pour t'aider. Et il faut que tu m'aides aussi. Que tu me racontes ce qui t'a mené aux bords de la rivière en pleine nuit.

L'adolescent gémit ; il ne se rappelait pas.

— De quoi te souviens-tu ?

— De rien !

— À quand remontent tes derniers souvenirs ?

Maud Graham guettait les réactions de Fabien, observait ses yeux, ses mains ; est-ce qu'il était en train d'inventer une réponse peu compromettante ou cherchait-il vraiment à se remémorer les heures qui avaient précédé le drame ?

— Je ne sais pas. J'étais à la Place Fleur de Lys. Il faisait soleil.

— C'était mercredi ?

— Qu'est-ce que tu faisais là ? s'étonna sa mère.

— Je voulais m'acheter un vélo.

— Tu as déjà une bicyclette. On l'a achetée au printemps dernier !

— J'en voulais une neuve.

— Avec qui étais-tu ? demanda Graham qui doutait que Fabien se soit rendu au centre commercial pour acquérir un vélo.

— Personne, répondit trop vite l'adolescent qui se plaignit ensuite d'avoir soif.

Graham lui tendit le verre d'eau posé sur la table de chevet. Elle savait qu'il venait de lui mentir ; il était donc plus conscient de sa situation qu'il ne voulait le laisser croire. Se taisait-il parce que ses parents étaient présents ?

— Tu te souviens où tu étais, mais tu ne te rappelles pas avec qui, c'est ça ?

— C'était mercredi, fit son père. Tu as été agressé dans la nuit du mercredi au jeudi.

— Parlons de mercredi. Tu te souviens de cette soirée ?

Fabien et Pierre Marchand soupirèrent en même temps ; ils s'étaient disputés au souper et Fabien avait quitté la maison en claquant la porte.

— Si j'étais resté calme, tu ne serais pas parti. Rien ne serait arrivé…

Pierre Marchand ne put terminer sa phrase, étouffé par ces sanglots qu'il retenait depuis que Graham lui avait annoncé que son fils avait été agressé. Il se sentait tellement coupable que seule la colère contre le bourreau de son fils lui permettait de fonctionner. Sans cette rage, cette soif de venger Fabien, il se serait effondré. Son enfant ne marcherait plus jamais parce qu'il n'avait pas su ni voulu le retenir quand ils s'étaient querellés à propos d'une bêtise.

— Je ne me rappelle pas, dit Fabien.

Voulait-il épargner son père ou avait-il perdu la mémoire des heures précédant l'agression ? Graham ne voulait pas bousculer l'adolescent, si fragile, si misérable, mais elle s'y résoudrait s'il le fallait.

— Repose-toi, Fabien, déclara-t-elle. Je reviendrai tantôt mais, avant, je voudrais savoir si tu as acheté ce vélo. Peut-être qu'on te l'a volé ? Que c'est pour ça que tu as été battu ? Si tu avais une bicyclette toute neuve…

— Mais avec quel argent l'as-tu achetée ? s'écria sa mère. On a payé cinq cents dollars celle de l'année dernière. C'était un bon modèle. Pourquoi en voulais-tu une autre ?

Fabien tourna la tête lentement vers la gauche, puis vers la droite, battit des paupières. Carole Boucher fit signe à Maud Graham de sortir de la chambre, elle avait suffisamment dérangé son jeune patient. Graham se dirigea vers la porte puis s'immobilisa, fouilla dans son fourre-tout, en tira une photographie.

— On a trouvé une chaîne avec une médaille au bord de la Saint-Charles, pas loin de l'endroit où tu as été battu. Est-ce qu'elle t'appartient ?

Graham s'approcha du lit du blessé, tint la photo devant lui. Il plissa les yeux tandis que sa mère attrapait l'image, secouait la tête. Non, cette chaîne n'appartenait pas à son fils. Carole Boucher prit Maud Graham par le bras, la força à la suivre loin de la chambre.

— Mais j'ai besoin de savoir ce qu'il sait !

— Et moi, j'ai des ordres à respecter. Fabien n'est pas en état de soutenir une longue conversation.

— Il m'a menti. Il est plus conscient que vous ne le croyez.

— Tant mieux s'il est moins perdu qu'on ne le pense. Vous lui reparlerez plus tard.

— Le délai protège l'agresseur. Ça fait plus d'une semaine que Fabien a été attaqué. On a recueilli très peu d'indices. Il est possible que son bourreau soit déjà loin de Québec, ce qui nous compliquera encore les choses. Mais il est aussi probable qu'il veuille achever son travail. Il croyait avoir tué Fabien et voici qu'on dit dans les journaux qu'il est toujours vivant. Qu'il peut donc l'accuser…

— Il ne débarquera tout de même pas ici pour le tuer ! Fabien n'est jamais seul. Et personne ne sait qu'il est sorti du coma.

— Je ne rêve pas en couleur. Les journalistes finiront par apprendre la nouvelle.

— Pas par moi, ni personne de ce service. Tout ce qu'on veut, c'est que Fabien se repose. Aucun curieux ne réussira à mettre les pieds à notre étage, je peux vous le garantir.

Maud Graham remercia l'infirmière, ne doutant pas de sa détermination. Carole Boucher réussirait à tenir les journalistes à distance durant un certain temps.

— On se revoit demain. Je dois m'entretenir avec Fabien sans que ses parents soient présents, la prochaine fois.

— Ils savent qu'il prenait de la drogue. On ne leur a pas caché les résultats des tests sanguins.

— Peut-être qu'ils ne savent pas qu'il en vendait.

Carole Boucher eut un sourire las ; pourquoi les jeunes étaient-ils aussi imprudents ?

Graham répondit qu'elle l'ignorait ; tout ce qu'elle savait, c'est que les consommateurs étaient de plus en plus jeunes et les drogues, de plus en plus fortes. Elle emprunta l'escalier pour gagner la sortie et respira profondément plusieurs fois en se dirigeant vers sa voiture. Elle devait convaincre Fabien de lui faire confiance, de tout lui raconter. Elle aurait aimé emmener Maxime, qu'il voie la détresse de Fabien, qu'il constate que certaines bêtises causent d'irrémédiables gâchis. Elle savait qu'ils se disputeraient lorsqu'il serait question de la Saint-Jean ; Maxime affirmerait qu'il rentrerait après minuit et elle protesterait. Allait-il claquer la porte comme l'avait fait Fabien ? La culpabilité de Pierre Marchand était palpable ; il n'était pourtant pas responsable de ce qui était arrivé à son fils.

— Fabien me ment, confia Graham à Rouaix en entrant au poste.

— Il n'a rien dit qui puisse nous aiguiller ?

— L'infirmière m'a rapporté les propos bizarres qu'il a tenus à son réveil. Il parlait de serpents qui mangeaient de grosses proies.

— Est-ce que ça signifie qu'il a eu les yeux plus grands que la panse ? Qu'il a été trop gourmand, qu'il a été puni pour cette raison ?

— Imaginons qu'il ait tenté d'arnaquer son fournisseur. D'après les étudiants de son collège, il trafiquait sur une assez grande échelle. Celui qui l'a agressé était très en colère, il s'est acharné.

— Il a pu perdre les pédales, se mettre à taper et ne plus être capable de s'arrêter. S'il était dans un état second…

— Tu penches pour un jeune ?

Rouaix haussa les épaules ; c'était une agression sauvage, des coups portés en rafales.

— Il est possible que ce soit un contrat. Qui a mal tourné. C'est exagéré de battre à mort un ado de quinze ans pour quelques centaines de dollars perdus. Ou volés, peu importe. Un adulte tuerait-il un gamin pour ça ? Non, il serait trop conscient des risques pour s'embarquer dans une telle galère.

— Alors qu'un jeune…

— Les jeunes sont impulsifs, confirma Rouaix.

— Guerre de gangs ? On n'est pas à Chicago, à New York ni même à Montréal…

— La drogue est partout, laissa tomber Rouaix. Il y a des gangs, ici aussi.

— Je pense qu'il y a deux agresseurs. Qui se sont excités mutuellement. C'est à qui donnerait le pire coup. Ça s'est déjà vu. Il faut que Fabien nous parle.

Et le plus tôt sera le mieux, songea Graham. Aurait-elle dû le brusquer pour obtenir des réponses à ses questions ? Ne sentait-il pas qu'elle était de son côté, qu'elle voulait vraiment arrêter celui ou ceux qui l'avaient envoyé à l'hôpital ? L'été débutait plutôt mal.

Chapitre 3

Il est vrai que Vivien Joly avait acheté des plants de tomates qui mesuraient déjà au-delà de quarante centimètres lorsqu'il les avait mis en pleine terre, mais la vitesse à laquelle ils croissaient l'enchantait. Il pourrait bientôt déguster une salade composée uniquement de produits de son potager. Il se procurerait de la mozzarella de bufflonne à l'Épicerie Européenne, il découperait de fines tranches de tomates, déchiquetterait du basilic et arroserait le tout d'un filet d'huile d'olive. La Planeta lui plaisait toujours. Claude en avait acheté quelques années plus tôt et, depuis, ils l'avaient adoptée pour son goût fruité, sa belle couleur dorée.

Il inviterait Élian à partager ce repas de primeurs qui récompenserait les efforts qu'ils avaient fournis dans le jardin. Il aimait beaucoup Élian, son insatiable curiosité, son imagination, son enthousiasme. Le garçon se passionnait réellement pour les voyages et avait confié à Vivien qu'il économiserait tout l'argent qu'il gagnait en travaillant dans son jardin pour acheter une voiture. Une voiture qui l'emmènerait là où il voulait.

— Dans deux ans, je pourrai me trouver un vrai travail, au supermarché ou au Normandin, ou dans un McDo.

Je veux ramasser assez d'argent pour me payer une auto. Pas neuve, évidemment. Mais tout ce qui compte, c'est que je puisse partir d'ici.

— Tu t'ennuies tant que ça ?

— J'ai envie de vivre dans une grande ville comme San Francisco ou Londres. Je commence à être bon en anglais. Je tchate souvent avec Debbie et Mark. Ils vivent à Montréal.

— Tu devrais participer à des échanges. Au collège, il y avait toujours des élèves qui partaient dans les provinces Maritimes, durant l'été. Ou à Vancouver.

— Ça me tenterait, Vancouver. Il paraît qu'il y a beaucoup d'Asiatiques. Qu'est-ce que tu enseignais ?

— L'histoire et la géo. Je suis un spécialiste de l'Antiquité.

— Les Romains et les Grecs ? Enseignais-tu aussi l'histoire du Japon et de la Chine ?

— L'Asie t'intéresse ?

Élian avait expliqué que la Chine et le Japon l'intéressaient depuis toujours. Les histoires de samouraïs, des guerriers qui avaient le sens de l'honneur, le fascinaient : ils se faisaient seppuku pour ne pas trahir leur maître ou leurs amis.

— On peut être fidèle à un ami sans se suicider, avait commenté Vivien. C'est un peu trop tragique…

— Oui, c'est sûr. Toi, tu donnerais ta vie pour quelqu'un ?

Vivien avait soupiré ; il n'était pas si courageux. Et il évitait les situations périlleuses. Il aimait mieux la tranquillité.

— Tu es content d'avoir déménagé ici ?

Vivien avait acquiescé ; le quartier était calme, les beaux arbres de la rue lui plaisaient, tout comme sa cour que quelques journées de travail avec Élian avaient transformée.

— S'il n'y avait pas Jessie, mon bonheur serait parfait.

— Jessie ?

— Sa musique, c'est pénible… Tu la connais bien, Jessie ?

Élian avait marmonné qu'ils échangeaient parfois des disques, des vidéos, qu'elle était cool.

— Elle. Pas Tony. Il m'énerve. Il est fendant.

Vivien s'était demandé si Élian pouvait suggérer à Jessie de respecter davantage ses voisins. La veille, il s'était plaint qu'il entendait sa musique jusqu'au fond de sa cour. Jessie avait hoché la tête et avait baissé le volume : d'assourdissant à tonitruant. Mais tout s'était arrêté au bout de vingt minutes. Il avait vu Jessie partir au volant de sa Mercedes et en avait déduit que les Nantel avaient choisi cette maison pour ses deux garages.

— Jessie s'ennuie ici, reprit Élian. Il ne se passe jamais rien d'excitant dans notre quartier. Je vais partir aussi vite que je le pourrai. Mon père devrait me prendre avec lui, l'an prochain. Ce sera toujours mieux qu'ici. Il demeure à Montréal habituellement.

Vivien avait appris que Jean-Marc était ingénieur, qu'il était parti au Maroc pour quatre mois à cause d'un gros contrat, qu'il n'avait pu emmener Élian avec lui, mais qu'ils vivraient ensemble dès son retour. Et qu'il ne fallait pas en discuter devant Laura.

— Ce n'est pas nécessaire qu'elle le sache maintenant. On se disputera plus tard. Simon sera content que je disparaisse, il aura ma mère pour lui tout seul. Il est possessif. Comme Tony.

— Tony ?

— Il est jaloux. Je l'ai entendu engueuler Jessie, lui reprocher d'avoir cruisé un serveur dans un restaurant.

— Qu'est-ce qu'il fait comme travail ?

— Il est comptable pour une grosse compagnie de multimédia. Il ramasse le maximum d'argent.

— Il n'y avait pas d'ordinateurs quand j'ai commencé à enseigner.

— Comment faisiez-vous ? Je serais malheureux sans mon iPod. J'écoute de la musique pendant des heures et des heures !

Vivien avait souri sans savoir qu'il repenserait au iPod d'Élian le lendemain soir, en revenant du cinéma. Il venait tout juste d'enlever ses chaussures pour mettre ses sandales et ouvrait la porte-fenêtre pour vérifier s'il devait arroser les fines herbes et les fleurs en pots, quand les premières mesures d'un rap parvinrent jusqu'à lui. Il se figea, un pied à l'intérieur de la maison, l'autre sur la terrasse ; ne pouvait-il pas jouir tranquillement d'une soirée dans sa nouvelle cour ? Pourquoi le soumettait-on à tout ce bruit ? Jessie — parce que tout ce bordel provenait de chez Jessie, il le vérifierait à l'instant — Jessie se croyait-elle seule au monde ? Ou s'imaginait-elle que tous les voisins partageaient ses goûts musicaux ? Vivien poussa un long soupir en admirant le jardin. C'était pour cet espace de verdure qu'il avait acheté la maison et il ne pouvait même pas s'y installer sans se faire casser les oreilles. Il referma la porte vitrée, traversa la cour, puis la rue et alla sonner à la porte des Nantel. Il patienta deux minutes, sonna de nouveau. Puis songea que Jessie ne devait pas l'entendre à cause de la musique. Il fit le tour de la maison ; la jeune femme dansait dans le salon. Il tenta d'attirer son attention, mais elle avait les yeux fermés, s'abandonnant au rythme. Il ouvrit la porte de la cour en contournant les garages, frappa contre la vitre du salon. Jessie ne s'apercevait toujours pas de sa présence. Il frappa de nouveau, plus fort, et il la vit sursauter. Elle le dévisagea comme si elle ne l'avait jamais vu. Elle avait l'air hagard.

— Qu'est-ce que tu fais là ?

— J'ai frappé à votre porte, fit Vivien en appuyant sur le « votre ». Vous ne m'entendiez pas, à cause du bruit.

Il attendit, pensant que Jessie s'empresserait de baisser le volume, mais elle demeurait immobile. Elle était en sueur, décoiffée mais toujours aussi belle. Il finit par dire que la musique était trop forte.

— Il n'est pas tard ! Même pas dix heures !

— Quel rapport ?

Jessie lui sortit le cliché selon lequel on avait le droit de faire du tapage jusqu'à vingt-deux heures.

— Tout le monde sait ça, eut-elle le culot d'ajouter.

— Tout le monde se trompe. Ce n'est écrit nulle part dans le règlement municipal.

Jessie entortilla une mèche de ses longs cheveux blonds autour de son index et expliqua qu'elle faisait sa gym quotidienne, un mélange d'aérobie et d'étirements, précisa-t-elle.

— Ça ne vous autorise pas à déranger tout le quartier.

— Vous êtes le seul à vous plaindre.

— Si vous ne baissez pas le volume de votre chaîne stéréo, je téléphonerai à qui de droit. Ce serait dommage qu'on ne puisse pas s'entendre entre adultes intelligents.

Jessie leva les yeux au ciel, mais se dirigea vers la chaîne stéréo. Ce vieux con était assez bête pour envoyer des policiers, mais si Tony l'apprenait, il s'emporterait contre elle, alors qu'elle voulait seulement écouter sa musique pour se distraire. Parce qu'elle s'ennuyait. Parce que Tony n'était pas là. Ni ce soir, ni hier soir, ni avant-hier soir.

Vivien la remercia d'un ton sec et lui tourna le dos en se demandant pourquoi les voisins semblaient trouver si compliqué de calmer Jessie Dubuc. Elle ne s'était pas montrée très polie, certes, mais elle avait obtempéré ; il pourrait s'allonger au jardin et poursuivre la lecture du troisième tome des *Rougon-Macquart*. Il était heureux de redécouvrir Zola, surpris de ne pas se souvenir davantage de tous ces romans qu'il avait pourtant aimés quand il les avait lus. Il se rappelait certains passages, l'ascension de Nana ou la déchéance de Gervaise, mais tant d'éléments lui paraissaient nouveaux.

En rentrant chez lui, Vivien Joly constata qu'il entendait encore un peu la maudite musique de Jessie ; avait-elle remonté le volume après son départ ? Il eut envie de retourner protester, mais il se ravisa ; c'était moins fort qu'avant, et avec des bouchons dans les oreilles il serait probablement tranquille. Il se jura de reparler à Jessie dès le lendemain : il ne souhaitait pas se montrer désagréable, il voulait seulement avoir la paix. Il pensa au minuscule iPod d'Élian : pourquoi Jessie n'en utilisait-elle pas un, elle aussi ? Elle avait les moyens de s'acheter le dernier modèle, il avait remarqué le jonc Cartier à son annulaire et son pull griffé. Madame était à la mode. Il devait se vendre de jolies pochettes en strass pour y glisser un iPod, comme il existait des tas de modèles d'étuis pour les cellulaires. Il était prêt à lui en offrir un, s'il le fallait, de la couleur qu'elle souhaitait !

* * *

Le croissant de lune ressemblait à un bijou accroché au drapé indigo de la nuit, mais Fabien qui avait tourné la tête vers la fenêtre n'admirait pas la blancheur opalescente de l'astre. Les étoiles dessinaient un serpent qui descendait vers lui pour le dévorer. Il se mit à hurler. Carole Boucher se précipita pour tenter de le calmer, lui répétant qu'il avait fait un cauchemar. Il se débattit, jura qu'il n'était pas endormi, il avait vu le reptile ramper sur le bord de la fenêtre, se glisser vers son lit pour l'étrangler.

— Il n'y a pas de serpents ici, Fabien. Tu as fait un mauvais rêve.

— Non, j'étais réveillé.

— Bois un peu d'eau.

L'infirmière approcha le verre de son patient en se demandant s'il fallait changer la médication de l'adolescent; il affirmait qu'il ne dormait pas. Si c'était vrai, cela signifiait qu'il avait des hallucinations. Le speed qui affolait le cœur de Fabien quand il était arrivé à l'hôpital avait été éliminé de son organisme. Les tests sanguins avaient démontré que Fabien consommait aussi du pot, mais on ignorait depuis quand et à quelle fréquence. Et puisqu'il y avait un sachet de comprimés sur lui, on pouvait supposer qu'il en avalait aussi. Combien de temps avait-il jonglé avec les *pills* et les joints? L'infirmière resta près de lui jusqu'à ce qu'il s'apaise, lui massant les mains doucement, remarquant que ses ongles avaient poussé un peu; ils étaient complètement rongés quand Fabien était arrivé à l'urgence. Elle avait vu plusieurs jeunes dans des états critiques à la suite d'un accident de moto ou de voiture, elle les avait vus se décomposer en apprenant que leur moelle épinière avait été touchée, mais que Fabien soit paralysé parce qu'on l'avait frappé au dos avec cette rage l'effrayait ! Elle espérait que Maud Graham trouverait bientôt l'agresseur.

Elle l'appellerait pour lui rapporter les propos de Fabien, sa peur du serpent. Rien ne semblait cohérent, mais Graham lui avait fait promettre de noter chacune des paroles de son patient, qu'elles aient un sens ou non. En avançant dans le corridor, l'infirmière songea que, dans son malheur, Fabien avait de la chance que Maud Graham soit chargée de l'enquête ; au fil des ans, les deux femmes s'étaient croisées épisodiquement et Carole se rappelait les propos de l'enquêtrice qui se désolait que Grégoire, son jeune ami prostitué, ait abusé de la cocaïne. L'infirmière s'était réjouie quand Graham lui avait annoncé que Grégoire avait laissé tomber la drogue et elle avait tenté de la rassurer, récemment, quand elle avait évoqué le jeune Maxime, son besoin de faire partie d'un groupe à tout prix.

Carole se souvenait de lui quand, quelques années auparavant, il venait visiter son père, blessé grièvement par balle. Lui-même avait été touché à l'épaule. Oui, Maud Graham ferait tout ce qui était en son pouvoir pour que soient punis les salauds qui avaient agressé Fabien. Elle n'abandonnerait pas Fabien sous prétexte qu'il avait récolté ce qu'il avait semé. Elle croyait plutôt qu'il avait joué dans la cour des grands. Des grands méchants loups.

Ou des serpents ? À quoi rimaient ces serpents qu'il avait évoqués ?

Le bruit des appareils médicaux au chevet des patients, les veilleuses allumées à certains postes, les pas discrets des infirmières, des préposés, l'odeur d'un café se mêlant à celle des médicaments, toute cette routine nocturne plaisait à Carole. Elle travaillait habituellement le jour, mais elle préférait la nuit. Si elle n'avait pas eu d'enfants, elle aurait choisi ces heures empreintes de mystère, ces heures où le sens de la vie lui apparaissait plus volontiers, ces heures où elle espérait que les patients rêvaient qu'ils étaient en forme. Elle leur souhaitait de tout cœur l'oubli bénéfique de leur douleur, de leur détresse et se désolait de l'arrivée hâtive de l'aube en été. Elle savait que, en rentrant chez elle, elle embrasserait ses jumelles en leur murmurant qu'elles étaient privilégiées d'être en santé. Charlotte répondrait, dans un demi-sommeil, qu'elle le savait puisqu'on le lui répétait tout le temps, mais Juliette ne réagirait même pas au baiser de Carole, dormant toujours profondément. Est-ce que Fabien s'était bien rendormi ? Carole retourna dans sa chambre pour vérifier s'il respirait plus calmement. Elle regarda le visage de Fabien. Ses quelques marques d'acné ne l'empêchaient sûrement pas de plaire ; ses cheveux noirs bouclés, ses yeux verts devaient attirer les gamines. Quelle serait sa vie amoureuse dorénavant ?

Elle devrait le rassurer, lui parler de son mari qui était handicapé et qui l'avait séduite par son humour et son courage, le convaincre que son existence n'était pas terminée. Car c'est certainement ce qu'il hurlerait quand il aurait vraiment compris dans quel état son agresseur l'avait laissé.

* * *

Vivien Joly prit congé de Laura, Simon et Élian. Il avait accepté l'invitation de Laura, car il savait bien qu'elle lui était reconnaissante d'occuper Élian en lui confiant des tâches dans son jardin, mais il avait dû faire un effort pour sortir de chez lui ce soir-là. C'était la veille de l'anniversaire de Claude et il aurait préféré rester seul. Cependant, il avait bien fait d'aller souper chez ses voisins. Voir Élian avec sa mère et son beau-père lui avait permis de mieux comprendre l'adolescent qui, manifestement, n'éprouvait pas une grande sympathie pour le nouveau conjoint de Laura, un peu guindé, il est vrai. En traversant la rue, Vivien se promit d'en discuter avec Élian ; il n'était pas égoïste, il devait se réjouir que sa mère ait un compagnon qui la rende heureuse. Un bruit de moteur lui fit tourner la tête ; il reconnut la voiture de Tony Nantel et entendit la musique qu'il écoutait même si les fenêtres du véhicule étaient fermées. Musique… pouvait-on parler de musique quand on ne percevait que des chocs sourds qui se succédaient ? Vivien détestait le rap et il poussa un soupir de soulagement quand Tony coupa le moteur de sa Jaguar. En sortant de la voiture, il le héla en souriant de toutes ses dents si blanches. Il avait l'air très content de lui, l'air de quelqu'un qui a gagné à la loterie.

— Puis, votre maison ? Tout est *all right* ?

— Elle est confortable, mais je l'ai surtout choisie à cause du quartier. J'aime la tranquillité.

— Oui. Avant, j'habitais boulevard Laurier. C'était plus animé.

Vivien se demandait s'il devait lui parler de la musique qu'il entendait quand Jessie faisait sa gym. Il s'était plaint déjà deux fois, mais la jeune femme ne semblait pas désireuse de l'accommoder. D'un autre côté, si Vivien discutait de Jessie avec son mari, il aurait l'impression d'être un foutu macho persuadé que les problèmes se règlent entre hommes, que l'époux doit contrôler sa femme. Il se contenta de répéter qu'il aimait le calme et le silence avant de rentrer chez lui. Il se servait un verre de Perrier quand il entendit les premières mesures d'un rap.

Et ça provenait de chez Jessie et Tony Nantel ! Le crétin à qui il avait confié qu'il aimait le silence. Est-ce qu'ils faisaient exprès pour le provoquer ? Il avait relaté ses entretiens avec Jessie à Laura et Simon ; si Laura n'était pas gênée par la musique de Jessie, habitant plus loin, Simon, lui, comprenait parfaitement l'exaspération de Vivien.

— Nicole aussi est allée la voir. À force de se faire déranger, elle finira bien par vous écouter. Moi, j'ai discuté avec Tony à propos de sa moto.

— La prochaine fois, j'appelle la police. Jessie a l'âge de comprendre le bon sens !

— L'âge oui, mais pas l'éducation. Ces gens-là se croient tout permis parce qu'ils ont de l'argent.

— Ils pourront donc payer les amendes chaque fois que je leur enverrai les flics...

Laura avait changé de sujet et Vivien n'avait pas insisté. Mais là, avec tout ce boucan, il lui en voulut de ne pas être de leur côté à Simon et lui.

Il finit son verre de Perrier, le déposa trop brutalement dans l'évier. Il se dirigeait vers la porte de la cuisine quand le vacarme cessa soudainement. Se pouvait-il que Tony ait fait entendre le bon sens à cette idiote de Jessie ? Il pourrait dormir la fenêtre ouverte, il aurait la paix cette nuit.

* * *

Frank Potvin était incapable de s'endormir, il revoyait l'agression de Fabien Marchand sur les berges de la Saint-Charles. Et si c'était là qu'il avait perdu sa chaîne en argent, tandis qu'il arrachait Vic à sa victime ? Vic avait d'abord résisté. Frank avait quasiment dû se battre avec lui pour le séparer de Marchand, mais ils avaient cru entendre des pas et ils étaient partis très vite, sans même récupérer le stock de Marchand. Ils avaient enfourché leurs motos. Vic avait foncé comme un fou, alors que ce n'était justement pas le moment de se faire remarquer. Frank l'avait suivi à distance et, quelques minutes plus tard, il n'avait pas été surpris d'entendre la sirène des patrouilleurs. Il n'était pas question qu'il se fasse arrêter avec Victor! Frank avait emprunté la première sortie et avait poursuivi son chemin en se disant que Vic avait du cran, mais pas de jugement.

Il avait appris le lendemain soir que Vic avait dû rester des heures en cellule, mais qu'il s'en tirerait sans problème.

Les problèmes, c'était Marchand qui les avait eus. En lisant le journal où il était écrit qu'un jeune homme était plongé dans le coma à la suite d'une agression, Potvin s'était dit qu'il aurait dû intervenir plus tôt, empêcher Vic de s'acharner sur Marchand.

— Ou plus tard, avait marmonné Vic quand il lui avait parlé de Marchand.

— Plus tard?

— T'aurais dû me laisser le tuer. Ça aurait été plus simple.

— T'es malade! T'as le goût de retourner en prison. T'as aimé ça, là-bas?

— Personne nous a vus, tabarnak! Marchand ne peut pas nous dénoncer puisqu'il est dans les vapes.

— Il peut en sortir.

— Il ne dira pas que c'est nous.

Frank s'était retenu de corriger Vic: il n'aimait pas qu'il utilise ce «nous» pour parler de cet incident. C'était Vic qui avait tabassé Marchand. Lui, il s'était contenté de s'assurer qu'ils ne seraient pas dérangés. Il avait même fini par protéger Marchand.

C'était ce qu'il se répétait en tentant de trouver le sommeil : si Marchand reprenait conscience, il pourrait dire qu'il l'avait aidé. Sans son intervention, il serait mort. Vic n'aurait jamais cessé de le frapper. Et même si des enquêteurs avaient découvert sa chaîne en argent, son nom n'était pas écrit dessus. Il y avait ses empreintes digitales, oui, mais ça ne prouvait pas qu'il était là en même temps que Marchand, qu'il avait participé à l'agression. Il pouvait avoir traîné sur les rives de la Saint-Charles avant ou après l'incident. Prétendre qu'il s'était battu avec un squeegee au mail Saint-Roch et que le gars lui avait piqué sa chaîne. Mais peut-être qu'il l'avait perdue ailleurs ; il s'en faisait sûrement pour rien.

Chose certaine, il faudrait que Vic se tienne tranquille. Il devrait interrompre son petit trafic pour un bout de temps. Mais Vic refuserait. Il s'était justement débarrassé de Marchand pour avoir tout le marché. À moins qu'il se tourne vers lui, qu'il lui propose d'écouler son stock pour les prochaines semaines. Après tout, il ne lui avait pas reproché de ne pas s'être arrêté quand les policiers l'avaient appréhendé. C'était ça, l'ennui avec Vic Duchesne, il était imprévisible ; il pouvait piquer une crise pour une connerie et rester indifférent pour un truc grave. S'il avait pu ressembler un peu plus à sa sœur qui était toujours très calme… Frank n'avait pas vu souvent Jennifer, mais il l'avait trouvée plus aimable que son frère et attentive. Elle l'écoutait, elle.

— Elle est énervante ! Elle me fait chier, point final, avait dit Vic.

— Non, elle est cool.

— Tu ne vis pas avec elle. Il faut toujours qu'elle fasse mieux que tout le monde. Elle veut impressionner notre père. C'est sûr qu'elle est mieux de compter sur son intelligence plutôt que sur son physique. Il faudrait qu'elle paie un gars pour qu'il sorte avec elle. Ou que mon père lui paie une chirurgie plastique.

Frank avait eu envie de rétorquer, mais il s'était tu. Vic détestait qu'on le contredise et Frank, lui, détestait les conversations à n'en plus finir. Vic aimait s'écouter parler. Tout le contraire de Jennifer. Frank était allé chez les Fournier pour se baigner au début de l'été et Jennifer était restée allongée sur une chaise avec un livre, se contentant de répondre à ses questions sans jamais s'immiscer entre Vic et lui. Et elle attendait toujours qu'il ait terminé sa phrase avant de prendre la parole. Vic, lui, l'interrompait constamment. Sans même s'en apercevoir.

Jusqu'à ces derniers jours… Il était moins jasant cette semaine. Il devait se demander comment écouler son stock. Avait-il autant de *pills* qu'il l'affirmait ? Ce serait hot s'il pouvait se charger de les écouler moyennant un bon pourcentage. Il discuterait ferme avec Vic. Il pouvait endurer ses discours oiseux, mais là il était question d'argent. Il ne descendrait pas en dessous de vingt pour cent. Vic lui devait bien ça ; il avait droit à ce genre de prime pour l'avoir aidé à piéger Fabien Marchand.

L'aurait-il suivi dans ce plan-là s'il avait su qu'il battrait Marchand aussi violemment ? Non. Mais comment aurait-il pu le deviner ? Vic avait parlé de donner une petite leçon. En lisant un article sur l'agression de Fabien Marchand, Frank avait appris qu'ils étaient nés le même jour. Mais lui avait deux ans de plus. Il serait majeur dans quelques jours. Vic avait promis qu'ils fêteraient, mais Frank n'avait pas envie de se défoncer dans un party tant qu'il ne saurait pas où étaient sa chaîne et sa médaille.

* * *

Nicole Rhéaume ne dormait pas non plus. Elle était incapable de se calmer, vexée que les Thériault ne l'aient pas invitée à souper en même temps que Vivien. N'avait-elle pas confié à Johanne, plus d'une fois, qu'elle se sentait seule? Il n'était pas nécessaire d'avoir du génie pour saisir l'occasion de les réunir, Vivien et elle. Johanne l'avait oubliée. Quelle imbécile!

Nicole s'approcha de la fenêtre. De sa chambre, à l'étage, elle pouvait distinguer s'il y avait de la lumière chez Vivien. Elle constata qu'il était rentré. Il n'était pas couché, lui non plus. Le salon était éclairé. Souffrait-il aussi d'insomnie? Depuis leur souper, ils s'étaient croisés à quelques reprises et Vivien promettait de lui rendre la politesse, mais il ne l'avait pas encore conviée à manger chez lui. Elle avait tenté de le mettre à l'aise en disant qu'elle adorait cuisiner, qu'elle pouvait l'aider, mais il avait protesté : quand il la recevrait, c'est qu'il serait prêt. Il voulait simplement avoir fini de s'installer, que tout soit parfait. Elle avait insisté ; il n'avait pas à se fendre en quatre pour concocter un repas compliqué. Il avait répété qu'il voulait que tout soit impeccable. Il maîtrisait quelques recettes et les lui préparerait dès qu'il aurait mis la main sur son livre de cuisine favori, rangé dans une des caisses qu'il n'avait pas encore ouvertes.

S'il voulait que tout soit parfait, c'est qu'il avait de l'estime pour elle. Sinon, il se serait contenté de l'inviter à un barbecue. Mais pourquoi tardait-il tant? Ça faisait presque deux semaines qu'il avait emménagé, attendrait-il

75

que l'été finisse avant de se décider à agir ? Ou était-il déjà engagé ? À la pharmacie, elle l'avait aperçu, discutant avec une femme blonde. Celle-ci riait en écoutant Vivien et ils s'étaient séparés après s'être embrassés. Sur les joues. Mais embrassés tout de même. Qui était-elle ? Elle ne devait pas avoir plus de quarante-cinq ans. Ce n'était pas juste.

Nicole songea qu'elle devrait suggérer aux Hotte-Martel d'organiser un souper avec Vivien. Danielle avait peu de temps pour cuisiner, aussi lui proposerait-elle d'apporter son fameux dessert aux pêches. Ce serait un peu gênant d'être obligée de quêter cette réunion pour revoir Vivien, mais Danielle était une femme perspicace qui comprendrait sa situation. Elle devait aussi voir Johanne, même si elle lui en voulait de ne pas l'avoir invitée à souper avec Vivien. Elle l'interrogerait subtilement : de quoi leur voisin avait-il parlé durant le souper ? Avait-il évoqué son passé ? Nicole savait qu'il avait enseigné l'histoire et la géographie durant des années, mais il n'avait fait aucune allusion à sa vie privée quand elle l'avait reçu chez lui. Il avait répété qu'il repartait à zéro, qu'une nouvelle vie commençait pour lui en emménageant dans ce quartier.

Et si elle discutait avec Élian ? Au fond, c'était lui qui connaissait le mieux Vivien après toutes ces heures passées dans son jardin. Pourquoi n'y avait-elle pas pensé avant ? Elle proposerait à Élian, dès le lendemain, de travailler aussi dans sa cour. Elle trouverait à l'occuper même s'il n'y avait pas grand-chose à faire. Ils bavarderaient en buvant un thé glacé dès qu'il aurait fini de tondre la pelouse et elle le paierait assez cher pour qu'il ait envie de revenir. De jaser avec elle. Elle apprendrait vite s'il y avait une femme dans la vie de

Vivien. Ou une ex. Il ne faut jamais négliger les ex. Elle devait également savoir si on avait récemment quitté Vivien ou si c'était lui qui était parti. Elle craignait par-dessus tout d'être la femme-intermède, celle avec qui on se console du départ de la précédente mais qu'on quitte pour une autre dès qu'on se sent mieux. Une autre qui profite alors de tout, qui hérite de la maison. Et de l'assurance vie.

Elle retourna se coucher, rassérénée. En apprendre plus sur Vivien l'aiderait à développer une stratégie pour l'approcher. Et si Élian racontait à Vivien que Nicole l'avait questionné sur lui, ce ne serait pas une si mauvaise chose ; il comprendrait qu'elle s'intéressait à lui, qu'il pouvait se montrer plus ouvert avec elle, qu'il n'essuierait pas de rebuffades. Élian, gentil Élian qui jouerait les messagers. Elle avait beaucoup aimé le film avec Julie Christie ; est-ce que c'était le genre de film qui plaisait à Vivien ? Peut-être trop romantique ? Non, il avait dit qu'il adorait Liszt et Chopin qui incarnent à merveille le romantisme. Elle tapota l'oreiller, remonta ses cheveux pour éviter qu'ils lui chatouillent le cou ; elle prendrait rendez-vous chez le coiffeur pour les faire couper.

Et si elle changeait sa coloration ? Si elle était plus blonde ? Comme cette fille à la pharmacie. Peut-être que Vivien préférait les blondes ? Elle avait remarqué comment les hommes regardaient Jessie Dubuc qui était blonde. Bien sûr, celle-ci n'avait pas trente ans. Et elle avait un corps à faire rêver tous les mâles. Que ce soit le facteur, les livreurs et même le jeune Élian. D'ailleurs, ce dernier traînait souvent chez les Nantel.

* * *

Louis Fournier regardait Jacques Gauthier mettre son casque, le saluer d'un geste large avant de faire démarrer sa Harley. Il le vit ralentir quand la grille s'ouvrit au bout du parc et disparaître sous les arbres. Fournier demeurait immobile, écoutant le croassement des corbeaux ; les propos de Gauthier tournaient en boucle dans son esprit : Tony Nantel leur avait menti. Il essayait de monter un réseau parallèle avec Hoffman.

Pour couronner le tout, il y avait eu une descente au local de Bernières. Deux hommes de Gauthier avaient été interpellés pour possession d'armes prohibées et de stupéfiants. Ni l'un ni l'autre ne pourrait s'occuper de Tony Nantel. Gauthier avait proposé de le remplacer par Réjean Boutet. Pourquoi pas ?

Fournier entra chez lui en longeant la piscine dont il ne profitait pas souvent. Il ne s'était pas encore baigné depuis le début de l'été. Sa femme et ses enfants non plus. Jennifer restait dans sa chambre pour lire. Quant à Victor... Il aurait dû l'enfermer au lieu de lui offrir une moto. Il ne se serait pas fait arrêter pour excès de vitesse, les bœufs n'auraient pas su qu'il consommait. C'était rageant qu'il ressemble plus à sa femme qu'à lui. Un homme n'a pas besoin d'être beau. Le plus important est d'avoir quelque chose entre les jambes. Et entre les deux oreilles. Vic ne réfléchissait pas, agissait toujours sur un coup de tête. Il l'avait envoyé dans de bonnes écoles, mais les résultats n'étaient pas probants. Ce n'était pourtant pas difficile de comprendre qu'il ne devait pas attirer l'attention des bœufs. Sous aucun prétexte ! Fournier était même surpris de ne pas avoir déjà reçu leur visite. Il aurait gagé cent dollars que Provencher se pointerait pour l'écœurer. Le sergent-détective devait être en vacances.

Chose certaine, Tony Nantel ne disparaîtrait pas sur le territoire de Provencher. On avait suffisamment de problèmes !

* * *

Pierre-Ange Provencher jouait avec un vieux coupe-papier que lui avait donné son père quand il avait douze ans. Il ne s'en était quasiment jamais servi, mais il aimait l'objet qui lui rappelait Germain Provencher. Il le revoyait dans la librairie où il travaillait, il se souvenait de l'odeur des livres, le calme qui régnait dans cet endroit. Enfant, il s'installait dans un coin tandis que son père comptait l'argent de la caisse. C'était là qu'il avait lu ses premiers ouvrages sur l'astronomie, ces ouvrages qui lui avaient permis d'identifier les constellations dans le ciel. C'était là qu'il s'était procuré un cherche-étoile, là qu'il avait dévoré les Bob Morane et s'était juré d'avoir une vie aventureuse. Il n'avait pas voyagé autant que son héros, mais arrêter des criminels l'avait mené aux quatre coins du Québec et même aux États-Unis. Il rentrait mainte-nant de deux semaines de vacances dans les Keys où il s'était un peu ennuyé du boulot, ce que sa femme Lucie, bien sûr, avait remarqué. Elle l'avait taquiné, mais il avait senti qu'elle était un peu déçue qu'il ne prenne pas autant de plaisir qu'elle à traîner sur la plage. Il avait pourtant juré qu'il était content du camping-car qu'ils avaient loué ; c'était vraiment une façon idéale de voyager. Il ne pouvait toutefois s'empêcher d'acheter *Le Soleil*, *Le Journal de Québec* et *La Presse* pour avoir des nouvelles du pays.

Il n'était rien arrivé de grave durant son séjour en Flo-ride. Une série de vols par effraction dans Charlevoix, un incendie. Pas de meurtre, pas de viol, si on se fiait aux journaux. Il y avait bien eu cette agression, sur les berges de la Saint-Charles, mais ça ne le concernait pas ; c'était l'affaire des enquêteurs de Québec. Sa femme avait lu l'article en secouant la tête ; dans quel monde vivait-on pour qu'on batte à mort un gamin de quinze ans ? Provencher avait cessé depuis longtemps de jongler avec ce genre de question. Il avait plutôt proposé à son épouse de nager avant de retourner chez Jessop. Lucie avait protesté un peu ; ils avaient déjà mangé dans ce restaurant, mais elle avait cédé à l'évocation de leur fameux dessert au chocolat. Elle s'était plainte qu'ils engraisseraient trop durant leur séjour et elle avait raison, mais Pierre-Ange Provencher n'avait pas envie de se priver en vacances. Il buvait de la Corona, mangeait des chips ou des frites et prenait du dessert à tous les repas. Tant pis pour le docteur Beaulieu qui le sermonnerait lors du bilan annuel.

Il devait avoir grossi encore plus qu'il le redoutait, car en arrivant au travail, ce vingt-deux juin, il avait noté le regard amusé de la réceptionniste.

— On a profité en Floride, mon Pierre-Ange ?

— Quand pars-tu en vacances ?

— Tu ne t'es pas ennuyé de moi ?

Pierre-Ange Provencher et Nathalie Leblanc travaillaient ensemble depuis huit ans. Provencher appréciait l'immuable bonne humeur de Nathalie qu'il n'avait jamais entendu se plaindre, même si elle devait élever seule sa fille Sarah qui, à dix ans, ressemblait déjà à une adolescente.

Il reposa le coupe-papier en ouvrant un sixième dossier, classé par ordre chronologique, rédigé par les patrouilleurs Normand et Lévesque ; il était fait mention d'un dénommé Victor Duchesne, arrêté pour excès de vitesse le sept juin à 1 h 47. Deux joints en sa possession.

— Tu vas vraiment lire les dossiers de tout ce qui s'est passé pendant ton absence? s'informa Étienne Martineau. Je te jure que notre oiseau n'a pas bougé du nid pendant ton absence. On a surveillé les allers-retours de Fournier matin et soir. On l'a vu avec Gauthier deux fois. Dans des bars. Avec des filles. Je ne le comprends pas! Si j'avais une femme aussi sexy que la sienne, je ne perdrais pas mon temps à cruiser en ville. Tu n'es vraiment pas obligé de tout lire, tu...

— Tu me connais, j'aime être au courant de tout. Même des niaiseries. On ne sait jamais à quoi elles peuvent être reliées.

Il se replongea dans le dossier Duchesne, le termina, le mit de côté, ressortit le dossier Ferron, un vol dans une bijouterie. Il reprit son coupe-papier pour se gratter l'épaule, suspendit son geste, attrapa le dossier Duchesne. Il avait la sensation qu'un détail lui avait échappé. Il le relut en entier, puis pianota sur la table. Martineau se tourna vers lui.

— Quoi?

— C'est René Lalonde qui s'est occupé de Victor Duchesne.

— René Lal...

— Oui, comme dans maître Lalonde.

— Quand ça?

— Durant ma première semaine de vacances.

— Je n'étais pas là non plus. Je suis revenu au moment de l'incendie. Perte totale. Tu es sûr que c'est René Lalonde?

Pierre-Ange Provencher tendit le dossier à son collègue. Il ne lui reprocherait pas d'avoir loupé ce détail.

81

Il savait que Martineau avait dû se rendre en Ontario au début de juin pour tenter de récupérer la garde de son fils. Et il s'agissait ici d'une banale arrestation pour excès de vitesse comme il y en avait tant au début de l'été, quand les jeunes fous s'excitaient sur la route. N'eût été du nom de René Lalonde inscrit en toutes lettres à la page cinq du dossier, Provencher n'aurait pas sourcillé.

— René Lalonde ne se déplace pas pour n'importe qui, commença Martineau. J'aurais dû le…

— C'est le fils de qui, Victor Duchesne ?

— D'Annie… d'Annie Duchesne. Mais regarde l'adresse. C'est à côté d'ici, à Stoneham.

— Baptême ! C'est le fils de Louis Fournier qui a été emmené au poste.

— Ce n'est pas surprenant que Lalonde se soit occupé de lui. Je serais curieux de voir si ce Victor ressemble à son père…

— Il avait pris des speeds, en tout cas. Les patrouilleurs sont formels. Ils l'ont fouillé parce qu'il leur a paru surexcité. Il devait se garder les joints pour plus tard, quand il redescendrait de son nuage. C'est plate qu'il n'ait pas eu plus de stock sur lui. On aurait eu une bonne raison de retourner au manoir Fournier.

Provencher agita la main pour récupérer le dossier, il le parcourut de nouveau, soupira.

— C'est agaçant… J'ai l'impression qu'un détail m'échappe.

— Un détail ?

Provencher haussa les épaules. Il ne servait à rien de s'entêter maintenant, il ne devinerait pas ce qui clochait. Il relirait le dossier Duchesne plus tard dans la matinée ; il devait avancer dans les autres dossiers.

Il achevait de lire le rapport sur l'incendie qui avait détruit un immeuble à logements le dix juin quand il attrapa le dossier Duchesne pour vérifier la date de l'arrestation de Victor : sept juin. Le jour de l'agression d'un ado aux bords de la Saint-Charles.

— Eh ! Martineau ! Que sais-tu de l'affaire de la rivière ? Le jeune qui a été battu ?

— Pas grand-chose. Ça n'a pas eu lieu sur notre territoire. Il paraît qu'il n'était pas beau à voir. Ils devaient être deux pour le frapper.

— C'est Graham et Rouaix qui enquêtent là-dessus ? Il me semble que j'ai lu leurs noms dans le journal.

— Pourquoi veux-tu savoir ça ?

— Parce que le petit gars a été emmené à l'hôpital le sept juin. Et que Victor Duchesne a été arrêté le même jour. La coïncidence est bizarre. J'appelle Rouaix.

André Rouaix et Pierre-Ange Provencher ne s'étaient pas vus depuis le début de l'été, mais ils s'étaient promis de jouer au golf avant la mi-juillet. Juste avant que Provencher parte en vacances, ils avaient échangé de l'information sur une série de braquages qui avaient eu lieu entre Québec et Saint-Siméon. Tout avait commencé dans le quartier Montcalm et dans le Vieux-Port. Puis les criminels avaient élargi leur terrain de jeu, s'étaient arrêtés à Sainte-Anne-de-Beaupré, Montmagny, Baie-Saint-Paul, Saint-Irénée. Rouaix et Provencher faisaient mentir le cliché qui voulait que les enquêteurs de la police municipale et ceux de la Sûreté du Québec soient en conflit. Ils n'avaient jamais caché ce qu'ils savaient ou apprenaient à propos d'une affaire, pensant tous deux que ce qui importait, c'était de la régler. Provencher aimait le côté posé de Rouaix, sa manière de présenter les choses calmement. Il composa son numéro en espérant qu'il ne soit pas déjà parti en vacances. C'était le cas, mais Maud Graham était présente. Elle s'étonna de l'appel de Provencher avant de le remercier de son initiative ; le dossier Marchand était au point mort et elle était ravie qu'on lui communique une information qui lui ouvrait certaines perspectives. Elle ne connaissait pas beaucoup Provencher et hésitait à le tutoyer même si elle savait qu'il jouait au golf avec son partenaire.

— À quelle heure a eu lieu l'agression ? s'enquit Provencher. Si c'est en soirée, mon idée est peut-être bonne.

— Autour d'une heure du matin. Ton gars s'est fait appréhender à quelle heure ?

— À 1 h 47. Il a poussé sa moto jusqu'à cent soixante. Et il avait pris des speeds. Et les patrouilleurs ont trouvé deux joints sur lui, aucune arme.

— Du sang ?

— Je me renseigne. C'est dommage qu'il ait été en moto. Sur les sièges d'une auto, on aurait eu plus de chance de déceler du sang. Là, il aura tout nettoyé, jeté ses vêtements s'il a remarqué des taches. Si elles avaient été évidentes, on les aurait vues quand on l'a enfermé.

— Je n'y compte pas trop, avoua Graham. On l'a battu à coups de pied, à coups de poing. Beaucoup d'hématomes, des fractures, mais il a protégé son visage avec ses mains, il n'a pas tellement saigné du nez.

— Je me renseigne tout de même et je te rappelle. Rouaix rentre bientôt ?

— La semaine prochaine. J'ai hâte.

— Qu'est-ce que tu vas faire quand il prendra sa retraite ? Il doit partir avant toi.

— Je ne sais pas. Ce ne sera vraiment plus pareil sans lui. Et je suis trop vieille pour me recycler dans un autre domaine.

— Ce serait regrettable que tu partes aussi.

Maud Graham bredouilla un remerciement ; elle ne s'attendait pas à ce compliment de la part de Provencher. De la part de personne d'ailleurs ; elle ne savait jamais comment réagir devant les louanges. Même quand ils venaient d'Alain, les éloges la faisaient rougir. Elle se retenait de ne pas se retourner, comme s'il adressait des remarques flatteuses à quelqu'un derrière elle. Alain soutenait qu'elle finirait par s'habituer à être appréciée, mais elle n'en était pas certaine. Elle se demandait si elle félicitait assez Maxime de ses bons coups, ou trop peu, ou trop, ou… elle ignorait la ligne à suivre avec les compliments. Elle souhaitait donner confiance à son protégé sans toutefois trop le couver. Elle aurait payé cher pour avoir une attitude aussi naturelle que celle d'Alain ou de Grégoire avec l'adolescent. Elle s'était encore disputée avec lui à propos de son séjour au Saguenay, mais elle n'avait pas cédé ; elle voulait qu'il voie son père. Il fallait préserver ce lien avec Bruno parce que ce dernier aimait sincèrement Maxime. C'était important que l'adolescent ne l'oublie pas. À son âge, c'étaient les copains qui comptaient. Il ne voulait pas les quitter, mais qu'était-ce qu'une dizaine de jours dans tout un été ? Elle avait taquiné Maxime ; il serait en vacances, alors son père n'exigerait sûrement pas qu'il fasse son lit, débarrasse la table, l'aide dans la cuisine. Maxime avait soupiré avant de répéter qu'il ne voulait pas se rendre au bout du monde.

— Provencher ? reprit Graham. J'ai oublié de te dire qu'on a une médaille. Une chaîne en argent avec une médaille. On l'a trouvée à deux mètres de la victime. Je la lui ai montrée, il ne l'a pas reconnue. Je t'envoie tout de suite une photo du bijou, avec le rapport des médecins. Selon eux, Marchand ne marchera plus jamais.

— Il le sait ?

— On le lui a annoncé. Pour l'instant, il vit dans le déni. Je suis certaine cependant qu'il a peur. Et que ça le pousse à me mentir. Il ne se rend pas compte que nous sommes de son côté.

— Pour les jeunes qui se droguent, on est l'ennemi, c'est sûr... Parfois, je suis content de ne pas avoir eu d'enfants. Je te rappelle bientôt.

Chapitre 4

Le soleil éclairait la première pivoine du bosquet du jardin de Vivien Joly. Elle était d'un rose thé délicat et Vivien se réjouit que les précédents propriétaires n'aient pas choisi une couleur trop vive. Il s'approcha pour humer la fleur, son parfum était plus discret que celui du jasmin qu'il avait sorti dehors le lendemain de son emménagement. Il avait été bien inspiré, car on distinguait déjà quelques bourgeons. Dans une semaine, dix jours tout au plus, les fleurs blanches s'épanouiraient en étoiles odorantes qui embaumeraient toute la cour. Vivien sourit ; il méritait un apéro, il avait bien travaillé aujourd'hui. Élian s'apprêtait à le quitter pour se rendre à une fête chez un de ses copains.

— Ce n'est pas un grand ami, juste quelqu'un de l'école. J'ai aussi une autre fête, demain. C'est cool, la Saint-Jean.

— Pourquoi est-ce que ce n'est pas un véritable ami ?

— On n'a pas les mêmes intérêts. Il reste enfermé dans sa chambre devant son ordi à jouer à des niaiseries.

— Ta mère m'a pourtant dit que tu passes des heures sur Internet.

Élian leva les yeux au ciel ; il ne perdait pas son temps, il naviguait, il tchatait avec des gens qui vivaient au bout du monde. En France, il avait un correspondant qui avait vécu à Hanoi.

— Hanoi ! Il est chanceux ! dit Élian.

— Tu iras sûrement un jour.

— Il faudrait que je gagne plus d'argent. Ce n'est pas avec ce que je ramasse ici que…

Élian s'interrompit. Il ne voulait pas se plaindre du salaire que lui versait Vivien, mais il avait hâte d'avoir un emploi payant. D'un autre côté, il avait refusé de travailler chez Nicole Rhéaume. Il manquait de suite dans les idées.

— À quoi penses-tu ? avait questionné Vivien devant l'air dubitatif d'Élian.

— J'aurais dû accepter de travailler chez Nicole. Elle voulait que je m'occupe de son jardin, mais elle m'énerve trop. J'ai sarclé chez elle durant deux heures, elle ne me lâchait pas. Elle m'étourdissait avec ses questions sur moi, sur mes amis, sur toi…

— Sur moi ?

— Tu es nouveau dans la rue, ça l'intrigue. Ne t'inquiète pas, je ne lui ai pas dit que tu es gay. Ce n'est pas de ses affaires.

Vivien déglutit, il n'avait jamais mentionné Claude devant Élian. Et il n'y avait aucune photo de lui dans la maison, même s'il en avait conservé de très belles, car revoir le visage de son amant le replongeait dans une profonde tristesse. Il avait peut-être tort d'éviter de regarder ces photos, mais il ne se sentait pas prêt.

— Qui t'a dit que j'étais gay ?

— Personne. Tu ressembles à mon oncle, c'est tout.

Élian avait ajouté que son oncle vivait avec son ami.

— Toi, tu n'as pas de chum ?

— J'en avais un. Il est mort d'un cancer l'an dernier.

— C'est pour ça que tu ne voyages plus ? Tu partais avec lui ?

Vivien hocha la tête. Il éprouvait du chagrin à évoquer Claude, mais cet après-midi-là pourtant il se sentait soulagé. Il n'avait confié à personne, depuis qu'il était dans le quartier, qu'il était en deuil. Il n'avait pas voulu attirer des regards de pitié. Ou être rejeté. Il attendait de mieux connaître ses voisins avant de leur faire des confidences. Et voilà qu'Élian simplifiait tout.

— Tu peux le dire à Nicole, ça ne me dérange pas.

— Non, moi, je ne dirai rien. Même pas à ma mère. Ce sont tes affaires. Tu ne voyageras plus jamais ?

— Je ne sais pas.

— Es-tu déjà allé à Hanoi ?

Vivien évoqua les coutumes qu'il avait observées au Viêt-Nam où il avait vécu durant deux mois. Élian déclara qu'il devrait exercer un métier qui lui permette de voyager.

— Je pourrais être photographe.

— J'ai toute une collection de *National Geographic*, si tu veux les regarder. J'en ai des boîtes pleines au sous-sol. Tu prends ce que tu veux. Je te les donne.

— S'il y a des reportages sur Hanoi, j'aurai l'air d'en savoir un peu plus quand je tchaterai avec Fred, à Paris. Ou avec Mark et Dorothy. Eux aussi aiment voyager.

Élian chercherait aussi des articles sur Sydney pour en discuter avec Jessie. Celle-ci rêvait de caresser des koalas en Australie. Il pourrait la surprendre avec ses connaissances. Il n'était pas idiot, il était conscient qu'une femme de son âge ne pouvait s'intéresser à lui, mais il ne pouvait s'empêcher d'aller la voir, comme un papillon attiré par la lumière. Il multipliait les prétextes pour s'approcher d'elle, pour sentir son parfum, voir danser ses cheveux d'or.

Il suivit Vivien au sous-sol pour fouiller dans les boîtes, empilant les magazines jusqu'à ce que Vivien trouve un numéro consacré au Viêt-Nam. Élian l'emporta avec trois autres *National Geographic* qui traitaient des serpents du monde entier, du Japon et de Sydney.

— Prendrais-tu un thé glacé avant de rentrer chez toi?

— Oui, il fait de plus en plus chaud.

— Des jours comme aujourd'hui, je suis content de ne pas être un Romain.

Vivien désigna son crâne chauve avant d'expliquer à Élian que la calvitie était inacceptable dans l'Antiquité.

— J'aurais été obligé de porter un postiche. Imagine-moi avec ça.

Élian sourit avant de révéler que Jessie Dubuc avait une perruque noire. Il l'avait vue lorsqu'il lui avait rapporté un disque.

— C'est bizarre, cette perruque noire. Elle est mieux avec ses cheveux blonds.

— Tu la vois souvent...

Élian protesta aussitôt en se penchant pour ramasser le gant qu'il venait d'échapper.

— Elle doit t'aimer beaucoup pour te prêter ses disques. Tu pourrais peut-être lui faire comprendre que sa musique est trop forte. Non, oublie ça! Ça ne te concerne pas. J'apporte le thé glacé.

* * *

Frank Potvin était assis à côté de la fontaine, en face de la gare du palais. Vic devait le rejoindre pour lui remettre cent grammes de pot et une cinquantaine de pilules. Il écoulerait ce stock avant que la fête débute, que les amplis crachent les premières mesures du show.

Et, à ce moment-là, il pourrait s'amuser à son tour, oublier sa petite vie ennuyante, son travail abrutissant au supermarché, les regards si lourds de sa mère. Dès qu'il aperçut Vic, il sut qu'il était gelé. Est-ce qu'il s'était servi dans le stock? Il devrait compter les pilules avant de payer Vic. Pour le pot, il se fierait à son expérience; il n'avait évidemment pas apporté de balance.

Vic s'avança vers lui, leva la main pour toper, serra celle de Frank en affirmant que les Québécois auraient un méchant party grâce à eux.

— On a en masse de pilules.

— Faudrait pas que tu te fasses arrêter. Tu viens juste de…

— Pour une niaiserie, je ne suis pas resté longtemps chez les bœufs. T'es chicken, man, arrête de freaker, on va triper.

— T'as déjà commencé.

— Je voulais me mettre en forme. J'ai mal dormi.

— T'es pas tout seul, soupira Frank Potvin. J'ai rêvé à Fabien Marchand.

— Ce crisse-là, il n'est pas encore mort?

— Ça serait écrit dans les journaux. Et celui qui l'a battu pourrait être accusé de meurtre.

— Arrête de niaiser avec ça. T'es mieux de ne pas me stooler!

Frank Potvin écarquilla les yeux avant de protester avec véhémence.

— Câlice! Tu m'insultes, Vic, t'as pas le droit!

— O.K., O.K., mais je n'ai pas envie de parler de Marchand. Il a eu ce qu'il méritait. Il ne fallait pas qu'il m'écœure, c'est tout.

— J'ai perdu ma chaîne, ce jour-là. Peut-être cette nuit-là. Si elle est là-bas et que les bœufs l'ont retrouvée…

Victor Duchesne haussa les épaules ; même si on ramassait cette chaîne, ça ne changerait rien à rien. Frank n'avait jamais été fiché, pas d'empreintes nulle part. Et il n'y avait personne sur les bords de la Saint-Charles. Il devait s'en souvenir puisque c'est lui qui faisait le guet.

— Tu ressembles à mon père. Tu stresses pour tout.

— Ton père est stressé ?

— Ça l'a fait chier que je me fasse arrêter. Il m'a engueulé pendant une heure. Fuck ! En plus, il ne veut pas que je deale.

— Tu m'as toujours dit que ton père avait des chums motards. Que lui-même…

— Il me fait chier. S'il s'imagine que je vais obéir, il peut se fourrer cette idée-là dans le cul. J'ai pas dix ans, y a personne qui peut me dire quoi faire. Ni lui, ni Jennifer.

— Ta sœur ?

— Elle n'a pas à se mêler de mes affaires. Elle s'est plainte que j'avais nui à toute la famille en me faisant arrêter.

Frank Potvin s'efforça de conserver une expression neutre même s'il était d'accord avec Jennifer. Vic et ses conneries n'amenaient que des problèmes. Il le lâcherait avant la fin de l'été.

— Je peux te jurer qu'on va ramasser du cash, aujourd'hui, déclara Vic. On a le contrôle du secteur ! Personne ne nous écœurera !

« Certainement pas », songea Potvin. Tous les dealers savaient ce qui était arrivé à Fabien Marchand. Ils n'iraient pas casser le marché. Pas dans l'immédiat, en tout cas. Ils ne voulaient surtout pas attirer l'attention des enquêteurs avec un nouveau drame. Plusieurs avaient été interrogés; ils n'avaient pas apprécié que la rivalité entre Duchesne et Marchand leur complique l'existence.

— On est chanceux qu'il fasse beau pour la Saint-Jean. Il y aura plein de monde au show. On va peut-être manquer de pills.

— J'irai en chercher d'autres, promit Vic. J'irai trouver Bud Vallières. On s'arrangera.

— Tu es sûr?

— Bud a tout ce qu'il faut.

Potvin acquiesça en se demandant si Vic avait appris que Bud Vallières avait fourni un stock d'ecstasy à Fabien Marchand deux semaines avant qu'il l'agresse. Il avait dit qu'il l'avait battu parce qu'il vendait ses pills moins cher que les siennes, mais il était peut-être furieux que Bud et Fab fassent affaire ensemble.

Et si Fab mourait?

Potvin avait téléphoné à l'hôpital pour avoir de ses nouvelles mais tout ce qu'on lui avait dit, c'est que l'état de Fabien était stationnaire. Il était toujours dans le coma. Et il fallait qu'il y reste. Potvin ne souhaitait pas sa mort, mais Fabien devait continuer à se taire. De toute façon, il était sûrement bien, dans les limbes; rien à dealer, à calculer. La paix. Potvin l'enviait presque; il n'avait plus à surveiller sans cesse par-dessus son épaule, se méfier de tout le monde, s'inquiéter constamment, courir à droite et à gauche, mal dormir.

— Tu te rends directement au mail? fit Vic sur un ton de commandement.

Ce ton... Potvin avait de plus en plus de difficulté à supporter l'attitude de petit *king* de Duchesne. Il s'efforça pourtant de sourire.

— Oui, il y en a qui doivent être impatients de me voir. On a récupéré une partie des clients de Marchand.

— Ça m'écœure pour son stock ! Qu'on n'ait pas eu le temps de le ramasser. Puis tout le reste de ce qu'il avait. Ça me met en crisse. Y a un paquet de pills qui dorment quelque part.

Frank Potvin y pensait, lui aussi. S'il pouvait mettre la main sur le stock de Marchand avant Duchesne, on verrait qui était le meilleur dealer, qui pouvait jouer au boss.

— On ne se rendra pas chez lui pour fouiller, quand même ! avança-t-il. On se retrouve au carré D'Youville tantôt ?

Vic acquiesça, regarda Frank s'éloigner, le rappela.

— Si on gageait ? Lequel en vend le plus d'ici deux heures ?

— Gager quoi ?

— N'importe quoi. Un cent.

— On n'a pas le temps de compter ce qu'on a chacun.

— Tu as cent grammes et cinquante pills, tabarnak ! Penses-tu que je t'ai fourré ?

Potvin secoua vivement la tête. Il voulait dire qu'il ne savait pas ce que Vic avait sur lui.

— Tu me trustes pas !

— Comment savoir ce que tu as vendu, si je ne sais pas ce que tu as au départ. Comment on pourra compter à qui il en reste le moins dans deux heures ?

— O.K., O.K., laisse tomber.

— Ça va être une maudite bonne journée, c'est ça qui est important. On fêtera ça ce soir.

— C'est cool, man.

En enfourchant sa moto cependant, Victor Duchesne n'était pas certain que tout était si cool. Potvin était vraiment énervant avec toutes ses petites manies et sa paranoïa. Il fallait toujours qu'il complique tout. Il n'aurait peut-être pas envie de fêter la Saint-Jean avec lui quand la nuit tomberait.

* * *

Un parfum de miel flottait dans l'air quand Vivien rentra chez lui après avoir passé la soirée chez sa belle-sœur dont on célébrait l'anniversaire. Il n'avait pas énormément d'affinités avec Monique. Ils partageaient néanmoins l'immense vide créé par le décès de Claude. De plus, il connaissait la plupart des invités, il n'avait pas à répondre à des questions maladroites, à apprendre à quelqu'un que Claude était mort. La soirée s'était déroulée bien mieux qu'il ne l'avait imaginé ; il avait retrouvé un ami perdu de vue depuis une vingtaine d'années et cette rencontre l'avait distrait de sa peine.

Le miel, l'air embaumait le miel, alors que ni les tilleuls ni le lilas japonais n'étaient en fleurs. Vivien s'interrogeait sur la provenance de ce parfum qui parvenait jusqu'à son jardin. Il s'allongea au fond de la cour après s'être servi un alcool de framboises ; c'était fête aujourd'hui, après tout. La rue était calme, il n'y avait plus de lumière chez ses voisins qui avaient célébré ensemble la Saint-Jean : les Hotte faisaient toujours un barbecue à cette occasion. Vivien avait été invité, mais Danielle avait compris qu'il ne pouvait rater les cinquante ans d'une amie. Pourquoi n'avait-il pas dit que Monique était sa belle-sœur ? Par réflexe. Il n'avait pas envie d'expliquer qu'elle était la sœur de son amant défunt. Il en avait pourtant parlé à Élian quand celui-ci était venu travailler dans l'avant-midi même s'il s'était couché tard la veille.

— J'ai tchaté avec Mark jusqu'à trois heures du matin !

— Tu n'as pas une autre fête, ce soir ? Tu dois être fatigué. Tu n'es pas obligé de rester ici…

— Non, je ne suis jamais fatigué. On ira sur les Plaines pour la Saint-Jean.

Élian avait ajouté que le drapeau du Québec n'était pas mal avec ses quatre fleurs de lys, mais que celui de la Turquie, avec son croissant, était plus beau.

— Ce qui est encore mieux que le drapeau turc, c'est la Turquie elle-même avait répondu Vivien. Le grand bazar d'Istanbul, Topkapi, le palais du sultan, les citernes… Et la langue turque est très jolie, on dirait que les gens roucoulent. Comme des pigeons. Il y en a d'ailleurs partout, là-bas. Et des chats errants. J'ai adoré la Turquie. Lorsqu'on visite la citerne de la Basilique, on a la sensation que le temps s'est arrêté à l'époque de sa construction. Vers les années 500. J'y retournerai peut-être. Traîner au grand bazar, boire du thé à la pomme…

— C'est ça qu'il faut que tu fasses, revisiter tous les pays qui t'ont plu. Ça te consolera.

— J'ai l'air si triste ?

— Ça dépend des jours.

Vivien pensait qu'aujourd'hui avait été un bon jour, un jour léger comme le chant des tourterelles, teinté de nostalgie mais sans aucune lourdeur, sans cette impression d'être entraîné vers le fond d'un lac tout noir. Il devait cela à Élian. Il lui offrirait un appareil photo à la fin de l'été. Vivien but une gorgée d'eau-de-vie de framboise. Devait-il planter des framboisiers ? Ces arbustes avaient tendance à croître sauvagement. C'était si bon, des framboises fraîchement cueillies, et elles attireraient peut-être des oiseaux ? Il avait acheté deux mangeoires qu'il avait remplies de graines diverses, d'arachides pour plaire aux geais bleus et aux mésanges, et il y avait deux plants de cardinale pourpre près de la terrasse du jardin qui devraient enchanter les colibris.

Des portières qui claquaient, des cris, des rires tirèrent Vivien de ses songes. Il regarda sa montre ; il était deux heures dix ! Le bruit provenait de chez Jessie et Tony Nantel, évidemment. Il se leva, fit quelque pas, s'immobilisa, aussi furieux que désemparé. La soirée était parfaite, il admirait la lune, respirait l'odeur de la nuit et rêvait, et voilà que ces imbéciles rompaient cette harmonie, gâchaient tout. Il n'allait tout de même pas redéménager parce que ses voisins étaient des crétins ! Il serra les poings en respirant bruyamment. Il vida son verre d'alcool, regagna la cuisine, se servit de nouveau, avala une bonne lampée et sortit. Il traversa la rue d'un pas ferme, s'étonnant de ne pas voir de lumières s'allumer chez Nicole, Laura et Simon ou chez les Hotte-Martel et tous les voisins. Est-ce qu'aucun d'eux n'avait été réveillé par le vacarme des Nantel ? Il sentait son cœur battre, son pouls s'accélérer et se répéta qu'il devait se montrer aussi calme que ferme, prévenir simplement ces malotrus qu'il enverrait des policiers si c'était le seul langage qu'ils comprenaient.

Un inconnu vint lui ouvrir. Il était en maillot de bain et s'essuyait avec une grande serviette en le dévisageant.

— Je veux parler à Anthony.

— Anthony… Ah ! Tony, notre beau Tony.

Il cria ce nom avant de retourner vers la piscine. D'où il était, Vivien entendit le fracas d'un plongeon. Il rêva que Jessie avait plongé, que l'eau lui avait bien claqué sur le ventre, les cuisses, et qu'elle se soit assommée au fond de la piscine. Mais ce n'était pas Jessie qui avait sauté puisqu'elle s'avançait vers lui, un cocktail d'un rose soutenu à la main.

— Qu'est-ce qu'il y a ?

— Il est deux heures du matin. J'aimerais dormir. Il faudrait éteindre cette musique et crier moins fort.

Jessie fit une moue d'exaspération, but une gorgée de son Cosmopolitan avant d'expliquer à Vivien que c'était normal de fêter le vingt-quatre juin.

— Normal de fêter à une heure normale, rétorqua Vivien. Moi, je veux dormir.

— On a le droit de faire le bruit qu'on veut le soir de la Saint-Jean ! Ça arrive une fois par année.

— Justement, ce n'est plus la Saint-Jean puisqu'il est passé minuit. On est donc le vingt-cinq juin et je vous répète que je veux dormir. J'essaie de rester poli, mais j'aimerais que vous compreniez mon point de vue.

— Es-tu toujours aussi plate ?

Jessie tourna la tête vers Tony qui s'approchait d'elle, désigna Vivien d'un geste dédaigneux.

— Il veut qu'on arrête le party.

— C'est la Saint-Jean... C'est normal de fêter !

— Ça ne donne pas le droit de déranger les voisins.

Jessie sortit sur le perron, étira exagérément le cou.

— Les voisins n'ont pas l'air d'être trop dérangés. C'est vous qui avez un problème. Si vous n'aimez pas la Saint-Jean, faites un party le premier juillet. À chacun sa fête !

Vivien allait protester quand Jessie lui claqua la porte au nez.

Elle l'avait éconduit comme un vulgaire colporteur ! Il en avait le souffle coupé. Il sentit la colère qui bouillait en lui, qui allait exploser. Jessie l'avait congédié, balayé du revers de la main. Et, bien sûr, elle ne baisserait pas la musique. Et il entendait toujours les cris qui s'élevaient de leur cour. Il retraversa la rue, se servit un verre d'eau-de-vie, remit la bouteille au réfrigérateur en jurant. Il avait été courtois, mais si ces sauvages ne voulaient faire aucun effort, il n'avait pas le choix. Il téléphona au poste de police, raconta ce qu'il vivait, s'informa du temps que les patrouilleurs mettraient à ordonner à ses voisins de se tenir tranquilles.

— Ils n'iront probablement pas, lui répondit-on.

— Pourquoi ? C'est du tapage nocturne !

— C'est la Saint-Jean.

— On est le vingt-cinq juin depuis minuit.

— Ça ne change rien. Les gens n'arrêtent pas de fêter à minuit pile. Les policiers ne se déplaceront pas cette nuit pour une fête privée. Ils ont d'autres chats à fouetter, les soirs de Saint-Jean. On n'a pas trop d'effectifs pour éviter les problèmes sur les Plaines ou au carré D'Youville. On n'a pas oublié l'année où…

— Et moi, là-dedans ?

— Je suis désolé, on ne peut rien faire le jour de la Saint-Jean.

— Ce sont mes taxes qui paient les salaires des policiers…

— Je ne peux rien faire, monsieur.

Vivien raccrocha, abasourdi. Il devrait endurer ce boucan jusqu'à ce que ses voisins tombent de sommeil ? Parce que c'était la Saint-Jean ? Il but une nouvelle gorgée d'eau-de-vie. Il fronça les sourcils. Il lui sembla que le parfum des framboises s'était évaporé et qu'il ne restait que l'âpre goût de l'alcool. Il s'étouffa, toussa, perdit le souffle, s'impatienta et lança le verre d'alcool contre le mur de la cuisine. Il sentait le sang palpiter dans ses veines, il aurait voulu tout casser dans la maison. Non. Pas dans la sienne, dans celle de ses voisins. Tout briser. Les anéantir. Il dut boire un verre d'eau. En faisant les cent pas dans le salon pour se calmer, il vit de la lumière chez Nicole Rhéaume. Il sortit aussitôt de la maison, s'arrêta sur le seuil. Il irait vers Nicole si elle sortait à son tour. C'était évident qu'elle s'était réveillée à cause du tintamarre de ces abrutis. Il attendit quelques minutes, guetta un mouvement, puis tout redevint sombre; Nicole devait s'être recouchée.

Comment faisait-elle pour endurer ça? Et tous les autres? Étaient-ils sourds? Ou était-ce lui qui entendait trop bien? Était-il le seul à croire que la plus élémentaire politesse consistait à respecter autrui?

Il retourna dans le jardin sans réussir à se raisonner. Il était obsédé par l'idée qu'il devrait déménager de nouveau pour avoir la paix. Il n'avait ni l'envie, ni la force, ni le courage de chercher une nouvelle maison, de tout remettre dans des cartons, de tout redéballer. Comment être certain que d'autres imbéciles, ailleurs, ne le priveraient pas de son droit à la tranquillité? Il se rappelait ce qu'il avait vu au journal télévisé au début de l'hiver: des résidants des Laurentides s'étaient réunis, avaient formé une coalition pour se protéger du bruit incessant causé par les motoneigistes qui circulaient sur une piste établie à moins de deux cents mètres de leurs demeures. Résultat: après avoir épuisé toutes les ressources, sonné à toutes les portes, ils n'avaient toujours pas retrouvé la paix. Ils avaient dépensé toute cette énergie pour rien.

Il observa les feuilles du lilas que la lune mouchetait d'argent, les annuelles qu'il avait plantées avec Élian, le petit chemin de pierres. Devrait-il quitter son jardin par la faute de ses voisins?

Il se força à s'allonger. Il se rappelait le premier matin où il avait déplié la chaise longue dans la cour, le plaisir qu'il avait eu à s'étendre. Il avait l'impression que c'était déjà loin dans le temps. Un cri strident, plus fort que tous les autres, le fit sursauter, puis soupirer. Il avait envie de pleurer de rage et de découragement. Il quitta le jardin, ferma toutes les fenêtres de la maison et s'installa devant le téléviseur. Que pouvait-il faire d'autre ? Même avec des bouchons dans les oreilles, il subirait les cris aigus des fêtards.

L'aube commençait à poindre quand Vivien Joly s'endormit. Après avoir entendu les portières de deux voitures claquer dans le jour naissant. Il espéra que les invités des Nantel aient trop bu et qu'ils s'écrabouillent contre un arbre, que leurs voitures s'embrasent et explosent, qu'ils soient pulvérisés !

* * *

Le tressautement du pied gauche de Maxime trahissait la nervosité qu'il tentait de cacher à Grégoire en lui souriant trop souvent.

— Je te jure que c'était juste pour le party de la Saint-Jean. Pour triper un peu. Tout le monde en prend.

— Si tout le monde se jette en bas de l'édifice Price, tu feras pareil ? T'es plus intelligent que ça, Max.

— Maud ne s'en est même pas rendu compte.

Maxime essuyait les assiettes que lui tendait Grégoire. Le lave-vaisselle était en panne depuis deux semaines, mais Maud n'avait pas encore appelé le réparateur. Elle attendait qu'Alain examine l'appareil ; ce serait idiot de payer s'il s'agissait d'un petit ennui qu'il pouvait régler facilement. Elle avait abandonné les garçons dans la cuisine avec la vaisselle du souper à laver, sous prétexte qu'elle avait un dossier urgent à relire.

— Maud n'a rien remarqué, je te jure, répéta Maxime.

— Tu penses ça ? Alors comment se fait-il qu'elle savait quand j'étais gelé et quand je ne l'étais pas ? Tu es naïf.

— Tu en prenais trop. Moi, je me suis contenté de fumer un peu. Maud n'a rien remarqué.

— Parce que tu as couché chez moi ! Arrête de me prendre pour un crétin. À l'heure où tu es rentré ce matin, elle était partie au poste. C'est sûr qu'au souper tu étais redescendu sur terre et qu'elle n'a rien pu voir. Si tu t'imagines qu'elle ne s'est posé aucune question quand je lui ai téléphoné pour l'aviser que tu couchais chez moi, tu te trompes !

— Est-ce qu'elle t'a rappelé aujourd'hui pour te parler de moi ?

— C'était inutile. Elle sait que je ne dirai rien. Mais j'en avais envie…

Grégoire cherchait les arguments qui pourraient convaincre Maxime de ne pas pousser plus loin ses expériences avec la drogue. Il lui avait répété à quel point il avait eu de la difficulté à renoncer à la coke, qu'il avait dépensé des sommes faramineuses pour de la poudre. Maxime acquiesçait, mais il devait oublier aussi vite ce que Grégoire lui racontait, car ce dernier l'avait croisé trois fois au parc Saint-Roch, complètement gelé. Il l'avait ramené chez lui, l'avait forcé à se coucher même s'il doutait qu'il s'endorme. Effectivement, Maxime s'était relevé pour ouvrir les armoires et le réfrigérateur, cherchant quelque chose à grignoter. Grégoire avait passé une mauvaise nuit, mais au moins Maxime était en sécurité.

— Es-tu conscient qu'on peut te vendre n'importe quelle cochonnerie ? C'est ça qui est dangereux.

Maxime saisit une assiette d'un geste brusque. Il y avait assez de Maud pour lui faire des sermons, il

n'avait pas besoin que Grégoire s'y mette à son tour!
Qu'il arrête de radoter!

— Tu commences à me faire chier! Tu n'es pas mon père ni mon frère! Puis t'es mal placé pour me dire quoi faire, t'as sniffé pendant des années. Toi, tu peux triper, mais pas moi.

— Pauvre petit martyr…

— Ne me regarde pas avec cet air-là! Vous vous croyez meilleurs que moi, mais j'ai le droit de vivre comme je veux!

— Max… Calme-toi.

— Arrête de me dire quoi faire!

Maxime avait lancé l'assiette sur le comptoir. Grégoire l'avait rattrapée avant qu'elle tombe sur le sol, tandis que Maxime s'éloignait vers sa chambre dont il claqua la porte. Maud quitta aussitôt son bureau.

— Qu'est-ce qui se passe?

— Tu questionneras le petit monstre! Moi, il me pompe l'air et je dois travailler demain matin. Bonne soirée!

Maud eut envie de retenir Grégoire, mais il lui jeta un regard exaspéré et lui tourna le dos avant de sortir par la porte arrière. Maud Graham soupira. Elle avait rêvé d'une soirée tranquille où elle pourrait réfléchir aux hypothèses de Pierre-Ange Provencher avant de regarder le film qu'elle avait loué. Une comédie britannique. Est-ce que Maggie Smith parviendrait à la faire sourire? Maud en doutait. Elle se dirigea vers la chambre de Maxime, frappa trois coups à la porte. N'obtenant aucune réponse, elle l'ouvrit; Maxime était étendu sur son lit, les écouteurs sur la tête. Maud percevait la musique; il deviendrait sourd à force de pousser le volume au fond. Combien de fois devrait-elle le lui répéter?

— Ce serait parfait! Je n'entendrais plus vos sermons!

— Tu t'es disputé avec Grégoire?

— Pourquoi est-ce qu'il faut toujours que tu saches tout?

— Parce que je suis responsable de toi.

— *Give me a break.*

Maud prit une longue inspiration, adressa un sourire étrange à Maxime qui perçut la menace.

— Tu as raison, Max. On a besoin d'un *break*. Je te reconduis à la gare demain matin. J'appelle ton père.

— Eh! Je ne veux pas y aller, tu le sais! Tu n'as pas le droit.

— Tu es mineur, Maxime. Ça nous fera du bien à tous les deux de mettre un peu de distance entre nous.

L'adolescent cria qu'elle voulait se débarrasser de lui, mais Maud referma la porte de la chambre derrière elle avant de sortir son agenda pour chercher le numéro de téléphone de Bruno Desrosiers. Ils s'étaient parlé la semaine précédente. S'il ne fut pas surpris d'entendre Maud, il se désola d'apprendre que Maxime se montrait si arrogant.

— Il a fêté pas mal fort la Saint-Jean. Il faut que tu le raisonnes, Bruno. Je suis certaine qu'il a fumé du pot ou du hasch, mais il est allé coucher chez Grégoire. Et Grégoire ne veut pas trahir Maxime même s'ils sont fâchés.

— Maxime fâché avec Grégoire? Son idole?

— Ce sera bon pour Max de changer d'air.

— Ça ne lui tente pas vraiment. Je l'ai bien deviné quand je lui ai parlé au téléphone.

— Je te l'envoie demain par autobus.

Il y eut un silence, puis Maud entendit Bruno se racler la gorge avant de demander si elle reprendrait Maxime.

— Le reprendre ?

— Achètes-tu un billet aller-retour ou juste un aller ?

— Bruno ! C'est seulement une pause ! Pour quelques jours...

— O.K. C'était juste pour être certain.

* * *

Un coup de tonnerre fit sursauter Nicole Rhéaume alors qu'elle traversait la rue pour se rendre chez Vivien Joly. Elle s'immobilisa, songea à rentrer chez elle pour se munir d'un parapluie et sourit. Non, non, pas de parapluie. S'il pleuvait à la fin de la soirée, Vivien lui prêterait sûrement le sien et elle aurait un prétexte le lendemain pour retourner chez lui. Elle lissa le bord de sa robe. Avait-elle fait le bon choix ? Aurait-elle dû mettre la rouge plutôt que la bleue ? La rouge mettait son teint en valeur, mais elle avait vu plusieurs fois Vivien habillé de bleu. Et la bleue était juste assez décolletée pour lui permettre de porter le collier de turquoises qu'elle avait acheté à Mexico. Elle sonna à la porte en souriant. Il commençait à pleuvoir au moment exact où elle allait se mettre à l'abri ; pas une goutte ne gâcherait sa coiffure.

Elle cessa de sourire lorsque la porte s'ouvrit : Richard Martel lui fit signe d'entrer sans remarquer sa déception. Elle avait rêvé d'un tête-à-tête et voilà qu'elle trouvait ses voisins chez Vivien. Elle s'avança vers la cuisine où leur hôte disposait des canapés dans une grande assiette.

— On n'en manquera pas ! Tu attends beaucoup de monde ?

— Laura, Élian et Simon devraient arriver d'une minute à l'autre. Et les Thériault. Ils ont trouvé une gardienne.

Nicole nota qu'il avait nommé Laura en premier ; qu'est-ce que ça signifiait ? Est-ce qu'il avait invité tous les voisins pour avoir un prétexte pour la voir ? Non, non, elle se faisait des idées. Vivien ne pouvait s'intéresser à Laura, il était évident qu'elle était amoureuse de Simon.

— Je t'ai apporté un bourgogne. Il me semble que tu as déjà visité cette région.

Vivien sortit la bouteille du sac de papier, siffla ; Nicole avait fait une folie.

— C'est trop, Nicole ! Un Meurseault !

— Il paraît qu'il est très bon.

— C'est exagéré.

— C'est sûr que c'est un peu juste si on est une dizaine, ce soir, mais je ne savais pas que…

Vivien admira la bouteille et sourit à Nicole ; il la conserverait et ils la boiraient plus tard ensemble. Il voulait vraiment qu'elle en profite ! En attendant, il lui servit un verre de Chandon rosé, puis trinqua avec elle à leur prochain souper. Nicole allait dire qu'elle aimait le léger goût de framboise du mousseux quand on sonna à la porte. Vivien s'excusa, accueillit Danielle Hotte qui s'essuya les pieds avant d'entrer dans la maison. Son mari l'entraîna aussitôt dans le jardin malgré la pluie.

— Il a un vrai beau jardin. Il me paraît plus grand qu'auparavant, même s'il y a plus de plantes… C'est vrai qu'Élian a aidé Vivien ?

— Beaucoup, dit Nicole qui les avait suivis.

— Il pourrait bosser chez nous aussi, avança Danielle.

— Ne compte pas trop là-dessus, la prévint Nicole. Je le lui ai demandé et il a refusé. Il ne travaille que pour Vivien. Pourtant, j'étais prête à le payer très correctement.

Danielle haussa les épaules ; les adolescents sont

parfois capricieux. Elle avait connu ce moment où les enfants sont imprévisibles, où elle s'inquiétait de leurs fréquentations, de leurs sorties. Heureusement, les siens n'avaient pas fugué comme Élian. Elle observa Laura qui s'avançait vers eux, tandis que Simon et Élian se dirigeaient vers la cuisine à la suite de Vivien. Laura n'avait fait aucun effort vestimentaire, portant un simple jean et tee-shirt rose pâle. Si elle avait eu les jambes de Laura, Danielle n'aurait jamais mis de pantalon. Jamais ! Elle aurait acheté des sandales invraisemblables, des jupes de tous les styles, des robes courtes. Elle en aurait profité, mais Laura ne se préoccupait pas de son image. Danielle l'enviait ; elle et Nicole faisaient beaucoup d'efforts pour être à leur avantage. Elles se rencontraient au salon de coiffure et chez l'esthéticienne. Laura ne devait même pas se mettre de crème sur le visage. Ni de jour ni de nuit. Et elle n'avait que quelques rides.

— Eh ! Élian ! Tu as fait un beau travail dans le jardin de Vivien.

L'adolescent esquissa un sourire. C'était facile avec Vivien qui était si précis dans ses directives.

— Viendrais-tu chez moi ?

— Je ne sais pas. Peut-être, oui…

Nicole tressaillit en entendant la réponse d'Élian, tandis qu'elle revenait de la cuisine où elle s'était resservi un verre de rosé. Le gamin était prêt à travailler chez les Hotte-Martel alors qu'il n'avait pas voulu revenir chez elle ? Elle déposa les ramequins remplis d'olives variées, évitant de regarder Élian, espérant qu'on ne devine pas son humiliation. Rien ne se passait comme prévu ! Elle aurait dû être seule avec Vivien, tout le voisinage débarquait chez lui et voilà que, en plus, elle se faisait insulter par un petit morveux ! Elle but la moitié de son verre d'un trait avant de retourner à la cuisine pour le remplir de nouveau. Le grondement du tonnerre la fit sursauter et elle renversa un peu de vin sur le comptoir. Vivien s'empressa de l'éponger.

— Je suis maladroite, s'excusa-t-elle.

— Ce n'est pas grave. L'important est que je n'aie pas décidé de faire un barbecue. La soirée serait à l'eau !

Elle sourit à son jeu de mots, même si c'était précisément ce qu'elle pensait de la soirée.

— Ce n'est pas le plus bel été que nous ayons eu. Jusqu'à ce jour, en tout cas. Tu ne dois pas profiter autant que tu le voudrais de ton jardin. Il est vraiment luxuriant. Tu lui as conféré une âme…

— Si je n'y vais pas autant que je le souhaiterais, c'est parce que la maudite musique de Jessie Nantel m'empêche de me détendre !

— Jessie Dubuc. Nantel, c'est le nom de Tony. Ils ne sont pas mariés.

— La musique te dérange tant que ça ? fit Christian Thériault en ouvrant une autre bouteille de Chandon.

— Pas vous ? Vous entendez sa musique, non ? À la Saint-Jean, c'était vraiment pénible.

— Nous, on n'est jamais là, à la Saint-Jean-Baptiste, dit Simon. On était chez des amis à la campagne. Élian a dormi chez un copain.

— Moi, dit Nicole, j'ai fermé toutes les fenêtres et j'ai mis l'air climatisé. La Saint-Jean, c'est toujours bruyant. À moins de vivre en plein bois. Veux-tu que j'apporte le bol de salade sur la table ?

Vivien hocha la tête ; il aurait dû tendre le plat à Nicole en la remerciant, mais il était déçu. Ses voisins ne semblaient pas gênés outre mesure par l'attitude de Jessie. Il espérait qu'ils s'uniraient pour lui dire son fait, lui remettre une pétition, mais Simon discutait avec Christian et Richard du procès pour fraude qui faisait les manchettes depuis deux jours, et Nicole était déjà partie avec le bol et les grandes cuillères en bois en forme de girafe. Était-il intolérant envers Jessie ou ses voisins étaient-ils trop nonchalants, trop mous pour prendre des mesures envers la jeune femme ? Il sortit l'assiette de gravlax qu'il servait en entrée, vérifia qu'il y avait assez de toasts dans le panier à pain et apporta le tout dans la salle à manger.

Il reparla de Jessie quand ses convives entamèrent les fromages. Il se sentit légèrement réconforté lorsque Danielle confia qu'elle espérait que les Nantel achètent le chalet dont leur avait parlé Tony. Un chalet ? Oui, dans Charlevoix.

— C'est certain ?

— Pas encore, répondit Richard, Tony y songe. Il voudrait se baigner dans un lac. Il ne se baigne même pas dans sa piscine...

— C'est peut-être Jessie qui veut ça, avança Élian. Elle s'ennuie ici.

— Elle ne fait pas pitié ! s'exclama Laura. On ne vit pas dans un trou perdu, on est à dix minutes en auto du Vieux-Québec.

— Moi, je la trouve bizarre, je *les* trouve bizarres, dit Christian Thériault. Tony a un horaire étrange pour un comptable. Mon cousin est comptable et il ne rentre pas chez lui à minuit.

— Est-il vraiment comptable ? demanda Danielle. C'est Jessie qui m'a appris ce qu'il faisait, mais rien ne prouve que c'est vrai.

— Il travaille dans le multimédia, affirma Élian. Il a des clients partout au Canada.

— Il serait lié au monde du crime que ça ne m'étonnerait pas, dit Simon.

— Ce sont des suppositions, marmonna Richard.

— L'important est qu'il ne fasse plus de bruit avec sa moto, dit très vite Simon. C'est tout ce que je veux. Est-ce que votre itinéraire au Mexique est décidé ? Vous partez bien en septembre ?

Simon se tournait vers les Thériault.

— Octobre. On veut être là pour la rentrée des classes. Ensuite, on s'offre deux semaines au soleil.

— Je ne savais pas que vous vous rendiez là-bas, s'étonna Nicole. Je pourrais vous prêter des livres. J'y suis allée, il y a trois ans. Le musée d'ethnologie de Mexico est splendide.

— Tu es gentille, mais on sera du côté des plages pour s'écraser au soleil.

— C'est vrai que le musée est fabuleux, approuva Vivien en empilant les assiettes tout en s'adressant à Nicole. As-tu visité la Maison bleue ?

— Évidemment ! La maison de Frida Kahlo est si originale et si…

— Comme dans le film ? Elle existe réellement ?

— Oui, confirma Vivien. C'est un lieu très émouvant. Triste et joyeux tout à la fois. C'est une drôle de coïncidence, mais le dessert que j'ai préparé ce soir est typiquement mexicain. Avec du chocolat, beaucoup de chocolat.

Nicole eut l'impression d'être plus légère, subitement. Vivien l'avait appuyée devant tous les voisins, montrant qu'il appréciait qu'elle soit cultivée. Elle avait aussi eu le loisir de constater qu'il n'y avait aucune photo de femme dans la maison. Elle complimenta Vivien pour son dessert — bien meilleur que tous ceux qu'elle avait goûtés à Mexico — et insista pour l'aider à ranger. Que leurs voisins rentrent se coucher, ils travaillaient le lendemain. Elle n'avait pas à se lever aux aurores, elle pouvait faire la vaisselle avec Vivien.

— C'est inutile. Je m'en occuperai demain matin. Je te raccompagne, tu n'as pas de parapluie.

En arrivant chez elle, Nicole offrit un dernier verre à Vivien qui hésita, puis refusa.

— J'ai déjà trop bu. À mon âge, les abus se font plus sentir. Ce n'est pas grave, j'en ai profité dans ma jeunesse.

— Tu parles comme si tu étais vieux ! Je t'assure que…

— Tu es gentille, mais je connais l'âge de mes artères et de mes muscles. J'avais le dos raidi d'avoir trop travaillé dans le jardin. Je n'ai pas la souplesse d'Élian ! Une chance que je l'ai, celui-là.

Il y eut un silence. Vivien se souvint qu'Élian n'appréciait pas tellement Nicole. C'était probablement réciproque. Il dit très vite qu'il la rappellerait pour boire le Meurseault.

— Je préparerai le souper, suggéra Nicole.

— Mais non ! C'est ton vin qu'on boira. Aimes-tu le homard ?

— J'adore le manger, mais je déteste le faire cuire.

Elle fit mine de jeter un homard dans une casserole et Vivien la taquina : ah ! les femmes et leur cœur sensible. Dans l'eau bouillante, un homard perdait conscience en moins de trente secondes. C'était encore plus rapide si on lui enfonçait un couteau à la base de la tête.

— Je ne veux pas voir ça !

— Je t'appellerai quand ce sera cuit, promit Vivien. J'espère seulement que Jessie ne nous cassera pas les oreilles avec sa musique. Je ne sais pas comment tu réussis à l'endurer, c'est aussi ta voisine…

Nicole s'empressa d'affirmer qu'elle s'était plainte plusieurs fois. Elle prétendit qu'elle n'avait pas appelé les policiers parce qu'elle croyait que Jessie s'assagirait. Elle ne confierait certainement pas à Vivien qu'elle ménageait la susceptibilité de Jessie et Tony parce qu'ils étaient riches. Et que tout cet argent l'impressionnait.

Elle regarda Vivien s'éloigner en souriant; la soirée s'était mieux terminée qu'elle n'avait commencé.

Elle avait eu raison d'apporter un grand bourgogne; il fallait savoir investir dans la vie. Elle serait contente de déguster du homard. Du vivant de Jean-Yves, ils faisaient un souper de homards au début de l'été. C'était un des rares soirs de l'année où elle n'avait pas à cuisiner. Elle n'avait jamais éprouvé la moindre pitié pour les crustacés comme elle l'avait toujours affirmé. Elle avait simplement utilisé ce prétexte pour ne pas avoir à s'affairer dans la cuisine ces soirs-là. Et bientôt elle s'attablerait chez Vivien. Et cette fois, ils ne seraient que tous les deux. Elle avait bien compris que Vivien ne voulait pas partager la bouteille à plusieurs. Si c'était nécessaire, elle achèterait d'autres grands vins. Elle était persuadée que Vivien lui était envoyé par le destin... mais qu'elle devait aider un peu celui-ci. Elle se remémora l'odeur du parfum de Vivien quand il s'était penché pour lui faire la bise sur la joue; très légèrement citronné, subtil. Elle s'y habituerait facilement s'il souhaitait qu'elle s'installe chez lui. Elle quitterait sa demeure sans regrets; Vivien ne pouvait pas avoir envie de déménager alors qu'il venait de s'installer. Et il avait un beau jardin. Est-ce qu'Élian continuerait à venir l'entretenir même si elle vivait là l'été prochain? Elle lui était antipathique; elle n'avait pourtant rien fait pour déplaire à Élian. Ça l'agaçait un peu. Non pas parce qu'elle recherchait l'estime de l'adolescent, elle s'en moquait complètement, mais elle craignait qu'il ne la dévalorise auprès de Vivien qui avait beaucoup d'affection pour ce jeune idiot. Que lui trouvait-il?

* * *

Maud Graham terminait son premier café quand la sonnerie du téléphone retentit. Elle fut tentée de laisser sonner plusieurs coups afin de réveiller Maxime, mais il faudrait qu'elle le secoue pour qu'il se lève. Que ferait-il de sa dernière journée à Québec? Elle le conduirait à la gare d'autobus en fin d'après-midi. La veille, il avait encore tenté de la faire changer d'idée. Elle était restée ferme: il passerait dix jours avec son père, point final. Elle saisit l'écouteur, reconnut la voix de Carole Boucher, frissonna en apprenant que Fabien Marchand venait de mourir.

— Il... il avait repris conscience, bafouilla Graham.

— Des complications. Depuis hier. On a tenté de...

— Est-ce qu'il a dit quelque chose avant de mourir?

— Il a reparlé des serpents. C'est tout.

— Je viendrai tantôt avec Rouaix. Il faudra qu'on retourne chez Fabien, fouiller ses affaires.

— Pouvez-vous patienter un peu? Ses parents sont effondrés. Ils pensaient l'emmener en rééducation d'ici quelques semaines.

— C'est un homicide, maintenant. Les Marchand comprendront qu'on fait ce qu'il faut pour trouver l'assassin de leur fils. Quinze ans! Ça me rend malade!

Elle remercia Carole de l'avoir prévenue, raccrocha, se resservit du café. Il lui parut amer. Elle le jeta dans l'évier et se mit à pleurer, appuyée sur le bord du comptoir de la cuisine.

— Eh, Biscuit ? Qu'est-ce qui… ?

— C'est le jeune dont je t'ai parlé… Fabien Marchand. Il est mort.

Maxime hésita, puis se rapprocha de Maud pour lui tapoter maladroitement l'épaule. Elle lui sourit à travers ses larmes en murmurant qu'elle n'avait pu s'empêcher de les comparer, Fabien et lui, parce qu'ils avaient à peu près le même âge.

— C'est une histoire de drogue. Jure-moi que tu ne vendras jamais de drogue !

— Je ne suis pas assez fou pour ça, protesta Maxime.

Maud Graham hocha la tête avant de remettre de l'eau dans la cafetière. Maxime la lui enleva des mains, se chargea de la remplir, lui offrit de faire des crêpes. Il préparerait aussi le souper.

— C'est gentil, sauf que tu prends l'autobus de 17 h 50.

— Je ne te laisserai pas toute seule, voyons !

Graham se retint de taquiner Maxime qui sautait sur ce prétexte pour demeurer à Québec. Elle ne doutait pas qu'il était sincère en voulant la consoler, mais il ne perdait pas de vue ses intérêts.

— Non, ça va, c'était le choc. Fabien était sorti du coma, on croyait qu'il était sauvé.

— Tu m'avais dit qu'il était paralysé. Il est peut-être mieux mort…

— Maxime !

— Est-ce qu'il s'est suicidé ? Moi, c'est ce que je ferais si je me réveillais impotent.

Et si Maxime avait deviné juste ? Non, Carole l'aurait précisé si tel avait été le cas.

— C'est un homicide. On l'a battu à mort. Je vais m'habiller.

— Je pourrais partir demain, insista Maxime.

— On ne recommence pas à discuter de tout ça…

Maud Graham s'éloigna en se disant que c'était dommage que son protégé mette moins de volonté à étudier qu'à la faire changer d'idée. Elle était heureuse qu'il lui ait prodigué un réconfort et qu'ils ne se quittent pas dans leur état d'esprit de la veille, braqués sur leurs positions. Il est vrai qu'elle aurait aimé qu'il reste à la maison, mais elle ne baisserait pas la garde, elle devait maintenir sa décision. Si seulement Alain était là! Tout serait plus simple. En boutonnant son chemisier, elle se dit qu'elle se trompait. Alain n'avait pas de baguette magique pour régler tous ses problèmes, il ne pourrait pas empêcher les journalistes de lui poser des questions sur l'affaire Marchand. Avant la fin de la matinée, ils apprendraient que le garçon était décédé. Elle appela Rouaix pour lui annoncer la nouvelle, s'excusa de le déranger si brutalement le lendemain de son retour de vacances.

Le miaulement de Léo qui s'étirait sur le lit la fit soupirer d'envie. Le chat avait vraiment de la chance de pouvoir paresser toute la journée sans se soucier de rien.

* * *

Il était vingt-deux heures dix quand Vivien Joly regagna son domicile après une séance de cinéma. En sortant de sa voiture, il grimaça aussitôt, se raidit en reconnaissant la chanson que Jessie avait fait jouer tout l'après-midi. Il n'allait pas endurer ça plus longtemps! Il avait épuisé toutes ses réserves de patience. Il claqua la porte en entrant chez lui, se rua sur le téléphone. On n'était ni le vingt-quatre juin, ni le premier juillet. C'était une journée tout ce qu'il y a de plus ordinaire. Il avait droit au calme, droit de dormir les fenêtres ouvertes pour respirer l'air de la nuit. Si Jessie n'éteignait pas sa maudite chaîne stéréo, il devrait fermer toutes les fenêtres de la maison et faire fonctionner le climatiseur.

Vivien Joly avait l'impression d'être pris en otage chez lui. En composant le numéro du poste de quartier, il entendait son cœur battre au rythme du rap qui parvenait jusqu'à la maison, qui s'immisçait dans sa vie, qui l'empoisonnait. La paix. Il n'exigeait pas la lune, il voulait simplement la paix ! Il déclina son identité au policier qui prit la communication, car il était persuadé qu'on lui accorderait plus d'attention ainsi. Et, effectivement, une voiture de police se garait devant la demeure des Nantel sept minutes plus tard. Des patrouilleurs échangèrent quelques mots avec Jessie Dubuc puis remontèrent dans la voiture. Vivien vit la jeune femme refermer sa porte. Et le silence se fit.

Vivien poussa un long soupir de contentement ; il aurait dû appeler les policiers plus tôt. Pourquoi avait-il toléré qu'on lui gâche ses journées de lecture au jardin ? Il se servit un verre de cognac qu'il sirota au fond de la cour, jouissant de sa tranquillité. Le gardénia fleurissait et exhalait des parfums vanillés qui ravissaient et apaisaient le retraité. C'était tellement suave, si velouté que Vivien avait l'impression d'être caressé par cette odeur envoûtante. Il dégusta le cognac en se disant qu'il était bien. Jessie avait enfin compris qu'il ne plaisantait pas. Si elle l'interrogeait le lendemain pour savoir si c'était lui qui avait envoyé les flics, il ne lui mentirait pas.

Vivien but une autre gorgée, chassa Jessie de ses pensées. Il se détendit, goûta la chaleur de l'alcool, songea à Claude qui aurait aimé le jardin. Avec Élian, il avait réussi à en faire un lieu agréable en quelques semaines.

Il manquait encore certaines fleurs, Vivien tenait à planter de la julienne des marais, mais d'ici la fin du mois tout serait parfait.

* * *

Louis Fournier avait bu trois vodkas dans la soirée sans ressentir aucun effet. Il devait pourtant réussir à se soûler pour oublier à quel point son fils était imbécile ! Et à quel point lui-même avait manqué de jugement en envoyant René Lalonde, son avocat, le chercher au poste de police. Il aurait dû envoyer n'importe quel autre avocat, un avocat sans lien avec lui. Fournier avait reconnu la voix de Provencher dès qu'il l'avait entendue. Leur conversation avait été brève. Il avait deviné que l'enquêteur de la Sûreté ne l'avait jamais chassé de ses pensées. Il lui avait parlé de Victor. Où s'était-il procuré les joints qu'on avait trouvés sur lui ? L'avait-il engagé comme vendeur ? Était-il aussi ambitieux que lui au même âge ?

— Décroche, Provencher. On avait quinze ans. Ça fait un bail qu'on a changé de vie, de quartier. Toi, de ton côté et moi, du mien.

— Et Gauthier ? Tu le vois toujours ?

— Pas souvent.

Fournier avait hésité, mais si Provencher l'avait surveillé, il pouvait l'avoir vu avec Gauthier.

— Tu devrais l'éviter. Les Hells ne sont pas des gens à fréquenter.

— Tu as toujours aimé ça nous dire quoi faire, hein, Provencher ?

— Tu aurais peut-être dû m'écouter un peu plus.

— Tu as vu ma cabane. Ne viens pas me faire croire que tu trouves que ton bungalow est plus beau.

Provencher avait eu envie de répondre que sa maison ne ressemblait pas à un bunker, mais il se tut. Louis Fournier ne changerait jamais, il vivait pour épater la galerie. Quand ils étaient enfants, il volait plusieurs bicyclettes chaque été ; changeant de vélo chaque fois qu'un voisin en avait un meilleur que le sien. Il avait été le premier, dans leur quartier, à avoir une moto. Mais il ne l'avait pas volée, contrairement aux bicyclettes, contrairement à tout ce qui lui faisait envie. Il l'avait payée avec l'argent qu'il amassait en vendant du hasch. Gauthier lui avait fait concurrence durant quelques mois, puis ils s'étaient associés jusqu'à ce que Fournier quitte Québec. Provencher avait su plus tard, alors qu'il était jeune patrouilleur, que Fournier avait été arrêté pour extorsion et vol à main armée. Il ne s'en était pas étonné. Il n'avait pas été surpris non plus d'apprendre qu'il avait été libéré pour vice de procédure : Fournier avait toujours eu beaucoup de chance. Il s'était juré d'être là quand le vent tournerait. Il se tenait informé des faits et gestes de Fournier depuis qu'il était revenu vivre dans la région. Celui-ci n'était certainement pas devenu millionnaire grâce à ses pizzerias. Il surveillait aussi les mouvements de Gauthier. Il espérait obtenir bientôt des renseignements de Jim Cormier, arrêté au début de mai. Il avait l'étoffe d'un bon délateur.

— Ma maison n'est pas aussi grosse que la tienne. Je n'ai pas besoin de trois garages. On n'a qu'une auto chez nous. Toi, c'est différent. Trois voitures plus une moto, il faut caser tout ça. Il paraît qu'elle monte jusqu'à 200, la Harley de ton fiston ?

— Un excès de vitesse, ça arrive... Tu as du temps à perdre avec les niaiseries de petits jeunes qui s'excitent sur une autoroute ?

— Quand ça concerne ton fils, donc toi, je réponds oui. Au cas où ça me mènerait quelque part.

— Pas trop loin… J'ai interdit à Vic de sortir sa moto.

— Ça ne sera pas pratique pour livrer sa dope.

— Si tu as quelque chose de précis là-dessus, crache-le tout de suite. Sinon, sacre-nous la paix.

Il y avait eu un silence, Fournier avait insisté et Provencher s'était contenté de promettre qu'ils se verraient bientôt. Que savait Provencher, au juste ? Fournier s'était dirigé vers la chambre de son fils. Victor était au téléphone et ne l'avait pas entendu s'approcher, s'immobiliser en écoutant les propos qu'il échangeait avec son copain Frank.

— Crisse-moi la paix avec ta maudite médaille. Les bœufs ne feront jamais le lien avec toi ! N'importe qui a le droit de se promener sur le bord de la Saint-Charles. De toute manière, tu n'es pas dans leurs dossiers. Et Marchand est mort. C'est parfait, c'est ça qu'on voul… Que *je* voulais ? Arrête avec ça, tu me tombes sur les nerfs. Tu…

Victor s'était interrompu en apercevant le reflet de son père dans le miroir du garde-robe.

— Je te rappelle plus tard.

— Qui est mort ? beugla Fournier.

— T'occupe pas de ça. C'est rien.

Louis Fournier avait fixé son fils avant de le gifler si fort qu'il était tombé du lit.

— T'es malade !

— C'est quoi cette histoire de chaîne que les bœufs ne trouveront pas ? Avec qui tu parlais ?

— C'est Frank qui a perdu sa chaîne quand on s'est battus avec Marchand.

— Quand ? Où ?

Victor avait raconté comment il avait corrigé Marchand avant d'affirmer que Frank devait avoir égaré sa chaîne en mettant son casque de moto.

— Il s'énerve pour rien. En plus, on est mineurs. On n'est pas dans leurs dossiers. Et Marchand est mort, il ne pourra jamais parler de nous. S'il l'avait fait, les bœufs auraient débarqué ici depuis longtemps.

Louis Fournier avait dévisagé son fils et quitté la pièce avant de le frapper à nouveau. Son fils ne voyait même pas dans quelle merde il s'était fourré ! Provencher ne lui avait pas téléphoné sans raison. Que savait-il ? Est-ce que Victor avait tout raconté ou manquait-il des détails à son histoire ? Des détails qui referaient surface au mauvais moment ? Provencher s'occupait-il de cette affaire ? Ce n'était pas son territoire pourtant. Avait-il passé un marché avec les municipaux juste parce qu'il avait lu le nom de René Lalonde dans le dossier de son fils ?

Et cette maudite médaille, où Frank Potvin l'avait-il égarée ?

Louis Fournier regarda la bouteille de vodka, hésita. Boire ou ne pas boire ne changerait rien à l'affaire : il faudrait faire disparaître Potvin. Victor ne pouvait pas se permettre d'avoir un témoin de son crime. Il avait raison en soutenant que Marchand ne l'avait pas dénoncé. Ça faisait plus d'un mois qu'il l'avait agressé ; les enquêteurs auraient sonné à leur porte depuis longtemps s'ils avaient eu des motifs de croire que Vic était coupable. Il devait cependant joindre Gauthier. Au moment où il posait la main sur le téléphone, celui-ci sonna.

— C'est réglé. Je n'ai pas pu t'appeler plus tôt. C'est O.K.

Tony Nantel. Il l'avait oublié, celui-là, avec les conneries de Victor.

— Sûr ?

— Tout est O.K., répéta Gauthier. On se retrouve tantôt ?

— Je serai là à minuit.

Enfin une bonne nouvelle ! Nantel avait cessé de leur jouer dans le dos. Si tout s'était déroulé comme prévu, Bud Vallières l'avait exécuté dans le bois qui longeait le boulevard Champlain. Ou au port. L'important, c'est qu'on découvre son corps dans Québec. Que Provencher ne vienne pas mettre son sale nez dans cette histoire. Fournier fut tenté de se servir un autre verre, retint son geste ; il boirait au bar. La fin de semaine, les patrouilleurs étaient plus nombreux sur les routes. Il ne manquerait plus qu'il se fasse arrêter pour conduite avec facultés affaiblies.

La porte d'entrée claqua ; sa femme rentrait, les bras chargés de paquets. C'était ce qu'elle réussissait le mieux, dépenser son argent. Il la toisa. Annie était belle, tous les hommes l'admiraient, mais elle n'avait rien dans la tête et Victor avait hérité de ses gènes.

— Qu'est-ce qu'il y a ? J'ai magasiné avec Hélène et ensuite on est allées souper…

— Ça va. Je sors.

— D'accord.

Annie avait au moins ça de bon ; elle ne posait pas de questions. Comme Jennifer. Contrairement à son frère, Jennifer ne s'exprimait pas à tort et à travers. Et elle l'avait surpris en faisant fructifier l'argent qu'il lui avait donné à son anniversaire ; elle avait réalisé un profit considérable en l'investissant avec discernement. Elle l'avait épaté. Et lui avait vraiment fait regretter que Victor n'ait pas le quart de son intelligence. Il commençait à prendre la mesure des problèmes qui surgiraient quand son fils voudrait se mêler de la gestion des restaurants.

Que saisirait-il au blanchiment d'argent, à toutes les acrobaties financières que cela entraînait?

* * *

Vivien Joly examinait les feuilles du philadelphus en soupirant. Des pucerons étaient en train de tout dévorer; les feuilles se recroquevillaient sous l'invasion des insectes. S'il ne traitait pas l'arbre rapidement, non seulement il ne fleurirait pas, mais il serait irrémédiablement perdu. Pourquoi n'avait-il pas remarqué avant qu'il était infesté de pucerons? Il ouvrit la porte du cabanon où étaient rangés les outils et les produits de jardinage et chercha un insecticide parmi les nombreuses boîtes et bouteilles, mais s'il avait tout ce qu'il fallait pour traiter les rosiers, les tomates et les fines herbes, il n'avait rien qui convenait au philadelphus. C'était navrant; il s'était justement rendu la veille à la jardinerie. Il changea de chemise et attrapa les clés de sa voiture.

En s'assoyant, il éprouva une sensation étrange sans qu'il puisse l'identifier, mais dès qu'il fit démarrer l'auto, dès qu'elle recula, il pesta; il y avait un problème avec les pneus. Avait-il roulé sur un clou? Il sortit. Ce n'était pas du côté gauche, c'était le pneu arrière droit. En l'examinant, il constata qu'il n'était pas dégonflé mais crevé, et que le responsable n'était pas un clou ou un tesson de bouteille: il y avait une longue entaille près du centre.

On avait crevé son pneu.

Il jeta un coup d'œil aux alentours comme si le coupable venait tout juste de commettre son forfait. Qui avait pu faire ça? Et pourquoi? C'était ridicule! Il n'y avait pas tant de gamins dans les environs.

À moins que ce ne soient ces jeunes qui avaient dévalé la rue en mobylette à toute vitesse hier soir ?

Vivien n'avait pourtant pas eu l'impression qu'ils s'étaient arrêtés. Ils filaient en hurlant dans la nuit. L'un d'entre eux traînait avec lui un appareil radio qui faisait assez de bruit pour enterrer la musique de Jessie. Combien de décibels pour cette meute hurlante ? Au moins cent. Un coup de klaxon correspond à cent dix décibels, alors les cris des jeunes et la musique de Jessie n'en étaient sûrement pas très loin sur l'échelle des décibels. Il souhaita qu'ils souffrent tous d'acouphène, un jour ! Qu'ils endurent un sifflement permanent dans leurs oreilles qui leur rappellerait qu'ils avaient écouté leur musique beaucoup trop fort. Vivien avait lu des articles sur la surdité des Québécois ; de plus en plus de gens en souffraient. À qui la faute ? On était trop tolérant dans ce pays, les législations étaient trop laxistes. Parce que les motoneiges et autres véhicules hors route généraient deux milliards de dollars en retombées économiques, on méprisait la vie de toutes ces personnes qui habitaient à proximité des pistes, qui s'étaient naïvement installées à la campagne pour jouir de sa quiétude. Ce n'était pas mieux en ville où l'on se foutait du bruit occasionné par la circulation ou les équipements mécaniques. On oubliait que plusieurs accidents sont causés par le bruit. On oubliait le danger en s'abrutissant au son de la musique assourdissante dans les discothèques. Tant pis pour l'avenir.

Plus il y songeait, plus Vivien était certain que ce n'étaient pas les jeunes qui avaient crevé son pneu. Pourquoi auraient-ils fait cela ?

Il regarda de nouveau autour de lui et fixa la demeure des Nantel. Se pouvait-il que Jessie ou Tony aient voulu lui nuire ? C'était facile, sa voiture était restée garée devant la maison toute la journée parce qu'il faisait du rangement dans le garage.

Évidemment, il n'avait pas de preuves. Jessie n'avait pas déposé de carte de visite. Il examina le sol comme s'il espérait y découvrir un bijou qui aurait trahi la vandale. Il serra les poings ; il bouillait de colère sans pouvoir faire quoi que ce soit. Dans quel monde vivait-il ? Il ouvrit le coffre de sa voiture, en sortit le pneu de secours et le cric qu'il échappa sur son gros orteil gauche. Il jura ; tout était la faute de cette maudite Jessie ! S'il avait su qu'elle serait sa voisine, jamais il n'aurait emménagé dans cette rue. Il avait envie de pleurer, de mordre, de crier. Voilà ce qu'elle faisait de lui, un enragé ! Il frappa le cric contre un mur du garage, se figea à cause du bruit. Il devenait fou ! Il serra et desserra les poings sur le cric et sursauta quand Nicole le héla.

— Qu'est-ce qu'il y a encore ?

Nicole s'immobilisa ; Vivien était en nage, le visage rougeaud.

— Je me suis lancée dans les tartes, ce matin. Mais je ne dois pas manger tout ça. Je vais grossir et... Qu'est-ce qui se passe avec ton pneu ?

— On l'a crevé.

— Comment ça ?

— Quelqu'un a voulu me faire une mauvaise blague et a planté un couteau dans mon pneu.

— C'est stupide. Je peux t'aider ?

— Non, ça va...

— Je vais au moins aller porter la tarte à la cuisine.

Vivien hésita une fraction de seconde ; il n'aimait pas qu'une étrangère entre chez lui en son absence, mais comment pouvait-il refuser ? Nicole l'aurait trouvé ridicule ou aurait été vexée. Il lui tendit son trousseau de clés en lui demandant d'être indulgente. La maison était en désordre.

— C'est pareil chez moi, ne t'en fais pas.

Nicole s'empara des clés en souriant et Vivien eut l'étrange sensation qu'elle les tenait comme un trophée. Sa voisine était bizarre parfois... C'est Élian qui l'affirmait et il avait raison. Il grimaça; il n'aurait pas dû la laisser entrer seule dans sa maison. Il aurait dû la suivre à la cuisine. Il était idiot; que pouvait-elle faire de si grave? Elle ne resterait pas là durant des heures, elle viendrait le retrouver. Quelle journée de merde! D'abord les pucerons, puis le pneu, et maintenant une voisine collante. Tout ça à cause de Jessie.

Il finissait de revisser un boulon lorsque Nicole lui rendit ses clés.

— Je te quitte, je ne suis pas certaine d'avoir éteint le four chez moi. Je suis distraite, ces jours-ci.

Vivien la remercia avec sincérité, heureux qu'elle reparte. Il lui adressait son plus beau sourire quand une moto passa en trombe dans la rue. D'un geste rageur, Vivien lança le cric dans sa direction. Il rebondit au milieu de la rue.

— Vivien! s'exclama Nicole.

— Ils me rendent fou! Ils trafiquent leurs motos pour qu'elles soient plus bruyantes et personne ne les arrête. Évidemment! Le gouvernement gagne trop d'argent avec les commerçants pour...

Il s'arrêta subitement avant de confier à Nicole que les sons intenses l'agressaient.

— Ça me fait mal! Ça réveille mon acouphène. C'est insupportable.

— Il paraît que c'est très pénible, compatit Nicole.

— J'ai fait une labyrinthite. Depuis, je suis plus sensible au bruit. Heureusement que tous mes voisins ne sont pas comme Jessie ! J'ai hâte de goûter à ta tarte ! Ça doit sentir bon dans toute ma cuisine.

Chapitre 5

Maud Graham lissa ses cheveux. Ils étaient trop longs, mais elle avait encore reporté son rendez-vous chez le coiffeur. Et ce n'était sûrement pas cette semaine qu'elle irait. D'abord, la mort du jeune Marchand. Puis la découverte du corps d'Anthony Nantel. D'après les premières constatations, il avait été tué d'une balle dans la tête la veille, mais on venait seulement de découvrir le corps. Graham, qui était rentrée depuis peu, réchauffait une soupe malgré la chaleur quand Rouaix avait téléphoné pour lui annoncer qu'un nouveau meurtre avait été commis sur leur territoire. Trottier les attendait sur les lieux avec Fortin. Le coroner s'y trouvait aussi. L'homme avait été touché en plein front. Son assassin devait être un très bon tireur. Peut-être même un professionnel.

— C'est du travail bien fait, déclara Trottier quand Graham l'eut rejoint.

— Une balle en pleine tête... Soit on attendait la victime, soit on l'a suivie. Dans ce coin-ci, on lui a probablement fixé rendez-vous, c'est plutôt désert. Je suppose que la voiture de luxe qu'on a vue plus bas est la sienne. Il s'appelle Anthony Nantel. Il serait comptable, si on se fie à sa carte.

— Ça s'est fait rapidement, si le tueur n'a pas pris la peine de lui voler son portefeuille.

— Il doit l'avoir vidé. Il ne restait que deux dollars quarante en monnaie.

— Le meurtrier aurait pu emporter le portefeuille au lieu de prendre l'argent.

— Il se moque qu'on établisse l'identité de la victime.

— Ça ressemble à un contrat, marmonna Trottier. Qui fait ce genre de choses dans notre belle région ? Avant, j'aurais avancé des noms chez les Rock Machines. Ou les Hells. Les exécutions, les gars avec des bottes de ciment qu'on repêchait dans le fleuve, c'est vieux tout ça. On était jeunes.

— Oui, ça fait longtemps, soupira Rouaix.

Graham s'était rapprochée du coroner, attendant ses commentaires.

— Je n'ai pas beaucoup de précisions pour l'instant. On en saura plus quand on aura extrait la balle.

Elle examina le corps, remarqua ses vêtements ; Nantel portait un jean assez banal, mais la ceinture était d'un très beau cuir tout comme celui de ses chaussures. Il devait avoir l'impression de porter des pantoufles quand il les enfilait. Graham était prête à parier que la chemise était en pur coton, de fabrication italienne si elle en jugeait par l'audace des motifs. Tout ça coûtait cher. Ainsi que le bracelet d'or massif qu'il avait au poignet droit.

— Le tueur aurait dû lui prendre aussi son bracelet. Il vaut au moins mille dollars.

— Plus, dit Fortin. J'ai acheté un bracelet à ma femme pour son anniversaire. Il était plus mince que ça et il m'a coûté mille deux cents dollars.

— Il y a la photo d'une femme dans le portefeuille,

ajouta Trottier en se tournant vers Maud Graham. Tu es bonne dans ces cas-là. Tu sauras quoi dire.

Elle jeta aussitôt un coup d'œil à Rouaix. D'accord, il l'accompagnerait pour prévenir la femme ou la petite amie de la victime.

Trottier tendit la photo à Maud Graham. La femme paraissait jeune. Et sculpturale. Blonde platine avec des lèvres très pulpeuses.

— Oui, c'est un pétard, résuma Trottier. Il y a un gribouillis à l'arrière. «Pour Tony, avec tout mon amour. Jessie.» Avec des tas de cœurs. Une vraie fille.

Graham s'empara de la photo, s'adressa à Rouaix.

— Tu conduis?

Ils longèrent le Saint-Laurent jusqu'à la côte Gilmour, empruntèrent le chemin Saint-Louis. La ville semblait si calme qu'on aurait dit que les vacances de la construction étaient déjà commencées. Graham remarqua les gazons bien entretenus; est-ce que Maxime avait tondu la pelouse comme elle l'en avait prié avant qu'il parte?

Rouaix se gara en face de la maison des Nantel, descendit de la voiture, émit un petit sifflement; Nantel gagnait bien sa vie. La maison était très grande, en briques claires, avec des fenêtres panoramiques au rez-de-chaussée et un garage assez vaste pour abriter deux véhicules. Des cèdres empêchaient de distinguer l'arrière de la demeure, mais Rouaix supposait qu'il y avait une piscine.

— C'est plus payant d'être comptable qu'enquêteur, commenta Maud Graham.

Ils montèrent les trois marches du perron et sonnèrent à la porte des Nantel. Ils patientèrent quelques secondes, sonnèrent de nouveau. Jessie était-elle absente? De la musique parvenait à leurs oreilles; peut-être que

Jessie n'avait pas entendu le carillon si elle était à l'arrière de la maison. Ils contournèrent la demeure. Il y avait une piscine et six chaises longues en teck dans la cour, une table et un barbecue.

Rouaix frappa un petit coup contre la porte de la cuisine. Celle-ci s'ouvrit aussitôt.

— Il y a quelqu'un ?

— Jessie ? Jessie ? Vous êtes là ?

Maud Graham pinça les lèvres, dévisagea Rouaix ; elle ne décelait aucun mouvement. Il s'était produit quelque chose d'anormal dans cette maison, tout était trop immobile, en décalage avec la musique qui emplissait les pièces. Les enquêteurs avancèrent lentement, répétant le nom de Jessie, traversant la cuisine ultramoderne, la salle à manger, découvrant une immense salle de bain avant d'accéder au salon où l'épaisseur de la moquette, le tapis aux longs poils crème témoignaient des revenus élevés d'Anthony Nantel. Ils remarquèrent d'abord une lampe, qui avait perdu son abat-jour en tombant sur le sol, puis un coussin de fourrure en plein milieu du salon, un verre brisé, un cendrier renversé.

Puis le corps de Jessie Dubuc, tête tournée vers le canapé. Un peu de sang s'était coagulé dans ses cheveux au niveau de la nuque.

— Ce n'est pas possible ! s'écria Graham.

Elle s'agenouilla à côté de Jessie pour tâter son pouls même si elle était persuadée qu'elle était morte. Elle se pencha davantage pour examiner la plaie. Ce n'était pas une blessure par balle. Avait-on frappé Jessie ? Avec quoi ? Contre quoi ? Graham balaya la pièce du regard, cherchant une arme. Elle vit un peu de sang sur l'arête de la table en céramique. On aurait pu croire à un accident, penser que Jessie avait glissé et s'était fracassé le crâne contre la table, si le salon n'avait pas été aussi en désordre; Jessie s'était battue contre son agresseur. Graham fit un signe de dénégation à Rouaix après avoir appelé des renforts et éteint la chaîne stéréo. Elle et Rouaix s'immobilisèrent, dressant l'oreille; et si le tueur était toujours sur les lieux? Rouaix s'avança, gravit les premières marches de l'escalier qui craquait beaucoup pour une maison aussi moderne. Il avait l'impression que les sons étaient amplifiés, qu'il entendait battre son cœur et celui de Maud derrière lui. Il adressa à celle-ci un petit signe de la main, lui indiquant de se diriger vers la gauche. Il n'y avait personne dans la première chambre. Ni dans la deuxième, ni dans la troisième. Rouaix et Graham recommencèrent à respirer en s'approchant de la fenêtre, contournant les appareils de gymnastique. Une serviette éponge rose était posée sur le guidon du rameur. Jessie était-elle occupée à s'entraîner quand on était entré chez elle?

— Il n'y a pas de traces d'effraction, nota Rouaix. Ni aux portes en bas, ni aux fenêtres ici.

— Elle a ouvert à quelqu'un qu'elle connaissait.

— On va voir le garage. C'est une vraie journée de fous! Deux meurtres!

— Ça doit vouloir dire quelque chose… Le mari, puis la conjointe. Les Nantel ont l'air d'avoir vraiment dérangé quelqu'un. J'ai hâte de voir la tête de notre coroner adoré…

— Poulain doit partir demain matin pour pêcher le saumon dans le grand Nord.

— Je le sais. Plus vite il arrivera ici, plus vite il pourra retourner chez lui trier ses hameçons. Nous aussi, on veut prendre des poissons. Quelle sorte de requin les Nantel ont-ils gêné?

— À moins qu'ils n'aient été témoins d'un crime et qu'on ait voulu les faire taire. On tue toujours pour les mêmes raisons : par jalousie, par peur d'être découvert, par vengeance, par envie. Ils n'étaient pas pauvres. Tous ces bijoux sur la commode dans la chambre... Ce n'est pas du toc.

— Ils sont jeunes pour être si riches...

— Et s'ils avaient gagné à la loterie ou touché un héritage ?

— De l'argent qui aurait dû revenir à une autre personne ?

Graham se pencha de nouveau vers le corps. Jessie était moins grande qu'elle ne l'avait imaginé en voyant sa photo dans le portefeuille de Tony Nantel. Ou alors, c'est parce qu'elle était étendue sur le sol. Elle portait un tee-shirt rouge et un petit foulard en tricot de coton qui s'harmonisaient avec ses ongles vernis écarlate. Graham espéra qu'elle avait griffé son agresseur et qu'on trouverait un peu de chair sous ses ongles impeccables, pareils à de petits coquelicots. Sous les sept ongles plutôt, puisque trois avaient été cassés dans la lutte.

— Pourquoi ne lui a-t-on pas aussi tiré une balle dans la tête ?

— J'espère qu'on aura des témoins, fit Graham.

— Je fais un tour dans le garage en attendant Poulain et l'équipe...

Graham resta près du corps, se demandant si ses yeux étaient clairs ou foncés. Elle s'agenouilla pour scruter la blessure à la tête, envia le front lisse de Jessie. Elle avait remarqué tous les pots de crème, les tubes dans la salle de bain attenante à la chambre ; Jessie ne lésinait pas sur la qualité des produits pour la peau, devait s'enduire le visage et le corps matin et soir. Graham y pensait une fois par semaine. Ou deux, alors qu'elle aurait dû s'y astreindre avec régularité. N'était-elle pas plus vieille qu'Alain? Ne devait-elle pas faire des efforts pour paraître jeune?

Elle sortait de la maison en ôtant ses gants de latex au moment où le coroner claquait la portière de sa voiture.

— Qu'est-ce qu'on a encore? soupira Henri Poulain.

— Ça ressemble à une strangulation. Il y a aussi une plaie à la tête. C'est la femme du type que vous avez vu tantôt.

— La balle en plein front? C'est qui, ces gens-là?

— On vous donnera une réponse à votre retour de la pêche.

Poulain sourit à l'idée de son départ prochain, tandis que Graham le guidait près du corps de la victime. Les techniciens arrivèrent trois minutes plus tard et s'affairèrent autour du cadavre, examinant chaque centimètre, écartant les poils du tapis crème, photographiant la victime sous tous les angles. Graham entendait le cliquetis des appareils photo, le froissement des sacs de plastique où on déposait tout ce qu'on découvrait, le claquement des mallettes où on rangeait l'équipement nécessaire à l'examen d'une scène de crime. Deux techniciens relevaient des empreintes sur toutes les portes et fenêtres de la maison, sur le comptoir de la cuisine, les tables en verre du salon.

— Ça ne fait pas longtemps qu'elle est morte?

— Non. On doit cependant tenir compte de l'air climatisé qui fonctionne au maximum. Il ne fait pas si chaud que ça dehors. Comment peut-on fermer toutes les fenêtres, vivre dans de l'air artificiel alors que l'été est si court? Il me semble qu'il faut en profiter.

— La porte de la cuisine, elle, était mal fermée.

Rouaix, qui était resté dans le garage avec un policier, revint vers Graham qui ressortait de la maison pour observer les alentours.

— Il y a une voiture et une moto, plus un espace libre dans le garage. Pour la voiture d'Anthony Nantel, j'imagine. La moto est une grosse Harley. Je suppose que sa voiture ne doit pas être une petite Fiat. Ça doit être celle qu'on a vue plus tôt.

— Il y a des clés à côté de la porte de la cuisine. Peut-être le double de celles de sa voiture ? C'est à vérifier. Laissons travailler les techniciens et interrogeons les voisins.

— On leur dit pour les deux victimes ?

— Ils l'apprendront de toute manière dans les journaux. Ce soir ou demain, qu'est-ce que ça changera ? C'est sûr que tout le voisinage sera incommodé par les journalistes.

— Ils n'incommodent pas tout le monde, il y a des gens qui sont ravis de passer à la télévision.

Ils sonnèrent chez les voisins immédiats. La stupeur des Hotte-Martel se mua rapidement en effroi après l'annonce de la mort violente de Jessie Dubuc et d'Anthony Nantel ; un assassin rôdait aux alentours ? Dans leur rue ? Dans leur quartier ?

— Allez-vous nous protéger ? s'inquiéta Danielle Hotte.

— Il y aura beaucoup d'activité chez les Nantel au cours des prochaines heures, répondit Rouaix. Je doute que le criminel s'installe pour nous observer.

— Je savais qu'ils étaient bizarres…

— Que voulez-vous dire, monsieur Martel ?

— On est tranquilles. Pas eux. Il sortait et revenait à n'importe quelle heure.

— Ils, eux ou lui ?

Danielle Hotte devança son mari : c'était Tony Nantel qui rentrait tard. Jessie restait souvent seule à la maison. Elle avait l'air de s'ennuyer. Pourtant, elle avait tout pour être heureuse.

— Quelles étaient vos relations avec ces voisins ?

— Bonjour, bonsoir. J'ai demandé à Tony de faire moins de bruit avec sa moto. Il ne s'était pas rendu compte qu'il réveillait tout le quartier ! Je ne suis pas le seul à m'être plaint. Simon Valois aussi. Ensuite, il a pris sa Jaguar. La moto, il s'en servait plutôt les fins de semaine.

— Ils habitaient dans le quartier depuis longtemps ?

— Ils se sont installés cet hiver. Déménager en plein mois de janvier !

— Et vous, vous êtes ici depuis…

— Des années. C'est un quartier calme, il ne se passe jamais rien. Élian disait l'autre jour que c'était même plate. Mais il est jeune. Élian, c'est le fils de Laura qui habite quatre maisons plus loin.

— Vous n'avez rien remarqué de différent, ces derniers jours ? Vos voisins ont-ils eu des visiteurs, par exemple ?

— Il y a eu le party de la Saint-Jean. Celui du premier juillet. Comment peut-on fêter à la fois l'une et l'autre ? On ne peut pas être des deux côtés en même temps !

— Tais-toi, fit Danielle. On ne doit pas dire du mal des… Je ne peux pas croire qu'ils sont morts. Vous êtes sûrs ? Vous nous avez dit que Jessie a été assassinée chez elle. Et Tony ?

— On a découvert son corps ailleurs.

— Que s'est-il passé ?

— C'est ce qu'on veut comprendre. C'est pour ça qu'on vous dérange. Il y avait beaucoup de monde à leurs fêtes ?

— Non, pas beaucoup de monde, mais ils étaient bruyants. Dans un party, c'est normal de s'exciter un peu. À leur âge, on faisait pareil.

— Ce sont vos plus jeunes voisins ?

— Oui, c'est rare de pouvoir s'offrir une maison de ce prix-là à trente ans. Il paraît qu'il était comptable.

— Et Jessie ? s'enquit Maud Graham.

— Elle est coiffeuse à temps partiel. Dans un salon à Sainte-Foy, je crois.

— Vous êtes sûrs qu'ils sont morts ? Il doit y avoir une erreur.

Maud Graham battit des paupières pour acquiescer avant de s'informer des autres voisins ; les connaissaient-ils tous ?

— Évidemment. On en fréquente certains. Surtout l'été. On fait des barbecues avec Laura et Simon, Christian et Johanne, Nicole et Vivien qui a emménagé cet été. Il vient de prendre sa retraite. Les Jasmin, eux, sont en Europe actuellement. Et les Frémont passent une partie de l'été à leur chalet.

— Jessie et Tony Nantel ne participaient pas à vos barbecues.

Richard Martel pinça les lèvres. Devait-il se sentir coupable de ne pas les avoir invités au premier barbecue de l'été ?

— Peut-être qu'on aurait dû.

Graham et Rouaix prirent congé des Hotte-Martel après les avoir avertis qu'ils devaient se préparer à être sollicités par des journalistes. La rue grouillerait de monde d'ici quelques heures.

— Et si le meurtrier nous regarde à la télévision ? Il pourrait revenir pour…

— Vous avez dit que vous n'avez rien remarqué de

particulier. Répétez la même chose aux médias. Vous aurez la paix.

En quittant les Hotte-Martel, Graham fut surprise par le silence de la rue. À la tombée du jour, on devait percevoir le chant des criquets. C'était aussi calme que chez ses parents ; elle se rappela les soirs d'été de son enfance quand elle jouait avec son amie Caroline. Elles pouvaient se balancer durant des heures. Elle avait l'impression qu'elle avait été heureuse jusqu'à ce que Caroline déménage. C'est un célibataire qui avait acheté la maison où avait habité son amie et il avait érigé une palissade pour éviter que des enfants envahissent sa cour. La mère de Maud soutenait que c'était un ours mal léché, et son père s'était disputé plus d'une fois avec lui parce qu'il faisait trop de bruit en réparant tout et n'importe quoi dans son garage dès l'aube. Et ce, même le dimanche. Il était mort d'une crise cardiaque l'été suivant son arrivée et personne ne l'avait regretté.

— On devait entendre parfaitement la moto de Tony Nantel, fit Graham. Je ne sais pas s'il y a des mères avec de jeunes enfants dans le coin, mais si j'avais réussi à endormir mon bébé et qu'une pétarade le réveillait, je te jure que je ferais passer un mauvais quart d'heure à…

— Je doute qu'on ait tué Tony parce qu'il avait une moto bruyante, fit Rouaix. Maintenant que j'ai visité sa maison, j'ai hâte de rencontrer son employeur. Qu'on m'explique comment un comptable d'à peine trente ans peut s'offrir une pareille résidence.

Ils n'eurent pas besoin de sonner chez Nicole Rhéaume. Elle les guettait et leur ouvrit la porte toute grande.

— Est-ce que c'est vrai ? Danielle m'a dit que les Nantel ont été assassinés.

Elle triturait les perles de son collier, mais sa voix était très posée.

— Malheureusement, oui.

— Je n'ai pas entendu de coups de feu, rien! On les a poignardés?

— Jessie Dubuc a probablement été étranglée et Anthony Nantel a été tué par balle.

— Je n'ai rien entendu, répéta Nicole.

— Avez-vous remarqué un détail suspect, un inconnu dans le voisinage, ou une voiture? Rien de différent?

— Je ne suis pas à ma fenêtre en permanence. Je suis souvent dans la cour. Comme la plupart de mes voisins, on a tous des terrains à entretenir.

— Jessie Dubuc s'occupait de sa cour?

— Je ne suis pas allée souvent chez elle.

— J'ai l'impression qu'elle ne frayait pas beaucoup avec les gens...

Nicole Rhéaume fit une petite moue avant d'avouer aux enquêteurs qu'elle n'aimait pas Jessie Dubuc qui était un peu vulgaire. L'argent n'achète pas tout.

— La classe, c'est inné. On en a ou pas. Je ne jouerai pas les hypocrites. Jessie n'était pas le genre de femme que je fréquente. C'est triste qu'elle soit morte, mais elle ne me manquera pas. Vous ne trouverez pas grand-monde dans les parages pour chanter ses louanges. À part Élian, peut-être.

— Qui est Élian?

— Un jeune voisin. À son âge, on est impressionné par ce genre de fille. J'appelle ça des «filles de calendrier»... Élian est en pleine puberté. Pourquoi les a-t-on tués?

— On l'ignore pour le moment, dit Graham en sortant une carte de visite d'une poche de sa veste. Si un détail vous revenait en mémoire, voulez-vous nous appeler?

Nicole Rhéaume tint la carte au bout de son bras, plissa les yeux ; c'était une femme coquette qui ne devait porter ses lunettes que si elle y était obligée. Rouaix s'excusa de l'avoir dérangée et suivit Graham.

— Au moins, elle ne fait pas semblant d'aimer Jessie.

— J'ai hâte de voir si quelqu'un aura un commentaire sympa pour elle.

— Il y a de la lumière en face.

Graham fut tentée de marcher sur la pelouse au lieu d'emprunter l'allée de gravier, mais elle s'abstint ; le gazon était aussi bien entretenu que celui d'un terrain de golf. Peut-être que personne ne s'y promenait jamais.

Vivien Joly leur ouvrit à la deuxième sonnerie. Il venait tout juste de raccrocher le téléphone ; Nicole lui avait annoncé la visite des enquêteurs d'une voix tremblante d'excitation. Il était muet au bout du fil et elle avait proposé qu'ils se retrouvent quand les policiers seraient repartis de chez lui.

— Je ne pourrai pas dormir tout de suite, je suis trop bouleversée. Je ne peux pas croire que c'est arrivé dans notre quartier. Qu'on les a tués !

— Je te rappelle après leur visite, avait promis Vivien Joly en espérant que sa voix ne trahissait pas son immense lassitude.

Il avait peine à se déplacer tellement il était fourbu. Comme si on l'avait battu, comme si un rouleau compresseur l'avait écrasé. Il n'avait pourtant pas beaucoup bougé depuis trois heures. Il était resté hébété, assis sur une chaise dans la cuisine, sursautant au moindre bruit, manquant défaillir en entendant claquer une portière de voiture. À quelle heure retentirait la sirène d'une voiture de police ?

Il ne parvenait pas à croire qu'il avait vécu ces dernières heures. Que son cœur n'avait pas lâché. Il était resté bien tranquille chez lui, ce matin. Il avait réussi à se calmer et il avait décidé de lire toute la journée pour oublier le maudit pneu crevé de la veille et, surtout, que c'était l'anniversaire de sa rencontre avec Claude. Qu'ils ne le fêteraient jamais plus ensemble. Il avait terminé *Nana* et s'apprêtait à relire *Pot-Bouille* dont il ne se souvenait absolument pas, contrairement à *Germinal* ou *La bête humaine*. Il avait lu toute la matinée en écoutant la pluie tambouriner contre la grande fenêtre panoramique. Il ne s'était pas aperçu qu'elle avait cessé de tomber, tellement il était captivé par sa lecture. Il avait attrapé un chiffon et avait essuyé la chaise longue et la table du jardin. Il passerait l'après-midi à lire dehors. Il se sentait aussi paresseux qu'un chat et s'était dit qu'il n'était pas encore habitué à sa nouvelle condition de retraité, qu'il devait cesser de se sentir coupable parce qu'il ne travaillait pas, qu'il ne s'agitait pas. Rien ne le forçait à courir à droite et à gauche. Il avait mérité le repos après toutes ces années d'enseignement, mais il peinait à s'en convaincre. Il était gêné de s'allonger au fond de sa cour et de bouquiner, alors qu'il avait vu Laura courir pour attraper l'autobus à huit heures, ce matin.

Lui ne serait plus jamais en retard au collège. Ce qui ne changeait pas grand-chose, il avait toujours été très ponctuel ; on ne peut pas inculquer des principes à des jeunes si on ne leur montre pas l'exemple. Il appréciait qu'Élian soit à l'heure quand il l'aidait dans le jardin.

Il aurait dû lui demander de venir travailler aujourd'hui. S'il avait été occupé à bêcher et à sarcler avec Élian, rien ne serait arrivé. Il n'aurait pas été aussi agacé par la maudite musique de Jessie Dubuc. Il aurait probablement pesté, juré, mais Élian l'aurait distrait. Il ne se serait pas déplacé pour exiger que Jessie Dubuc baisse le son.

Il ne l'aurait pas entendue répondre qu'elle avait le droit d'écouter ce qu'elle voulait, qu'on était en plein jour, qu'il était vraiment chiant et qu'elle n'était pas surprise qu'il vive tout seul. Personne ne pouvait vouloir d'un homme aussi ennuyant.

Il était impossible qu'il soit allé chez Jessie aujourd'hui. Tout ça lui paraissait si lointain. Si incroyable. Vivien s'était lavé les mains plusieurs fois après avoir étranglé Jessie et, maintenant, il les examinait en secouant la tête. Il était impossible que ces mains-là aient serré le cou de Jessie Dubuc, qu'elles se soient maintenues sur la gorge de la jeune femme, qu'elles se soient subitement détachées d'elle. Si soudainement que Jessie était tombée. Comme une masse, un poids mort. Sa tête avait heurté le coin de la table en céramique. Ensuite, elle n'avait plus bougé. Vivien s'était rapproché d'elle. Elle ne respirait plus. Elle était morte. Il se répétait que c'était ce coup sur la tête qui l'avait tuée. Elle respirait encore quand il l'avait lâchée, il en était presque certain.

Vivien avait été secoué par un frisson d'horreur. Il nageait en plein cauchemar! Il avait seulement voulu se plaindre à Jessie de sa musique. Que faisait-il accroupi à côté du corps de sa voisine? Il avait regardé autour de lui, cherchant le téléphone pour prévenir les policiers. L'appareil était à l'autre bout du salon, sur la petite table de verre. Il lui faudrait éteindre la musique, sinon il n'entendrait rien de ce qu'on lui dirait. En se relevant pour aller téléphoner, il avait eu un vertige et s'était laissé choir sur le canapé. Il s'était mis la tête entre les genoux pour chasser la crise de panique. Ses lunettes avaient glissé sur le tapis, il les avait ramassées, ne les avait pas remises immédiatement; il voulait rester dans un monde aux contours flous. Ne plus distinguer le corps de Jessie. Il fallait pourtant qu'il bouge, qu'il éteigne la chaîne stéréo. La musique était si forte, elle l'empêchait de réfléchir. Pas tout de suite. Tantôt. Là. Il avait cru percevoir un craquement, un bruit léger, son cœur avait cessé de battre, mais c'était impossible avec tous ces sons qui rebondissaient sur les murs. Il avait remis ses lunettes, s'était levé, s'était caché dans la salle de bain du rez-de-chaussée. Il avait attendu qu'on vienne, que quelqu'un entre dans la maison et se mette à hurler en découvrant Jessie. Personne n'était venu. Il avait légèrement soulevé le rideau et il avait vu Élian qui s'éloignait à reculons. Élian ! Que faisait Élian dans la cour des Nantel ?

Qu'avait-il vu ? Élian ne pouvait pas avoir été témoin de… Non. Non. Non. Tout s'était déroulé beaucoup trop vite.

Vivien était ressorti en tremblant de la salle de bain. Il appellerait les policiers plus tard. Il avait traversé le salon en vitesse, s'était glissé dans la cour, avait contourné la piscine et s'était dirigé vers la rue voisine pour se rendre au dépanneur et y acheter une bouteille d'eau. Il avait subitement très soif, mais il ne voulait pas rentrer chez lui. Il ne voulait pas se revoir quittant la maison dans une colère noire, traversant la rue, hâtant le pas pour gagner la demeure des Nantel. Il ne voulait pas penser à cet homme agressif qu'il était devenu, celui qui avait espéré la semaine précédente, en entendant hurler la sirène d'une voiture de pompiers, que le barbecue des Nantel avait explosé, qu'ils avaient été pulvérisés, qu'ils étaient rayés de la surface de la terre et qu'il ne subirait plus leur satanée musique de merde. Il ne voulait pas être cet homme qui se couchait en s'interrogeant sur les revenus de Tony Nantel, qui rêvait de se débarrasser de ses voisins en les dénonçant à la justice pour… pour n'importe quoi. Il n'aimait pas être cet homme qui en venait à mépriser les coiffeuses. Il n'aimait pas que Jessie lui renvoie une image de lui aussi négative. Il n'aimait pas avoir la sensation d'être un vieux bonhomme intolérant alors qu'il espérait simplement un peu de respect.

Il avait vidé la bouteille d'eau d'une traite et avait senti une pression dans son cerveau juste au-dessus des yeux, un élancement qui lui avait fait froncer les sourcils. Il était resté figé au coin de la rue, s'était demandé durant quelques secondes qui et où il était. Puis il avait vu ses mains, revu ses mains sur le cou de Jessie, sur le foulard de coton. Il s'était souvenu de tout. Il avait eu une nausée soudaine, avait réussi à la réprimer. Il devait attendre d'être chez lui pour vomir. Il avait marché jusqu'à la maison, avait dû s'y reprendre à trois fois pour déverrouiller la porte, s'était écroulé après l'avoir claquée derrière lui. Il était resté par terre jusqu'à ce qu'une nouvelle nausée le submerge. Il avait couru à la salle de bain et avait vomi, vomi encore. Il avait pensé aux Romains qui se faisaient vomir dans les orgies. Chaque année, il y avait un étudiant pour demander si les orgies avaient vraiment eu lieu. Vivien Joly expliquait comment se déroulaient ces fêtes, étonnait toujours les élèves en leur apprenant que les Romains ne s'embrassaient pas en public, mais qu'ils étaient beaucoup moins pudiques à la maison, ayant des relations sexuelles avec leurs esclaves, souvent sans distinction de sexe. Il lisait alors LA question sur le visage des étudiants : est-ce que tous les Romains étaient bisexuels ? C'était ce genre de sujets qui passionnaient les jeunes.

Vivien avait l'impression d'avoir cent kilos sur les épaules, sur le cœur. Il n'avait éprouvé aucune sensation de soulagement après avoir vomi. Le poids qui l'oppressait était encore là.

Pour toujours?

Il ne pouvait pas avoir tué cette fille. C'était trop absurde. Il s'était lavé les mains en les frottant frénétiquement, les avait soigneusement essuyées avant de les laver de nouveau. En se penchant au-dessus du lavabo, il s'était vu dans le miroir, l'air halluciné, l'œil hagard, et il s'était dit qu'il faisait un cauchemar. Puis il s'était versé un doigt de cognac qui l'avait fait tousser quand il l'avait bu. Il avait titubé jusqu'au fauteuil rouge du salon et s'était assis en se disant qu'il devait faire quelque chose. C'est à ce moment qu'il avait entendu la musique. Il avait oublié d'éteindre la maudite chaîne stéréo! C'était trop absurde! Il devrait endurer ce boucan jusqu'à ce que quelqu'un trouve Jessie. Il était pourtant certain de s'être approché du meuble.

Puis le silence s'était fait. Ensuite, il y avait eu cette sonnerie du téléphone qui l'avait tiré de sa torpeur.

Mais quoi? Une compagnie d'entretien ménager proposait ses services. Il avait failli dire à la femme qui l'appelait qu'il fallait envoyer une équipe de nettoyage chez sa voisine. Qu'il y avait du sang par terre.

Y avait-il du sang? Il ne se souvenait pas d'en avoir vu. Il se souvenait des pois rouges du foulard, mais ils n'étaient pas rouge sang. Est-ce qu'il y avait du sang? Peut-être que Jessie n'était pas vraiment morte. Il ne l'avait pas touchée, n'avait pas pris son pouls, l'avait seulement observée. Il avait conclu qu'elle ne respirait plus, mais était-ce vrai? Il n'était pas médecin, après tout.

Il s'était de nouveau lavé les mains, s'était arrêté pour regarder dans la rue. Rien n'avait changé. Aucune voiture devant chez Jessie. Peut-être qu'on ne la découvrirait qu'à la fin de la journée. Il avait alors pensé à ses empreintes et avait décidé de déclarer aux enquêteurs qui interrogeraient sûrement tous les voisins qu'il était allé chez elle plusieurs fois. Il mentionnerait la plainte qu'il avait déposée contre Jessie. Il ne devait pas cacher son animosité envers elle, trop de gens savaient qu'elle l'insupportait. Danielle, Richard, Laura, Nicole, Simon. Et Élian.

L'avait-il vu, oui ou non?

Plus tard, il y avait eu l'appel de Nicole. La voix acide de Nicole qui lui racontait à toute vitesse que Jessie avait été tuée, que les policiers l'interrogeraient, qu'ils sortaient de chez elle. Il s'était versé une large rasade de cognac, l'avait bue d'un trait. Il devait se calmer pour affronter les enquêteurs. Ils étaient allés chez Nicole, il était normal qu'ils viennent aussi chez lui. Ils sonneraient chez tous les voisins. Chez Élian… Ne pas penser à Élian, se concentrer sur la vérité. Il dirait presque toute la vérité.

Il entrouvrit la porte, détailla les enquêteurs qui se tenaient devant sa porte. La femme avait de beaux cheveux roux qui auraient néanmoins eu besoin d'être coupés et l'homme qui l'accompagnait portait un veston trop lourd pour la saison. Ils se présentèrent.

— Nicole Rhéaume vient de me prévenir. Je suis… sous le choc.

Il ne mentait pas; il était bouleversé. Il ne parvenait pas à croire qu'il était en train de s'effacer devant des enquêteurs, de les diriger vers son salon. Il se disait qu'il leur offrirait bientôt un café. Pourquoi pas un cognac? Non, pas de cognac, il pourrait avoir l'air de vouloir les corrompre. Voyons! Il était ridicule. On ne corrompt pas des policiers avec un verre d'alcool. N'importe quoi… Il ne devait pas penser. Seulement répondre aux questions. Ne pas trop en faire.

— Jessie Dubuc. Et Anthony Nantel. Ils ont été tués tous les deux, fit Maud Graham.

— Quoi ?

Vivien Joly était si surpris qu'il avait presque crié. Qu'est-ce que c'était que cette histoire ? Il n'avait pas tué Tony ! Et s'il délirait ? S'il était devenu fou ?

— Les deux sont morts ?

— Oui, monsieur…

Est-ce que Nicole lui avait dit que Tony était mort ? Il ne s'en souvenait pas, et pourtant il venait tout juste de s'entretenir avec elle.

— Vous êtes monsieur… insista Graham.

— Vivien Joly. C'est impossible qu'ils soient morts tous les deux !

— C'est vous qui venez d'emménager dans le quartier ? s'enquit Maud Graham. C'est Richard Martel qui nous a dit ça. C'est beau chez vous. Qui est-ce ? Cléopâtre ou Néfertiti ?

Elle désignait un buste en terre cuite que Claude et Vivien avaient rapporté de leur voyage au Caire des années auparavant.

— Cléopâtre, répondit Vivien.

— Est-ce qu'elle a aimé César et Antoine ou les a-t-elle seulement utilisés pour servir ses intérêts ?

— Un peu des deux, j'imagine. César était au sommet de sa gloire quand elle l'a séduit. Il a dû l'impressionner un peu même si elle avait un très gros ego. Quand on croit descendre directement d'un dieu… Elle avait vingt ans, lui, au moins le double. Oui, c'est ça, il avait quarante-deux ans, puisqu'il est mort trois ans après la naissance de leur prétendu fils, en 44 avant Jésus-Christ.

Vivien se tut. Était-il possible qu'il soit en train de parler de Jules César avec des enquêteurs ? Dans son salon ?

— Vous êtes calé en histoire, commenta Rouaix.

— Je l'ai enseignée pendant trente ans. Je suis un nouveau retraité.

— Vous connaissiez Jessie et Tony Nantel ?

— Pas tellement. J'ai emménagé début juin. Ils sont vraiment morts tous les deux ?

Graham acquiesça ; avait-il remarqué quelque chose de particulier au cours de la journée ?

Mais tout était particulier aujourd'hui ! Il esquissa un signe de dénégation sans répondre.

Vivien blêmit en songeant que Tony était peut-être déjà mort dans la maison au moment où il s'était présenté chez Jessie. Non. Non, Jessie l'aurait su. Elle se serait rendu compte qu'on assassinait son mari. Même si elle était en train de se trémousser sur sa fichue musique, elle aurait senti qu'il y avait du monde chez elle.

Mais peut-être que non. Il avait sonné sans qu'elle vienne lui répondre. Il avait dû faire le tour de la maison. Comme la fois précédente.

— Vous vous sentez mal ? fit Rouaix. Vous êtes tout pâle.

Être franc. Le plus près possible de la vérité. Il n'avait jamais été un bon menteur, Claude le taquinait souvent là-dessus. Il n'aurait jamais pu être un homme politique ou un stratège.

— Je pensais que... la dernière fois que j'ai vu... cette femme, c'était pour me plaindre du bruit.

— Du bruit ?

— Vous trouverez ma plainte dans vos ordinateurs. La semaine dernière, j'ai appelé la police à cause du bruit. Jessie Dubuc est incapable de comprendre les règles de vie en société. Elle se croit autorisée à imposer ses goûts à tout son entourage.

— Sa musique vous gênait ?

— Je ne suis pas le seul.

— Des voisins nous ont effectivement parlé d'une fête.

— Une ? DES fêtes ! Il y a des limites à déranger les gens. Ce n'est pas parce qu'on a de l'argent qu'on peut tout se permettre. Jessie était mal élevée.

— Comment a-t-elle réagi ?

— Elle a bien été obligée de baisser sa musique quand les policiers le lui ont ordonné.

— Et Tony Nantel ?

— Il n'était pas là souvent. Je ne peux pas croire qu'il a été tué chez eux…

— Il ne l'a pas été. Il s'est fait descendre près du boulevard Champlain. Avez-vous vu des voitures garées devant chez eux ? Le moindre détail peut nous aider.

Vivien Joly souleva ses lunettes pour se masser la racine du nez.

— Je suis presque toujours dans ma cour. L'été ne dure pas longtemps, il faut en profiter. J'aime jardiner. À la retraite, on a tout le temps qu'il faut…

Graham tendit une carte de visite à Vivien Joly ; il pouvait l'appeler n'importe quand s'il se rappelait quoi que ce soit d'inhabituel, d'étrange.

Vivien lut le nom de Graham à haute voix, fit remarquer que c'était plutôt rare comme patronyme.

— Vous, c'est votre prénom qui est peu courant, répondit-elle. Vivien. On m'a aussi parlé d'un Élian qui habite tout près. C'est ça, Élian ?

— Oui. Élian.

Il faillit dire que l'adolescent avait travaillé avec lui pour embellir la cour mais se ravisa ; ne pas en faire trop.

Le mieux est l'ennemi du bien. Élian se rendait-il chez Jessie ou non? L'avait-il vu avec elle? Vu alors qu'il...

— Vous êtes vraiment pâle, monsieur Joly. Est-ce que...

Vivien soupira, expliqua que c'était une mauvaise journée pour lui. Un triste anniversaire. Il valait mieux parler de Claude aux enquêteurs, fournir une bonne raison à son air de déterré. Il ne pouvait le dissimuler, il était trop émotif.

— Claude est mort l'automne dernier. Je trouve la journée longue...

Maud Graham posa une main sur son épaule; elle était désolée de le déranger précisément ce jour-là.

— On vous laisse tranquille. Vous avez mon numéro. Si un détail vous revient à l'esprit, vous m'appelez.

Vivien raccompagna les enquêteurs jusqu'à la porte. Un camion aux couleurs d'une chaîne télévisée se garait à vingt mètres de la demeure des Nantel. Il recula, faisant entendre le signal sonore de prévention. Vivien se raidit, serra les dents; ce couinement l'exaspérait.

— Ça va? répéta Graham.

— Oui. Je ne... ne veux pas leur parler.

— Nous non plus, gémit Rouaix.

— Voulez-vous passer par derrière? leur proposa Vivien Joly. Vous pourrez vous rendre chez les Thériault ou les Mondoloni.

Graham et Rouaix suivirent leur hôte et ne manquèrent pas de le complimenter sur la beauté de sa cour.

— Il faudrait que je vous engage comme conseiller, dit Graham. Mon jardin n'est pas une réussite cette année.

— C'est parce que je suis à ma retraite, je peux m'en occuper. Avec votre métier, vous ne devez pas avoir tellement de loisirs.

Il se sentait un peu mieux maintenant qu'il leur ouvrait la porte de la cour. Ils l'avaient interrogé par pure routine. Si Élian avait vu quelque chose, il en aurait déjà parlé à Laura. Et Laura aurait prévenu les policiers. Et on aurait découvert le corps de Jessie plus tôt. Il regarda le philadelphus dont les feuilles s'étaient légèrement déroulées après le traitement contre les pucerons; il songea que la veille, en allant acheter l'insecticide, il avait souhaité la mort de Jessie.

Mais qu'est-ce qu'il racontait ? Il n'avait pas réellement désiré la disparition de sa voisine ! Il voulait seulement avoir la paix. Pourquoi ne l'avait-elle pas compris ? Elle avait tout gâché. Tout. À cause d'elle, il ne serait plus jamais le même homme. Elle avait fait de lui un assassin. L'horreur de sa situation lui réapparut. Il s'était concentré sur ce qu'il devait dire aux enquêteurs, avait momentanément oublié le sentiment de dégoût et d'absurdité qui l'avait gardé immobile, figé sur son canapé durant des heures, mais l'épouvante le rattrapait. Comment vivrait-il dorénavant ?

Il aurait mieux valu qu'il suive Claude dans la tombe.

Il observa Maud Graham et André Rouaix qui frappaient à la porte des Thériault sans obtenir de réponse, qui se dirigeaient ensuite chez Laura et Élian. Il eut un long frisson et rentra chez lui. Il était tenté de boire un cognac, mais il était préférable de s'en tenir au thé même si cela l'empêcherait plus tard de dormir. De toute manière, il ne pourrait jamais trouver le sommeil. Il avait besoin de réconfort. En rapportant la théière fumante au salon, il trébucha et renversa un peu de thé sur la moquette. Il s'assit, regarda la tache avec résignation. En se servant du thé, il vit que ses mains tremblaient. Est-ce qu'elles tremblaient lorsque les enquêteurs l'avaient interrogé? Il les glissa sous ses cuisses pour ne plus les voir.

Est-ce que, en ce moment même, Élian racontait aux policiers qu'il l'avait vu chez Jessie. Alors qu'il étranglait celle-ci? Il avait beau se répéter qu'Élian en aurait aussitôt parlé à sa mère qui aurait immédiatement prévenu les autorités, il était terrorisé. Il demeura prostré sur le divan jusqu'à ce que le téléphone le fasse sursauter. Il regarda le numéro inscrit à l'afficheur. Nicole. Encore elle. Il avait oublié de la rappeler.

— Veux-tu boire un verre avec moi? Je suis trop chamboulée pour me coucher.

Devait-il aller chez Nicole? Discuter de Jessie comme n'importe quel voisin le ferait en pareille circonstance? S'il refusait, Nicole se vexerait ou s'étonnerait. Il n'avait aucune envie de parler avec elle, mais il accepta son invitation. En traversant la rue, il croisa un photographe qui s'était garé en retrait. Il s'empressa de se rendre chez sa voisine. Sa seule certitude, à la fin de cette cauchemardesque journée, était qu'il ne dirait pas un mot aux journalistes.

La porte de Nicole était grande ouverte, mais seule l'entrée du salon était éclairée. Elle avait disposé des chandelles dans la pièce.

— Je ne veux pas me faire déranger par des journalistes. Les enquêteurs m'ont prévenue de leur curiosité. Crois-tu que l'assassin est encore dans le quartier?

Vivien haussa les épaules.

— C'est sûr qu'on ne peut pas savoir, fit aussitôt Nicole. Mon Dieu! Je manque à mes devoirs d'hôtesse. Je ne t'ai rien offert. Du vin? Du scotch? J'ai de la vodka au congélateur.

— Un verre de vin, s'il te plaît.

Il entendit Nicole s'affairer dans la cuisine, des bruits de glaçons qui tombent dans un seau. Il se leva pour l'aider quand elle revint avec le seau, la bouteille et les verres. Elle avait choisi un Doisy-Daëne et, après la première gorgée, Vivien songea que c'était une bonne chose, au fond, d'être là à siroter un bordeaux au lieu de se morfondre chez lui.

— Que penses-tu des enquêteurs ?

— Je ne sais pas. C'est la première fois que j'en rencontre.

Vivien avait beaucoup redouté de devoir affronter des policiers quand il était jeune, lorsqu'il draguait dans les parcs la nuit. Il avait des amis qui avaient été maltraités par des patrouilleurs homophobes et il se souvenait de ces sorties avec un sentiment mitigé. Il se rappelait la peur qui n'était pas assez forte pour brider ses désirs, la puissance de ceux-ci qui témoignaient de sa jeunesse, de son insouciance ou de sa résignation. Être gay n'était pas facile mais il n'y pouvait rien. Et pourtant, il y avait eu des changements à partir du bill omnibus. Si Vivien supposait qu'être homosexuel dans un bled perdu du Québec demeurait une épreuve, il se réjouissait de constater que certains jeunes, au cégep, n'hésitaient pas à affirmer leur identité sexuelle. Et qu'ils n'étaient pas pour autant rejetés par la majorité. Quoi qu'il en soit, Vivien n'aurait jamais pu imaginer qu'il s'entretiendrait un jour avec des enquêteurs parce qu'il avait… Non. Surtout pas. L'oublier. Il ne voulait, ne pouvait même plus la nommer. Elle lui paraissait étrangère, lointaine, inconnue. Il ne pouvait pas avoir serré le cou de… NON. Nicole le regardait, elle attendait qu'il développe sa pensée, mais il n'avait rien à ajouter. Il ne pouvait pas lui avouer ce qu'il avait fait. Nicole rompit le silence.

— Les enquêteurs ne m'ont pas appris grand-chose, se plaignit-elle. Il me semble qu'on a le droit d'être informés. Ça s'est passé dans notre rue. Et toi ? Ils sont restés plus longtemps chez toi…

— Parce que je leur ai raconté que j'avais porté plainte contre Jessie. À cause du bruit. Ils penseront que j'avais une bonne raison de la détester, mais de toute façon c'est consigné dans leur ordinateur. Ils vont mettre tous nos noms dans leur système et voir ce qu'ils peuvent apprendre. Aujourd'hui, avec l'électronique, on n'a plus de secrets…

Nicole se pinça les lèvres. Plus de secrets… Elle joua avec son collier. Son secret ne pouvait intéresser ces enquêteurs. Si le sergent Vaillancourt avait eu des soupçons, à la mort de son mari, il n'avait rien pu prouver. Et puis, pour quelle raison aurait-elle pu en vouloir à Jessie ? Elle ne l'aimait ni la détestait.

— Ce n'est pas un secret qu'on n'aimait pas trop les Nantel, poursuivit Vivien.

— J'ai été franche, moi aussi. Je leur ai confié qu'ils n'étaient pas notre genre. Ils auraient pu au moins nous dire ce que cachaient les Nantel. Ils se sont fait tuer tous les deux ! D'après moi, c'est Simon qui a raison. Tu te souviens, il avait laissé entendre que Tony faisait vraiment beaucoup d'argent pour un comptable ? C'est sûr qu'il trafiquait… on ne sait quoi.

Vivien hocha la tête ; se pouvait-il que la journée se termine un peu mieux ? Il avait été trop choqué par les événements pour réfléchir intelligemment, mais Nicole lui rappelait qu'il y avait un bon côté dans toute cette histoire : Tony avait dû être assassiné parce qu'il avait gêné quelqu'un. Pourquoi ce quelqu'un ne serait-il pas aussi soupçonné d'avoir tué Jessie ?

— En tout cas, il y a une Harley-Davidson dans leur garage, exposa Nicole. C'est ce que conduisent les motards, les Hells, non ?

— Ils ne se sont pas dispersés après l'arrestation de Mom Boucher ? Lui est en prison pour un bout de temps. C'est vrai que Nantel menait un train de vie peu compatible avec le salaire d'un jeune comptable. Le mien est plus vieux que lui et il ne vit pas dans une maison aussi grande où il y a deux voitures et une moto. Sans compter le bateau.

— Ils avaient un bateau ?

— Peut-être. Tony a été tué dans les environs du boulevard Champlain. Qui longe le fleuve.

— C'est cher, un bateau. Mon mari en a eu un.

Il y eut un silence. Nicole espérait que Vivien la questionne sur son époux afin qu'elle puisse à son tour l'interroger sur sa vie affective, mais il se contenta de déclarer qu'une moto pouvait coûter au-delà de vingt mille dollars.

— C'est beaucoup d'argent pour un joujou qu'il n'utilisait pas fréquemment. Surtout depuis que Simon l'avait accusé de réveiller tout le quartier. Il me semble qu'un motard aurait envoyé Simon au diable…

— Pas s'il n'avait pas envie d'avoir des plaintes, que la police s'en mêle.

— Et toi, tu as envoyé les policiers chez eux. Ça doit l'avoir exaspéré. Il n'est plus là pour te le reprocher… Je me demande bien qui achètera leur maison.

Vivien sourit à Nicole ; il appréciait son côté terre à terre. Il avait craint qu'elle se sente obligée de faire l'éloge des disparus, qu'elle dramatise tout, mais elle lui servait un excellent vin en s'interrogeant déjà sur leurs prochains voisins.

— La maison va perdre de la valeur, c'est sûr. Et peut-être les nôtres aussi.

— Tu crois ? fit-il. Il y a des gens qui sont attirés par les drames.

Nicole soupira ; ce n'était pas ce genre de voisins qu'elle souhaitait avoir.

— Tout ce que je veux, c'est qu'ils soient tranquilles. Qu'on retrouve le quartier comme il était quand je m'y suis installée. Je suis une vieille croulante, mais bon…

Vivien posa sa main sur l'avant-bras de Nicole en protestant : elle ne serait jamais vieille. Il but une gorgée de vin et ajouta qu'elle ressemblait à Jeanne Moreau. Nicole battit des paupières. Se pouvait-il que Vivien comprenne enfin qu'il lui plaisait ? Elle avait bien fait de se changer ; sa robe lilas mettait son teint en valeur. Elle allait resservir du vin quand Vivien l'arrêta d'un geste.

— Non, je dois rentrer. Je me lève tôt demain matin. On est censé me livrer mon nouveau bureau.

Il remarqua que Nicole fixait sa chemise.

— Tu as perdu un bouton.

Vivien baissa la tête ; il avait perdu le troisième bouton. Quand ? Où ?

Il sentit son sang qui fuyait ses veines, ses artères, qui se retirait de son corps.

— Qu'est-ce qu'il y a ? Tu…

— Je pense que j'ai laissé un rond allumé chez moi. Je… je voulais me faire une tisane quand tu m'as appelé… Je suis tellement distrait !

— Va l'éteindre et reviens. Je cherche ton bouton. Tu l'as peut-être perdu ici.

Si c'était vrai ? Elle examinait déjà le divan, scrutait la moquette. Lui se levait, revenait sur ses pas sans trouver le fameux bouton. Il pouvait l'avoir perdu n'importe où, chez lui, au dépanneur, dans la rue. Pas obligatoirement chez Jessie. Il tentait de se rappeler si elle s'était agrippée à lui en se débattant, mais l'image lui inspirait une telle horreur qu'il la repoussait dès qu'elle se précisait. Il avait froid maintenant.

— On finira la bouteille demain, sinon je ne serai pas capable de me lever. Appelle-moi si tu mets la main sur mon bouton.

— Je te prédis que tu seras debout et prêt à recevoir les livreurs dès huit heures, et qu'ils ne se pointeront qu'en fin d'après-midi. Où as-tu acheté ce bureau ?

— Dans une nouvelle boutique de meubles importés d'Asie, répondit-il en s'étonnant de la fermeté de sa voix.

Il avait peur qu'elle tremble, intrigue Nicole qui ne le quittait pas des yeux.

— Je ne sais pas si j'ai bien fait de l'acheter ce bureau, continuait-il en se dirigeant vers la porte sans cesser de regarder le sol. Est-ce que j'en ai vraiment besoin ? Je ne travaille plus.

Il faillit dire qu'il avait conservé l'ancien bureau parce que c'était Claude qui l'avait déniché chez un antiquaire, mais qu'il l'avait toujours trouvé laid et très peu pratique avec ses tiroirs toujours coincés. Il se déciderait bientôt à évoquer Claude avec Nicole. Mais ce soir, il ne voulait pas partager ses souvenirs de Claude. C'était leur anniversaire de rencontre, c'était trop intime.

Il embrassa Nicole sur les deux joues avant de partir. Il marcha jusque chez lui, les yeux rivés sur le sol, mais les lampadaires éclairaient trop faiblement la rue. Il ne vit aucun bouton. Il resta immobile devant sa porte durant quelques secondes comme s'il redoutait que Graham et Rouaix soient postés derrière, prêts à lui passer les menottes.

Il n'y avait personne chez lui. Élian n'avait rien vu. Ou rien dit?

Il fut tenté d'allumer toutes les lampes pour chercher le maudit bouton, mais il craignit d'attirer l'attention des policiers. Où était ce bouton? Pourquoi avait-il choisi de porter une chemise ce jour-là au lieu d'un polo?

En se glissant dans son lit après avoir avalé un somnifère, il se répéta qu'il s'inquiétait pour rien. Si on trouvait le bouton chez Jessie, il n'aurait qu'à rappeler aux enquêteurs qu'il avait tenté de discuter avec sa voisine.

Au moment où ses pensées devenaient confuses, il sursauta, revoyant le visage de Nicole quand il avait pris congé d'elle; elle avait les yeux clos. Comme celui ou celle qui espère un vrai baiser. Vivien se tourna et se tourna encore entre ses draps; il se trompait sûrement! Il devait parler très vite de Claude à Nicole, car il espérait entretenir avec elle des rapports de bon voisinage. Que la vie était compliquée!

Chapitre 6

Le vent faisait claquer les draps que Maud Graham avait étendus sur la corde à linge et elle s'en voulut d'avoir oublié de les décrocher. Mais tout s'était enchaîné si vite depuis; elle ne pouvait croire qu'entre le moment où elle faisait réchauffer sa soupe et maintenant, elle s'était penchée sur deux cadavres. Avec le décès de Fabien, il y aurait trois morts, trois meurtres à annoncer dans les journaux demain matin. Pas demain. Tantôt. On était déjà le matin. Elle avait mal aux yeux. Elle n'aurait pas dû garder ses verres de contact aussi longtemps, mais elle avait oublié qu'elle les portait, qu'elle tentait un nouvel essai. Elle décrocha les draps en songeant qu'il y aurait sûrement un orage, qu'ils avaient eu de la chance que la pluie n'ait pas compliqué leur travail. On avait pu prendre autant de photos d'Anthony Nantel qu'il en fallait. Et des photos de Jessie, des photos de leur maison, de leur cour. On ignorait toujours si le meurtrier était entré par la cour arrière ou s'il s'était présenté à l'entrée principale. On avait photographié des empreintes de pas près du cadavre d'Anthony Nantel et mis de côté tout ce qu'on avait pu récupérer sur le sol du salon. La tâche était fastidieuse puisqu'il y avait une moquette à la grandeur de la pièce sur laquelle on avait posé des tapis à poils mi-longs. Il avait fallu une patience infinie pour ramasser ce qui pouvait s'y être glissé. L'équipe technique avait ainsi trouvé, outre les tessons d'un verre brisé, des brins de gazon, un peu de terre, une allumette, du pot, des miettes de biscuit, de pain, de pizza, de gâteau — à croire que les Nantel mangeaient dans leur salon au lieu d'utiliser les chaises de leur spacieuse salle à manger —, un bout de journal et une perle de verre noire. On allait tenter de faire parler ces poussières du quotidien des Nantel.

En pliant les draps, Graham vit que la lumière du répondeur clignotait. C'était Alain qui lui apprenait qu'il rentrerait samedi plutôt que vendredi.

Pourquoi pas dimanche ? Ou lundi ? Ou jamais ? Elle réécouta le message. Il s'ennuyait d'elle, il était contrarié de revenir plus tard que prévu, mais il devait aller au souper d'anniversaire d'un de ses nouveaux collègues. Il ajoutait qu'il l'aimait, qu'il l'embrassait. Graham réécouta la bande. Il restait en Ontario pour fêter un ou une collègue ? Ce n'était pas clair. Elle aurait aimé faire entendre le message à Rouaix, mais c'eût été avouer sa jalousie, son manque de confiance en elle. À Grégoire peut-être ? Il était trop tard pour lui téléphoner, mais demain elle pourrait…

Elle était ridicule. Alain revenait samedi plutôt que vendredi et elle s'imaginait déjà qu'il la trompait. Parce qu'elle était vieille. Pas si vieille que ça, mais plus vieille que lui. Elle plia les draps en se répétant qu'elle était une idiote qui ne méritait pas son amoureux et qu'elle n'avait pas le droit de douter de lui. Non, c'était d'elle qu'elle doutait. Elle qui endurait de nouveaux verres de contact afin d'être plus jolie pour lui. Elle qui essayait le régime crétois en tentant de croire qu'elle suivait cette diète pour sa santé alors que tout ce qu'elle souhaitait était de perdre cinq kilos.

Des miaulements d'impatience lui rappelèrent que Léo voulait manger. En ouvrant la porte du réfrigérateur, Maud Graham s'interrogea ; avait-elle faim ? Que pouvait-elle grignoter avant de se coucher ? Elle se lèverait dans moins de cinq heures. Elle referma la porte. Elle prendrait plutôt un bon déjeuner avant de se rendre au bureau. Elle but un grand verre d'eau en flattant Léo qui la rejoignit dans sa chambre. Dans le silence de la nuit, elle percevait le petit bruit de succion que faisait le chat en se léchant les pattes. Elle gratta le cou de Léo en lui racontant sa journée. Trois morts en quelques heures. Trois victimes dont aucune n'avait trente ans. Elle connaissait les parents de Fabien et elle rencontrerait les proches d'Anthony et de Jessie demain. Non, tantôt. Maintenant, il fallait dormir pour être à peu près efficace dans quelques heures. Elle se tourna sur le côté, envia Léo qui ronronnait. Elle était persuadée que le ronronnement était une sorte de mantra qui permettait aux chats de s'endormir rapidement. Elle pensa aux parents de Fabien Marchand ; ils devaient être encore éveillés. Épuisés, brisés de chagrin, incapables de dormir, de plonger dans l'oubli. Ils avaient cru que leur fils était sauvé, cru qu'à force de l'aider il reprendrait goût à la vie malgré son handicap, puis il y avait eu cette infection nosocomiale et Fabien était mort. Elle se demandait comment réagiraient les proches des Nantel. Elle avait visité toute la maison sans voir aucune photo d'eux alors qu'il y avait des dizaines de photos de Jessie et Tony. Beaucoup de palmiers sur les images ; ils avaient dû faire plusieurs voyages dans le Sud. Peut-être avaient-ils un pied-à-terre en Floride. Elle avait hâte d'avoir des précisions sur leur compte bancaire. Elle savait déjà que Nantel n'avait été interpellé qu'une seule fois dans sa vie pour un excès de vitesse, trois ans auparavant, à Sorel. C'était tout ce que les dossiers informatisés de la SQ avaient révélé. Et maintenant, c'étaient les photos de leurs cadavres que les enquêteurs regardaient. Le corps de Tony dehors, celui de Jessie sur un tapis. Le rouge de son tee-shirt sur la moquette, le maudit petit foulard en tricot de coton qu'elle portait au moment où on l'avait agressée. Avant qu'on emporte sa dépouille, Graham avait insisté pour que toutes les précautions soient prises afin de protéger le cou de Jessie ; elle espérait qu'on puisse y découvrir des empreintes. C'était peu problable à cause du foulard, mais bon…

Il commençait à pleuvoir et Graham rêva de serpents qui nageaient dans la piscine des Nantel en faisant des nœuds coulants pour étrangler les baigneurs. Elle se réveilla en songeant à Fabien Marchand. Pourquoi avait-il évoqué les reptiles en émergeant du coma ? En avait-il reparlé avant de mourir ?

* * *

Louis Fournier fixait le ciel traversé d'éclairs. Il fallait que son fils fût abruti par l'alcool ou la dope pour ne pas s'être réveillé avec les coups de tonnerre qui se succédaient depuis une heure. Avant d'habiter à Stoneham, Fournier avait toujours porté attention aux orages, soit parce qu'il roulait en moto, soit parce qu'il s'inquiétait pour les plantations de pot, mais il n'avait jamais vraiment écouté un orage. Avec le boisé qui s'étendait derrière la maison, tous les sons étaient différents ; la foudre paraissait toute proche, prête à tomber au beau milieu de la cour, et le crépitement d'une pluie agressive sur l'eau de la piscine rappelait une décharge de mitraillette.

Il y avait longtemps que Louis Fournier n'avait pas tenu une mitraillette. Il n'aimait pas les armes à feu, préférait les couteaux discrets. Ça devait remonter à plus de quinze ans. À l'époque, il aurait pu faire partie des Hells, être *hangaround*, puis *prospect*. Mais il ne voulait pas attendre de gravir les échelons, il préférait rendre service aux motards, toucher leur argent plutôt qu'être un membre à part entière. Contrairement à Gauthier. Il était peut-être moins protégé, mais il louait ses talents à qui il voulait bien. Puis il y avait eu cet incident. Il avait été arrêté pour vol à main armée. Il avait été relâché faute de preuves. C'était loin, tout ça.

Il n'avait pas aimé subir un procès, les semaines d'incarcération, son nom cité dans les journaux. Certains criminels étaient fiers de figurer à la une des quotidiens. Pas lui. Tout s'était bien terminé, il avait été relâché, mais il était persuadé d'avoir été dénoncé par un des membres des Hells du chapitre de Trois-Rivières. Il avait décidé de prendre ses distances sans renier pour autant ses anciens associés ; il faisait toujours des affaires avec eux. Ou avec d'autres. L'âge d'or des motards était révolu, même s'ils contrôlaient toujours une bonne partie du trafic de drogue au Québec. Fournier était un de leurs fournisseurs par l'entremise de Gauthier. Et il rendait également service à des membres de la mafia en blanchissant l'argent sale dans ses restaurants. Une chaîne de pizzerias haut de gamme. Le chef qui imaginait les garnitures de ces pizzas était évidemment une tapette pour inventer des pizzas aussi bizarres. Fournier avait exigé que la classique pizza « toute garnie » soit inscrite au menu de tous les établissements, mais il devait admettre que ce n'était pas la plus réclamée. Fournier s'en fichait ; l'important était que les restos roulent assez bien pour qu'on y blanchisse du fric. Et pour qu'il puisse affirmer aux enquêteurs qui ne l'avaient pas oublié, comme ce maudit Provencher, qu'il était un honnête citoyen. Un restaurateur que ses voisins respectaient. N'était-il pas un généreux donateur quand venait le temps des paniers de Noël ? Pourquoi Provencher rôdait-il toujours autour de lui ? Il était vraiment malchanceux d'être tombé sur un entêté pareil ! Et encore plus d'avoir un fils aussi con ! Il n'avait pas entendu parler de Pierre-Ange Provencher depuis des mois et voilà que celui-ci s'intéressait à Vic. Provencher ne s'occupait pourtant pas d'infractions mineures comme les excès de vitesse. Et même si on avait gardé Vic au poste toute la nuit parce qu'il était gelé comme une pierre en hiver, ça ne justifiait pas que l'enquêteur se soit déplacé pour venir les voir. Deux fois.

C'était la maudite nuit du six au sept juin qui excitait Provencher. Ce n'était même pas dans son secteur. Pourquoi ne s'occupait-il pas de ses affaires ? Il ne lâcherait plus Vic maintenant que Fabien Marchand était mort. À la télévision, le journaliste judiciaire avait précisé que Marchand était désormais victime de meurtre. Que les accusations seraient plus lourdes. Heureusement, il avait ajouté que les enquêteurs n'avaient aucune nouvelle piste dans cette affaire. Vrai ou faux ?

Provencher s'était pointé chez eux la semaine précédente pour montrer une photo de la médaille à Victor qui avait affirmé ne pas la reconnaître. Il avait haussé les épaules lorsque Provencher lui avait dit qu'on l'avait dénichée tout près du lieu où avait été découvert Fabien Marchand. Il avait même poussé un soupir d'ennui quand l'enquêteur lui avait appris que des témoins avaient remarqué des motos semblables à la sienne pas très loin de l'endroit où on avait agressé Marchand. Que faisait-il ce soir-là avant d'être intercepté sur le boulevard des Chutes ? Avec qui était-il ?

— Je ne m'en souviens pas, avait prétendu Vic. J'étais gelé.

Provencher s'était contenté de cette réponse et était reparti sans poser d'autres questions, mais Louis Fournier connaissait trop son opiniâtreté pour se sentir rassuré par ce manque d'insistance.

Et maintenant, Fabien Marchand était mort. Et Vic lui avait avoué qu'il avait reconnu la médaille de Frank Potvin. En souriant. Comme si c'était une bonne blague. Il avait ajouté que c'est Potvin qui serait accusé si jamais on le reliait à cette médaille. Et peut-être même pas. Perdre une médaille sur les berges de la Saint-Charles ne signifiait pas que Frank était là en même temps que Marchand. Il pouvait s'y être promené la veille de l'agression. Ou deux jours avant. *Why not ?*

Fournier aurait accepté que son fils soit désinvolte, cruel ou arrogant, mais il était stupide et inconscient. Il ne pouvait plus se leurrer, il ne pourrait jamais compter sur lui pour ses affaires. Moyennement doué pour les études, paresseux, pas assez brillant pour flairer le danger. À quoi lui servirait-il ? Si Fournier n'avait jamais envisagé l'idée d'impliquer sa fille dans son entreprise, il devait y songer : Jennifer était beaucoup plus réfléchie que son frère. Et aussi silencieuse que sa mère. Parfois, il la voyait qui l'observait et son air inquisiteur l'intriguait ; peu de personnes osaient le fixer dans les yeux, mais Jennifer le dévisageait sans gêne. Elle n'avait pas peur de lui. Ça l'agaçait et ça lui plaisait en même temps qu'elle soit si peu impressionnable. Elle n'était vraiment pas une beauté, mais elle aurait assez de personnalité pour séduire un homme. Enfin, c'est ce qu'il espérait. C'est ce qu'il se répétait, lui qui n'aimait que les belles femmes. Il lui paierait une chirurgie esthétique ; plus de seins, ce serait déjà beaucoup mieux. Annie avait proposé d'en parler à leur fille durant leur voyage en France. Au téléphone, elle lui avait appris que Jennifer lui avait fait gagner neuf mille euros au casino. Fournier avait eu raison de lui offrir un voyage à Monte-Carlo pour la féliciter d'avoir si brillamment réussi son année scolaire. Elle et sa mère y seraient jusqu'à la fin de la semaine.

Il n'y avait que Vic et lui à la maison.

Une maison où, pendant que son fils dormait, il tournait en rond en s'escrimant à trouver une solution pour que Provencher leur sacre la paix, pour aboutir à une seule conclusion : l'unique témoin de l'agression de Marchand était Potvin. Et si les enquêteurs découvraient que la médaille lui appartenait, ils l'interrogeraient. Et Potvin finirait par raconter qu'il était avec Vic le soir où il avait perdu sa médaille. Il ne se laisserait pas accuser de meurtre pour ne pas trahir son chum. Des hommes aguerris passaient aux aveux pour moins que ça. La solidarité entre criminels était un mythe. Si quelqu'un gardait le silence, c'est que son intérêt était de se taire. Ce n'était pas par amitié ou pour l'honneur.

Frank Potvin s'ouvrirait la trappe.

On pouvait compter sur Provencher pour enquêter sur Vic, sur ses relations. Il interrogerait tous les étudiants du collège où son fils coulait ses cours. Non, il ne s'en chargerait pas lui-même. C'est cette femme, cette Machin Graham qu'il avait vue à la télévision qui s'en occuperait, puisque c'était arrivé dans Québec. Provencher et elle échangeaient leur information, sinon Provencher n'aurait jamais pu montrer la photo de la maudite médaille à Victor. Et cette femme qui avait un nom de biscuit avait dû rencontrer des élèves, avait même dû leur montrer la médaille et la chaîne. Même si, selon Vic, Frank n'était plus au collège depuis plusieurs mois, des gens pouvaient les avoir vus ensemble. Ou peut-être pas. Ce n'était pas normal que cette femme ne soit pas encore venue les embêter. Ou alors, elle avait une entente avec Provencher qui devait s'être vanté de bien les connaître, lui et son fils, qui avait sauté sur cette occasion pour fouiner chez lui. S'il fallait qu'il se mette à les surveiller ? Est-ce qu'on accorderait à Provencher, sur ses seules intuitions, un budget pour une filature ?

Combien de temps mettraient les enquêteurs à trouver le lien qui unissait Vic à Frank Potvin ? Il en parlerait à Gauthier. Pas de la maison, ni avec son cellulaire ; les bœufs retraçaient tout. Ils avaient des techniciens qui faisaient cracher la moindre information à un téléphone, à un ordinateur. Fournier se méfiait de tous ces appareils modernes qui devaient faciliter la vie mais qui pouvaient aussi la compliquer.

Chose certaine, si Potvin disparaissait, il fallait que ça ressemble à un accident.

Un accident de moto ? Bien des jeunes se tuaient sur les routes du Québec.

Une overdose ?

Fournier ouvrit la porte-fenêtre de la terrasse, sortit sous la pluie. Ça ne l'enchantait pas d'ordonner l'exécution de Potvin, mais avait-il le choix ? Il ne fallait pas

166

que Provencher ait des raisons de revenir les embêter. Ce n'était vraiment pas le moment d'avoir des policiers aux alentours. Il avait déjà prévenu Gauthier qu'ils ne devraient pas être vus ensemble au cours des prochaines semaines au cas où Provencher déciderait de les espionner. Lui et Vic. Il fallait maintenant faire comprendre à son fils qu'il devait rester à la maison. Ne plus se montrer en ville. Avec personne. Ne pas appeler Potvin au cas où la ligne serait sur écoute. Est-ce que tout ça entrerait dans la tête de linotte de Vic ?

Fournier avait été tenté d'abandonner Vic, qu'il soit arrêté et condamné ; il n'aurait pas une peine si lourde puisqu'il était mineur. Mais sa femme le lui aurait reproché tous les jours. Et Provencher serait trop content d'avoir réussi à faire faire du temps à un Fournier. Il ne lui procurerait pas ce plaisir-là ; les Fournier ne vont pas en prison.

Un accident ou une overdose ?

Il rentra avant d'être trempé. Le silence de la maison le poussa à se questionner. Pourquoi n'était-ce pas toujours aussi tranquille ? Pourquoi ne vivait-il pas tout seul ? Il n'aurait jamais dû s'embarrasser d'Annie et des enfants. Il était bien avancé aujourd'hui, obligé de réparer les niaiseries de son fils qui allait ronfler jusqu'à midi.

La pluie qui s'était momentanément calmée reprit de la vigueur et Fournier alluma le téléviseur pour consulter la chaîne consacrée à la météo. S'il tombait trop d'eau ? Est-ce que les plans pouvaient être menacés ? Il soupira ; il avait assez de Vic pour lui causer des maux de tête. Le climat ne devait pas s'en mêler aussi !

* * *

167

Élian Germain-Jodoin s'était éveillé au premier coup de tonnerre et il avait eu envie de pleurer aussitôt. Il avait enfin réussi à s'endormir, et voilà que l'orage le réveillait et qu'il reverrait encore et encore la scène du meurtre de Jessie. Pourquoi était-il allé chez les Nantel à ce moment-là? Pourquoi avait-il voulu emprunter un disque à Jessie au lieu de chercher sur Internet la chanson qui l'intéressait et de la copier dans son iPod? Était-ce son destin de se trouver là à l'instant précis où Vivien serrait le cou de Jessie, où elle tombait après qu'il l'eut relâchée? Elle tombait au ralenti comme si des fils invisibles la retenaient quelques instants avant que sa tête heurte le bord de la table en céramique. Elle tombait sans que Vivien fasse le moindre geste pour la rattraper. Elle ne s'était pas relevée. Vivien s'était éloigné d'elle, s'était approché de la fenêtre.

Élian gémit; il n'arrêtait pas de se demander pourquoi il n'était pas entré chez Jessie afin de vérifier si elle était morte. Peut-être qu'elle respirait encore après que Vivien fut parti. Peut-être qu'il aurait pu lui faire le bouche-à-bouche, peut-être qu'il l'aurait sauvée? Mais non, il s'était enfui dès qu'il avait vu le regard fou de Vivien. Il avait couru jusque chez lui et s'était enfermé dans sa chambre. Ensuite, il avait prétexté un souper chez un ami afin de ne pas se retrouver en face de Laura qui aurait deviné qu'il était bouleversé.

Depuis, il se demandait ce qu'il aurait dû faire. Ce qu'il devait faire. Ce qu'il ferait. Il n'avait pas revu Vivien. Que lui aurait-il dit? Qu'il ne voulait pas le trahir, mais qu'il revoyait sans arrêt le visage de Jessie? Qu'il doutait que les enquêteurs l'aient cru? Il avait eu l'impression que Maud Graham l'observait avec trop d'attention, peut-être parce qu'il lui faisait penser à ce Maxime qui vivait avec elle, d'après ce qu'elle lui avait raconté. C'était aussi possible qu'elle ait inventé ça pour le mettre en confiance. Il n'avait pas nié être allé chez Jessie. De toute manière, on avait retrouvé sa casquette près de la piscine, cette casquette qu'il avait eu peur de récupérer. Il avait prétendu qu'il ne se souvenait pas quand il l'avait laissée là, alors qu'il n'oublierait jamais cette minute précise où son existence avait basculé. Il avait sûrement rougi quand Graham lui avait remis la casquette et lorsqu'elle l'avait interrogé sur ses relations avec Jessie. Il avait déclaré qu'elle était gentille, mais il sentait que Rouaix avait deviné qu'il la trouvait surtout très sexy. Infiniment sexy. Terriblement sexy. Tous les hommes la trouvaient-ils aussi belle que lui ? Même Vivien qui était gay avait dit que Jessie lui rappelait une célèbre actrice. Vivien ! Pourquoi Vivien l'avait-il tuée ? Il gâchait toute leur vie ! Il n'avait pas le droit de le fourrer dans une histoire pareille, une histoire qui l'empêchait de dormir, une histoire qui lui soulevait le cœur. Il n'aurait jamais dû l'aider dans son jardin, devenir son ami.

Il était aussi furieux contre son père qui aurait dû rentrer du Maroc, mais qui l'avait appelé le lendemain de la mort de Jessie pour lui annoncer qu'il devait retarder son retour jusqu'à la fin de l'été. Dans cinq semaines ! À cause de son travail. Son maudit travail. Il lui avait raccroché au nez après avoir crié qu'il était nul et un menteur incapable de tenir ses promesses. Laura l'avait critiqué ; il n'avait pas le droit de s'exprimer sur ce ton. Il avait répondu que ça ne la concernait pas, que c'était une affaire entre son père et lui, et il était sorti en claquant la porte. Il avait entendu Simon lui crier de revenir. Puis Laura qui déplorait qu'il ait changé depuis quelque temps.

Qu'aurait-on fait à sa place ? Il n'était pas un *stool*. Il ne serait jamais un *stool*. Il espérait seulement oublier Jessie. Elle était morte, il ne pouvait plus rien faire pour elle. Il essayait de se persuader qu'il y avait au moins une bonne chose à sa disparition ; elle n'avait pas eu le chagrin de perdre Tony. Ils étaient morts le même jour.

Mais pas ensemble. Ça, c'était bizarre. Laura et Simon, Danielle, Richard, Christian et tous les journalistes qui avaient couvert l'événement se posaient la même question. Et lui et Vivien étaient les seuls à connaître une partie de la réponse. Même s'il racontait tout aux enquêteurs, ça ne ressusciterait ni Jessie ni Tony. Ils étaient morts. Point final.

Élian but un verre de lait avant de se recoucher. Le tonnerre avait cessé. Est-ce que le bruit monotone de la pluie l'aiderait à se rendormir ?

* * *

— Ton chum Provencher nous a envoyé un bon dossier.

Rouaix acquiesça ; comme Maud Graham, il avait lu ce que leur avait fait parvenir l'enquêteur de la SQ sur Louis Fournier et son fils.

— Et les frères Champoux ? Tu as reparlé à ces étudiants modèles ?

— Oui. Et à Nicolas Mercier, Francis Drolet. Ils ont tous évoqué la rivalité qui opposait Victor Duchesne à Fabien Marchand. Vic a vendu plus de dope que les élèves me l'ont laissé croire au début de l'enquête. Si les frères Champoux ne m'ont pas menti, on parle d'un trafic très payant. Je voudrais bien savoir où ces jeunes s'approvisionnent.

— Tu crois que Victor a des contacts privilégiés à cause de son père, comme le suppose Provencher ?

— Pas sûr. Victor est un jeune en conflit avec ses parents, comme n'importe quel jeune. Comme Fabien, qui consommait bien plus que ses proches ne l'imaginaient.

— Qui dealait…

— Oui, Jérôme Champoux a parlé de centaines de pilules écoulées dans le dernier semestre.

— Je déteste les histoires de dope, déclara Rouaix.

— Je ne les aime pas non plus, renchérit Trottier. On patauge dans les mêmes eaux avec Tony Nantel. J'ai examiné ses comptes de banque. Il y a des sommes qui correspondent au salaire versé par la firme comptable Vachon et Voyer qui l'employait. Il paraît qu'il était compétent. Mais on ne le payait tout de même pas vingt mille dollars par mois ! C'est pourtant ce qu'il devait empocher pour payer la baraque, la piscine, la moto et les autos. Ce n'est pas le salaire de Jessie qui leur permettait d'acheter tout ça.

— D'autant plus qu'elle ne travaillait pas à temps plein, fit Graham. Ils m'ont tous répété que Jessie bossait vingt heures par semaine au maximum. Personne ne semblait vraiment l'apprécier.

— Sauf le jeune.

— Oui, Élian est le seul qui a l'air affecté par sa disparition. Il devait être fasciné par elle.

— Amoureux ?

— Non, juste fasciné.

— C'est vrai qu'elle était assez belle pour alimenter les fantasmes de n'importe quel ado, convint Trottier. Ou de n'importe quel homme. Au salon où elle travaillait, la patronne m'a raconté qu'elle avait plus de clients masculins que les autres coiffeuses.

— Un en particulier ?

— Qui l'aurait désirée au point de…

— Non. J'ai posé la question. La patronne n'a rien remarqué en ce sens. Jessie ne s'est jamais plainte d'être importunée par un client. Elle devait être habituée à faire rêver les hommes. C'était une bombe !

Maud Graham fit une petite moue ; est-ce qu'Alain aurait pensé la même chose que Trottier ? Est-ce qu'il s'imaginait dans les bras d'autres femmes quand il faisait l'amour avec elle ?

— Ce n'est pas mon genre, avoua Rouaix. Elle est trop. Trop blonde, trop grande, trop de poitrine, trop de bronzage. J'aime mieux les beautés discrètes.

Cher Rouaix ! Provencher avait raison ; elle s'ennuierait de lui lorsqu'il prendrait sa retraite. Elle refusait d'envisager de mener une enquête sans lui en parler ; il avait une façon très personnelle de l'écouter développer une hypothèse qui lui permettait d'avancer. Avec qui discuterait-elle quand il partirait ? Elle lissa ses cheveux ; à quoi bon se tracasser maintenant ? C'est Alain qui avait raison : elle devait profiter de la présence de son ami tant qu'il était auprès d'elle.

— Tu peux me parler de tes enquêtes, à moi aussi, avait dit Alain.

Oui. S'il était là. Devant elle. Mais il n'y était pas cette semaine. Ni la semaine précédente. Ni celle d'avant. Il ne reviendrait que dans trois jours. Trois jours. Est-ce qu'il remarquerait qu'elle avait perdu deux kilos ? Qu'elle avait profité de son absence pour se mettre au régime et essayer de s'habituer aux verres de contact ? Bien sûr qu'il le remarquerait. Il remarquait tout. C'était à double tranchant ; il verrait qu'elle avait maigri. Mais il le voyait aussi quand elle prenait du poids. Il ne disait rien alors. Est-ce qu'un moment viendrait où elle n'aurait plus à surveiller sa ligne ? Pas tant qu'elle serait avec un homme plus jeune qu'elle. Un bel homme qui devait plaire à toutes les Ontariennes.

Elle aurait dû accepter de le rejoindre pour une fin de semaine, comme il le lui avait suggéré, mais elle n'avait pas voulu laisser Maxime seul avec Grégoire. Était-elle trop mère poule ? Est-ce que ça changeait quelque chose d'être présente ? Les parents de Fabien Marchand savaient qu'il fumait du pot, mais ils étaient loin d'imaginer qu'il était impliqué dans un trafic de drogue assez important pour lui coûter la vie. Que sait-on de ses enfants ? Que savaient d'elle ses propres parents ? Sa mère avait cessé de lui reprocher son manque de féminité depuis qu'elle était avec Alain ; mais elle doutait que leur mode de vie, séparés la semaine et ensemble les week-ends, soit viable à long terme. Au moins, sa mère n'en parlait plus. Elle lui avait donné son avis puis s'était résignée. De la même manière qu'elle s'était résignée à avoir une fille qui menait des enquêtes, qui se penchait sur des cadavres, qui confrontait des criminels. Comment pouvaient-elles être à ce point différentes alors qu'elles se ressemblaient tant physiquement ?

Comme Élian et Laura. Le garçon était la copie conforme de sa mère mais, selon elle, hormis une passion commune pour les voyages, ils partageaient peu d'intérêts.

— Figurez-vous qu'il parle de la guerre des Gaules avec Vivien ! s'était étonnée Laura. Il reste chez lui durant des heures.

— Du moment que ça se passe ailleurs qu'ici, ça l'intéresse, avait précisé Simon. Tout ce qui nous est étranger le captive, tout ce qu'on dit l'ennuie profondément. Vous voyez, il n'est pas là aujourd'hui non plus.

Graham avait pensé à Maxime qui se plaignait aussi de s'ennuyer à la maison ; est-ce qu'il se distrayait davantage chez son père ? Elle lui avait téléphoné à trois reprises ; chaque fois, il était absent. Bruno avait expliqué qu'il s'était fait des amis, que tout se déroulait à peu près correctement. Graham s'était juré de ne pas rappeler. Elle ne voulait pas avoir l'air de contrôler ce que faisait Maxime. Ou Bruno. Ses relations avec ce dernier seraient toujours étranges ; il avait été un de ses indicateurs, elle était aujourd'hui la tutrice de son fils, comment pouvaient-ils être naturels l'un envers l'autre ?

— Et Nicole Rhéaume ? interrogea Rouaix. On en sait plus ? C'est vrai qu'il y a un dossier sur elle à la SQ ?

La voix de Rouaix ramena Graham à la réalité ; Nicole Rhéaume, comme tous les voisins des victimes, avait fait l'objet d'une recherche dans les dossiers informatisés.

— J'ai enfin rejoint le sergent-détective Vaillancourt, répondit Trottier. Le mari de Nicole Rhéaume est mort noyé. Elle était avec lui. Il paraît qu'il n'avait pas mis sa ceinture de sauvetage. Dans le rapport d'autopsie, il est fait mention d'un coup à la tête. Nicole Rhéaume avait déclaré à l'époque qu'elle avait essayé de tendre un aviron à son mari quand le canot avait chaviré, mais qu'elle s'était affolée, qu'il l'avait peut-être reçu sur le crâne. Elle ne s'en souvenait pas vraiment, tout s'était passé si vite. Peut-être que la tête du mari avait heurté le bord du canot.

— Quelle est l'opinion de Vaillancourt ?

— Qu'il n'y avait pas de vent ce jour-là, ce n'est pas pour ça que le canot a chaviré. Et Jean-Yves Faucher avait une bonne assurance vie. Vaillancourt n'avait cependant aucune preuve pour étayer ses soupçons. Il a consigné ses doutes dans un dossier sur elle. C'est tout ce qu'on a. Il se demande encore aujourd'hui si Nicole Rhéaume a tué son mari.

— Pourquoi ?

— Parce qu'elle était trop calme.

— Mais qu'est-ce que ça lui aurait rapporté de tuer Jessie ? Elle n'a aucun héritage à espérer. Elle n'a apparemment aucun lien avec Jessie ni avec Tony. On tue pour obtenir quelque chose qu'on ne peut avoir autrement, par jalousie, par passion ou pour faire taire un témoin. Il faudrait que Jessie ait su la vérité sur Nicole Rhéaume, qu'elle l'ait fait chanter. Elles se connaissaient à peine.

— Cette noyade, criminelle ou non, n'a pas de lien avec la mort des Nantel, fit Trottier. Cette femme me semble trop petite pour avoir pu étrangler Jessie Dubuc. Le légiste est formel, on lui a écrasé la trachée. C'est du côté de Tony qu'on doit chercher. Qui l'approvisionnait en dope, à qui vendait-il, de qui dépendait-il ?

— Et qui a-t-il gêné ou déçu pour qu'on assassine aussi sa femme ? Je suppose que Jessie en savait trop sur les activités de son mari. On ne voulait pas qu'elle révèle quoi que ce soit après le meurtre de Tony. Je continue d'éplucher ses comptes. On devrait aussi nous remettre bientôt un topo de ce qu'il y avait dans son portable.

— Les appels téléphoniques ?

— Rien d'intéressant, se lamenta Trottier. Ses conversations importantes, il devait les faire d'une cabine. On a vérifié les numéros composés avec le cellulaire. Ils sont reliés à des clients de sa firme, à ses collègues. Il téléphonait souvent à Jessie. C'est tout.

— Comme s'il n'avait pas d'amis, fit Rouaix.

— Et s'il avait une maîtresse ? proposa Graham.

— Avec une fille comme Jessie à la maison? s'esclaffa Trottier.

— Il ne l'aimait peut-être pas autant que tu le supposes, insinua Graham. Elle était souvent seule, tous les voisins nous l'ont dit. La beauté n'est pas tout dans la vie. Peut-être que Jessie était sotte et qu'il en avait assez d'elle.

— En tout cas, on n'a rien trouvé chez eux. Et ce que disent leurs parents ne nous sert pas à grand-chose. Ils ne se voyaient pas souvent. La mère de Jessie n'aimait pas Tony et vice-versa. Il n'y a que la jeune sœur de Jessie qui appréciait son beau-frère. Parce qu'il l'avait emmenée à New York avec eux, l'an dernier.

— C'est impossible que Tony Nantel n'ait pas une cachette quelque part. On a trouvé une clé à son bureau.

— J'ai vérifié s'ils avaient loué un chalet. C'est non.

— La clé doit bien ouvrir un coffre, insista Graham.

— Ce n'est ni un casier à la gare, répondit Trottier, ni un coffre à sa banque. Son coffre, on l'a ouvert, on a trouvé trente mille dollars. C'est un bon paquet en liquide, mais il doit avoir autre chose ailleurs.

— Dans une autre province? Ou dans un paradis fiscal?

— Il était comptable. Il savait si certains clients fraudaient l'impôt. Il a pu se livrer au chantage.

— Ou blanchir de l'argent? proposa Trottier.

Rouaix soupira; il était persuadé que Tony Nantel avait été victime d'un règlement de comptes, mais il n'en avait aucune preuve. Il avait commencé à vérifier les alibis des criminels reliés au trafic de la drogue dans la région. Certains étaient toujours incarcérés, d'autres en probation, trois avaient disparu et tous ceux avec qui Rouaix avait discuté avaient fourni de solides alibis. Il y avait pourtant quelqu'un quelque part qui avait fricoté avec Nantel! On ne peut pas faire cavalier seul quand on trempe dans un trafic. Quel qu'il soit.

— C'est vrai, dit Graham. Mais la SQ n'a rien sur lui non plus.

— Les enquêteurs aux fraudes ont trouvé intéressant ce qu'on leur a confié sur Nantel. Il paraît que ses déclarations de revenus ne correspondent pas tout à fait à ses signes extérieurs de richesse.

— Ça ne nous explique pas comment il gagnait tout ce fric! s'impatienta Graham.

— S'il faisait chanter quelqu'un? lança Rouaix.

— Il faudrait qu'il ait été témoin d'un crime grave pour qu'on consente à lui verser autant d'argent pour son silence.

— Et celui de Jessie.

— Pourquoi l'assassin ne les a-t-il pas tout simplement abattus chez eux tous les deux. Pourquoi se compliquer la vie en descendant Tony dans le boisé du parc et aller ensuite étrangler Jessie?

— Et s'il y avait deux tueurs?

— Quoi de neuf sur leurs voyages en Floride?

— On a le nom de l'hôtel, du bureau de location des voitures que Tony a utilisées lors de leurs escapades. Ils ne sont jamais restés sur place longtemps. Jamais plus d'une semaine. On n'a aucune trace d'appels qui auraient été passés depuis leur hôtel. Tony devait privilégier là aussi les cabines téléphoniques.

Graham, Trottier et Rouaix se regardèrent; l'affaire Nantel n'était pas près d'être éclaircie.

— Un des marchés les plus payants reste la dope, lâcha Rouaix. Je vais reparler à Pierre-Ange Provencher. Il en connaît un rayon sur les stupéfiants.

— Il est convaincu que Louis Fournier blanchit de l'argent dans ses restaurants. La plupart sont très fréquentés, mais il y en a deux qui ont fait faillite. Et un qui a été incendié.

— Acte criminel ? *Yes, sir !* Évidemment, rien ne reliait le sinistre à Fournier. Il a dû payer pour qu'on brûle le resto, mais Provencher ignore qui s'en est chargé.

— En attendant d'avoir les rapports techniques de l'affaire Nantel, reprit Graham, on pourrait rendre visite à Victor Duchesne. Un détail dans le témoignage des frères Champoux a titillé ma curiosité. Jérôme prétend que Duchesne et Marchand ont eu la même blonde, Jasmine Lopez. Elle est partie à Vancouver pour étudier l'anglais, mais je lui ai parlé au téléphone et elle m'a confirmé qu'elle avait quitté Victor pour Fabien. Parce que Vic était trop « heavy ». Qu'il « pétait une coche » pour des niaiseries. Il l'a engueulée parce qu'elle était sortie avec une amie dont c'était l'anniversaire au lieu de rester avec lui.

— Victor était donc doublement en compétition avec Marchand, fit Rouaix.

— Si on le rencontrait ?

— Vous n'avez aucune preuve de sa présence sur le bord de la Saint-Charles. Vous voulez lui mettre de la pression ? demanda Trottier. Ça peut marcher.

— J'appelle Provencher pour le tenir au courant. Il a peut-être des détails à ajouter avant qu'on sonne chez les Fournier.

Il pleuvait un peu quand Graham et Rouaix arrivèrent à Stoneham et la bruine donnait à la route bordée d'arbres un aspect paradoxal ; les formes des feuillus et des conifères étaient plus floues mais les couleurs, en revanche, étaient éclatantes. Les diverses nuances de vert semblaient pures, nettes, franches, presque joyeuses. Graham avait dédaigné la climatisation pour garder les fenêtres ouvertes et l'odeur d'humus l'enchantait, lui rappelait le parfum de sous-bois qu'elle aimait tant au chalet d'Alain. Est-ce qu'ils s'y rendraient bientôt ? Graham avait accumulé plusieurs congés ; ce serait bien de se retrouver seule avec Alain après ces semaines d'absence. Elle tenterait de lire tous ces livres dont Léa s'était régalée durant l'année qui venait de s'écouler. Sa meilleure amie avait adoré une biographie de Cléopâtre et avait insisté pour qu'elle la lise. Graham repensa au buste qu'elle avait admiré chez Vivien Joly, posé sur une table d'angle dans le grand salon. Elle était retournée voir l'ancien professeur d'histoire. Celui-ci lui avait paru las, répondant par monosyllabes à ses questions. Elle n'avait pu s'empêcher de lui dire qu'il semblait fatigué. Sans préciser toutefois qu'elle se demandait s'il avait mal dormi à cause d'un abus d'alcool. Elle avait noté que ses mains tremblaient.

— J'ai eu une mauvaise nuit, avait répondu Vivien Joly. Des chats se battaient dans la cour.

— Je sais ce que c'est, j'en ai un chez moi. Heureusement, Léo est âgé maintenant, moins porté à vouloir mater tous les mâles des environs, mais il a été très pugnace. Un vrai guerrier, les premières années de son existence. Il partait en campagne des jours durant, me laissant me faire un sang d'encre pour lui. Je pense souvent aux femmes dont les maris partent à la guerre. Ces femmes qui restent des jours sans nouvelles de ceux qu'elles aiment.

— Dans l'Antiquité, elles attendaient durant des mois, voire des années. Des soldats pouvaient rester à la guerre dans un pays étranger pour de très longues périodes. Six, huit, dix ans.

— Elles devaient se croire veuves…

— C'était là, le problème. Elles devaient se débrouiller avec les enfants sans savoir si l'homme reviendrait, s'il était judicieux de repousser d'éventuels prétendants qui auraient pu les aider, les protéger. Dans le cas où l'époux n'était pas mort, elles pouvaient être accusées de bigamie. Et comme les femmes n'avaient pas beaucoup plus de droits que les esclaves, elles devaient bien réfléchir avant de se laisser charmer.

— Et Jessie Dubuc, croyez-vous qu'on lui contait fleurette ?

— Je n'en sais rien.

Il y avait eu un silence qu'avait rompu Graham en mentant à Vivien Joly.

— Je n'ai pas trouvé de trace de votre plainte contre Jessie. C'était quand ?

— Un mercredi soir, je pense. Je l'avais avertie plus d'une fois que j'appellerais la police, mais elle ne changeait pas d'attitude.

— Et lui ?

— Je ne dois pas lui avoir dit plus de trois phrases en tout et pour tout. C'était aussi au sujet du bruit.

— Votre rue est très calme. J'imagine qu'on perçoit ce qui se passe autour.

— On distingue une rumeur, des voix lorsque les gens mangent dehors, mais ce n'est pas gênant.

— Vous auriez donc pu entendre quelque chose venant de chez les Nantel. Un coup de feu, par exemple. Ou une voiture qui démarre à toute vitesse.

— Il n'y a pas eu de coup de feu.

— Et une voiture ? Ou des cris ? Jessie doit avoir crié, s'être débattue.

Vivien Joly avait secoué la tête avant d'évoquer la

possibilité qu'il y avait trop de bruit chez sa voisine pour qu'on l'entende, elle.

— Elle mettait sa musique très fort quand elle faisait sa gym. C'est ce qui s'est passé la première fois que je suis allé chez elle pour la prier de baisser le son. J'ai dû frapper très fort aux fenêtres du salon pour attirer son attention. Elle n'entendait pas la sonnette.

— Son jardin est bien moins beau que le vôtre.

Vivien Joly expliquait de nouveau qu'il avait beaucoup de loisirs pour s'occuper de ses fleurs, quand les jappements d'un chien l'avaient fait sursauter. Il avait tourné brusquement la tête, s'était immobilisé en serrant les poings.

— Vos voisins ont un chien ? Je n'en ai pas remarqué lors de nos premiers interrogatoires.

— Chez les Frémont. Ils ont offert un toutou à leur fille, avant-hier.

— J'espère que la porte de votre jardin ferme bien. Un chiot y ferait des ravages. Ce serait dommage, votre cour est magnifique. Vous avez eu l'aide d'Élian, c'est ça ?

Vivien Joly avait fait un bref signe de tête affirmatif avant de détourner son regard vers la cuisine et de proposer un thé glacé à Maud Graham qui avait accepté. Elle n'avait pas soif, mais elle voulait vérifier si elle avait raison de croire que la mention du nom d'Élian avait troublé le retraité.

— Nicole Rhéaume prétend qu'Élian était amoureux de Jessie Dubuc. Est-ce qu'il vous en a parlé ?

— Non ! Et amoureux est un bien grand mot. Il était subjugué, fasciné.

— C'est le même mot qu'a utilisé mon collègue. De quoi parlez-vous quand Élian travaille avec vous dans le jardin ?

— De voyages.

— Comment le décririez-vous ?

Vivien Joly avait haussé les épaules avant de dire que l'adolescent était gentil et curieux. Et intelligent.

— J'enseignais au cégep. Élian est encore au secondaire, mais il est mature pour son âge.

Si Joly parlait d'Élian sur un ton affectueux, il évitait néanmoins de regarder Graham. Elle l'avait quitté en se demandant si cet enseignant n'était pas sous le charme de son jeune voisin. Elle s'était rappelé le film de Visconti, *Mort à Venise*, le visage de Dirk Bogarde, envoûté, désespéré.

Elle y repensait maintenant, revoyait Vivien Joly alors qu'il servait le thé dans de grands verres. Il en avait renversé un peu. Était-il maladroit ou anxieux ? Il avait sursauté lorsque le chien avait aboyé. Elle se tourna vers Rouaix ; qu'en pensait-il ?

— La plupart des gens sont mal à l'aise quand on les rencontre. Tu crois que Joly a pu avoir des relations particulières avec Élian ?

— Il est nerveux quand on l'évoque.

— Quel est le lien avec les meurtres de Jessie et de Tony Nantel ?

— Et si Vivien était jaloux de Jessie parce qu'Élian était amoureux d'elle ? C'est peut-être tiré par les cheveux, mais…

— Oui ! Joly n'est pas assez sot pour croire qu'un ado pourrait l'aimer. Et si Élian était pâmé sur Jessie, c'est qu'il n'est pas gay. Donc Joly n'avait aucune chance. Et surtout pas avec cinquante ans de plus que le gamin. Tu délires, ma pauvre fille…

Rouaix freina brutalement pour éviter un raton laveur et pesta.

— Il m'a fait peur !

— Il est sain et sauf. Tu as toujours de bons réflexes.

— Fournier est chanceux d'habiter en pleine nature. J'aimerais ça, à ma retraite.

Ils ralentirent devant la grille de l'entrée et Rouaix siffla entre ses dents ; la demeure était très bien gardée. Rouaix se nomma à l'interphone, il entendit un déclic et la grille s'ouvrit devant eux. Ils roulèrent lentement dans la grande allée avant de s'arrêter devant la maison en pierres des champs. Il jeta un coup d'œil à Graham qui sourit.

— Une belle forteresse. Qui a coûté encore plus cher que la maison de Nantel. Il doit y avoir un court de tennis à côté de la piscine.

— Ou une piscine intérieure, avec toit ouvrant pour l'été.

— Est-ce qu'on est de minables jaloux ?

Ils durent patienter au moins trois minutes avant qu'on leur ouvre après qu'ils eurent sonné à la porte principale. Un homme aux larges épaules, vêtu d'un jean et d'un tee-shirt sans manches qui laissait voir ses tatouages, les dévisagea, l'air excédé.

— Qu'est-ce que vous voulez ? C'est Provencher qui vous envoie ? Avez-vous un mandat ?

— On veut s'entretenir avec Victor Duchesne, fit Graham. Êtes-vous son père ?

Louis Fournier eut un grand geste de la main droite pour leur faire signe d'entrer, mais Graham eut plutôt l'impression qu'il les envoyait au diable. Elle s'avança dans la pièce où tous les meubles étaient blancs. En cuir blanc, en bois blanc, en verre blanc. Tout était blanc sauf le tapis, rouge et noir.

— Qu'est-ce que vous avez contre Victor ?

— On a des questions à lui poser. Si vous préférez

qu'on le ramène avec nous au poste, c'est aussi possible.

Fournier sacra mais hurla à Victor de venir, s'y reprit à deux fois avant que celui-ci les rejoigne. Le garçon dévisagea les enquêteurs ; qu'est-ce qui se passait ?

— On veut discuter de Fabien Marchand, dit Rouaix.

— On sait que tu le connaissais, ajouta Graham.

L'enquêtrice tutoierait Victor durant tout l'interrogatoire alors que Rouaix insisterait sur le vouvoiement. Leurs attitudes différentes servaient parfois à déstabiliser ceux qu'ils questionnaient.

— Comme tout le monde à l'école, allégua Victor.

Graham sourit en regardant Rouaix ; un arrogant. Ils avaient gagné le gros lot. Les arrogants sont souvent plus impulsifs, plus enclins à se trahir, plus bavards. Le fils semblait différent du père qui ne le quittait pas des yeux.

— On nous a affirmé que vous vous détestiez.

— Puis après ? Aimes-tu tout le monde, toi ?

Louis Fournier toussa. Victor baissa les yeux avant de marmonner que c'était vrai, il n'aimait pas Fabien Marchand qui lui avait piqué sa blonde.

— Que faisais-tu le soir où il a été agressé ?

— J'ai été arrêté. Ils m'ont gardé toute la nuit, vous devez être au courant.

— Et avant ton arrestation ?

— Je me promenais.

— Seul ?

Victor hocha la tête après avoir regardé son père. Le battement de cils de ce dernier n'échappa pas à Rouaix.

— Tu roulais seul, tu t'es gelé seul, c'est ça ?

— C'est ça.

— Où t'approvisionnes-tu ?

Louis Fournier intervint aussitôt ; cette question n'avait aucun lien avec le drame du début de juin.

— Ça dépend, objecta Graham. Si Vic a acheté ses pills à Fabien, il a pu trouver que le stock était trop cher. Ou pas assez bon. Il a pu se fâcher, s'en prendre à lui. Ils se sont disputés, puis battus. Ça arrive entre rivaux. En plus, Fabien lui avait soufflé Jasmine.

— Je m'en crisse de Jasmine, s'exclama Victor. Elle couche avec tous les gars du collège. Il faudrait que je me batte avec tout le monde ? Juste pour une pute ?

Graham nota avec quelle véhémence Victor avait dénigré son ex-copine. Il n'avait pas digéré la rupture, l'affront que Jasmine lui avait fait en le quittant.

— Où vous promeniez-vous ? demanda Rouaix.

— À Tewksbury. J'aime ça faire de la moto dans ce coin-là.

— Vous étiez parti de la maison à quelle heure ?

Louis Fournier se pinça les lèvres, fixant toujours son fils qui hésita. Celui-ci ne se souvenait pas si son père avait répondu à cette question de Pierre-Ange Provencher.

— J'étais déjà en ville.

— Tu as donc soupé en ville ? reprit Graham. Où ?

— Je n'ai pas soupé.

La jambe gauche de Victor sautillait un peu plus vite. Il bredouilla qu'il s'était peut-être arrêté à un Mike's ou à un Burger King. Mais qu'il était déjà gelé et qu'il n'en était pas certain. Ça pouvait aussi être un McDo, ces restos se ressemblaient tous, cordés sur le boulevard Hamel.

— Donc tu es allé à Tewksbury, puis tu es revenu vers Québec par l'autoroute Dufferin ou par l'autoroute de la Capitale pour rejoindre ensuite le boulevard Hamel.

— Je ne sais pas.

— Et après avoir mangé, vous seriez rentré ici en passant par le boulevard des Chutes, dit Rouaix. C'est toujours le chemin que vous empruntez ? Parce que la logique voudrait que vous preniez plutôt l'autoroute Laurentienne ou le boulevard Talbot pour vous rendre à Stoneham.

— D'un autre côté, fit Graham, le boulevard Hamel longe la Saint-Charles pendant un petit bout de temps. Si tu avais affaire sur les bords de la Saint-Charles, ça peut expliquer que tu aies emprunté ce boulevard.

— Je ne m'en souviens plus. J'étais gelé comme une balle.

Maud Graham esquissa un sourire. L'expression faisait référence aux balles de neige, mais pour elle ce mot était rattaché aux balles que crachaient les armes à feu. Aux balles brûlantes qui pénétraient dans les chairs.

— As-tu une arme ?

— Non.

— Sais-tu auprès de qui Fabien s'approvisionnait ?

— Ce ne sont pas mes affaires.

— D'après ce qu'on m'a raconté, il vendait moins cher que toi.

Louis Fournier leva la main pour protester ; avait-elle des preuves de ce qu'elle avançait ? Si oui, lesquelles ?

— Des ouï-dire, des rumeurs, ça ne vaut rien. Si vous voulez accuser mon fils de quoi que ce soit, il faut avoir des preuves.

— Vous avez raison, admit Maud Graham. On reviendra quand on en aura. C'était juste une prise de contact. Vous avez vraiment une belle maison.

Louis Fournier plissa les yeux. L'attitude de ces enquêteurs qui n'insistaient pas pour rester lui rappelait celle de Pierre-Ange Provencher lors de sa dernière visite. Il n'aimait pas ça. Heureusement, son fils avait suivi la ligne de défense qu'il lui avait indiquée : l'amnésie due à la dope.

— Et la médaille ? Il paraît que tu as perdu une médaille ?

— Je ne porte pas de médaille, affirma très vite Victor Duchesne.

Trop vite ? Il avait hésité à répondre à presque toutes les questions, l'avait fait en marmonnant, et voilà qu'il disait clairement qu'il n'avait pas de médaille. Était-il préparé à cette question parce que Provencher la lui avait déjà posée ?

— C'est curieux. Tu as des bracelets et des bagues mais pas de chaîne. Ça doit faire mal de se faire piquer dans le cou.

Maud Graham désignait le cou et le bras gauche de Vic ; il portait un tee-shirt noir au nom d'un groupe heavy metal, mais on distinguait le haut du tatouage sur sa peau. Rouge corail, vert et bleu nuit.

— Je n'étais pas gelé, se récria Victor. Je voulais être sûr que le gars faisait une bonne job. Puis je ne suis pas une moumoune.

— Vous aussi êtes tatoué, dit Graham en pivotant vers Louis Fournier. C'est une tradition de père en fils ? Votre père était-il aussi tatoué ?

— Non.

Graham désigna une photo encadrée sur une des tables en verre du salon.

— Est-ce que votre femme et votre fille sont tatouées ?

Fournier secoua la tête tandis que Maud Graham s'approchait de la photographie pour la regarder de plus près.

— Votre femme et votre fille, où sont-elles ?

— À Monaco.

— Et les toilettes ?

— Après la cuisine, troisième porte à droite.

Fournier ne semblait pas embarrassé par cette demande.

Il avait sûrement vérifié qu'aucune drogue ne traînait dans la salle de bain. Graham savait déjà qu'elle ne trouverait que des aspirines, une quantité raisonnable de somnifères, des antiacides et des pansements dans la pharmacie, mais elle voulait jeter un coup d'œil au reste de la maison. Une maison révèle toujours beaucoup de choses sur ses habitants. Le salon si blanc était glacial. Comme le regard de Louis Fournier. Il avait payé très cher les meubles, mais n'avait pas réussi à gommer l'image de bunker que projetait cette résidence. Solide et dure comme du béton. Graham aurait peut-être eu une impression différente s'il avait fait soleil, mais elle en doutait. Elle regretta que l'épouse de Louis Fournier soit absente, elle aurait été curieuse de la rencontrer. Ainsi que sa fille. Elle revint vers le salon en interrogeant Fournier sur les absentes.

— Quand reviendront votre femme et votre fille ?

— Quand ça leur tentera.

Louis Fournier venait d'ouvrir la porte d'entrée. Malgré la pluie, Rouaix et Graham marchèrent lentement jusqu'à la voiture, conscients de son regard sur eux. Ils avaient réussi à l'exaspérer.

Rouaix venait tout juste d'emprunter l'autoroute Laurentienne quand Maud Graham lâcha un cri, stupéfaite.

— Qu'est-ce qu'il y a ?

— Le tatouage de Victor Duchesne.

— Qu'a-t-il de particulier ?

— La ligne qui montait sur son cou, qui dépassait du tee-shirt, c'est la queue d'un serpent. J'en suis sûre ! Fabien Marchand a parlé de serpents à l'hôpital. Carole Boucher m'a même téléphoné pour me le dire au cas où ce serait important.

— Ce n'est pas une preuve qui tiendrait en cour. Il faudrait que tu revoies le tatouage.

— Ça facilitera le travail des patrouilleurs qui feront le tour de la ville avec une photo de Victor. Quelqu'un a peut-être remarqué ce tatouage quand il s'est arrêté pour manger.

— Tu as l'air certaine que c'est lui qui a agressé Fabien Marchand.

— Pas toi ?

Rouaix admit que la violence de l'agression subie par Fabien indiquait qu'on avait voulu le faire souffrir. Si on avait simplement cherché à le voler, on l'aurait frappé pour l'assommer, mais on ne se serait pas acharné sur lui. Celui qui l'avait battu était enragé.

— Duchesne avait deux bonnes raisons d'en vouloir à Marchand.

— Il faut découvrir comment Duchesne a su que Marchand irait sur les bords de la Saint-Charles. Il devait avoir un complice, quelqu'un qui l'a entraîné là sous un faux prétexte.

— Ou qui l'a suivi. Les jumeaux sont formels : Marchand et Duchesne étaient ceux qui dealaient le plus au collège. Et ça ne s'arrêtait pas là. Ils vendent au centre commercial. Mais je ne veux pas coincer Victor pour son trafic. Je veux qu'il soit condamné pour meurtre. Même s'il est mineur.

— Ils pouvaient être deux à battre Marchand.

— Et ce serpent... Marchand n'a pas parlé de serpent sans raison.

Maud Graham donna un coup de poing sur la portière ; elle se sentait coupable de ne pas avoir réussi à amener Fabien Marchand à se confier à elle.

— Pourquoi s'est-il entêté à se taire ?

— Parce que tu es une adulte et qu'il était un ado.

— Ou qu'il avait très peur de Victor Duchesne après

189

avoir reçu une pareille raclée. Il devait être terrorisé à l'idée qu'il recommence. Et qu'on ne puisse le protéger. Victor a pu raconter que son père était très puissant, avec des amis dans la mafia. Il peut l'avoir menacé de tant de choses. De s'en prendre à quelqu'un qu'il aimait, par exemple. À Jasmine…

— Elle rentre bientôt ?

— En principe, dans trois semaines. Mais on peut la faire revenir.

— C'est vieux comme le monde, deux prétendants qui se battent pour la même femme.

— César et Antoine pour Cléopâtre.

Rouaix corrigea Graham : César avait été assassiné quand Antoine était devenu l'amant de la reine d'Égypte.

— C'est peut-être Antoine qui s'en est chargé ? Qui l'a fait trucider ?

— Non, c'est son fils adoptif, Brutus, avec d'autres opposants.

— Je vérifierai avec Vivien Joly. Il est passionnant quand on le branche sur l'Antiquité. Si j'avais eu un tel professeur quand j'étais étudiante, j'aurais sûrement retenu davantage de choses. Sais-tu qu'il discute de la guerre des Gaules avec Élian ? C'est ce que dit sa mère, en tout cas. C'est d'autant plus bizarre que j'ai l'impression que Vivien Joly est mal à l'aise quand on lui parle d'Élian. Je vais repasser le voir. Je referai le tour de tous les voisins des Nantel. Quelqu'un doit avoir remarqué un détail ! Pourquoi Tony et Jessie ont-ils été exécutés de manière différente ?

— Ça fait cent fois qu'on se pose la question, soupira Rouaix. En tout cas, on a découvert des liens entre Tony et un groupe de motards. Il était prudent au téléphone, mais un peu moins dans ses courriels.

190

— Est-ce que les enquêteurs de Montréal ont interrogé Jack Hoffman ? C'est prévu pour aujourd'hui, non ?

— On a la preuve qu'il était en Floride en même temps que Tony Nantel.

— Quel est le taux d'homicides de couples dans l'histoire des gangs de motards ?

— Que veux-tu prouver ? Qu'il est anormal que Jessie ait été tuée ?

— C'est le fait qu'elle ait été étranglée qui me gêne. Si on lui avait tiré une balle, je ne me poserais pas de questions. La strangulation est intime. Il y a une émotion qui n'est pas la même que lors d'une exécution par balle.

— On a des exemples de contrat où il n'y avait pas de balles. Il y a des tueurs qui préfèrent les armes blanches ou une corde de piano. Où veux-tu en venir ?

— Je ne le sais pas plus que toi !

Elle se tut, consciente d'avoir été sèche. Elle avoua qu'elle était de mauvaise humeur parce qu'elle était sans nouvelles de Maxime.

— Il aurait pu m'appeler. Il refusait de partir pour le Saguenay, et maintenant qu'il s'y trouve il a oublié que j'existe. Il devait revenir en fin de semaine, mais son père m'a dit qu'il restera encore un peu.

— Tant mieux pour toi, tu seras seule avec Alain.

S'il ne prolonge pas son séjour en Ontario, songea Graham qui se retint d'exprimer cette crainte de peur qu'elle se concrétise. Elle était idiote d'être angoissée, elle aurait dû se réjouir du retour d'Alain. Pourquoi fallait-il toujours qu'elle gâche tout avec ces inquiétudes qui ne rimaient à rien ?

Chapitre 7

Nicole Rhéaume regardait Élian qui filait à bicyclette comme s'il avait eu le diable à ses trousses. Il était passé devant Vivien sans ralentir, lui faisant un simple signe de la main. Quand Vivien avait esquissé un salut, l'adolescent était déjà loin. Nicole avait l'impression qu'elle n'avait pas vu Élian marcher depuis très longtemps ; il ne quittait plus sa bicyclette. Elle avait réussi à l'arrêter, la veille, et lui avait demandé s'il s'entraînait pour une course. Il s'était tu, l'avait dévisagée, puis avait hoché la tête. C'était en plein ça : il s'entraînait. Il voulait participer au prochain Tour de l'île de Montréal. Quand elle lui avait fait remarquer qu'il ne pourrait pas faire de vélo durant l'hiver, il avait rétorqué qu'il aviserait à ce moment-là, puis il s'était élancé loin d'elle. Durant ce bref échange, Nicole avait trouvé Élian nerveux. Il n'avait pas cessé de frotter le guidon de sa bicyclette dans un sens, puis dans l'autre, il avait tapé du pied et il évitait son regard. Pourquoi était-il si anxieux ? Elle n'avait pas gobé cette histoire de Tour de l'île et elle s'interrogeait aujourd'hui sur la fébrilité d'Élian. On aurait dit qu'il fuyait sa maison. Ou sa mère ? Ou Simon ? Qu'avait-il à cacher ?

Elle n'éprouvait aucune sympathie pour Élian, mais elle avait noté que ce changement d'attitude était survenu après l'assassinat des Nantel. Elle s'était mise à l'observer. Deux fois, avant leur très bref entretien de la veille, elle avait tenté de lui parler, mais l'adolescent, toujours à bicyclette, avait fait semblant de ne pas avoir vu le signe qu'elle lui adressait.

Pourquoi était-il si anxieux ? Elle n'imaginait pas une seule seconde qu'Élian ait quelque chose à voir avec les meurtres de ses voisins, mais l'adolescent l'intriguait. Et elle avait décidé que ces questions qu'elle se posait lui fourniraient un prétexte pour rencontrer Vivien Joly. Celui-ci avait été souvent absent au cours de la dernière semaine et il ne l'avait pas encore invitée à souper comme il le lui avait promis. Il n'était pas non plus allé chez les Thériault qui avaient réuni quelques voisins après l'enterrement des Nantel. Personne, évidemment, n'avait assisté à la cérémonie puisque aucun voisin ne fréquentait Jessie ou Tony, mais Christian Thériault avait eu l'idée d'organiser une rencontre pour échanger sur le drame qui les avait tous bouleversés. Une sorte de thérapie collective, avait jugé Nicole qui était arrivée la première chez les Thériault dans l'espoir secret de discuter avec Vivien. Les Hotte-Martel étaient présents, Alice et Marco Mondoloni qui rentraient de voyage et voulaient tout savoir sur l'événement, Laura Germain et Simon Valois — sans Élian — ainsi que la propriétaire de la pharmacie de leur quartier, une amie de Johanne Thériault. La soirée avait été plutôt ennuyante. Ils avaient discuté des enquêteurs et des journalistes qui les avaient interrogés. Heureusement, les Mondoloni avaient profité de cette réunion pour lancer une invitation à déguster une paella chez eux le samedi suivant et Laura avait dit à Alice qu'il ne fallait pas oublier d'inviter Vivien, leur nouveau voisin. Il avait été très gentil avec Élian.

— Malheureusement, avait déploré Simon, Vivien n'a pas réussi à le retenir longtemps. Il a travaillé chez lui avec enthousiasme durant trois semaines, mais c'est un feu follet depuis dix jours. Il ne tient pas en place.

— Il a sûrement été affecté par le double meurtre, avait dit Nicole. À son âge, on est impressionnable. Et on n'a pas tué une, mais deux personnes. Ceci dit, le quartier est enfin calme. Je ne m'ennuierai pas d'eux.

— Nicole ! Tu ne peux pas…

— Quoi ? On ne les aimait pas. Ils ne cadraient pas dans le quartier.

— Ils sont morts, avait protesté Marco Mondoloni. Et…

— Nicole a raison, avait tranché Simon. On ne les regrettera pas. On aurait dû imiter Vivien et se plaindre, leur envoyer la police dès qu'ils ont commencé à nous casser les oreilles. Si les prochains voisins sont bruyants, je n'attendrai pas pour agir, cette fois.

— Il faudrait que nous soyons malchanceux.

— Et ça prendra un certain temps avant que leur maison se vende. Qui voudra habiter dans un endroit où quelqu'un a été tué ?

— C'est ce qui m'inquiète, avait dit Alice. Si on se retrouvait avec des gens malsains, attirés par l'aura dramatique de la maison ?

— Ce n'est pas rassurant tout ça, fit Danielle Hotte. Si l'assassin revenait par ici…

— C'est un règlement de comptes, avait déclaré Simon Valois. On n'a rien à craindre. Tu peux dormir tranquille.

Ils étaient tous rentrés chez eux après avoir siroté un tawny vieux de dix ans, et Nicole avait proposé aux

Mondoloni de faire le dessert pour le souper du samedi. Alice avait répondu qu'elle était très gentille. Elle ne pouvait, de toute façon, rivaliser avec ses talents de pâtissière.

— Personne n'y parviendrait, avait renchéri Laura.

En se levant le matin, Nicole avait feuilleté ses livres de cuisine ; elle voulait faire un gâteau qui épaterait la galerie. Et surtout Vivien. Elle s'était dit qu'elle pourrait déposer le gâteau sur un lit de pétales de roses. De roses blanches. Comme celles qui poussaient chez Vivien. Elle était toujours en train de consulter ses bouquins quand elle avait entendu grincer sa boîte aux lettres. Elle s'était précipitée pour récupérer son courrier, non pas parce qu'elle attendait une lettre urgente, mais parce qu'elle avait vu Vivien qui taillait sa haie. Elle n'avait pas voulu avoir l'air de le surveiller en sortant de la maison dès qu'il s'était mis à travailler. Elle devait être la discrétion incarnée.

Elle se souvenait du fiasco avec Normand Beaudoin. Elle ne commettrait pas les mêmes erreurs en dévoilant trop vite son jeu. C'était vraiment regrettable, mais des années de féminisme n'avaient rien changé aux rapports entre les sexes ; il fallait que l'homme ait l'impression de conquérir la femme. Si elle se montrait trop entreprenante, elle ferait fuir Vivien. Mais elle devait déployer des trésors de patience pour résister à l'envie de l'inviter à souper, à sortir, aller au cinéma, au théâtre. Ils étaient seuls tous les deux, chacun de son côté, alors qu'ils auraient pu être si bien ensemble. Non. Ne pas s'exciter. Rester calme.

Élian était déjà loin et Vivien se tenait toujours près de la haie, fixant le bout de la rue où Élian disparaissait. Nicole hésita encore un instant puis décida que le moment était bien choisi pour qu'Élian serve enfin ses intérêts.

Elle traversa la rue et sourit en s'approchant de Vivien.

— Je ne te dérangerai pas longtemps, commença-t-elle.

— Tu ne me déranges jamais, mentit Vivien.

Il était bouleversé par le salut trop bref d'Élian qui illustrait l'embarras inquiétant qui s'était installé entre eux. Plus tôt, il avait échangé quelques mots au téléphone avec l'adolescent. Il lui avait demandé de revenir travailler au jardin, mais Élian avait décliné son offre ; il voulait profiter un peu de ses vacances. Vivien n'avait pas insisté. Il ne savait pas s'il devait dire à Élian que la mort de Jessie était un accident, ou s'il devait continuer à se taire puisque Élian lui-même gardait le silence. S'il avait vu quelque chose — mais quoi exactement ? —, il n'en avait pas parlé aux enquêteurs. Depuis le temps, ils l'auraient arrêté. Élian gardait le silence. Le protégeait. Et cette fidélité à leur jeune amitié bouleversait Vivien. Il aurait voulu se justifier auprès d'Élian ; il n'était pas cet homme qui avait agressé leur voisine, il n'avait pas voulu sa mort.

D'un autre côté, il ignorait ce dont avait réellement été témoin Élian. Il essayait de se convaincre que l'adolescent pouvait croire que leur voisine avait été assassinée par celui qui avait aussi tué Tony. Et que lui, Vivien, s'était pointé chez les Nantel juste après le meurtrier, qu'il avait découvert la jeune femme par terre.

C'est ce que Vivien expliquerait aux enquêteurs si Élian finissait par leur révéler qu'il l'avait vu chez leur voisine le jour du drame. Et quand les enquêteurs lui demanderaient pourquoi il leur avait caché ce détail si important, Vivien avouerait qu'il avait eu peur d'être accusé du meurtre. Ce qui était vrai. Il ne mentirait même pas !

Mais pourquoi Élian se déciderait-il à parler s'il ne l'avait pas fait jusqu'à maintenant ? Il devait continuer à se taire.

Et à s'étouffer avec ce silence ?

Vivien avait remarqué qu'Élian avait changé. Laura pensait qu'il avait maigri parce qu'il se dépensait trop physiquement, mais Vivien, lui, savait que son secret — ou plutôt *leur* secret — le rongeait. Est-ce qu'il pouvait laisser cet adolescent, qu'il estimait et pour qui il éprouvait une réelle affection, se détruire pour le protéger ? S'il avait senti qu'un de ses élèves vivait un drame, il aurait essayé de l'aider. Il lui aurait sûrement dit que les secrets sont dangereux, qu'ils gangrènent tout. Oui, c'est ce qu'il aurait affirmé. Mais aujourd'hui, il devait sa liberté au silence qu'observait Élian. Comment pouvait-il accepter ça ? Mais comment aurait-il pu ne pas l'accepter et révéler la vérité sans aller croupir en prison ? N'avait-il pas mérité une belle retraite ?

Et si les enquêteurs finissaient par conclure que les Nantel avaient été victimes du même criminel, si on l'écrivait dans les journaux, est-ce qu'Élian ne le croirait pas lui aussi ? Il se mettrait probablement à douter de ce qu'il avait vu. Puis se dirait qu'il valait mieux oublier tout ça. S'il le fallait, Vivien déménagerait afin de ne plus troubler Élian par sa seule présence. Oui, c'était le plus simple, le plus sage. Il n'était plus heureux dans ce quartier. Il n'aurait jamais dû s'installer là. Il aurait dû réfléchir plus longtemps avant d'acheter la maison, se renseigner davantage sur le voisinage. Mais comment ? Il était ridicule. La seule manière de s'assurer d'avoir la paix était de s'exiler en pleine campagne. Avoir des hectares de terrain tout autour de la maison. Et aucun voisin à moins d'un kilomètre.

Si Claude aimait la nature, Vivien, lui, était résolument urbain. Il était né en ville et mourrait en ville.

Ou en prison.

— C'est à propos d'Élian, exposa Nicole.

Élian ? Que voulait-elle à Élian ? Que savait-elle ? Il se contenta de froncer les sourcils, se taisant de peur que sa voix ne tremble.

— Il est bien agité depuis les meurtres. Ce serait une bonne idée que tu discutes avec lui.

— Moi ?

— Vous êtes proches l'un de l'autre, non ?

Vivien tailla une branche avant de répondre à Nicole qu'Élian le considérait sûrement comme un vieux bonhomme. Ce n'est pas à lui qu'il se confierait.

— Je pensais que vous étiez copains.

Vivien donna un autre coup de ciseau à la haie ; que lui voulait Nicole ? Pourquoi s'entêtait-elle à lui parler d'Élian ?

— C'est bizarre qu'il ne tienne pas en place, insistait Nicole. Il doit pédaler douze heures par jour !

— C'est à Laura de s'en occuper. Ce ne sont pas de nos affaires.

En prononçant cette phrase, Vivien comprit tout de suite qu'il avait heurté Nicole qui recula légèrement. Elle n'avait pas l'intention de l'ennuyer.

— Excuse-moi, je ne voulais pas te vexer. Mes années d'enseignement m'ont appris à être prudent avec les jeunes. Et leurs parents… J'ai parfois eu des ennuis avec des mères qui m'accusaient de dicter leur conduite alors que je voulais simplement aider leur enfant. Certains élèves ont besoin d'être encadrés à la maison. Élian est en pleine crise d'adolescence, c'est normal qu'il soit un peu… distant avec nous. Comment étais-tu, à cet âge-là ?

Nicole leva les yeux au ciel ; c'était si loin ! Elle se disputait avec sa sœur, exaspérant ses parents. Mais elle réussissait bien à l'école, ce qui n'était pas le cas d'Élian, tout juste dans la moyenne selon Laura.

— Elle avait espéré que tu lui mettrais un peu de plomb dans la tête.

— C'est Laura qui t'a dit ça ?

— Pas en ces termes. Mais comme tu es enseignant, elle doit avoir cru que tu pourrais aider Élian à la rentrée scolaire.

— On avisera en septembre.

Il resterait encore quelques semaines dans ce quartier pour ne pas éveiller les soupçons des enquêteurs, puis il déménagerait. Il se terrerait à la campagne. Là où personne ne le dérangerait. Ne le pousserait à bout, ne l'amènerait à commettre un… Tout était de la faute de Jessie ; si elle n'avait pas mis sa musique à tue-tête, rien ne serait arrivé. Il serait capable de lire Zola, allongé au fond de sa cour en sirotant une bière au gingembre. Au lieu de ça, il peinait à se concentrer, reprenait trois fois le même paragraphe, sursautait au moindre bruit. Et quand le carillon de l'entrée retentissait, il croyait qu'il verrait Graham et Rouaix à sa porte tendre des menottes vers lui et le traîner au poste de police. Il faisait des cauchemars tous les soirs depuis le drame.

— L'été passera vite, reprit Nicole. Plus on vieillit, plus le temps s'enfuit à la vitesse grand V. D'ici quelques mois, on aura oublié ce qui s'est passé à côté de chez nous. Il n'en est quasiment plus question dans les journaux. Mais j'ai l'impression que tout ça a traumatisé Élian. Il était tout le temps rendu chez Jessie. Il a pu apprendre des détails sur leur vie. Il est peut-être allé la voir le jour où elle a été assassinée.

Comme Vivien se taisait, Nicole remarqua les gouttes de sueur qui perlaient sur son front, son teint pâle.

— Est-ce que tu te sens bien ?

Il hocha la tête, cherchant comment éloigner Nicole Rhéaume sans l'irriter.

— J'ai bu trop de café ce matin. Je réagis mal au café, mais je ne peux pas m'empêcher d'en boire. Je vais prendre un verre d'eau.

Il s'efforçait de sourire, mais Nicole continuait à le dévisager d'un air inquisiteur. Il ne fallait pas qu'elle s'imagine qu'il était bouleversé parce qu'elle avait parlé du drame.

— J'ai fait une choucroute hier, dit-il. Ce n'est pas un plat d'été, mais j'en avais envie. Évidemment, j'en ai pour une armée. Souperais-tu avec moi, ce soir ?

Nicole parut surprise mais accepta avec empressement.

— J'apporterai une bouteille de riesling.

— Ce sera parfait. Vers dix-huit heures ?

Elle s'éloigna en souriant et ne vit pas Vivien qui s'essuyait le front en se traitant de tous les noms. Il était maintenant coincé pour toute une soirée avec Nicole Rhéaume.

Et s'il invitait les Thériault ? Christian parlait beaucoup, il ferait la conversation. Mais, dans ce cas, il devrait aussi inviter Laura et Simon.

Et Élian.

Il ne pouvait pas inviter Élian. Ni ne pas l'inviter.

Il resterait donc seul avec Nicole.

Il s'en voulut d'être incapable de se décider à lui dire qu'il était gay. En quoi l'opinion de Nicole lui importait-elle ? En quoi ses voisins étaient-ils concernés par son orientation sexuelle ? Il était conditionné par des années de silence à son travail. Et en famille.

Mais pourquoi devrait-il évoquer sa vie privée ? Aucun de ses voisins ne se sentait obligé de le faire, mais lui, parce qu'il était gay, devait tout révéler ?

Chose certaine, Élian n'avait pas parlé de ça non plus à Laura.

Ou peut-être que si, mais que Laura savait se mêler de ses affaires.

* * *

Laura Germain savait en effet être discrète. Elle aussi avait caché beaucoup de choses dans son passé et les taisait encore aujourd'hui. Et cette attitude avait tissé un voile de culpabilité pareil à de la soie. Il se déployait parfois dans toute sa largeur, occupait toute la place, puis il se recroquevillait et n'était plus qu'un point dans l'esprit de Laura, un point noir qu'elle tassait au fond de son cerveau, se répétant que raconter toute sa vie à Simon n'apporterait rien de plus à leur relation. C'était néanmoins cette attitude qui lui permettait d'en déceler les symptômes chez son fils et, depuis quelques jours, elle s'interrogeait sur Élian, sur la fébrilité qui semblait l'animer par à-coups. Il s'éclipsait durant des heures, revenait en nage, mangeait à peine au souper et s'enfermait ensuite dans sa chambre où il regardait la télévision jusqu'à ce qu'il s'endorme. Laura avait éteint le poste presque tous les soirs depuis une semaine. Elle venait encore de le faire.

Ça ne ressemblait pas à Élian de s'écraser ainsi devant le poste de télé.

Il avait marmonné qu'après avoir joué au tennis, s'être baigné avec ses amis et avoir fait des kilomètres à vélo, il était crevé et pouvait bien rester devant la télé, il était en vacances. Et il n'y avait rien à faire d'autre à Québec, à moins d'aller au cinéma. Mais il ne pouvait pas voir un film tous les jours. Alors… Si son père était revenu du Maroc, tout aurait été différent.

Aujourd'hui, Laura s'interrogeait. Était-ce cette profonde déception qui amenait Élian à se refermer sur lui-même ou avait-il été traumatisé par la mort violente de ses voisins ? Et pourquoi était-il traumatisé ? Parce qu'il était amoureux de Jessie, comme Maud Graham l'avait suggéré en son absence ? Lors de la première visite des enquêteurs, Élian avait raconté qu'il s'était rendu chez Jessie Dubuc le jour du meurtre pour lui emprunter un disque. Quand Graham avait montré sa casquette trouvée dans le jardin des Nantel, il avait reconnu tout de suite qu'elle lui appartenait. Même si rien dans le comportement des enquêteurs ne permettait de supposer qu'ils croyaient Élian mêlé au drame, celui-ci s'était peut-être imaginé un tas de trucs. Et c'était peut-être ce qui le troublait aujourd'hui. Mais s'il redoutait les enquêteurs, il y avait bien une raison pour ça…

Il craignait les policiers. Il était soit hyperactif, soit amorphe. Il manquait d'appétit au repas, mais se levait la nuit pour grignoter. Et il fuyait la maison. Laura additionnait ces éléments et arrivait à une conclusion désastreuse : Élian devait consommer de la drogue. C'était ça, son lien avec Jessie Dubuc.

Maud Graham et André Rouaix n'avaient ni confirmé ni infirmé la rumeur voulant que Tony Nantel ait eu des activités louches, mais il fallait qu'on ait un motif sérieux pour l'abattre. Et pour étrangler Jessie. Dans le monde interlope, y a-t-il un domaine plus rentable que la drogue ? Laura se rappelait les sommes qu'elle avait dépensées pour acheter de la coke. C'était plus cher, aujourd'hui.

Elle ne connaissait pas les substances à la mode, mais son fils n'était pas si riche : soit il consommait très peu et avait donc assez d'argent pour s'offrir des joints avec ce qu'il avait gagné chez Vivien, soit il consommait plus qu'elle ne le redoutait et avait passé une entente avec Jessie. Il n'allait pas chez elle pour échanger des disques mais pour s'approvisionner en drogue. Qu'il devait vendre ensuite à ses amis.

Laura était nauséeuse ; est-ce qu'Élian aurait la même adolescence qu'elle ? Lui avait-elle transmis des gènes qui le poussaient à consommer ? Elle aurait voulu qu'on la rassure, mais elle ne pouvait parler à personne. Elle ne pouvait soudainement se confesser à Simon.

Elle devait pourtant aider son fils ! Comment ? Elle se souvenait à quel point elle rejetait tout ce qui venait des adultes quand elle avait son âge. Elle haïssait sa mère, son père, ses profs. Est-ce qu'Élian la détestait ? Depuis combien de temps n'avaient-ils pas eu un contact réel ? Il y avait eu une étreinte spontanée quand les enquêteurs leur avaient appris la mort de leurs voisins. Laura avait serré Élian très fort contre elle, comme si elle avait voulu lui boucher les oreilles. Elle n'avait pu le protéger contre cette vérité, mais elle devait le protéger contre lui-même.

Il fallait qu'elle en sache plus sur lui. Qu'elle fouille sa chambre, qu'elle manque à sa parole. Elle avait toujours clamé que chacun a droit à son intimité, se souvenant de sa rage quand sa mère avait lu son journal. Elle briserait ce serment, entrerait demain dans la chambre d'Élian pendant qu'il serait avec ses amis. Ces amis au sujet desquels elle devrait aussi s'informer. Jusqu'ici, elle avait cru que son fils fréquentait les copains de l'école. Rares copains, car Élian n'était pas si sociable, mais peut-être s'en était-il fait de nouveaux ? Réunis par le désir commun de fumer de la drogue.

Aurait-elle dû s'apercevoir de tout ça plus tôt ? Se poser des questions ? Tout allait mieux depuis quelque temps. Hormis la fugue de juin. Était-elle aveugle comme ses propres parents l'avaient été avec elle ?

Elle n'avait tout de même pas rêvé l'ambiance agréable qui régnait dans la maison au début de l'été. Quand Élian travaillait chez Vivien. Il était souriant. Enthousiaste.

Parce qu'il était content de gagner de l'argent pour acheter sa drogue ?

— Il était encore endormi devant sa télé ? demanda Simon.

— On parlera de lui une autre fois. Je vais me coucher, j'ai mal à la tête.

Elle ne voulait surtout pas faiblir devant Simon, lui révéler ses peurs. Élian était son fils. C'était à elle de le sortir de l'impasse.

Impasse. Ou abîme ?

Et si elle en discutait avec Vivien ? Il connaissait les jeunes. Et il pourrait lui dire quel montant il avait versé à Élian pour son travail. Laura pourrait mieux évaluer ce que son fils était en mesure de dépenser.

Oui, elle pouvait confier ses craintes à Vivien sans mentionner son propre passé. Elle serait soulagée de s'ouvrir à quelqu'un. Elle voulait un conseil. Un bon conseil. Simon l'aurait fait volontiers, bien sûr. Mais si elle se trompait, elle aurait semé le doute dans son esprit au sujet d'Élian. Ensuite, il penserait à lui comme à un drogué. Leur relation était suffisamment fragile sans en rajouter. Elle lui expliquerait tout plus tard, si c'était nécessaire.

Le soleil se levait quand Frank Potvin finit par s'endormir. Il avait pris de la coke la veille, après le souper, pour tester la marchandise que Bud lui avait fournie. Il s'était senti beaucoup mieux après la première ligne. C'était du bon stock. Il pourrait le couper avant de le revendre. Il ferait un maximum de profit avec ce stock et, après, il partirait. Il devait mettre une distance entre lui et Victor Duchesne. Avant que ce dernier apprenne qu'il faisait maintenant affaire avec Bud. Ce n'était pas lui qui le lui révélerait, mais si Bud s'échappait? Vic ferait une crise, sûr et certain. Une câlice de crise. Il en avait assez de ses crises, de sa manière de le traiter comme un employé. Il était meilleur que lui pour la vente. Il n'avait d'ordres à recevoir de personne. Et surtout pas d'un gars plus jeune que lui. Il lui avait présenté Bud, d'accord, mais c'était tout ce qu'il avait fait pour lui. Non, ce n'était pas tout. Il l'avait aussi mêlé à ses folies de vengeance et Potvin pensait vingt fois, cent fois par jour à sa médaille et à sa chaîne perdues. Personne ne l'avait interrogé à ce sujet, mais Vic avait dit que les enquêteurs lui avaient montré une photo de la médaille et qu'il avait fait semblant de ne pas la reconnaître. Sur le coup, Frank s'était dit que Vic n'avait évidemment aucun intérêt à révéler aux enquêteurs que la chaîne et la médaille lui appartenaient. Mais maintenant qu'il s'agissait d'un meurtre, Potvin n'était plus aussi assuré du silence de Vic. Et s'il décidait de lui faire porter le chapeau? S'il donnait une version de l'agression de Fab où les rôles étaient inversés? Vic pouvait prétendre ce qu'il voulait. Ce serait sa version contre la sienne. Et même si sa mère avait un bon emploi, elle ne pourrait pas lui payer un grand avocat comme le ferait le père de Vic. Louis Fournier avait tellement d'argent ! Vic n'avait pas eu à débourser un sou pour sa moto tandis que lui avait payé la sienne.

La dernière fois que Vic lui avait parlé au téléphone, il l'avait appelé d'une cabine pour lui fixer rendez-vous sur les Plaines.

— Mon père a peur qu'on soit sur écoute. Il faut qu'on se tienne tranquilles. Mais avant je veux que tu remettes de l'argent à Bud de ma part.

Il avait dit « je veux ». Pas « j'aimerais » ou « pourrais-tu ». Il jouait au boss. Alors qu'il avait besoin de lui.

Le pire, c'était qu'il n'avait même pas l'air inquiet. Juste contrarié. S'il ne comprenait pas qu'il était dans la merde jusqu'au cou, c'est qu'il était idiot. Et un tel idiot pouvait prendre de mauvaises décisions. Comment avait-il pu être aussi proche de lui ?

Parce qu'il s'ennuyait. Depuis qu'il avait été renvoyé du collège, les journées lui paraissaient longues, même s'il travaillait au supermarché vingt heures par semaine. C'était un job tellement plate ! Il avait commencé à voir Vic plus souvent. Ils se connaissaient depuis un ou deux ans, mais ils avaient commencé à se fréquenter quand il avait été viré de l'école, gagnant ainsi l'estime de Vic. Il avait toujours vendu un peu de pot. Son association avec Vic lui avait permis de rencontrer Bud, d'avoir aussi des pills à proposer à ses clients. Et, contrairement à Vic, il contrôlait sa consommation personnelle. Il ne s'agissait pas de gruger tous les profits. Ces dernières semaines, Vic avalait trop de pills. Mélangeait tout. Il n'aurait pas battu Fab si fort s'il n'avait pas été gelé.

Même Bud avait laissé entendre qu'il exagérait. Et il ignorait que Vic avait agressé Fabien Marchand…

206

Qu'il l'avait tué.

Marchand serait-il mort s'il avait réagi plus vite et empêché Vic de s'acharner sur lui ?

Stop ! Ça ne servait à rien de ressasser cette histoire. Ça ne ramènerait pas Fabien Marchand. Il ne pourrait pas témoigner et dire qu'il ne l'avait pas touché, que c'était Vic qui l'avait agressé. Marchand était mort. Et enterré. Stop ! Il ne devait plus penser à lui. Ne plus voir la terreur absolue dans ses yeux verts. Il n'avait jamais remarqué que Fabien avait les yeux si clairs, mais chaque fois qu'il songeait à lui, c'était ces yeux pâles qui le fixaient, qui l'accusaient.

Frank Potvin s'agita dans son lit, enfouit sa tête sous l'oreiller. Il ne voulait plus voir ces yeux rivés sur lui. Il n'avait rien fait ! C'était Vic ! Tout était de la faute de Vic ! Sans Vic, il n'aurait pas traîné au bord de la Saint-Charles. Il n'aurait pas perdu sa chaîne.

Il fallait qu'il écoule le stock rapidement. Du cash, ça lui prenait du cash. Avec du cash, il se pousserait loin de Québec. Loin des problèmes. Loin de Vic et de ses maudites combines.

Du cash ! Ne pourrait-il pas en faire en retrouvant le stock de Fab ?

Sans que Vic l'apprenne, évidemment. Où Fabien Marchand pouvait-il avoir caché son stock ? Il rêvait en couleur ; les enquêteurs l'avaient probablement déjà récupéré. Mais peut-être pas. Lui-même ne gardait que très peu de stock à la maison, se méfiant de sa mère qui fouinait partout. Il avait un casier à la gare d'autobus.

Qui pouvait savoir où Fab planquait sa marchandise ?

* * *

Maud Graham était assise devant le long miroir du salon de coiffure et fixait son image ; est-ce qu'Alexia pourrait faire des miracles ou était-elle un cas désespéré ?

— Il n'y a pas de cas désespérés, affirma la coiffeuse. Tu ne peux pas te plaindre avec une pareille couleur. J'ai bien des clientes qui voudraient avoir ces cheveux roux !

— J'ai l'air de la Gorgone Méduse.

— La Gorgone ?

— Dans l'Antiquité, c'était un monstre dont la chevelure était faite de serpents et qui paralysait les humains par son seul regard.

— Tu exagères toujours un peu, fit Alexia qui s'occupait de Maud Graham depuis cinq ans.

Graham sourit distraitement ; évoquer la Gorgone lui avait rappelé Vivien Joly et sa passion pour l'Antiquité. Elle le revoyait, s'enthousiasmant, remontant ses lunettes alors qu'il lui expliquait que Rome était divisée en arrondissements, lesquels étaient dirigés par un magistrat choisi par tirage au sort. N'était-ce pas démocratique ?

— Et si on tombait sur un imbécile ?

— Ce n'est pas pire que d'être coincé avec un opportuniste ou un voleur. Ce serait intéressant si nos politiciens étaient désignés par le sort, non ?

— Vous êtes un provocateur, avait lâché Maud Graham.

— C'est l'habitude. En classe, il m'arrivait de dire des énormités pour faire réagir les élèves. Parfois, il faut pousser le bouchon assez loin pour qu'ils se réveillent.

— Je suis au courant, j'ai un ado à la maison.

C'était faux ; elle n'avait plus d'ado à la maison. Maxime continuait à bouder, au Saguenay. Bruno lui avait dit que son fils ne tarderait pas à revenir chez elle. Si Maxime s'était fait des amis dans la région, il s'ennuyait de Québec. Et d'elle, bien entendu. Elle l'avait taquiné : il mentait mal. Elle avait ajouté qu'Alain appellerait Maxime quand il reviendrait à Québec.

Et si Alain ne revenait pas non plus ? Il lui avait pourtant dit la veille qu'il serait à Québec en fin de journée, qu'il avait déjà réservé au Laurie Raphaël pour fêter leurs retrouvailles. Pourquoi ne se détendait-elle pas ? Pourquoi ne se laissait-elle pas aller à la joie de revoir son amoureux ? Elle était cinglée, voilà. Elle devrait consulter un psy. Et le psy lui expliquerait qu'elle superposait des angoisses émotives à celles, très réelles, qu'elle vivait à cause de son métier. Oui, il dirait ça. Elle n'irait pas. De toute manière, elle n'avait même pas le temps d'aller au salon de coiffure ; ça devait faire trois mois qu'elle n'avait pas vu Alexia.

Mais elle était là maintenant et entendait le cliquetis des ciseaux, sentait le chatouillis du rasoir qu'Alexia utilisait pour parfaire le dégradé. Est-ce qu'Alain aimerait sa nouvelle coupe ? Sa nouvelle robe noire ? Il la taquinerait parce qu'elle avait encore une fois choisi un vêtement sombre. Lui, il s'ingéniait à lui offrir des pashminas ou des accessoires très colorés.

— Jessie Dubuc. C'est toi qui enquêtes sur elle ? vérifia Alexia.

Maud Graham s'étonna ; sa coiffeuse ne s'informait jamais des affaires sur lesquelles elle enquêtait, ayant saisi dès leur première rencontre que la détective ne pouvait s'exprimer librement sur son travail.

— Je la connaissais, reprit Alexia. J'ai donné des cours dans le salon où elle travaillait.

— Comment était-elle ?

— Belle.

— C'est sûr.

— Assez speed.

— Naturellement ?

Alexia protesta aussitôt ; Jessie était active sans consommer quoi que ce soit hormis du café.

— Elle ne prenait rien quand elle était au salon. Elle n'aurait pas été aussi belle si elle avait été accro à la coke ou aux pilules. Ça fait faner la peau.

— Ce n'est peut-être pas la coke comme le fait de passer des nuits blanches parce qu'on est trop excité. Le manque de sommeil, ça fripe le visage. J'en suis un bon exemple.

— Tu fais de l'insomnie ? À cause de ton enquête ?

— Jessie buvait beaucoup de café, disais-tu.

— Au moins six ou sept tasses par jour.

Maud Graham se souvint qu'elle avait admiré une superbe machine à espresso dans la cuisine des Nantel. Une cafetière qui devait valoir trois mille dollars. Elle avait envié ceux qui pouvaient s'offrir un pareil engin tout en se demandant si Jessie ou Tony se servaient de toutes les fonctions de l'appareil. Peut-être avaient-ils acheté la machine pour épater leurs amis. Comme la superbe bicyclette rangée au fond du garage qui avait manifestement peu servi. Ou le kayak de mer. Les tapis tellement épais que les techniciens avaient pesté lors de leur inspection. Les bijoux de Jessie en or ou en argent très brillant. Un spécialiste avait précisé qu'il n'y avait pas une bague de moins de cinq cents dollars. C'était la même chose pour les vêtements ; le moindre tee-shirt était griffé. A-t-on vraiment besoin d'un pull Rykiell pour faire des redressements assis ? Les seuls trucs bon marché que Graham avait remarqués dans les affaires de Jessie étaient les innombrables colifichets pour les cheveux : barrettes, élastiques, peignes, il y en avait un plein panier dans la grande salle de bain.

— Ça doit être ça ! s'écria Graham en claquant des doigts.

— Quoi ?

Graham se contenta de sourire ; elle téléphonerait à Rouaix dès qu'elle quitterait le salon. Elle était quasiment certaine que la bille de verre dénichée dans le tapis des Nantel provenait d'une des barrettes de Jessie. On n'avait trouvé qu'une seule perle de verre. Si Jessie ou une autre femme avait brisé un collier dans le salon, on aurait découvert plus d'une bille. Elle était puérile de se réjouir d'avoir deviné d'où la perle pouvait provenir ; ça n'aidait en rien l'enquête, mais elle ne pouvait s'empêcher d'être satisfaite de cette trouvaille, comme si la moindre réussite était bon signe et lui permettait d'espérer que d'autres indices surgiraient bientôt. On se raccroche à n'importe quoi quand une enquête piétine.

Piétine ? Stagne. Recule. Elle rageait chaque fois qu'elle croisait son patron à qui elle n'avait rien d'intéressant à annoncer.

— Jessie disait que son chum était jaloux. Quand j'ai lu dans le journal qu'elle était morte, j'ai pensé que Tony l'avait assassinée. Sauf qu'il est mort, lui aussi. À moins qu'il se soit tué lui-même ?

— Non, ce n'est pas un suicide. Il était vraiment jaloux ?

— Oui. Un jour, il est venu chercher Jessie. C'était la fête de Mireille. Jessie avait monté le volume de la chaîne stéréo au maximum et on avait ouvert une bouteille de champagne. On dansait toutes ensemble. Tony a cogné contre la porte et, quand il est entré, il a tiré Jessie par le bras assez brusquement merci ! Parce qu'elle dansait avec Cynthia. C'était ridicule ! Ces crises ennuyaient Jessie, mais Tony lui offrait toujours de gros cadeaux après avoir piqué une colère. Elle avait de beaux bijoux. Moi, ça ne serait pas assez pour que je reste avec quelqu'un qui ne me fait pas confiance. Il n'y a rien de pire que la jalousie.

Graham se demanda si Alexia voyait qu'elle rougissait. Pour se donner une contenance, elle saisit le verre d'eau qu'on lui avait servi plus tôt. Elle devait effacer toutes les pensées idiotes qu'elle avait eues durant les semaines précédentes ; elles ne devaient pas parasiter sa joie de retrouver Alain.

— D'un autre côté, Jessie était tellement belle que tous les hommes la remarquaient. Il y avait quelques clients qui ne voulaient être coiffés que par elle… Ça ne devait pas être facile pour Tony de rester indifférent. Mais il l'avait choisie pour ça.

Une des règles lors d'une enquête est de formuler ce qui définit la victime, ce qui peut avoir attiré l'attention d'un meurtrier sur elle. Dans le cas de Jessie, un mot la résumait : belle. On avait émis l'hypothèse qu'un client ait pu vouloir se rapprocher de Jessie, qu'elle l'ait rejeté et qu'il l'ait tuée. On avait pu vouloir saccager cette beauté par jalousie. Depuis le début de l'enquête, Graham s'entêtait à croire que le meurtre de Jessie n'était pas lié à celui de Tony. Trottier avait dit qu'une pareille coïncidence était difficile à avaler et Rouaix ne s'était pas prononcé. Mais Graham était certaine que les Nantel n'avaient pas été exécutés par le même criminel.

— Ils étaient comment, ces clients ?

— Ordinaires. Deux étaient les époux de nos clientes. L'autre était un jeune. Très timide. Il venait pour voir Jessie et il n'osait pas la regarder. Il faisait pitié.

Peut-être qu'il n'avait pas aimé faire pitié.

— Et elle ? Comment était-elle avec eux ?

— Elle les taquinait.

Est-ce qu'un homme s'était senti humilié par ses taquineries ? Graham avait constaté que les criminels tuent souvent par orgueil. Pour se sentir supérieurs. Pour venger une injure. C'était l'orgueil, le besoin d'éprouver un sentiment de puissance qui faisait les violeurs. Surtout pas un désir érotique incontrôlable. Le viol n'a aucun lien avec le désir.

Mais Jessie n'avait pas été violée. Ses vêtements n'avaient pas été déchirés.

Sa beauté. Revenir à sa beauté. Graham avait peut-être tort d'imaginer un meurtrier. Une femme envieuse pouvait être la criminelle.

— Est-ce que des filles étaient jalouses d'elle ?

Alexia éclata de rire ; toutes auraient voulu avoir son corps. Ses cheveux, ses yeux immenses, sa bouche pulpeuse.

— Moi y compris. Paradoxalement, on pouvait se lasser de sa beauté.

Graham en apprenait plus avec Alexia qu'avec toutes les collègues de Jessie qu'elle avait interrogées au début de l'enquête.

— C'était comme un jouet, continuait celle-ci. C'est distrayant pendant un certain temps, puis on s'y habitue. Elle était belle mais n'avait pas de charme. Une superbe enveloppe vide. Je devrais me taire, ce n'est pas gentil...

Graham lui avait répondu qu'elle avait entendu bien pire à son sujet ; aucun de ses voisins ne l'appréciait, hormis Élian. Élian qu'elle devait interroger de nouveau, précisément parce qu'il observait beaucoup Jessie. Peut-être avait-il vu un homme rôder autour d'elle ? Il pouvait être celui qui permettrait d'arrêter son meurtrier. Comment s'adresserait-elle à lui pour évoquer sa fascination pour

Jessie sans qu'il se ferme ? Les garçons étaient si secrets avec leurs sentiments. Plusieurs fois, elle avait tenté de susciter les confidences de Maxime, mais il changeait aussitôt de sujet. Et Grégoire, qui pouvait être si impudique afin de provoquer, était très discret lorsqu'il s'agissait de ses relations personnelles. Pourquoi ne ressemblait-il pas un peu plus à Alain qui était si ouvert, si naturel quand il était question d'émotions ? Elle-même n'était pas la plus douée pour exprimer ce qu'elle ressentait. Sauf avec ceux qu'elle arrêtait. C'était absurde mais c'était ainsi ; elle pouvait se montrer absolument sincère, livrer le fond de sa pensée à des criminels, alors qu'elle se taisait avec ses proches.

Elle s'ouvrirait à Élian, avouerait que l'enquête ne progressait pas, qu'elle avait besoin de son aide. Elle lui demanderait s'il avait vu quelqu'un s'intéresser à Jessie Dubuc.

Elle espéra que Rouaix avait obtenu de nouveaux éléments en reparlant avec les frères Champoux, à qui Marchand avait vendu du pot. Elle était de plus en plus tentée de faire revenir Jasmine de Vancouver, même si elle entendait déjà les protestations du patron qui lui exposerait ses problèmes de budget. Est-ce que ça valait la peine de dépenser pour un billet d'avion simplement pour s'entretenir avec cette gamine ? Ne lui avait-elle pas parlé au téléphone ? Oui. Mais Graham souhaitait néanmoins qu'elle lui décrive sa relation avec Fabien. Et avec Victor.

Elle sentit le petit blaireau qu'Alexia agitait dans son cou pour enlever les cheveux coupés et s'observa dans le miroir, sourit. Alain aimerait sûrement ça.

Chapitre 8

Une brise légère soulevait le rideau de la chambre et Maud Graham, dans un demi-sommeil, tenta d'attraper le drap pour se couvrir. Elle toucha Alain, sourit et se redressa pour le regarder dormir. Elle soupira. Il avait l'air encore plus jeune dans le sommeil. Elle fut tentée de le réveiller par des caresses, mais elle avait entendu le bip de son répondeur et se demandait si Maxime avait tenté de la joindre. Probablement que non. Il n'aurait pas appelé si tôt un samedi matin. Il devait dormir, lui aussi. Surtout si Bruno le laissait se coucher à n'importe quelle heure. Ça devait lui plaire, toute cette liberté. C'était différent quand il était chez elle et devait se plier à certaines règles. Alain lui avait répété la veille que Maxime n'était pas fâché contre elle, juste insouciant comme tous les ados. Il ne lui avait pas téléphoné parce qu'il n'avait rien de spécial à raconter. Il était avec son père; n'était-ce pas ce qu'elle désirait? Alain avait raison. Elle voulait tout contrôler. Elle ne pouvait s'en empêcher; son métier lui faisait voir le pire de la nature humaine et elle redoutait que les gens qu'elle aimait soient victimes de violence. Grégoire était tiré d'affaire, elle s'inquiétait pour Maxime…

Léo frotta son museau contre son mollet gauche.

— Tu me chatouilles !

Elle souleva le gros chat gris, lui chuchota à l'oreille qu'il avait encore pris du poids mais qu'elle le trouvait toujours aussi beau et ouvrit le réfrigérateur.

— Festin de thon, ce matin.

Elle servit le matou qui ronronnait. Elle lui enviait tellement ses ronronnements de plaisir, cette facilité à s'abandonner aux simples bonheurs. Léo était content, il ronronnait sans se poser de questions. Et s'il était angoissé, il ronronnait aussi pour se rassurer. Maud aurait aimé pouvoir faire comme Léo quand la pression était trop forte, mais les ronronnements étaient réservés aux chats. Même pas aux autres félins : ni les léopards, ni les lions, ni les tigres ne ronronnaient.

Elle caressa le dos du chat durant quelques secondes, se releva et écouta le message reçu plus tôt. C'était Gilbert Paquette, du laboratoire des sciences judiciaires, qui l'informait que la perle n'appartenait à aucun des colifichets de Jessie Dubuc. Et qu'il avait analysé la colle qui obturait le minuscule trou dans la perle ; c'était de la colle à porcelaine. Pas celle qu'on utilisait dans l'industrie. La colle identifiée était trop coûteuse pour servir dans des usines de production de barrettes, peignes et autres accessoires pour les cheveux. Et cette colle n'existait pas en Chine d'où provenaient les colifichets de Jessie. Le verre de la bille avait aussi été analysé, il provenait d'une célèbre cristallerie polonaise.

Maud Graham grimaça ; elle était pourtant si certaine d'avoir trouvé d'où venait la perle. Elle tourna le dos au répondeur comme s'il était responsable de sa contrariété et s'approcha de la cafetière qu'elle tira vers elle d'un geste brusque. Cette perle l'agaçait. Et le café qui coulait trop lentement. Et la pluie qui menaçait de tomber. Et cette matinée où elle aurait dû rester couchée auprès d'Alain. Elle s'avoua qu'elle ne s'était pas levée uniquement pour écouter le message, elle avait voulu se coiffer un peu, se brosser les dents afin qu'Alain la trouve fraîche quand il se réveillerait. D'ordinaire, elle était plus naturelle avec lui, mais sa longue absence avait réactivé les vieilles habitudes dont elle avait mis longtemps à se débarrasser; se lever sans faire de bruit, se laver, se peigner, préparer le café, en boire un avant d'en apporter à son amoureux. C'est à force de vivre avec Alain qu'elle avait baissé la garde, oublié son idéal de perfection et accepté qu'il la voie telle qu'elle était aux aurores, fripée, les yeux légèrement bouffis.

Elle se pencha pour ramasser la gamelle du chat qu'elle lavait après chaque repas afin de ne pas attirer les insectes. Elle trébucha lorsque Léo revint vers elle et se rattrapa en s'agrippant au comptoir. Elle se baissa ensuite pour récupérer ses lunettes tombées sur le sol. Là où elle les avait achetées, on lui avait dit qu'elles étaient trop ouvertes, qu'elles tiendraient mieux si on resserrait les vis de chaque côté, mais Graham n'aimait pas sentir la pression sur ses tempes et préférait remonter ses lunettes sur son nez vingt fois par jour. De toute manière, elle portait de nouveau des lentilles. Alain l'avait remarqué, s'était inquiété de son confort; combien de tentatives avait-elle faites dans le passé pour porter des verres de contact? Il avait affirmé qu'elle était aussi belle avec ses lunettes.

En les remettant, Graham fronça les sourcils. Elle avait eu une idée et l'avait perdue aussitôt. Quel détail avait attiré son attention et l'avait fuie dans la seconde?

Elle tenta de se souvenir, mais l'image avait été trop fugace.

Ou peut-être qu'en vieillissant elle avait plus de mal à se concentrer.

Elle entendit Alain tenter d'attirer Léo dans la chambre et s'empressa de lui apporter un café. Elle regretta de ne pas avoir d'appareil photo sous la main. Léo s'était couché sur Alain qui lui grattait le cou en souriant.

— Je me suis ennuyé de lui ! Il y avait un chat chez mes voisins là-bas, mais il n'était pas très sociable. Que fais-tu debout si tôt ? C'est samedi…

— Je pensais que Maxime avait téléphoné, avoua-t-elle en lui tendant le café.

— Ça te dérange tant que ça qu'il joue les indépendants ?

— Je ne suis pas sa mère. Il peut couper les ponts avec moi facilement.

— Tu es sa tutrice, tu t'occupes de lui depuis plus de deux ans. Tu comptes énormément pour lui. Il te traite exactement comme un ado traite sa mère, tu devrais être contente. J'étais pareil à son âge. Je suis resté un mois dans un camp d'anglais en n'écrivant qu'une seule carte à mes parents.

Il passa sa main dans les cheveux de Maud. Une odeur de menthe flotta dans l'air.

— C'est le shampoing qu'a utilisé Alexia, il sent si bon. Sais-tu qu'elle a connu Jessie Dubuc ?

— Tu me l'as dit hier, Maud.

Il lui sourit, devinant sa nervosité. Maud pouvait demeurer imperturbable sur les pires scènes de crime, mais elle était gauche avec lui chaque fois qu'ils se retrouvaient. Quand il ne s'était absenté que durant quelques jours, elle perdait vite sa timidité, mais il s'était éloigné plus d'un mois et il devait réapprivoiser Maud, la rassurer. Il l'attira vers lui, embrassa sa chevelure rousse en murmurant qu'aucune femme n'avait d'aussi beaux cheveux qu'elle.

— Tu n'as pas vu Jessie Dubuc. Un vrai casque d'or, des cheveux jusqu'aux fesses.

— Je ne suis pas fou des cheveux longs.

— Je me demande si on l'a tuée parce qu'elle était belle, par envie. Il faut bien qu'il y ait une raison !

— Oublie-la pour tout de suite, chuchota Alain.

* * *

La pluie fine qui tombait sur la ville depuis le début de la journée fonçait l'asphalte des rues et Québec demeurait sombre même s'il était déjà midi. Louis Fournier regardait son fils boire un café, assis sur le bord de la piscine. Qu'est-ce qu'il faisait dehors sous la pluie ? Il voulait probablement l'éviter. Bonne idée. S'ils se reparlaient maintenant, ça finirait par des cris. Ou des coups. Il était certain que son fils avait parlé à Potvin bien qu'il le lui eût interdit.

Fournier savait que Provencher et Graham avaient scruté les relevés téléphoniques de la maison et que le numéro de Frank Potvin y figurerait. C'était normal, c'était un ami de Victor. Mais il ne devait pas être vu avec lui. C'était stupide de se montrer en sa compagnie alors qu'on interrogeait tous les étudiants du collège sur les fréquentations de son fils. Il suffisait qu'un élève se souvienne qu'ils se tenaient ensemble et il en parlerait aux enquêteurs. Heureusement que c'était l'été et que les étudiants étaient plus difficiles à joindre durant les vacances. Heureusement que cette Jasmine était à Vancouver. Heureusement que Potvin ne fréquentait plus l'école. Peut-être que ça prendrait encore quelques jours avant qu'un élève se rappelle qu'il était très copain avec Victor et qu'ils dealaient ensemble. Mais ça se produirait. Surtout si Vic avait été assez crétin pour revoir Potvin.

On avait pu le prendre en filature. Provencher tenait tellement à le faire tomber qu'il avait convaincu les deux autres zouaves de l'intérêt que représentait Vic. Son crétin de fils. Une chance qu'il n'était pas encore majeur. Il était plus vieux que le gamin qui vivait avec Maud Graham et plus jeune que le fils d'André Rouaix, plus jeune que celui qui travaillait au Laurie Raphaël. Une tapette, d'après ce que lui avait rapporté Gauthier. Vic lui avait au moins épargné ça. Sa dernière blonde était un vrai pétard et il n'aurait pas fallu qu'il l'emmène trop souvent à la maison… Gauthier n'avait pas pu préciser ce que faisait le « fif » avec Maud Graham, mais il les avait vus au moins deux fois ensemble. Il savait où il habitait, quels bars il fréquentait. Ça pourrait leur être utile. Louis Fournier pensait qu'on n'était jamais trop renseigné sur un ennemi. Il avait ainsi un dossier sur Pierre-Ange Provencher depuis des années. Un dossier trop mince, hélas. Provencher n'avait aucun vice. Il travaillait, rentrait chez lui, jouait au golf, sortait avec sa femme au restaurant le samedi soir et observait régulièrement les étoiles.

Est-ce que Vic avait été suivi ou non ? Rouaix et Graham n'avaient rien de tangible contre lui, sinon ils l'auraient arrêté. Et même si Provencher leur poussait dans le dos, ils n'avaient pas eu automatiquement le O.K. de leur patron pour organiser une filature. Une filature exige qu'on monopolise une demi-douzaine d'hommes au moins. Et ça, durant des jours. Ça coûte cher. Est-ce qu'on était prêt à dépenser l'argent des contribuables pour suivre un mineur qu'on soupçonnait — sans preuve aucune — de s'être trouvé sur les lieux d'un crime ?

Fournier sacra tout haut ; pourquoi son fils avait-il décidé de vendre de la dope ? Il n'avait pas besoin d'argent ! Il avait tout ce qu'il voulait. Sa seule exigence était que Victor termine son secondaire. Qu'il étudie ensuite en administration. Ce n'était pas si difficile ! Le pire, c'était d'imaginer qu'il avait acheté des pilules, du pot, du hasch ou de la coke à un concurrent. Indirect, mais concurrent tout de même. Ou peut-être pas. Peut-être que Victor s'était approvisionné auprès d'un dealer qui travaillait pour Gauthier. Ce serait tout aussi ridicule.

Il aurait dû lui demander à qui il achetait la dope qu'il revendait aux étudiants, mais il avait peur de sa propre réaction, peur de battre vraiment Victor, peur de lui enfoncer la tête dans la piscine. Il s'en voulait de ne pas avoir deviné qu'il dealait. Ils avaient déjà roulé des joints ensemble et Fournier s'était persuadé que, en étant aussi ouvert, il éviterait que son fils lui mente comme lui-même l'avait fait avec son père qui était archi-borné. Mais Victor devait avoir hérité de la bêtise de son grand-père. Rien dans la tête. Combien de fois Alban Fournier s'était-il fait arrêter ? Parce qu'il ne réfléchissait pas assez, parce qu'il buvait trop, parce qu'il s'emmêlait dans ses mensonges. Vic était son clone, un crisse de paquet de troubles !

* * *

Les pétarades d'une moto tirèrent Maud Graham de son sommeil. C'était la troisième fois cette semaine. Cinq heures douze. Elle pesta contre le motocycliste ; il était trop tard pour qu'elle se rendorme, elle devait se lever à six heures pour se rendre rue des Parulines. Elle était décidée à intercepter Élian dès qu'il quitterait la maison afin de lui parler sans Simon, sans Laura. Rouaix avait certainement raison; Élian était fasciné par Jessie et il voulait garder le secret là-dessus. Mais Graham avait besoin de toutes les précisions qu'il pourrait lui fournir.

Elle s'était garée au bout de la rue, pariant qu'Élian emprunterait l'artère suivante afin de rejoindre le boulevard qui le mènerait au centre-ville. Dans l'autre sens, on n'aboutissait qu'à un terrain où s'éternisait la construction d'un immeuble. Dès qu'elle l'aperçut dans son rétroviseur, elle sortit de sa voiture, lui fit signe. Il s'arrêta à quelques mètres de l'auto comme s'il refusait de s'approcher davantage.

— J'ai besoin de toi, Élian.

— Je vous ai dit tout ce que…

— Tu peux monter deux minutes dans ma voiture? Mets ton vélo sur le côté. J'ai des cafés au lait.

— Mais je…

— Je sais que tu trouvais Jessie très belle. Tu n'étais pas le seul. Elle était tellement jolie! C'est peut-être quelqu'un qui était jaloux qui a tué Jessie.

Élian serra les guidons de son vélo pour tenter de contenir le tremblement de ses mains, mais Graham remarqua la tension subite des muscles de ses bras. Elle se rassit dans la voiture, invita Élian à l'imiter.

— Je me suis pointée plusieurs fois chez toi. Tu es un vrai courant d'air. Tu ne veux pas parler de Jessie devant ta mère? Parfait, je le comprends. Moi, tout ce que je veux, c'est que tu me décrives les relations de Jessie.

— Les relations?

— Ses amis. Les visiteurs qu'elle a pu recevoir chez elle.

— Je ne passais pas mon temps à la surveiller ! protesta Élian. De toute façon, elle n'avait pas souvent de visites. Tony était trop jaloux.

— À ce point-là ?

— Je l'ai consolée, une fois, il l'avait engueulée. Il pensait qu'elle faisait de l'œil à ses clients. Ce n'était pas vrai. Tony s'énervait pour rien !

Est-ce que Tony avait pu faire tuer sa femme ? Commanditer le meurtre de Jessie sans savoir qu'il y avait un contrat sur sa propre personne ?

— Il était comment avec elle ?

— Il ne s'en occupait pas. Moi, à sa place…

Élian haussa les épaules sans terminer sa phrase. Il était ridicule.

— J'ai déjà été amoureuse de quelqu'un de plus vieux que moi, raconta Graham. J'ai eu le malheur de me confier à une de mes amies. Elle en a ri. Maintenant, j'aime un homme plus jeune que moi. L'âge n'a rien à voir avec les sentiments. On ne choisit pas de tomber amoureux d'une personne. Ça arrive, c'est tout. Est-ce que Jessie était avec Tony depuis longtemps ? Au salon de coiffure où elle travaillait, on pense que ça devait faire un an.

— Un peu plus. Ils sortaient ensemble depuis huit mois quand Tony a acheté la maison. Je sais que tout le monde la trouvait chiante, mais elle était super cool avec moi.

— Dans quel sens ?

— Elle ne me traitait pas comme un bébé. Tout le contraire de Nicole Rhéaume. Celle-là, elle est vraiment fatigante. Elle m'a offert de la crème glacée, avant-hier ! Elle est nulle ! C'est elle que vous devriez interroger, elle a le nez collé aux fenêtres.

— Elle s'ennuie. Elle n'a rien à faire.

— Qu'elle se trouve quelque chose ! Vivien lit, lui. Il a des bibliothèques pleines de livres.

— Tu aimes bien Vivien.

— Je ne le connais pas tellement, répondit trop vite Élian. Ça ne fait pas longtemps qu'il habite ici.

— Tu as travaillé dans son jardin. Il lit beaucoup ?

— Oui.

— Est-ce que tu t'es rappelé quand tu as oublié ta casquette chez Jessie ?

— Je vous l'ai déjà dit !

Maud Graham but une gorgée de café, sourit à Élian.

— J'adore le café. Et toi ?

— Je… je ne bois pas de café.

Élian ressemblait à Maxime quand celui-ci lui mentait. Elle se souvint également que Maxime buvait du café pour paraître plus vieux.

— Même pas ceux que Jessie faisait avec sa super machine à espresso ? Elle t'en a sûrement offert.

Il poussa un soupir ; est-ce que Graham avait d'autres questions ?

— De quoi jasiez-vous, Jessie et toi ?

— De musique. Elle achetait des tas de CD. Je les copiais sur mon iPod. C'était cool.

— Ses amis, tu les as déjà rencontrés ? Quand Tony était là ?

— Non.

— Tu n'as rien remarqué de particulier ? Pas nécessairement le jour du meurtre. Peut-être la veille. Réfléchis bien.

— Ils ont eu de la visite, la veille. J'étais dans la cour avec Jessie. Tony est resté dans le salon avec l'homme.

— Tu l'as vu ?

— Non, Jessie est entrée dans la maison et je suis parti.

— Il est venu en voiture ? En moto ?

— En voiture. Une auto sport qui devait être rouge. Une Porsche.

— Rouge ?

Élian soupira sans répondre ; il était daltonien. Peut-être qu'il se trompait sur la couleur.

— C'était une Porsche ? Tu en es certain ?

Pourquoi cette femme le harcelait-elle ? Avait-elle découvert quelque chose à propos de Vivien ?

— Jessie avait-elle peur de Tony ? questionna Graham.

— Elle n'aimait pas quand il piquait une crise. Elle disait qu'il ne lui faisait pas confiance. Elle avait peur qu'il installe des caméras dans la maison pour la surveiller.

Ça aurait été une bonne chose, songea Graham. L'enquête serait close à cette heure. On aurait su qui avait rendu visite aux Nantel. Qui avait agressé Jessie.

— Peut-être que Vivien Joly pourrait me décrire l'homme qui leur a rendu visite la veille des meurtres. Il se souviendra peut-être de cette voiture rouge. Sa maison est de biais avec celle des victimes.

Élian fixait le sol ; pourquoi mentionnait-elle encore Vivien ? Il essayait de l'oublier. Il passait son temps dehors pour l'éviter, pour ne plus voir sa maison, ni celle de Jessie. Il avait téléphoné à son père trois fois, l'implorant de revenir plus tôt, lui disant qu'il voulait vivre avec lui. Il ne savait plus quoi penser de Vivien, mais il pensait à lui sans arrêt. Sans arrêt. Au début, il s'était répété que c'était un accident. Il avait mal interprété ce... Vivien ne pouvait avoir étranglé Jessie parce qu'elle faisait jouer sa musique trop fort. Ce n'est pas un motif suffisant. On ne tue pas les gens parce qu'ils nous énervent. Alors ? Il fallait donc que Vivien soit complice du tueur qui avait exécuté Tony. C'était impossible qu'il ait été assassiné

225

le même jour que sa blonde sans qu'il y ait un lien. Comment Vivien pouvait-il connaître un tueur ? Est-ce qu'il avait emménagé exprès en face de chez Jessie pour la tuer plus tard ? Était-il vraiment un professeur à la retraite ? Il pouvait avoir raconté n'importe quoi, il venait de Montréal. Élian ne pouvait obtenir aucune confirmation de l'existence réelle de Vivien Joly. Est-ce que Vivien avait fait semblant d'être ami avec lui pour mieux jouer son rôle de vieux bonhomme inoffensif ? Élian se répétait qu'il délirait, que c'était impossible, qu'on n'était pas dans un film américain. Mais Jessie était morte. Et Élian était perdu. Trahissait-il Jessie en taisant ce qu'il savait sur Vivien ou devait-il trahir celui-ci en racontant tout à Maud Graham ?

Il voulait sortir de cette voiture. Il voulait traîner sur les Plaines, jouer au soccer, ne plus penser à Vivien. Ni à Jessie. À personne. Tout oublier. Il n'aimait pas le soccer, mais il courait pendant des heures pour se vider l'esprit. Et dès qu'il revenait chez lui, ça recommençait à tourner dans sa tête. Il roulait devant la maison de Vivien, celle de Jessie, la revoyait tandis qu'elle tombait par terre. Et Vivien devant elle qui demeurait immobile avant de se baisser.

— Vivien Joly m'a confié qu'il avait envoyé la police chez les Nantel à cause du bruit. Est-ce qu'elle t'en a parlé ?

— Un peu. Elle disait que Vivien exagérait. Que c'était dommage qu'il ne soit pas assez vieux pour être sourd.

— Et lui ? Comment la trouvait-il ?

— Il se plaignait qu'elle était bruyante.

Élian avait cru que Jessie exaspérait Vivien avec sa musique, mais ce n'était peut-être qu'un prétexte. Peut-être

que Vivien vivait devant chez les Nantel pour les surveiller, elle et Tony. Qu'il avait utilisé le motif du bruit
pour pénétrer dans leur maison, repérer... repérer quoi ?
Ça n'avait pas de bon sens. Vivien ne pouvait pas être
un criminel travaillant pour une organisation. Mais il
avait pourtant tué Jessie.

— Est-ce qu'il aurait pu être amoureux de Jessie ?

Élian protesta ; Vivien était gay.

— Son chum Claude est mort l'an dernier. Il admet-
tait que Jessie était belle, mais il n'avait pas le goût de la
cruiser. Ni elle, ni personne. Ce n'est pas comme Nicole
Rhéaume qui veut se remarier à tout prix. Elle perd ses
énergies à courir après Vivien.

Est-ce qu'il commençait à trahir Vivien en révélant
son homosexualité à Maud Graham ? Non, Vivien ne
l'avait jamais prié de se taire là-dessus. Il le protégeait,
au contraire. Pourquoi prenait-il sa défense au lieu de
tout dire à cette enquêtrice ? À quoi lui servait cette
espèce de sens de l'honneur qu'il s'imposait ?

— Nicole est intéressée par Vivien ?

— Elle m'a posé un paquet de questions sur lui. Elle
lui prépare des desserts. C'est sa tactique pour fouiner
chez les gens.

— En a-t-elle fait aussi pour Jessie ?

— Oui. Ça n'a rien donné. Jessie n'avait pas le goût
d'être amie avec elle.

— J'ai eu l'impression que Nicole n'aimait pas trop
Jessie. Qu'elle l'enviait.

Élian soupira sans répondre. Maud Graham enchaîna :

— Une femme ? Est-ce que tu aurais vu une femme
chez Jessie ? C'est peut-être une rivale qui l'a tuée.

Élian acquiesça. Il y avait sûrement des filles qui étaient
jalouses de Jessie.

— Tu as déjà croisé ses copines ?

— Non. Sauf qu'à l'école Marine s'est battue avec Marie-Lune pour cette raison-là.

Élian était content d'éloigner Graham de Vivien. Sans savoir pourquoi. Alors que c'était un meurtrier ! Peut-être que c'était un tueur à gages. Ils ne devaient pas prendre leur retraite, les tueurs à gages.

Il ne parvenait pourtant pas à imaginer Vivien tirant sur Tony. Même s'il savait qu'il pouvait étrangler quelqu'un.

Graham tendit sa carte de visite à Élian.

— Au cas où tu aurais envie de me parler. J'ai écrit mon numéro à la maison au verso. Tu peux téléphoner à n'importe quelle heure. Un détail peut te revenir. Je suis certaine que tu sais quelque chose… sans en être nécessairement conscient. Et c'est mon rôle de te protéger.

— Me protéger ?

— Si tu as vu quelque chose… Le type qui est allé chez les Nantel la veille de leur mort, par exemple… Tu peux être un témoin gênant. C'est pour ça que je voulais te mettre en garde. Si, pour une raison ou pour une autre, tu me caches ce que tu as vu parce que Tony t'a vendu ou donné de la dope. Ou Jessie… Je te jure que ça restera entre nous. Ta mère l'ignorera. Ce qui compte pour moi, c'est de découvrir ce qui est arrivé ce jour-là. Pourquoi on a assassiné Jessie Dubuc et Tony Nantel.

— Je… Ils ne m'ont jamais rien donné ! Sauf du chocolat. Jessie adorait le chocolat. On en mangeait toujours quand on était ensemble.

— Elle n'avait pas peur de grossir ? Moi, je…

— Vous êtes comme Nicole. À chaque barbecue, elle se vante de ses régimes.

228

— Merci de m'avoir accordé du temps, dit Graham en posant une main sur l'épaule d'Élian. Tu m'as beaucoup aidée.

— Je n'ai rien dit! protesta-t-il avant de sortir de la voiture.

Graham but le café qu'elle avait acheté pour l'adolescent. Quand parviendrait-elle à obtenir la vérité? Elle empruntait le pont Gouin lorsque Rouaix l'appela. Elle pesta contre la sonnerie de son cellulaire qu'elle avait oublié de changer; elle demanderait à Maxime de lui remettre le thème de *L'arnaque*... s'il revenait un jour du Saguenay.

— Jasmine Lopez est rentrée. Elle nous a téléphoné.

— Son adresse? On se retrouve là-bas?

— Dans quinze minutes.

En roulant vers Sainte-Foy, Maud Graham se rappelait ce que la mère de Jasmine leur avait confié: elle et son mari avaient payé le séjour de leur fille à Vancouver.

— Pour la séparer de Fabien Marchand. On déplore sa mort, c'est sûr. Il ne méritait pas ça. Mais ce garçon n'était pas pour Jasmine. Elle nous en veut. Elle dit que c'est notre faute si Fabien est mort sans la revoir. Et c'est vrai, mais on ne regrette rien. Au moins, elle n'a pas été mêlée à cette tragédie. Nous ne voulions pas qu'elle sorte avec un garçon qui ne voulait pas étudier. Notre fille choisit ses amoureux pour nous provoquer.

Maud Graham s'interrogea; quelle serait son attitude si Maxime rentrait à la maison avec une fille qui lui déplaisait? Elle se tairait. Et elle croiserait les doigts pour que l'idylle ne dure pas.

Autant Mireille Forest était blonde, autant sa fille Jasmine était brune, avec le teint mat de son père et des yeux très sombres, en amande avec de longs cils; Jasmine n'avait besoin d'aucun maquillage pour rehausser sa beauté naturelle. Même abattue, comme c'était le cas au moment où Graham lui serra la main, elle était superbe. Elle se tenait très droite, telle une danseuse. Ses moindres gestes étaient gracieux, légers ; on eût dit qu'elle effleurait le sol quand elle s'avança vers Maud Graham.

L'enquêtrice s'interrogea ; était-elle condamnée à ne rencontrer que des beautés dans ses enquêtes, cet été-là ?

— Si j'avais su que Fabien était aussi faible, je serais revenue avant !

— Il était sorti du coma. Cette infection nosocomiale était imprévisible, dit Maud Graham. Tu n'aurais pas pu y changer quoi que ce soit. Mais tu peux nous aider à arrêter son assassin. Nous te remercions d'être revenue.

— Je n'étais plus capable d'étudier là-bas, de me concentrer. Je me sentais trop coupable de ne pas être avec Fab...

— Il n'y a qu'un seul coupable, c'est celui qui l'a agressé.

— Installez-vous au salon, je retourne dans mon bureau, annonça Mireille Forest.

Rouaix lui adressa un signe de tête en guise de remerciement ; enfin une mère qui devinait que son enfant s'exprimerait davantage si elle n'était pas à ses côtés. Quand il s'assit dans le fauteuil vert, Graham était déjà installée à côté de Jasmine.

— Est-ce qu'il a beaucoup souffert ? murmura Jasmine.

Graham s'était préparée à répondre à cette question ; oui, l'agression avait été très violente, mais il était fort possible que Fabien ait perdu conscience rapidement à cause des coups portés à la tête.

— Il était dans le coma lorsqu'on l'a transporté à l'hôpital.

— Au téléphone, vous m'avez dit qu'il s'était réveillé. Qu'il avait discuté avec vous.

Graham acquiesça avant d'ajouter qu'il n'avait pas été très explicite sur l'agression. Qu'il semblait avoir peur.

— Est-il possible qu'il ait craint Victor Duchesne ?

Jasmine se mordit les lèvres pour ne pas pleurer ; c'était sa faute si Fabien avait été tué. Si elle n'avait pas quitté Vic pour lui, il serait vivant. Elle n'aurait jamais dû sortir avec Victor Duchesne !

— Tu ignorais qu'il était dangereux.

— Nous n'avons aucune preuve concrète qui le relie à l'agression, précisa Rouaix. Aucun lien direct avec le meurtre sauvage de ton amoureux.

Il employait des mots durs pour Jasmine afin qu'elle ait envie de les aider pour venger Fabien.

Jasmine se pencha subitement, se ramassant sur elle-même, cachant son visage dans ses bras en pleurant ; elle savait que Victor était violent, il s'était déjà battu avec d'autres étudiants.

— Je pensais qu'il changerait avec moi…

— C'est une illusion que nous avons souvent, murmura Graham. Je l'ai eue à ton âge. Et plus tard.

— Il jurait qu'il ne ferait rien qui pourrait me déplaire, souffla Jasmine en se redressant lentement. À moins qu'on ne le provoque. Dans ce cas, il devrait se battre. Quand je lui demandais pourquoi, il répétait que c'était une affaire d'hommes.

— Tu as sorti longtemps avec lui ?

— Quatre mois. Je voulais le quitter avant, mais j'avais peur de sa réaction. Il n'arrêtait pas de me dire que j'étais la femme de sa vie. Il m'offrait de gros cadeaux.

Il m'avait présentée à sa sœur et à sa mère. Jennifer a continué à me parler même si j'ai laissé son frère. Elle trouve que c'est un taré. Je la plains d'être obligée de vivre avec lui ! Je l'aime bien, Jennifer. Elle m'a aidée en maths.

— Et leur père ? Tu l'as rencontré ?

— Non. Il n'est pas souvent chez lui. Il est occupé avec ses restaurants.

— Tu savais que Vic vendait de la drogue ?

Jasmine soupira ; oui, mais elle connaissait d'autres gars qui trafiquaient et qui n'étaient pas violents pour autant.

— Il y a autant de monde qui consomme à ton collège ? Il y a une clientèle pour plusieurs dealers ?

— Ils ne vendent pas tous la même chose.

— Tu es bien renseignée, constata Rouaix.

— On est au courant de ce que les gars vendent. Ça ne signifie pas qu'on en achète. Moi, ça ne m'intéresse pas. Je voulais que Fabien arrête de consommer, de dealer. Il m'avait promis qu'il écoulerait son stock et qu'ensuite il abandonnerait, qu'il serait *clean* pour moi. J'aurais dû lui dire que je le quitterais s'il n'arrêtait pas tout de suite de dealer. Je n'aurais pas dû accepter qu'il finisse de vendre sa maudite cochonnerie. Mais le seul qui aurait pu tout lui acheter d'un seul coup, c'était Vic. Fab et lui ne pouvaient pas faire affaire ensemble. Fab voulait ramasser de l'argent pour qu'on parte en voyage tous les deux.

— Tu es cependant partie seule à Vancouver.

— Mon père m'a envoyée de force là-bas ! Si j'étais restée, j'aurais été avec Fab et…

— Tu n'étais pas avec lui vingt-quatre heures sur vingt-quatre. Il a été agressé après une heure du matin. Tes parents ne t'autorisent pas à traîner si tard. Tu n'aurais donc pas été près de lui. Et si par malheur tu avais été avec Fabien, tu aurais été battue, toi aussi.

— Vic ne m'aurait jamais touchée. Il voulait me reconquérir.

Maud Graham faillit rétorquer que certains hommes massacrent les femmes auxquelles ils prétendent tenir.

— Tu as l'air persuadée que c'est Victor Duchesne qui a agressé Fabien ?

— Qui d'autre ? Il avait menacé Fab quand il a appris qu'on sortait ensemble. Il criait que je n'avais pas le droit de le laisser tomber pour Fab. Et qu'on le regretterait.

— Les frères Champoux nous ont raconté que Fabien et Victor se disputaient aussi les clients.

— Vic en avait plus. Mais Fab avait un nouveau contact qui avait du stock moins cher. C'était une raison de plus de lui en vouloir.

— Ce sont des hypothèses. On n'a aucune preuve contre lui.

— Mais vous m'avez dit au téléphone que Vic avait été arrêté le soir de…

— Arrêté pour excès de vitesse. Pas pour meurtre.

— Il l'a tué ! C'est sûr !

Graham ouvrit son fourre-tout, sortit un sac de plastique contenant la chaîne et la médaille récupérées sur les lieux de l'agression, les tendit à Jasmine qui les examina attentivement.

— C'est à Frank Potvin.

— Qui est-ce ?

— Un ami de Vic. Qu'est-ce que vous faites avec ça ?

— Tu es certaine que cette médaille appartient à ce Potvin ?

— Où l'avez-vous trouvée ? répéta Jasmine.

— Comment sais-tu que c'est la médaille de Frank Potvin ? insista Rouaix. Des tas de jeunes portent des médailles.

— Il y a un lion gravé dessus. Je n'ai rencontré Frank que quelques fois, mais j'avais remarqué sa médaille, parce que le Lion est mon signe du zodiaque. Vous l'avez trouvée près de Fab ?

— Tu ne dois le révéler à personne. Vraiment personne. C'est notre seul indice.

— Je vous le jure sur la tête de Fab, fit gravement Jasmine. Ils étaient à deux contre un ?

— Pas si vite. On n'a aucune preuve... Est-ce que Potvin et Duchesne sont très liés ?

— Assez. Frank a été renvoyé à la fin du premier trimestre. On ne l'a plus revu au collège. Et moi, j'ai quitté Vic juste après les fêtes.

— Pour sortir avec Fabien ?

— Oui. Ce qui est bizarre, c'est que Vic ait attendu à cet été pour se venger de Fab...

— Où peut-on trouver ce Frank ?

Jasmine se leva, se dirigea vers sa chambre et revint au bout de trois minutes ; Graham reconnut le bottin des élèves du collège, celui-là même que les frères Champoux lui avaient montré. Ils avaient désigné les élèves qui étaient clients de Victor ou de Fabien, mais ils n'avaient pas mentionné Potvin. Jasmine pointa ce nom, lut l'adresse à haute voix avant de tendre le bottin à Rouaix.

— Il a l'air plus vieux que les autres élèves.

— Il redoublait quand il a été renvoyé. C'était curieux que Vic se tienne avec lui. Il traite toujours tout le monde de *loser*. Frankie n'est pas un symbole de réussite... Vic m'avait même dit en riant que Frankie rime avec zombie. Jennifer le trouve correct. Il a pris son parti un soir où Vic la faisait chier.

— Tu crois que Vic dominait Frank ?

Jasmine hésita ; il est vrai que Vic semblait imposer ses idées à Frank, mais elle avait observé ce dernier et les regards qu'il jetait à Victor n'étaient pas si soumis.

— Ça l'arrangeait de se tenir avec Vic qui est une grande gueule. Frank restait dans l'ombre.

— On l'a renvoyé à cause de la drogue ou parce qu'il coulait ses cours ? demanda Rouaix.

— Un peu de tout ça.

— Victor Duchesne pourrait être expulsé pour les mêmes raisons, non ?

— Oui.

— Et Fabien ?

— Fabien était décidé à tout arrêter !

— Est-ce que Potvin deale aussi ?

— J'imagine que oui.

Graham se leva en remerciant Jasmine de sa franchise et en lui répétant qu'elle comptait sur sa discrétion. Sa mère, qui les avait rejoints, dit qu'elle souhaitait que cette enquête soit close rapidement.

— Qu'on puisse retrouver une vie normale.

— Je n'oublierai jamais Fab, s'écria Jasmine. Je l'aimais pour vrai !

Mireille Forest se pinça les lèvres pour ne pas reprendre une discussion qu'elle avait eue vingt fois, cent fois avec sa fille. Jasmine n'oublierait pas Fabien, mais elle ne serait pas en deuil toute son existence même si elle était convaincue du contraire en ce mois de juillet où il faisait de plus en plus beau.

Chapitre 9

Laura avait entrouvert la porte de la chambre de son fils. Elle avait tendu l'oreille quand il s'était mis à marmonner. Elle était certaine qu'il faisait un cauchemar. Il était très agité, avait le souffle court comme s'il cherchait à échapper à un danger. Lequel ? Elle le réveilla. Il poussa un cri, elle le serra contre lui en caressant ses cheveux épais. Elle se rappelait sa naissance, la surprise qu'elle avait eue en découvrant un bébé tout roux. À la pouponnière, on l'avait surnommé Riquet à la houppe.

— C'est maman, calme-toi.

Il s'était débattu quelques secondes puis s'était laissé aller contre Laura.

— Qu'est-ce qui t'arrive, Élian ? Je suis inquiète.

— J'ai fait un mauvais rêve.

— C'était quoi, ce rêve ?

— Je ne m'en souviens plus.

— J'ai pris de la dope quand j'avais ton âge, murmura Laura. Je peux comprendre.

— Quoi ?

— Si c'est ça, on peut en parler. Mais s'il s'est passé quelque chose avec Vivien, il faut que je le sache. J'ai la responsabilité de te protéger.

— Vivien ?

— Je suis allée chez lui pour lui parler de toi et il était très mal à l'aise.

Elle s'était présentée chez Vivien Joly dans la matinée. Dès qu'il avait ouvert la porte, elle avait senti qu'il était sur la défensive même s'il lui souriait. Et lorsqu'elle lui avait dit qu'elle s'inquiétait pour Élian, il avait répondu que les adolescents avaient tous leur crise d'identité.

— Non, Élian a changé depuis le meurtre des Nantel. En avez-vous parlé ensemble ?

Vivien avait secoué la tête, gardant toujours la porte entrebâillée. Il aurait dû inviter Laura à entrer mais il ne s'y décidait pas, redoutant ses questions, redoutant son intuition. Bien qu'il ne se soit rien produit depuis la mort de Jessie. Les enquêteurs étaient revenus, puis ils étaient repartis. Mais Laura était une mère qui s'inquiétait pour son enfant et, au cours de sa carrière, il avait appris que ce sont les plus redoutables.

— Vivien, tu as côtoyé des centaines de jeunes. Penses-tu que mon fils se drogue ?

— Sûrement pas !

Laura avait lu une telle sincérité sur le visage de Vivien qu'elle n'avait pas remarqué son soulagement.

— Il a pu acheter de la drogue à Jessie Dubuc.

Laura s'était avancée de quelques centimètres. Vivien ne pouvait continuer à discuter sur le seuil sans paraître grossier. Il ouvrit sa porte en s'efforçant d'avoir un ton naturel pour lui offrir un café.

— Non, merci, je suis assez nerveuse comme ça. Je m'inquiète pour Élian. Il n'est pas dans son état normal, mais il ne veut rien me dire. Peut-être que tu pourrais l'amener à se confier à toi ?

— À son âge, c'est aux amis qu'on se confie. Pas à un vieux voisin.

— Il t'aime beaucoup.

— C'est réciproque.

Il avait presque murmuré la phrase, mesurait combien elle était lourde de regrets. De tous ces remords qui l'empêchaient de dormir depuis des jours. Il avait envie de tout avouer à Laura, de se libérer du poids qui l'accablait, qui lui pourrissait la vie. Qui gâchait celle d'Élian. Mais il ne voulait pas être arrêté et, si Élian se taisait, Laura, elle, révélerait tout aux enquêteurs.

— Élian est si ouvert, avait-il repris, conscient que Laura l'observait.

— Ouvert ?

— Par rapport au fait que je suis gay. Il l'a deviné sans que ça le gêne.

Seraient-ce là toutes les confidences qu'il ferait à Laura ? Oui. Il ne voulait pas être emprisonné. Pendant des années, Vivien avait imaginé la retraite avec Claude. Il avait dû faire le deuil de ce rêve paisible. Il avait droit à un repos bien mérité. Seul mais chez lui. Comment pourrait-il survivre au pénitencier ?

— Mon ex-beau-frère est gay. Ça n'a jamais dérangé Élian.

— Ce n'est pas le cas de tous les jeunes. De tous les gens. Il ne t'en avait pas parlé ?

— Non.

Ils étaient debout, entre le salon et la cuisine, Laura s'était dirigée vers la table de la cuisine, avait tiré une chaise.

— Préfères-tu qu'on sorte dans le jardin ?

— Non, les voix portent, on pourrait m'entendre. Je n'ai pas envie qu'on apprenne que j'ai peur qu'Élian se drogue.

— Je suis sûr que non !

— Moi, je fumais beaucoup à son âge. Simon et Élian l'ignorent. Peut-être que je devrais le leur avouer. Pour qu'Élian sache que je n'étais pas un ange et qu'il a droit à l'erreur.

— Il ne consomme pas ! Je m'en serais rendu compte.

— Est-ce qu'il t'a parlé de Jessie ?

— Je pense qu'il était amoureux d'elle. Mais elle était trop vieille pour lui…

Il n'avait pas terminé sa phrase, se rappelant qu'il avait aimé, alors qu'il avait quinze ans, un homme d'une trentaine d'années. L'amour se fout totalement de l'âge.

— On ne choisit pas qui on aime, reprit-il.

Laura avait acquiescé.

— Peut-être aussi qu'il allait chez elle pour avoir de la drogue. Les enquêteurs ne nous l'ont pas confirmé, mais on sait que Tony Nantel traficotait.

Vivien avait haussé les épaules. Il avait eu envie d'insinuer que Jessie était très fébrile les rares fois où il était allé chez elle. Il avait envie de mentir en abondant dans le même sens que Laura, en affirmant que Jessie devait sniffer de la coke, mais les mots restaient coincés dans sa gorge. Il était incapable de salir la mémoire de la jeune femme. Comme si le fantôme de Jessie allait se manifester s'il souillait son souvenir. Il était hanté par sa victime, il en rêvait chaque nuit et il y pensait chaque jour. Malgré tout, il n'avait pas encore été arrêté. Ni même soupçonné ; les enquêteurs l'auraient harcelé s'ils avaient eu des doutes. S'il insultait le fantôme de Jessie, celui-ci hanterait aussi les nuits de Maud Graham ou de son collègue Rouaix, il leur dévoilerait le nom du meurtrier. Non. Il devenait fou. Il ne croyait pas aux spectres.

— Je… ne sais pas si Jessie se droguait.

— Peux-tu essayer de parler à Élian ? S'il prend de la drogue, les enquêteurs finiront par le remarquer. Ils viennent nous voir assez souvent. Je suis certaine qu'Élian a fumé avant-hier. Il était bizarre au téléphone quand il m'a prévenue qu'il mangeait une pizza avec ses amis.

— Maud Graham est allée fréquemment chez vous ?

— Quatre fois. Nous ne sommes pourtant pas les voisins immédiats. De toute manière, on n'a rien vu. Ça s'est passé le jour. C'était le meilleur moment pour tuer Jessie. Mon Dieu ! Qu'est-ce que je raconte ?

Laura s'était pincé les lèvres avant de prier Vivien de tenter de discuter avec Élian.

— Je pourrais lui dire que tu as téléphoné pour qu'il vienne couper ton gazon.

— Je l'ai coupé hier, avait dit trop vite Vivien. Il... il s'en rendra compte.

Vivien avait tenté d'esquisser un sourire d'excuse, lisant la déception puis le mépris sur le visage de Laura. Et la colère.

— Tu prétends apprécier Élian, mais tu n'as pas de temps pour lui.

Elle s'était dirigée vers la sortie. Vivien avait protesté. Il voulait simplement dire qu'Élian était intelligent, qu'il ne pouvait pas lui servir un prétexte bidon pour l'attirer chez lui.

— Ce n'est plus un enfant, avait-il rappelé à Laura qui s'était arrêtée devant la porte.

— Je le sais.

Elle avait fixé Vivien qui s'était senti rougir. Puis elle avait rougi à son tour, en proie à un doute épouvantable : et si Vivien refusait de voir Élian parce qu'il avait quelque chose à se reprocher face à lui ? Elle avait dégluti, ouvert la porte, avait dévisagé Vivien.

— Est-ce que…

— Quoi ?

Mais elle lui avait tourné le dos, avait traversé la rue sans se soucier des voitures. Et Vivien s'était figé devant la porte grande ouverte, se sentant nauséeux.

Il avait encore mal au cœur, des heures plus tard, dans son lit, chaque fois qu'il se retournait. Pour être certain de s'endormir, il avait trop bu pendant la soirée, mais ça n'avait rien donné. Il se jura de moins boire quand toute cette affaire serait réglée. On finirait bien par arrêter quelqu'un pour le meurtre de Tony Nantel. Et on lui collerait la mort de Jessie.

Une pensée perça son cerveau, un éclair brûlant, sulfurique, destructeur qui le tétanisa ; tout autant que lui, l'autre criminel devait espérer lui faire porter le chapeau pour le meurtre de Tony.

Serait-il accusé des deux assassinats si on découvrait la vérité à propos de Jessie ?

Il courut vers la salle de bain et vomit. Quand il se releva, tremblant, il se dit qu'il était perdu. Et si seul.

Vivien se traîna jusqu'à la cour en espérant mieux respirer dehors, s'allongea sur la chaise en teck. Il avait l'impression que ça faisait des mois qu'il l'avait traitée à l'huile, qu'il avait pesté contre l'odeur si tenace du produit, alors que ça ne faisait que quelques semaines. C'était tout juste après son emménagement dans ce quartier. Ce quartier maudit où il n'aurait jamais dû s'installer. Il parcourut des yeux le jardin. Il était ridicule d'avoir voulu en faire un havre de paix. Où qu'il soit, il n'aurait plus jamais la paix. Il reverrait constamment le rictus de Jessie tandis qu'il l'étranglait.

Et maintenant, l'expression d'horreur de Laura s'y grefferait. Il avait lu la condamnation sur son visage, lu qu'elle croyait qu'il était un pédophile qui avait tenté d'abuser d'Élian. Vivien gémit ; il ne pouvait la laisser croire une telle chose. Il se sentait souillé. Il savait que Laura interrogerait son fils dès qu'il rentrerait à la maison et qu'Élian nierait l'existence de telles relations entre eux, mais Laura continuerait à douter. Elle répéterait à Élian qu'il n'avait pas à avoir honte, qu'il ne devait pas lui cacher la vérité, qu'il n'y avait qu'un seul coupable et que c'était Vivien Joly. Et qu'elle devrait mettre les voisins en garde contre lui. Surtout ceux qui avaient des enfants.

Il eut une nouvelle nausée, rentra précipitamment et, en vomissant de nouveau, il songea que ce serait plus simple s'il se vidait entièrement, s'il rendait ses tripes, ses organes, son sang, sa vie dans les toilettes. Qu'il ne subsiste que sa carcasse ratatinée comme un ballon crevé. Qu'il se dessèche telle une momie.

Non, les momies étaient ensevelies avec respect. On les enterrait avec des coffrets à bijoux, des vêtements et des ouchebtis de pierre ou de bois qui seraient utiles aux âmes des défunts quand elles traverseraient le Monde d'en bas. Lui, Vivien Joly, nouveau retraité, n'irait nulle part. Il errerait éternellement car il avait perdu son âme.

* * *

La maison des Potvin paraissait vide ; les occupants étaient peut-être partis en vacances ? Graham et Rouaix gravirent les trois marches du perron et constatèrent qu'il n'y avait pas de courrier dans la boîte aux lettres et qu'une lumière était allumée à l'intérieur.

— C'est parce qu'il n'y a aucune fleur qu'on a l'impression que personne n'habite ici.

242

De chaque côté de l'allée qui menait à la porte principale, on avait planté des arbustes identiques et il y avait un érable devant les fenêtres de ce qui devait être le salon, mais aucune touche de couleur n'égayait la demeure ; ni annuelles, ni vivaces, ni même une jardinière.

— C'est assez sévère, non ? Je n'aurais pas le goût de vivre ici.

— Moi non plus, chuchota Rouaix en appuyant sur la sonnette.

Ils se turent, examinant les alentours ; les maisons voisines étaient toutes plus joyeuses que celle-ci, accueillantes avec leurs bégonias, leurs rosiers, leurs saint-joseph qui croissaient près des haies, autour des mélèzes, sous les saules pleureurs. La porte s'ouvrit et une jeune femme aux cheveux écarlates les dévisagea des pieds à la tête. Rouaix sortit son insigne, le lui tendit. Angèle Potvin interrogea les enquêteurs du regard.

— C'est à propos de Frank Potvin, expliqua Maud Graham. Il habite ici ?

— Oui.

— On peut lui parler ?

— Non. Il n'est pas là.

— Et il reviendra ?

— J'imagine.

— Vous êtes sa… ?

— Sa mère.

— Savez-vous où on peut le trouver ?

— Non.

Il y avait une telle lassitude sur le visage d'Angèle Potvin que Graham devina qu'elle ne cherchait pas à les provoquer avec des réponses aussi laconiques. Elle disait les choses telles qu'elles étaient ; sèches et crues. Son fils n'était pas à la maison, elle ignorait quand elle le reverrait.

— Il faudrait qu'on lui parle.

— Il n'écoute rien.

Angèle Potvin repoussa une mèche sur son front, considéra Graham et Rouaix sans ouvrir davantage la porte.

— Qu'est-ce que vous lui voulez ?

— L'entretenir d'un de ses amis, Victor Duchesne.

— Je ne l'ai jamais vu.

— Il doit appeler ici, parfois ?

— Même s'il a un téléphone dans sa chambre, Frank reçoit tous ses appels sur son cellulaire. Mais il ne s'en sert jamais pour dire où il est.

— On pourrait l'appeler. Ou vous.

— Je lui ai laissé des messages. Aucune réponse. Il doit être trop occupé.

— À quoi ?

Angèle Potvin fixa Maud Graham ; que voulait-elle entendre ? Que Frank perdait ses journées, ses semaines, sa vie à traîner avec on ne sait qui, à faire on ne sait quoi ? Depuis qu'il avait été renvoyé du collège, il était de plus en plus absent de la maison. Et quand il y revenait, c'était pour manger et pour dormir. Faire laver ses vêtements.

— Ça, c'est fini. Je ne laverai plus ses affaires. S'il a des loisirs pour traîner dehors, il en a pour s'occuper de son linge.

Elle restait là, la main sur la poignée de la porte, immobile.

— Quand lui avez-vous parlé pour la dernière fois ? questionna Rouaix.

— Avant-hier. Il a soupé ici.

— Ça lui arrive souvent de découcher ?

— Non. Pas vraiment. Mais il rentre tard.

Elle se tut avant d'ajouter que son fils devait avoir un

sixième sens parce qu'elle avait fait du pâté chinois, son plat favori.

— On pourrait entrer quelques minutes ? demanda Graham sans bouger d'un centimètre.

Elle ne voulait pas donner à Angèle Potvin l'impression de l'envahir, de lui manquer de respect. Cette femme était au bout du rouleau, avait peut-être déjà baissé les bras, renoncé à élever ce fils qu'elle aimait, pour qui elle s'inquiétait sans parvenir à le lui faire comprendre.

Angèle Potvin leur tourna le dos, s'avançant vers le salon où tout était impeccablement rangé. Rouaix referma la porte derrière eux en évitant de la faire claquer.

En s'assoyant, Graham désigna la table en verre du salon.

— J'en ai déjà eu une. Je n'arrivais pas à la garder propre.

— C'est sûr que c'est à refaire tous les jours.

— Avec des enfants, ce n'est pas évident. Frank a des frères, des sœurs ?

— Non. Je l'ai eu trop jeune pour avoir envie d'en faire d'autres. J'avais dix-sept ans. C'était l'enfer.

Elle avait eu son fils trop tôt, et pour Graham, il était maintenant trop tard pour y songer. Peut-être qu'Alain préférerait une jeune femme qui lui donnerait au moins deux enfants au lieu de lui imposer un adolescent taciturne ? Mais peut-être que Maxime ne reviendrait jamais à la maison.

— Vous étiez seule avec lui ?

— Mes parents m'ont aidée. Puis ma mère est morte d'un cancer quand Frank avait trois ans. Mon père s'est remarié l'année suivante. C'est devenu plus compliqué.

Graham fit glisser sa main sur le fauteuil où elle s'était assise, sourit ; c'était un tissu de très belle qualité.

— Ça coûte cher. Vous avez réussi même si vous étiez seule pour élever Frank.

Angèle Potvin haussa les épaules. Elle s'était débrouillée. En informatique.

— Les ordinateurs n'ont pas de secrets pour moi.

— Contrairement à votre fils.

— J'espérais qu'on serait amis. Je n'ai que le double de son âge ! Je ne suis pas vieille !

— Vous êtes sa mère.

— De moins en moins. On se croise. On ne se parle plus. J'ai essayé pourtant, mais j'ai toujours l'impression de le déranger. Il est dans sa bulle.

— Il fume beaucoup ?

— Pas ici, en tout cas. J'ai beau tenter de lui faire comprendre qu'il perd son temps, sa vie…

— Il ne travaille pas ?

— Vingt heures par semaine au supermarché. Il était en congé hier et aujourd'hui.

— Il faut qu'on le rencontre.

— À cause de Victor Duchesne ? C'est ce que vous disiez tantôt. Pourquoi ?

— Victor Duchesne est soupçonné de meurtre.

Angèle Potvin écarquilla les yeux tout en portant une main à sa bouche. Une main sans bague, sans vernis, sans fantaisie.

— Qu'est-ce que Frank a à voir avec ça ?

— On a découvert ceci sur les lieux de l'agression, fit Graham en sortant de nouveau le sac de plastique contenant la chaîne et la médaille.

— On nous a dit qu'elles appartiennent à votre fils, dit Rouaix. Vous le confirmez ?

Angèle Potvin examina chaque face de la médaille, secoua la tête ; elle ne savait pas si elle appartenait à son fils. Il avait plusieurs chaînes, des montres, des bracelets. Graham faillit lui demander si elle savait où son fils trouvait l'argent pour acheter ces bijoux, mais elle reprit lentement le sachet avant de dire à Angèle Potvin qu'elle ne rendait pas service à Frank en leur mentant.

— Vous l'aimez et vous avez peur qu'il se soit fourré dans une belle merde avec Victor Duchesne. Nous aussi, on a peur. On a peur que votre fils en sache trop sur Victor Duchesne et que ce soit dangereux pour lui.

— Dangereux ?

— Le plus dur, paraît-il, c'est le premier meurtre, commença Rouaix.

Il marqua une pause avant d'expliquer à Angèle Potvin que les criminels étaient unanimes sur un point : après avoir fait une première victime, tout était plus facile ensuite. Ils étaient passés de l'autre côté de la vie, avaient touché la mort. Certains avaient aimé la sensation de puissance que ça leur avait procuré. Peut-être que Victor Duchesne était de cette race d'assassins.

— Pourquoi voudrait-il tuer Frank ? Ils sont amis.

Le ton d'Angèle était chargé d'incrédulité.

— Les criminels n'ont pas d'amis, madame. Ils ont des complices.

— Il faut que vous persuadiez Frank de prendre contact avec nous au plus vite.

— On ne voudrait pas être obligés de lancer un mandat d'arrêt, précisa Graham. Pour sa protection… Est-ce qu'on peut visiter sa chambre ?

Angèle Potvin retint un soupir mais guida les enquêteurs vers la chambre de Frank. De lourds rideaux noirs l'assombrissaient et Graham s'approcha pour les tirer, faire entrer la lumière dans la pièce qui donnait une sensation d'étouffement même si elle était fraîche. Un tas de vêtements traînait à côté du lit défait. Des CD et des vidéos avaient été jetés pêle-mêle sur le bureau où trônait un ordinateur neuf.

— Excusez le désordre, je ne m'occupe plus de sa chambre.

— C'est pareil chez nous, fit Graham. Les ados n'aiment pas l'ordre. Il se sert beaucoup de son ordinateur ?

— Il est vissé devant quand il est ici. Au début, c'était pour la musique, ensuite il s'est mis à tchater, autour de Noël…

Est-ce qu'il y avait une note de regret dans la voix d'Angèle ?

— Est-ce que les problèmes ont commencé dans ce temps-là ? s'informa Rouaix.

— Non. On rame depuis trois ans. J'aurais voulu qu'il soit placé dans un centre pour qu'il apprenne un peu la discipline, mais il n'a rien fait d'assez grave pour intéresser la DPJ. Ça prend un drame.

Angèle Potvin fit une pause avant de murmurer que c'était peut-être le cas maintenant. Puis elle saisit l'appareil téléphonique et composa le numéro du cellulaire de Frank. Elle eut encore droit au répondeur. Elle laissa un message à son fils, lui expliquant qu'un événement grave s'était produit et qu'il devait la rappeler au plus vite.

— J'espère qu'il l'écoutera.

Graham tendit sa carte à Angèle Potvin ; elle attendrait encore un peu avant de lancer les recherches. Au cas où Frank se manifesterait.

— Oui. Il devrait venir coucher ici…

— On patiente quelques heures. En attendant, on fera un tour au supermarché.

— Pourquoi ? Il est en congé aujourd'hui, je vous l'ai dit !

— On veut parler avec ses collègues. Peut-être ont-ils une idée de l'endroit où il est allé.

Angèle Potvin protesta ; si le patron de Frank apprenait que des enquêteurs s'intéressaient à lui, il perdrait sûrement son emploi.

— Il n'a pas d'amis au travail. Ils sont tous plus vieux que lui. Et ça ne fait pas assez longtemps qu'il est là. Frank est timide, il ne se lie pas facilement. Ses collègues n'auront rien à vous dire.

— Qui pourrait nous renseigner sur votre fils ?

Angèle Potvin tapota l'ordinateur.

— C'est avec d'autres internautes que Frank a tissé des liens. Ça convient à son goût du secret, cette sorte d'anonymat. On peut se cacher derrière un pseudo, raconter n'importe quoi à n'importe qui.

En se dirigeant vers la sortie, Graham répéta à Angèle Potvin qu'elle devait la joindre dès que son fils lui ferait signe.

— Appelez sans arrêt et quand il répondra, priez-le seulement de rentrer à la maison. Racontez ce que vous voulez pour le convaincre de revenir, mais pas un mot à notre sujet. Il pourrait alerter Victor Duchesne.

— Il doit avoir coupé la sonnerie. Je suis le dernier de ses soucis.

— Vous devez inventer une histoire pour qu'il vous rejoigne.

Angèle Potvin garda le silence quelques instants avant d'affirmer que son fils était adorable quand il était enfant. Elle ne comprenait pas pourquoi il avait changé à ce point. Elle avait tout fait pour qu'il ne manque de rien, elle travaillait soixante-dix heures par semaine, ne prenait que six jours de congé en été, huit durant les fêtes. Qu'est-ce qui s'était passé ?

— Pour certains, l'adolescence est plus houleuse, fit Graham.

Cette remarque était d'une parfaite platitude, mais Graham n'avait rien de mieux à offrir à Angèle Potvin. Elle ne pouvait pas lui expliquer que sa maison lui avait semblé inhabitée quand elle avait sonné à la porte. Que tout était trop propre, trop rangé pour qu'on s'y sente à l'aise. Elle devinait qu'Angèle Potvin tenait sa maison dans un ordre parfait parce qu'elle croyait qu'un décor impeccable prouvait qu'elle était une femme responsable, éloignée de l'adolescente inconsciente qu'elle avait été. Mais Frank en avait peut-être eu assez de cet univers aseptisé qui détonnait bizarrement avec l'apparence d'Angèle Potvin. Ses cheveux rouges étaient la seule fantaisie qu'elle devait s'autoriser.

Dès qu'ils eurent regagné la voiture, Rouaix composa le numéro du cellulaire de Frank Potvin et raccrocha.

— Boîte vocale… Je rappellerai tantôt.

— On fait un saut jusqu'au supermarché ? proposa Graham. Il faut qu'on le trouve. Sa mère a dit qu'il ne découche pas souvent. Ça fait plus de trente-six heures qu'elle ne l'a pas vu. C'est inquiétant. C'est notre principal témoin, on doit le rattraper avant…

— Que Louis Fournier s'en charge. On doit émettre le mandat cet après-midi.

— J'espère qu'il n'est pas trop tard. Et ne me dis pas que je suis la reine du pessimisme…

— Non. Pense à Jack Hoffman pour garder le moral. Provencher a rencontré les enquêteurs de la Sûreté à Montréal. Tony Nantel leur a fait un beau cadeau avec ce Hoffman. Les preuves du trafic sont là.

— Oui, mais on ignore encore qui a mis un contrat sur la tête de Nantel. Et sur Jessie. Si on a deux tueurs.

— C'est possible qu'ils aient travaillé pour le même commanditaire.

— Peut-être pas, s'entêta Graham.

— Quelle est la probabilité que les membres d'un couple soient assassinés à quelques heures d'intervalle ?

— On n'est pas des statisticiens, s'impatienta Graham. On travaille dans le sang, pas dans les chiffres. J'ai peur pour Frank Potvin. On rentre s'occuper du mandat.

* * *

Le vent faisait tournoyer les cosmos que Nicole Rhéaume avait plantés devant sa maison au début de l'été. C'était une brise bienvenue, qui chassait l'humidité de la journée. En cette fin d'après-midi, Nicole avait envie d'un long drink dans son jardin. Elle savait que Vivien était chez lui, mais il n'était pas sorti de sa maison une seule fois. Ni par la porte de devant — il n'avait même pas ramassé son courrier — ni par la porte de côté. Elle supposait qu'il s'était glissé dans le jardin et elle cherchait un prétexte pour lui téléphoner depuis midi. Elle ne pouvait pas lui apporter une autre tarte. Ou une bouteille de vin. Ni prétendre qu'elle avait remarqué qu'il n'avait pas pris son courrier ; il saurait qu'elle le surveillait. Elle venait tout juste de remplir l'arrosoir quand elle reconnut Élian qui marchait à côté de sa bicyclette. Elle le héla.

— Qu'est-ce qui s'est passé ?

— J'ai un pneu crevé, répondit-il sans s'arrêter. Il devait y avoir une bouteille brisée et je ne l'ai pas vue.

— Attends, je peux peut-être te dépanner. J'ai un vélo

dont je ne me sers pas dans le garage. Tu peux prendre un des pneus.

Élian ralentit ; c'était vrai que, si elle pouvait lui donner un pneu, ce serait idiot d'en acheter un neuf. Mais il se méfiait de sa voisine ; qu'exigerait-elle en échange de ce service ? Il ne voulait pas travailler dans son jardin, la sentir autour de lui telle une mouche agaçante. Il n'avait pas envie de l'écouter. Elle lui rappelait Bertrand Flamand, le professeur de morale qui répétait souvent que les élèves pouvaient se confier à lui. Évidemment, aucun ne le faisait, il avait l'air bien trop curieux.

— Jette un coup d'œil à mon vélo, ça ne coûte rien. Si c'est la bonne taille pour le pneu, il te servira.

— Ce n'est pas nécessaire. Je devrais pouvoir réparer la crevaison avec Simon.

— Si ça ne fonctionne pas, ne gaspille pas d'argent. On n'est pas riche à ton âge et tu ne gagnes plus d'argent chez Vivien comme avant, non ?

Élian se raidit. Il avait assez d'affronter tous les soirs les regards inquisiteurs de sa mère. Il était d'ailleurs certain qu'elle avait fouillé dans ses affaires. Et il s'en foutait. Il aurait dû être furieux contre elle. Mais il avait en tête des choses bien plus graves. Des questions sans réponse ; comment était le corps de Jessie maintenant ? Il ne voulait pas y penser, mais quand la nuit tombait, il était incapable de repousser ces images d'insectes dévorant le cadavre. Ils avaient commencé par les yeux probablement, puis la langue. Ils entraient par tous les orifices, ils l'envahissaient pour mieux la déchiqueter. En combien de jours les charognards dévoreraient-ils Jessie ? Que restait-il d'elle aujourd'hui ? Jessie dans son cercueil : comment se débarrasser de ce cauchemar ? Il n'arrêtait pas de bouger toute la journée pour s'assurer d'être épuisé le soir et de parvenir à s'endormir. D'un sommeil de plomb. D'un sommeil sans rêves.

— Vivien s'inquiète pour toi, déclara Nicole en se rapprochant.

Elle touchait quasiment le vélo d'Élian, qui se répétait qu'il devait partir tout de suite avant qu'elle pose une main sur son épaule comme elle avait l'habitude de le faire. Il détestait cela. Même avant la disparition de Jessie, il détestait les manières de Nicole. C'était pire aujourd'hui, alors qu'il sentait en permanence une lourdeur sur ses épaules.

— Il faut que j'y aille, s'écria-t-il en s'éloignant brusquement.

Il ne vit pas son demi-sourire ; elle avait raison de croire qu'il y avait un secret entre Élian et Vivien. Et elle le découvrirait. Elle voulait, elle devait tout savoir sur Vivien. Il fallait que leur relation prenne une tournure plus intime, elle en avait assez d'attendre. Et surtout, elle craignait qu'une femme plus jeune qu'elle achète la maison des Nantel et mette le grappin sur Vivien. Il était pour elle ! C'est elle qui l'épouserait. Elle vendrait sa maison et le rejoindrait dans la sienne, plus grande, plus moderne, plus spacieuse. Ou ils en achèteraient une autre.

Et c'est elle qui hériterait de ses biens quand il mourrait. En voyage, peut-être…

* * *

Il avait beaucoup plu durant la nuit et Flavie Côté n'avait pas tellement envie de sortir pour jogger. Elle scrutait le ciel en espérant que des nuages noirs pointent à l'horizon et lui fournissent une bonne raison de renoncer à sa course matinale, mais le vent soufflait des nuages joufflus très pâles et elle se résigna à enfiler ses espadrilles.

La moiteur de l'air la surprit ; avec un tel taux d'humidité, elle écourterait peut-être sa séance de jogging. En pleine ville, on étouffait vite.

Flavie Côté courait depuis vingt-deux minutes quand elle entendit un cri très long sur sa gauche. Elle tourna la tête, ralentit. Une fille sortait d'un immeuble promis à la démolition en hurlant comme si elle avait vu un fantôme.

Flavie s'arrêta ; que devait-elle faire ? Pourquoi cette fille criait-elle ainsi ? Elle la vit s'éloigner vers la gare, songea à la rattraper, hésita, tendit l'oreille, guettant un autre cri, des plaintes, des bruits qui auraient pu provenir de l'immeuble désaffecté. Elle savait que de nombreux jeunes s'y réfugiaient, s'y droguaient. Elle en avait vu traîner devant les portes, l'œil vague, la démarche vacillante. Elle s'était réjouie quand on avait placardé un avis annonçant des travaux de démolition, car elle n'était pas très rassurée quand elle longeait l'immeuble, mais c'était le plus court chemin pour atteindre le bord de la rivière où elle aimait courir. Elle s'était imaginé que les jeunes chercheraient un autre squat, elle s'était trompée, ils continuaient à occuper la ruine. Pourquoi cette fille avait-elle crié ainsi ? Faisait-elle un *bad trip* ? Avait-elle des hallucinations ou… Flavie était trop prudente pour pousser la porte de l'immeuble et vérifier ce qu'il y avait à l'intérieur. Elle contourna la façade et s'approcha des fenêtres aux carreaux cassés. Elle ne comprit pas tout de suite qu'elle voyait un cadavre, puis elle hurla et son long cri lui parut aussi irréel que cette forme qui gisait sur le sol.

Flavie Côté fit demi-tour et courut droit devant elle en se disant qu'elle vomirait plus loin, qu'elle devait alerter quelqu'un, qu'elle aurait dû traîner son portable ou venir courir une heure plus tard. Elle aurait certainement croisé des maîtres promenant leurs chiens. Peut-être que l'un d'eux aurait trouvé le corps avant elle, il lui aurait dit de ne pas s'en approcher, que c'était trop horrible. Mais elle s'entêtait à courir à l'aube parce qu'elle refusait qu'on la voie avec ses shorts qui découvraient ses cuisses, qu'on remarque son ventre.

Elle se jeta devant la première voiture qui se présenta. Le conducteur freina, l'engueula, répéta qu'il avait failli l'écraser, mais il finit par voir que Flavie tremblait encore plus que lui et il se décida à utiliser son cellulaire pour composer le 911. Pendant ce temps, Flavie s'était écartée pour vomir. Elle s'affala sur le bord de la route, se ramassa en fœtus et se mit à pleurer. Elle était toujours recroquevillée lorsque la première voiture de police s'immobilisa sur les lieux. C'est le conducteur qui expliqua aux patrouilleurs que Flavie avait découvert un cadavre. C'est tout ce qu'il avait pu tirer d'elle, elle n'arrêtait pas de sangloter.

Les patrouilleurs s'approchèrent de Flavie, l'enveloppèrent dans une couverture tout en l'aidant à se relever. Martin Marcotte réussit à lui faire dire où elle avait vu le cadavre et s'éloigna immédiatement dans la direction qu'elle lui indiquait, tandis que son collègue aidait Flavie Côté à s'asseoir dans leur voiture. Il revint quelques minutes plus tard ; il y avait effectivement un cadavre à l'intérieur du squat.

— Il doit être là depuis une couple de jours.

— C'est bizarre qu'on n'ait pas été alertés avant. Ça pue, un corps…

— Oui, il doit y avoir des jeunes qui ont traîné par ici.

— C'est un meurtre ? s'enquit Michel Joubert.

— Il n'y a pas de blessures au couteau. En tout cas, pas apparentes.

— Étranglé ?

— Je penche pour une overdose.

— Qu'est-ce qu'il est venu faire là ?

— Se piquer, soupira Marcotte.

— Il ne serait pas le premier à venir ici pour ça. Madame Côté m'a dit qu'une fille était sortie de l'immeuble en hurlant.

— Elle doit avoir vu le cadavre et être sortie aussi vite. On est chanceux qu'il ait été découvert si tôt ce matin. On peut dresser le périmètre de sécurité sans se faire déranger par des curieux.

— Ça ne durera pas.

Ils sécurisèrent les lieux en attendant l'arrivée du coroner, des enquêteurs, de l'équipe technique et des ambulanciers, tout en revenant régulièrement vers Flavie pour la rassurer. On ne la retiendrait pas très longtemps. Elle pourrait repartir dès qu'elle aurait parlé au coroner et aux enquêteurs qui les rejoindraient sous peu. On la raccompagnerait chez elle.

— C'est… c'est qui ?

— On l'ignore encore, madame.

— Il me semble qu'il y avait des mouches, murmura Flavie Côté en frissonnant.

Elle ramena les pans de la couverture autour d'elle.

— C'est drôle, j'avais peur de mourir de chaleur aujourd'hui. C'est tellement humide.

— Vous êtes sous le choc.

L'arrivée des ambulanciers, du coroner, de l'équipe technique sembla rassurer Flavie Côté ; elle cessa de trembler pour observer chacun d'entre eux. Ils s'activaient, semblant suivre un rythme, comme s'ils participaient à un ballet maintes fois répété. Combien de cadavres le coroner avait-il examinés ? Et les enquêteurs ? Les techniciens ?

— C'est vous qui avez découvert le corps ? demanda Trottier qui avait répondu à l'appel des patrouilleurs.

— Je l'ai vu par la fenêtre, murmura Flavie Côté. Il n'y avait plus de vitre. C'est à cause de la fille qui hurlait. J'ai pensé que quelqu'un avait besoin d'aide.

— Comment était la fille que vous avez aperçue, madame Côté ?

— Maigre. Petite et maigre avec des cheveux violets.

— Violets ?

— Oui. Avec une veste de cuir rouge. Elle courait droit devant elle.

Tandis que Joubert demeurait près de Flavie Côté, Marcotte entraînait le coroner et Trottier à l'intérieur du bâtiment.

— Et puis ?

— Ça ressemble à une overdose. Ce n'est pas le premier qu'on trouve ici. Je ne comprends pas que ce trou-là n'ait pas encore été démoli. On sera fixés à l'autopsie.

Henri Poulain, le coroner, penché au-dessus du corps, se releva en disant que la victime devait être là depuis plus de deux jours. La rigidité cadavérique avait disparu. Et les mouches commençaient à voler autour du corps.

— Elles seraient arrivées un peu plus vite s'il y avait eu du sang, des plaies ouvertes...

Elles s'étaient envolées dès que les hommes s'étaient approchés du cadavre, mais n'étaient pas sorties de l'immeuble, déterminées à revenir vers ce corps.

— Il est jeune, marmonna Marcotte.

— Ils sont toujours trop jeunes, dit Jacques Trottier. Maudite dope !

Il se déplaça pour faciliter le travail du photographe qui pestait contre l'état sordide des lieux.

— Il y a tellement de cochonneries à photographier.

Le technicien désignait des seringues usagées, des bouteilles de bière vides, des paquets de cigarettes déchirés ; il les prendrait probablement en photo en pure perte, mais il fallait conserver le maximum d'indices. Il avait déposé des cartons numérotés à côté de chaque objet qu'il devait photographier après avoir pris le corps sous tous les angles. On recouvrirait les mains et la tête de la victime de sacs de plastique pour protéger au maximum d'éventuels indices lors du transport.

Alors qu'il déplaçait une lampe, la dirigeait vers le visage, Trottier jura tout en revenant vers le corps.

— Je sais qui c'est, fit-il en s'agenouillant vers la victime. On a sa photo au poste. Graham va sacrer !

Il lui téléphona aussitôt pour lui dire qu'il avait à ses pieds le cadavre du jeune Potvin. Elle jura avant d'écouter les précisions ; comment avait-il été assassiné ?

— Pour l'instant, ça ressemble à une overdose.

— Je ne crois pas trop au hasard. On voulait interroger Potvin et voilà qu'il crève. File-moi l'adresse. On te rejoint tout de suite.

Rouaix la dévisageait pendant qu'elle s'entretenait avec Trottier, espérant se tromper ; était-ce vraiment Frank Potvin qui était mort ?

— C'est un meurtre, affirma Maud Graham. D'après Trottier, il serait mort depuis au moins deux jours. Il n'y a aucune pièce d'identité, son portefeuille est vide, pas de cellulaire à côté de lui. On ne pourra jamais savoir s'il a parlé à Victor Duchesne.

— Et même si…

— Je sais, on a des certitudes mais aucune preuve. C'est une affaire pourrie.

Rouaix ne pouvait contredire Graham.

— Si on peut prouver que Potvin a été tué…

— Ça nous indiquera qu'il gênait quelqu'un, mais ce n'est pas lui qui nous dévoilera le nom de son assassin.

— Quatre morts en un mois. Tu parles d'une saloperie d'été !

— Un été qui tourne autour de la drogue…

— Provencher nous aurait appelés si Louis Fournier ou son fils avaient vu Frank Potvin.

— Fournier a recruté quelqu'un pour faire la job.

Elle se tut un instant avant de murmurer qu'ils devraient retourner chez Angèle Potvin, lui apprendre pourquoi son fils ne dormirait pas à la maison ce soir-là. Ni aucun autre soir.

Il faisait de plus en plus chaud. L'odeur du cadavre fit grimacer Rouaix et Graham quand ils s'en approchèrent.

— Je ne comprends pas que personne n'ait découvert ce corps avant, grogna Trottier.

— Il fait beau depuis des jours. Les junkies n'ont pas eu besoin de s'abriter ici. Ou alors ils sont venus, ont vu le cadavre et sont repartis pour ne pas avoir d'ennuis.

— Ils auraient pu téléphoner. Un appel anonyme. Ça nous aurait servi…

Graham sortait une photo de Frank Potvin, comparait les visages avant de soupirer.

— Il n'avait pas vingt ans. Lui non plus.

— Maudite dope, dit Martin Marcotte. Ils savent pourtant que c'est dangereux ! Ça ne prend pas beaucoup de génie pour s'en rendre compte. Ils peuvent se faire vendre n'importe quelle cochonnerie, perdre la tête. Ou la vie. Ils ignorent le prix de la vie. Ça m'écœure.

La sincérité du ton de Marcotte rappela à Graham que le patrouilleur avait perdu son frère cadet au début de l'année. Mort d'un cancer.

— Le témoin a-t-il touché à quoi que ce soit avant de vous prévenir ?

— Non, Flavie Côté ne s'est pas approchée, ni l'automobiliste qui nous a appelés. C'est tellement le bordel, ici. On a ramassé plusieurs seringues.

— Peut-être que celle qui a servi à tuer Potvin est dans le lot. Quand aura-t-on les résultats des analyses ?

— Quand on pourra emballer le corps et l'emmener à l'autopsie, rétorqua un des techniciens. On était prêts à l'embarquer, mais Trottier a dit que vous vouliez le voir.

Maud Graham fit le tour du corps en secouant la tête.

— Pourquoi se serait-il suicidé ici ? Dans un endroit aussi sordide ?

— Parce qu'il le connaissait, répondit Trottier. Il savait qu'il aurait la paix.

— Ou il avait vendu de la dope aux junkies qui se tiennent ici, ajouta Marcotte.

— Et si on avait transporté le corps jusqu'à cet immeuble en ruine ? demanda Graham en se tournant vers le coroner.

Henri Poulain haussa les épaules ; c'était possible. Des techniciens avaient relevé des traces de pas autour de la victime, mais elles pouvaient avoir été faites avant la mort de Frank Potvin.

— Il se peut qu'un drogué soit venu ici pour se shooter et qu'il ait vu son corps. Il l'aura fouillé pour lui piquer son fric. On a donc les traces d'un voleur. Pas automatiquement celles de son assassin. S'il a été tué. Ce qu'il me reste à déterminer.

— Les mains ?

— De la poussière sous les ongles, comme celle du sol. L'autopsie, les analyses nous en diront plus. Pourquoi es-tu si certaine que c'est un meurtre ?

— Trop de coïncidences.

— C'est Alain Gagnon qui recevra le corps ?

— Oui, il est parti pour Montréal à cinq heures ce matin.

Ils avaient bu leur café ensemble, discuté de Maxime. Alain avait proposé d'aller le chercher au Saguenay la fin de semaine suivante. Maud hésitait ; l'adolescent leur avait clairement manifesté qu'il désirait avoir la paix. Elle se souvenait de sa propre adolescence, de l'insistance de sa mère qui voulait communiquer avec elle, alors que tout ce qu'elle souhaitait, c'était qu'on l'oublie. Graham ne repensait jamais à son adolescence sans éprouver une sorte de lassitude. À l'époque, elle avait l'impression que sa vie était ennuyante, sans surprise, sans action, sans passion. Elle ne s'intéressait ni à la mode ni aux feuilletons télévisés dont discutaient les filles à l'école. Quant aux garçons, elle était transparente pour eux. C'était probablement parce qu'Yves, son ex, avait été le premier homme à la remarquer que leur rupture lui avait fait si mal. Des années plus tard, elle avait béni leur séparation ; elle vivait dans une attitude de gratitude malsaine envers Yves. Elle espérait être différente avec Alain. Mais elle n'en était plus certaine depuis quelques semaines ; pourquoi avait-elle vécu comme un abandon le séjour d'Alain en Ontario ? Pourquoi ne réussissait-elle pas à se raisonner ? Elle avait eu la gorge serrée en voyant Alain s'engouffrer dans sa voiture à l'aube. Il reviendrait pourtant dans quelques jours, mais la maison lui avait semblé terriblement vide après son départ.

Elle inviterait Grégoire à souper avec elle, ce soir. Dans un restaurant japonais.

— Vous êtes certains de l'identité de la victime ? demanda Henri Poulain.

Rouaix hocha la tête en même temps que Graham. C'était bien Frank Potvin qui était mort en emportant ses secrets dans l'au-delà. Il fallait maintenant prévenir sa mère.

Puis revoir Victor Duchesne. Et toute sa famille tant qu'à y être !

Chapitre 10

Vivien Joly s'était endormi sur le canapé du salon et sursauta en entendant la sonnette de l'entrée. Il se frotta les yeux, chercha ses lunettes, les mit en se disant qu'il devait acheter une bille protectrice pour couvrir le bout de la tige gauche. Un bon jour, il se crèverait un œil avec la tige de métal. Il était idiot de ne pas s'en être déjà occupé. Cette fois-ci, il achèterait une dizaine de billes protectrices et une bonne colle. Celle que Monique avait utilisée pour le dépanner n'était pas efficace pour coller du plastique sur du métal. Que le souper d'anniversaire de Monique lui semblait loin ! Il n'avait pas revu sa belle-sœur depuis cette soirée. Ni aucun des autres convives. Il avait peur qu'en face de ses amis intimes, des amis avec qui il avait partagé ses espoirs et désespoirs durant la maladie de Claude, il s'effondre et raconte tout à propos de Jessie.

Que ferait Monique s'il lui apprenait que l'homme que son frère Claude avait tant aimé était un criminel ?

On sonna de nouveau et Vivien se dirigea vers la porte d'entrée en retenant son souffle. C'était ainsi, dorénavant ; il cessait de respirer au moindre tintement du carillon. Les visages de Rouaix et Graham l'obsédaient.

Il était persuadé qu'ils reviendraient chez lui. Il jeta un coup d'œil à la fenêtre ; aucune voiture n'était garée devant chez lui. Ni de l'autre côté de la rue. Ce n'était donc pas les enquêteurs qui venaient l'arrêter. Si c'était Laura, il devrait la convaincre qu'il n'avait jamais touché à Élian. Ni à lui ni à aucun autre enfant. Cette pensée l'obsédait de plus en plus, reléguant le meurtre de Jessie au second plan. Il ne pouvait admettre qu'on le croie pédophile, qu'on dénature le lien d'amitié qui l'unissait à l'adolescent. Toute sa vie, il avait fait preuve d'une grande prudence à ce propos ; lorsqu'il recevait un étudiant dans son bureau, la porte demeurait ouverte. Une rumeur est vite inventée et encore plus vite colportée.

— Nicole ?

Sa voisine lui souriait en lui tendant un numéro de *Vins et vignobles*.

— Il y a un article sur le vin qu'on buvait dans l'Antiquité. Ça peut t'intéresser.

— C'est gentil.

Vivien avait conscience que sa voix manquait d'enthousiasme ; il en voulait à Nicole de l'avoir réveillé pour une niaiserie. Il dormait si mal durant la nuit qu'il aurait voulu prolonger sa sieste. Une sieste pour une rare fois sans cauchemars. Il voyait bien qu'elle espérait qu'il l'invite à entrer, mais il n'avait aucune envie de bavarder avec elle. Ou avec qui que ce soit. Il prit la revue qu'elle lui tendait, l'ouvrit à la page indiquée par un autocollant ; il doutait d'apprendre quoi que ce soit sur les vins dégustés dans l'Antiquité.

— C'est gentil, répéta-t-il. Tu m'excuseras de ne pas t'inviter à entrer. La maison est dans un tel désordre…

Vivien vit Nicole se raidir, mais elle lui sourit de nouveau.

— Je t'ai dérangé, je m'excuse. Je ne voulais pas oublier de te montrer cet article. En vieillissant, j'oublie tout.

— C'est pareil pour moi. En tout cas, je te remercie.

— Je ne suis pas certaine que j'aurais apprécié ces vins-là. Ils devaient être très acides pour qu'on doive y ajouter du miel et des épices. Et…

Elle se tut, suivant le regard de Vivien fixé sur Élian qui se dirigeait vers l'ouest, marchant à côté de sa bicyclette.

— Il est vraiment bizarre, ce gamin. Je me demande ce qu'il sait au juste.

— Ce qu'il sait ?

— Il a changé depuis la mort de Jessie et de Tony. Il a vu quelque chose. Il était au courant de leur trafic de drogue. Il était chez eux le jour des meurtres. J'en suis sûre, je me rappelle l'avoir aperçu devant la maison des Nantel. Je ne l'ai pas mentionné aux enquêteurs… Est-ce que je devrais ?

— Qu'est-ce que ça changerait ?

— Élian est étrange, insista Nicole. Tu t'en rends bien compte, tout de même ! Il t'évite. Il nous évite tous. Laura est très inquiète. Il sait quelque chose ou il a vu un truc qu'il n'aurait pas dû voir. Si c'est le cas, il peut être en danger. Laura en est consciente. Si l'assassin veut faire taire Élian…

— C'est elle qui te l'a dit ?

Vivien sentait des picotements au bout de ses doigts tellement il serrait la poignée de porte.

Est-ce que Laura avait fait part de ses soupçons à Nicole Rhéaume ? Est-ce que cette dernière était là pour fouiner ? Tous ses sourires n'étaient-ils qu'hypocrisie ?

Nicole secoua la tête ; non, Laura ne s'était pas confiée à elle, mais elle l'avait observée : elle était rongée par l'angoisse.

— On s'est croisées à la pharmacie et elle était tellement prise dans ses pensées qu'elle ne m'a pas reconnue tout de suite. Moi, sa voisine !

— Elle devait être distraite…

— Si elle a besoin d'aide, elle peut compter sur moi. Les amis sont là pour ça.

Vivien écoutait Nicole en se rappelant les paroles d'Élian à son sujet. Il avait raconté que Laura était gentille avec Nicole parce qu'elle la prenait en pitié. Elle la plaignait d'être veuve, seule.

— As-tu retrouvé ton bouton ? s'informa Nicole.

— Mon bouton ?

Il pinça les lèvres. Pourquoi l'ennuyait-elle avec ce maudit bouton ?

— Parce que si tu ne l'as pas retrouvé, tu n'as qu'à acheter de nouveaux boutons et je les recoudrai. J'ai tellement cousu dans ma vie, je n'en aurai que pour quelques minutes et tu pourras porter de nouveau ta chemise.

— Ce n'est pas nécessaire. C'est une vieille chemise. Je la mettrai pour bricoler ou jardiner.

Nicole sourit ; pourquoi Vivien lui mentait-il ? Sa chemise n'était pas bonne à jeter. Elle avait été coupée dans un beau coton et avait dû lui coûter au moins cent cinquante dollars. On ne se débarrasse pas d'une chemise de ce prix parce qu'il y manque un bouton. Elle fixait la main de Vivien qui tapotait nerveusement la poignée de la porte et ne put s'empêcher de lui demander s'il se sentait bien.

— Oui, pourquoi ?

— Tu es différent, ces derniers jours, un peu lunatique. Tu n'as pas d'ennuis au moins ?

Vivien protesta. Il était simplement fatigué.

— Les meurtres nous ont tous traumatisés, énonça Nicole. On s'encabane tous chacun dans notre coin. On devrait peut-être faire un autre souper, consulter un psychologue? J'ai été plus choquée que je ne l'aurais imaginé. J'étais certaine de vivre dans un quartier sûr et j'apprends que deux de mes voisins ont été assassinés. Je te jure que je vérifie si mes portes sont bien verrouillées. Tant qu'ils n'auront pas arrêté l'assassin, on est en danger.

— En danger?

— Si le tueur s'imaginait qu'on a été témoins de quelque chose...

— Il aurait réagi depuis longtemps, hasarda Vivien.

— J'ai téléphoné à Maud Graham hier pour savoir comment avance l'enquête. Elle n'avait rien à m'apprendre, sauf qu'elle veut me revoir pour discuter. De quoi? Elle me paraît plus étrange qu'efficace.

Comme Vivien se taisait, Nicole ajouta qu'elle le tiendrait au courant. Puis, avec sollicitude, elle répéta qu'il semblait fatigué.

— Je fais un peu d'insomnie. C'est l'âge.

— Je sais ce que c'est. J'ai failli te téléphoner, la nuit dernière. Je me suis réveillée à trois heures du matin et j'ai vu qu'il y avait de la lumière chez toi. Tu ne dormais pas, toi non plus. On aurait pu jaser.

Vivien sentit un frisson lui parcourir l'échine; sa voisine l'observait-elle constamment? Il fallait qu'elle cesse ce manège et il n'y avait qu'une manière de s'en débarrasser. Il devait lui révéler qu'il était gay.

— Je ne suis pas trop en forme ces jours-ci, mais je serai sûrement mieux samedi. Un petit souper, ça te tenterait? J'achèterais des sushis.

— J'adore ça! Mais je ne veux pas t'obliger à...

— Ça me ferait plaisir. On pourra manger dans le jardin.

— J'apporte le dessert.

Il referma la porte bien après qu'elle eut traversé la rue. Pourquoi Maud Graham voulait-elle voir Nicole Rhéaume ?

* * *

Alain Gagnon retira son sarrau avant de s'asseoir devant son bureau. Il venait de terminer l'autopsie de Frank Potvin et, s'il attendait toujours les résultats des diverses analyses, il pouvait cependant affirmer que Potvin n'avait qu'une seule trace de piqûre sur le corps. Il avait examiné minutieusement le cadavre, avait vérifié chaque centimètre de peau de la tête jusqu'aux orteils, et entre les orteils, là où certains junkies s'injectaient leur dose. Un trou minuscule au haut de l'avant-bras. Il appela à Québec. Maud répondit à la première sonnerie, l'écouta attentivement.

— As-tu déjà vu des drogués morts d'overdose qui n'avaient qu'une seule trace de piqûre à leur bras ?

— Pas souvent. C'est possible toutefois qu'un néophyte s'en injecte trop.

— C'est sûr qu'ils n'augmentent pas tous leurs doses en suivant une progression régulière. Mais Potvin connaissait les effets des drogues, il en vendait ! C'était une pharmacie ambulante d'après l'un des frères Champoux.

— Il vendait des pilules, du hasch, du pot, de la coke. Pourquoi n'a-t-il pas pris un cocktail de tout ça pour disparaître au lieu de se shooter ? Pour avoir un ultime buzz ?

— Tu n'as rien trouvé sous ses ongles ? demanda Graham.

— De la terre, de la poussière qui correspondent au lieu où vous l'avez découvert. Après s'être injecté la drogue, il est resté là.

— Des traces de lutte ?

— Il n'a pas été battu violemment. Aucune plaie à l'arme blanche. Mais il a des bleus sur les bras et aux côtes. On peut l'avoir maintenu par les bras pour lui injecter sa dose. J'ai une empreinte partielle. Il est probable que le criminel l'ait menacé avec une arme. Dans ce cas, Potvin n'avait pas le choix d'obéir. Mais je suis d'accord avec toi, il connaissait probablement son meurtrier. Le corps n'a pas été déplacé, ce qui laisse supposer que Potvin s'est rendu dans ce squat parce qu'on lui avait donné rendez-vous là.

— Un client ou un dealer. La marque de piqûre est à l'avant-bras droit ou gauche ?

— Droit. Et Potvin est droitier. À moins d'être contorsionniste… je ne vois pas comment il se serait piqué avec sa main droite dans l'avant-bras droit.

— Je pense que c'était Victor Duchesne qui le fournissait, déclara Graham. Mais Victor n'a pas pu vendre de dope, ces jours-ci. Il sait qu'on le surveille. Frank s'est donc approvisionné ailleurs. Il a pu faire appel au fournisseur de Victor.

— Ce n'est pas dans l'intérêt de Victor de tuer Potvin s'il dealait pour lui.

— C'est vrai, approuva Graham. À moins que le fournisseur, appelons-le X, doive rendre service à quelqu'un. Qui serait au-dessus de lui dans la hiérarchie. Appelons-le Y. Pour ne pas déplaire à Y, X entraîne Potvin dans le squat. Où le tueur fait son travail. On n'a pas retrouvé son cellulaire, mais il doit y avoir des indices dans son ordinateur. On fait une vraie fouille chez lui aujourd'hui.

— Sa mère doit être atterrée.

— Elle est muette. J'aimerais mieux qu'elle crie, qu'elle soit enragée, qu'elle nous engueule.

— Ce n'est pas de ta faute si Potvin fréquentait les mauvaises personnes.

— Si Fabien Marchand s'était confié à moi, on n'en serait pas là. Mais les jeunes ne veulent pas discuter avec moi. Prends Maxime...

— Maxime reviendra vendredi. Je lui ai parlé ce midi.

— Tu ne m'as pas appelée pour m'avertir! s'exclama Graham.

— Je savais qu'on se parlerait cet après-midi. Tu voulais que j'avance rapidement sur Potvin.

Il y eut un silence qu'Alain rompit en rapportant la conversation qu'il avait eue avec Maxime. L'adolescent voulait revenir à Québec, mais il n'avait pas envie que Maud lui reproche de ne pas lui avoir téléphoné durant son séjour au Saguenay.

— Au moins, il est conscient qu'il aurait dû le faire, murmura Graham. Il est en forme?

— Je suppose. Il a seulement annoncé qu'il rentrait. C'est le principal, non?

— Oui. Quand arrive-t-il?

— Pour souper, j'imagine. J'ai promis qu'on inviterait Grégoire.

— Ils se sont réconciliés?

Maxime avait donc parlé avec tout le monde, sauf elle?

— As-tu parlé aux gars de la balistique? demanda Alain.

— Non, mais Rouaix m'a appris que la balle qui a tué Nantel vient d'une arme qui a servi dans un hold-up au printemps.

— Oui, vous remontez bien la filière.

— On verra, fit Maud Graham avant de refermer son téléphone portable.

Elle faillit rappeler Alain aussitôt pour s'excuser de son ton trop sec, hésita et y renonça. Il aurait dû la prévenir qu'il avait rejoint Max. Ou que Max lui avait téléphoné. Oui, c'était plutôt ça : Maxime avait appelé Alain parce qu'il était plus à l'aise avec lui qu'avec elle. Qu'est-ce qu'elle devait faire pour se rapprocher de lui ? Quelle attitude devrait-elle adopter à son retour ? Son amie Léa lui dirait sûrement de rester naturelle. Naturelle ? Faire semblant que la longue bouderie de Maxime n'avait aucune importance ? Elle croyait que Maxime aurait dû lui témoigner plus d'égards, s'excuser de son attitude. Était-elle trop rigide ? Durant des jours, il n'avait pas eu envie de lui parler ; il en avait le droit. Ça ne signifiait pas qu'il n'éprouvait plus d'affection pour elle.

Elle se répéta que les adolescents rejettent les figures qui représentent l'autorité. Elle était à la fois la tutrice de Max et une représentante des forces de l'ordre.

Élian non plus n'avait pas envie de se confier à elle.

Mais pas pour les mêmes raisons que Maxime.

— Je fais un tour rue des Parulines en attendant les résultats de la toxicologie, dit-elle à Rouaix et à Trottier avant de saisir son fourre-tout.

— J'ai rendez-vous avec Provencher, lui apprit Rouaix. Il m'a remis la liste de tous les amis de Louis Fournier. Certains noms dans le lot nous sont familiers.

— Tant mieux. De là à prouver qu'un d'entre eux a tué Frank Potvin... Tout aurait été plus facile si on avait pu démolir l'alibi de Victor. Mais sa sœur a juré qu'il était avec elle. Et nous n'avons rien contre Jennifer. Elle semble être tout le contraire de son frère. Studieuse, appliquée, réservée.

— Et obéissante? Il est possible que Fournier lui ait ordonné de nous mentir pour couvrir son frère. C'est une infime possibilité, compte tenu du fait qu'on sait que Victor Duchesne était à Montréal, le jour du meurtre. Cependant, on ignore à quelle heure précise Frank est mort. Et à quelle heure Victor est revenu à Québec.

— Quelle impression Jennifer t'a-t-elle fait, lorsqu'on l'a interrogée?

— De l'eau qui dort. Elle était très calme quand on l'a questionnée. Tu connais des gens qui sont aussi zen en face de nous? Elle semblait très concentrée. Forte.

— Je me demande ce que Jennifer deviendra en vieillissant.

— Moi, je m'interroge plutôt sur celui qui a exécuté Frank Potvin.

Graham acquiesça avant de rappeler à Rouaix que les techniciens avaient commencé à sonder l'ordinateur de Potvin. On trouverait peut-être avec qui il était lié. Et pourquoi.

— Et le technicien qui doit réparer l'air climatisé? Il est prévu pour cette année? J'étouffe!

— Tu n'es pas le seul.

Graham scruta le ciel trop bas en espérant une bonne averse. Un orage qui balaierait cette moiteur accablante. La très légère brise ne suffisait pas à chasser l'humidité qui alourdissait l'air depuis deux jours, et ce climat lui rappelait son dernier voyage en Europe. Elle s'était trouvée bien sotte d'avoir choisi de visiter Paris et Rome en plein été, alors qu'elle détestait la chaleur. Elle se revit devant le Colisée, imaginant une foule surexcitée par le massacre des condamnés jetés aux fauves ou par les combats que se livraient les gladiateurs. Elle avait pensé à tout ce sang versé et s'en était voulu: pourquoi ne pouvait-elle pas admirer les vestiges d'une civilisation, s'émerveiller de l'architecture du Colisée sans songer à toute la violence dont il avait été le théâtre ? Elle avait pourtant retenu qu'il y avait de la place pour quatre-vingt-sept mille spectateurs, au Colisée. Plus de deux fois la population de Loretteville. Le cinquième de celle de Québec. Est-ce que les quatre-vingt-sept mille spectateurs du Colisée aimaient tous ce qu'on leur présentait ? Les combats où des hommes s'entretuaient ? Elle devrait en parler avec Vivien Joly. De ça et d'Élian. Elle ne voyait pas ce qui reliait Vivien à Élian, lui-même relié à Jessie, mais elle savait qu'un tel lien existait. Peut-être que Vivien avait protégé Élian qui avait fumé, qui s'était réfugié chez lui au lieu de rentrer à la maison, comme l'avait fait Maxime en allant chez Grégoire. Elle avait une certitude : Élian et Vivien étaient très anxieux en sa présence.

Elle sonna chez Laura et Simon sans succès. Ils étaient au travail et Élian était absent. Elle n'eut pas à frapper à la porte de Nicole Rhéaume ; celle-ci était devant sa porte et lui souriait.

— Du nouveau ?

— Non, avoua Graham. C'est pour ça que je suis ici. Au cas où un détail vous serait revenu en mémoire. Avez-vous remarqué un visiteur chez les Nantel, la veille des meurtres ? Il conduisait une voiture rouge. Neuve. Une Porsche.

— Je n'étais pas à la maison, la veille des meurtres. J'étais au restaurant.

— Seule ?

Seule ? Oui, même si elle détestait ça. Elle avait invité Vivien à l'accompagner, mais il avait refusé. Il avait peur de couver un rhume. Finalement, il ne l'avait pas eu, ce rhume.

— En effet, j'étais seule, répondit-elle d'un ton léger à Graham. Avez-vous besoin que quelqu'un confirme que j'étais bien au restaurant ce soir-là? Me soupçonnez-vous d'être pour quelque chose dans…

— On soupçonne toujours tout le monde. Déformation professionnelle.

Le ton de Maud Graham était badin. Elle souriait, mais Nicole Rhéaume dut se forcer pour continuer à lui sourire. Était-il possible qu'elle ait parlé à Vaillancourt? Qu'elle la soupçonne réellement d'être mêlée à la mort de Jessie et de Tony Nantel? Ce serait trop ridicule d'avoir des ennuis à cause d'eux, alors que tout s'était bien passé après la noyade de Jean-Yves.

— D'après les journalistes, Tony Nantel n'était pas un modèle de vertu. C'est un règlement de comptes?

— Notre problème, c'est Jessie. Pourquoi l'a-t-on tuée, elle aussi? Et différemment de Tony? Évidemment, il pouvait y avoir deux tueurs sur ces contrats.

— Jessie devait savoir trop de choses sur les transactions de son mari, ses fréquentations. Elle aurait pu vous dire qui était venu chez eux. Parler de ce visiteur à la voiture rouge. Une Porsche. Ça ne m'étonne pas. Il fallait toujours qu'ils flashent, ces gens-là. Quand ils faisaient des soirées, c'était un vrai concours de voitures sport.

— Je n'avais pas l'impression qu'ils recevaient beaucoup.

— Non, mais quand ils avaient des visiteurs, on était au courant. Vivien et moi surtout, à cause de la proximité. Une haie de cèdres ne suffit pas à assourdir les bruits.

— Sûrement pas. Dans mon enfance, on avait un voisin qui tondait sa pelouse à l'aube. C'était pénible!

— J'aurais dû être moins coulante, déplora Nicole. Nous aurions tous dû imiter Vivien et nous plaindre à la police. À force d'avoir la visite des autorités chez eux, les Nantel auraient fini par déménager. Si Tony trafiquait comme ils le disent dans les journaux, il n'aurait pas apprécié être souvent dérangé par vous. Ils seraient partis. Et ils n'auraient pas été tués. Ou ça se serait passé ailleurs que dans notre rue.

Maud Graham sortit sa carte, la tendit à Nicole Rhéaume.

— Si un détail vous revient à l'esprit.

— Vous m'avez déjà donné votre carte.

— C'est une manie, chez moi. Vous, avez-vous une carte ?

Nicole Rhéaume parut surprise ; cette femme était déroutante. Elle se dirigea vers la table de la cuisine, sortit son portefeuille de son sac à main, fouilla, remit une carte à Maud Graham. Elle avait hâte que celle-ci quitte sa demeure.

Graham la remercia en souriant et rangea la carte dans son fourre-tout. Pourquoi voulait-elle sa carte ? Que pouvait-elle faire avec une carte de visite ? Elle avait déjà son nom, son adresse, son numéro de téléphone.

Ses empreintes. Elle voulait ses empreintes !

Pourquoi ? Ça n'avait aucun sens. Elle n'avait aucun lien avec les Nantel.

Elle vit Maud Graham traverser la rue en diagonale et sonner chez Vivien Joly. Que lui voulait-elle, à lui ?

La porte s'ouvrit et Graham disparut à l'intérieur de la maison.

Pour n'en ressortir qu'une demi-heure plus tard. Elle n'était restée chez elle qu'une dizaine de minutes tout au plus... Elle n'aimait pas le tour que prenait cette histoire. Pour quelle raison Maud Graham était-elle demeurée si longtemps chez Vivien ? Certes, il habitait en face de chez les Nantel et il avait plus de chances d'avoir remarqué un détail, cette voiture rouge par exemple. Mais l'entretien s'était éternisé. Est-ce que Vivien détenait une information dont il n'avait pas voulu lui faire part ? Pourquoi ?

À moins que... Non. Elle était sotte de croire qu'une enquêtrice pouvait s'intéresser à un prof à la retraite, mais Vivien lui avait rapporté qu'ils avaient discuté ensemble de la Rome antique. Est-ce qu'un policier jase de l'Antiquité lorsqu'il mène une enquête ? Non. Graham avait la quarantaine, une jolie peau, une belle chevelure rousse, certes, mais des kilos en trop ; elle aussi pouvait se sentir seule. C'est pour ça qu'elle lui avait demandé si on l'avait accompagnée au cinéma : pour vérifier si Vivien était sorti avec elle. Son voisin était charmant, aisé, cultivé, il possédait une belle maison. Autant d'atouts pour lui.

Elle devait réagir ! Elle avait quasiment dépensé l'assurance vie de Jean-Yves. Il lui fallait un autre époux. Vivien ne lui filerait pas sous le nez. Non, non, non.

Elle monta dans sa chambre, ouvrit son coffre à bijoux et regarda le bouton turquoise qu'elle avait déniché entre deux coussins du canapé. Il était temps de l'utiliser.

* * *

— J'ai apporté du fromage de Val-Jalbert ! dit Maxime en descendant de l'autobus. Il faut se dépêcher de le mettre au frigo, ça commence à sentir ! J'avais peur que le monde pense que c'était moi.

Maud Graham souriait à Maxime en cherchant des mots d'accueil qui ne seraient pas trop banals.

— Tu as grandi, finit-elle par dire.

— Pas en trois semaines...

C'était ce qu'il souhaitait le plus au monde, gagner quelques centimètres. Mais elle ne tentait pas de l'amadouer, elle était sincère, il lui paraissait plus grand.

— C'est vrai, approuva Alain.

Maxime s'informa de Léo tandis qu'il jetait son sac à dos dans le coffre de la voiture. Est-ce que le chat s'était ennuyé de lui?

— Oui, affirma Graham. Et il n'était pas le seul.

— Je ne suis pas parti si longtemps, protesta aussitôt Maxime.

Graham retint un soupir. Elle n'avait pas voulu faire de reproches à l'adolescent, seulement souligner qu'elle tenait à lui. Alain lui fit un clin d'œil; il ne fallait pas tout dramatiser. Elle décida de prendre le volant; elle surveillerait la route au lieu de se retourner pour discuter avec Maxime, comme elle l'aurait fait si elle avait laissé Alain conduire. Elle fixerait la route jusqu'à ce que sa colère s'évanouisse. Elle avait espéré des retrouvailles joyeuses, mais Maxime l'avait à peine étreinte en descendant de l'autobus. Et elle avait senti l'odeur de la cigarette sur ses vêtements. Elle se trouvait idiote de s'être imaginé que tous leurs problèmes seraient réglés après ces jours de séparation. Heureusement, Grégoire avait pu se libérer pour souper avec eux. Elle avait commandé des sushis en quantité industrielle, refusant que Grégoire cuisine. Il n'était pas obligé d'être aux fourneaux chaque fois qu'il venait à la maison; elle avait l'impression d'abuser de lui.

Dès qu'il ouvrit la porte, Maxime se précipita vers Léo, le souleva dans ses bras, le serra contre lui, avant qu'Alain lui conseille d'aller porter son sac à dos dans sa chambre et de ramasser sa veste en jean.

— On boit un verre avant d'aller chercher les sushis ?

— On mange des sushis ? s'exclama Maxime. Cool !

Enfin, une bonne note ! Graham sourit, se rappela les étoiles dorées que la maîtresse collait dans son cahier. Pourquoi voulait-elle à ce point plaire à Maxime ? Elle devait accepter qu'il la déteste. Parce qu'il était adolescent et qu'elle représentait l'autorité, c'était dans l'ordre des choses.

— J'ai acheté un très beau riesling pour accompagner les sushis, dit Alain. On pourrait boire un verre de Savennières avant d'aller chercher la commande.

— Les sushis seront prêts à dix-huit heures.

Tandis qu'Alain ouvrait la bouteille de vin blanc, Maxime ressortit de sa chambre.

— J'en voudrais moi aussi.

Alain lui versa la moitié d'un verre, lut la déception sur le visage de l'adolescent.

— Ce n'est pas beaucoup. Je suis capable d'en boire plus.

— Peut-être. Mais tantôt, tu goûteras au riesling. Il ne faut pas exagérer.

Maxime soutint le regard d'Alain durant quelques secondes puis haussa les épaules ; ce n'était pas la peine de discuter avec les adultes — même Alain —, il boirait plus tard avec ses amis. Il avait téléphoné à Sébastien et à David, il les rejoindrait au parc après le souper. Il avait hâte de leur raconter ce qu'il avait vécu au Saguenay, de leur montrer la photo de sa blonde. Il s'ennuyait déjà de Fanny, même s'il était content d'être revenu à Québec, de revoir ses amis, son quartier et Grégoire. Il était soulagé que sa dispute avec ce dernier soit oubliée. Il ne voulait pas se fâcher avec lui. Surtout pas maintenant. Il avait l'intention de profiter plus souvent de son appartement.

Grégoire comprendrait qu'il souhaite un peu d'intimité quand Fanny débarquerait à Québec. Ils s'étaient juré de se retrouver tous les quinze jours. Soit il irait là-bas, soit elle le rejoindrait à Québec. Et il lui avait promis une fin de semaine complète à Montréal.

— On n'a pas assez d'argent, avait-elle objecté.

— On en aura ! Juré, craché, on ira à Montréal.

Maxime s'était vanté de connaître la métropole, y étant souvent allé avec Maud et Alain. En discutant avec Fanny, il s'était dit qu'il pourrait coucher chez Alain quand celui-ci serait à Québec chez Maud. Il faudrait qu'il fasse croire à Maud qu'il y avait une activité scolaire à l'extérieur de Québec un vendredi et qu'il reviendrait le lendemain. Il retrouverait Fanny à la gare, puis ils feraient de l'auto-stop pour gagner Montréal et vivraient leur première nuit ensemble. Peut-être qu'ils feraient l'amour, peut-être que non. Il n'était pas si pressé que ça, tout dépendrait de Fanny. Il ne ferait rien qui puisse lui déplaire. Il souhaitait seulement être un peu seul avec elle. Sans amis. Et sans adultes, évidemment. Il suffisait seulement d'avoir un double de la clé d'Alain.

Maud possédait bien sûr cette clé.

— Maxime ? Max ! Tu es dans la lune…

Il se tourna vers Alain.

— Quoi ?

— Peux-tu mettre la table pendant qu'on prend l'apéro ?

Maxime s'exécuta tout en maugréant intérieurement. Alain jouait un peu trop au tuteur. Il avait assez de Maud toujours sur son dos. Il sortit pourtant les assiettes de l'armoire, la nappe, les couverts sans discuter. Il jouerait les bons garçons pour endormir leur méfiance. Il avait noté que Maud l'examinait des pieds à la tête quand il était descendu de l'autobus. Elle lui souriait, mais ses yeux fixaient son visage, ses mains, scrutaient ses vêtements. C'était ça le problème avec Maud. Elle agissait en flic, elle était toujours en train de chercher la bête noire. Elle doutait de tout le monde. Même d'Alain, probablement. Alors qu'Alain l'aimait vraiment. Comme lui aimait Fanny.

Maxime regarda sa montre. Il était séparé de Fanny depuis cinq heures et il avait l'impression qu'il ne l'avait pas embrassée depuis cinq jours. Il ne serait jamais capable de patienter deux semaines avant de la revoir ! Le problème, c'était l'argent. Il fallait de l'argent. Beaucoup d'argent pour payer les allers-retours de Fanny. Elle devait prendre l'autobus ; il n'était pas question qu'elle voyage autrement, c'était trop risqué. Il ne vivait pas avec Maud Graham depuis des années sans avoir retenu quelques notions concernant les criminels. Elle avait affirmé plus d'une fois que les violeurs considèrent qu'une fille qui fait de l'auto-stop est une agréable provocation pour eux. Fanny n'en ferait jamais sans lui !

Et s'il vendait sa nouvelle bicyclette ? Il n'aurait qu'à prétendre qu'on la lui avait volée. Maud serait furieuse, l'accuserait d'avoir oublié de mettre le cadenas, mais ça n'irait pas plus loin. Elle savait mieux que quiconque qu'un grand nombre de vélos étaient volés chaque été. Elle lui en achèterait un autre et lui aurait des sous. Il pourrait vendre son vélo au moins deux cents dollars.

— Max ? Tu viens ?

Alain agitait les clés de sa voiture.

— On ramènera Grégoire après être allés chercher les sushis. Il s'est occupé du dessert.

— Cool.

— Il a préparé son fameux gâteau triple chocolat pour te faire plaisir.

Le visage de Maxime s'éclaira d'un grand sourire, un sourire qui rappela à Maud Graham l'enfant qu'elle avait recueilli quelques années plus tôt. Qui était ouvert et curieux. Qui s'émerveillait de tout. Combien de temps durait la crise de l'adolescence ?

Elle observa Maxime tandis qu'il montait dans la voiture et hocha la tête. Elle avait raison de dire que l'adolescent avait grandi. Elle espéra qu'il aurait ainsi davantage confiance en lui.

Elle avait trente minutes avant leur retour pour relire le dossier Nantel. Depuis sa visite à Nicole Rhéaume et à Vivien Joly, elle était persuadée qu'un détail lui échappait. Elle consulta ses notes puis reposa le dossier. Elle avait l'impression de ne pas lire avec assez d'attention et, même si c'était illogique, elle était certaine qu'elle serait plus concentrée si elle portait ses lunettes. Elle enleva ses verres de contact, se regarda dans la glace quelques secondes ; est-ce que sa peau était plus lisse depuis qu'elle utilisait la crème de nuit qu'elle avait vue sur la table de chevet de Jessie Dubuc ? Elle se rassit devant le dossier, déterminée à cerner le détail qui l'agaçait, quand Léo sauta sur ses genoux pour se faire flatter, glissant un peu sur les feuilles de papier, s'agrippant au tee-shirt de Graham, donnant un coup de patte malencontreux, faisant tomber le dossier sur le sol sans que sa maîtresse puisse le rattraper.

— Léo ! Léo...

Le chat dressa les oreilles ; elle n'était pas fâchée, juste un peu énervée. Il s'assit à l'autre bout du canapé tandis qu'elle ramassait les feuilles tombées par terre. En se baissant, Graham perdit ses lunettes, les remit, saisit les feuilles et les rangeait dans le bon ordre quand elle se tourna vers le chat en souriant.

— Je t'adore ! s'exclama-t-elle en touchant une des branches de ses lunettes.

Elle se rappelait le geste lent de Vivien Joly quand il avait essuyé puis remis ses lunettes alors qu'elle l'interrogeait sur ses voisins. Elle avait trouvé qu'il les nettoyait avec une précaution exagérée. Il cherchait à s'occuper, sa visite le perturbant plus qu'elle ne l'avait imaginé. Maintenant, elle se rappelait qu'il avait mis ses lunettes en prenant garde de ne pas se blesser. Parce qu'une des tiges de métal n'était pas protégée par un embout de plastique. Un embout de plastique clair, rond, semblable à une perle de verre.

Elle téléphona aussitôt au laboratoire en espérant parler à Gilbert Paquette, le technicien qui avait analysé la colle séchée à l'intérieur de la bille de verre trouvée parmi les poils du tapis du salon des Nantel. C'était aussi celui avec lequel elle se permettait d'échanger davantage. Elle appréciait son esprit original.

— Est-ce que ça ne pourrait pas être un embout de lunettes ? Les miennes n'en ont pas, mais certaines lunettes à tiges métalliques ont de petites billes protectrices, non ?

— Oui. J'y ai pensé. Ce n'est pas un embout que j'ai analysé. C'est une perle de verre provenant d'un bijou. Il y a deux trous alors que les embouts ne sont percés que d'un côté. Désolé de te décevoir, mais ces billes sont utilisées pour faire des bijoux. Elles coûtent environ cinq cents l'unité.

— Et la colle ?

— C'était de la colle à porcelaine, pas du tout indiquée pour le verre.

— Comme si quelqu'un en avait fait usage parce qu'il n'avait pas d'autre colle sous la main ?

— Peut-être. Où veux-tu en venir ?

Maud Graham s'expliqua : Vivien Joly portait des lunettes dont une des tiges était sans embout protecteur parce qu'il l'avait peut-être perdu chez les Nantel.

— Si c'est à lui, ça prouve seulement qu'il est allé là. Ce qu'il ne vous a jamais caché.

— Je sais. Je sais aussi qu'il est de plus en plus nerveux à chacune de mes visites.

— Vivien Joly s'est présenté plusieurs fois chez ses voisins pour les prier de baisser la musique.

— Pourquoi aurait-il échappé ses lunettes ? Ou les aurait-il enlevées ? Je pense que tout a dégénéré.

— On n'a pas besoin de se battre pour perdre des lunettes si elles ne sont pas très ajustées contre les tempes. Désolé de te décevoir.

Maud Graham raccrocha, dubitative. Cette bille ne constituait aucunement une preuve, mais cette conversation ne l'avait pas découragée, au contraire. Qu'avait donc dit Gilbert qui titillait un coin de son cerveau ? Elle fut tentée d'appeler Rouaix, se ravisa ; elle retournerait chez Vivien Joly le lendemain matin, avant d'aller au poste. Peut-être qu'elle aurait du nouveau pour la réunion de huit heures.

Elle caressa Léo avant de se lever pour se servir du vin. Il était meilleur que le premier verre qu'Alain lui avait servi. Il s'était probablement ouvert, ses arômes s'épanouissaient davantage, mais Graham était surtout plus joyeuse, plus légère. Un peu fébrile, même si cet embout perdu n'était pas une preuve. Elle but une gorgée de Savennières en apportant la salière et la poivrière sur la table dressée dans le jardin, songea à Vivien Joly, à ses fleurs et à ses plants de tomates attachés à un tuteur à des intervalles réguliers de dix centimètres. Vivien Joly était un homme minutieux. Sa maison était bien tenue, les disques, les livres rangés dans un ordre impeccable dans la bibliothèque du salon et son jardin ressemblait à ceux qu'on voit dans les magazines. Elle imagina Vivien Joly, s'allongeant sur sa belle chaise en teck aux coussins verts pour lire un ouvrage sur Tibère ou Néron et devant cesser sa lecture parce que sa voisine mettait de la musique, rompait l'équilibre parfait d'une belle journée d'été.

Elle relut les notes qu'elle avait prises lors de sa première visite chez Vivien Joly ; il avait dit qu'il avait envoyé des policiers chez les Nantel afin que cesse leur vacarme. Il avait précisé par la suite qu'il s'était rendu plusieurs fois chez ses voisins avant de se résigner à faire appel aux autorités. Il avait parlé de ses visites avant l'intervention des patrouilleurs. Et après ?

Maud Graham fit rouler le vin dans sa bouche comme si c'était une idée qui tournait dans sa tête, tentant de déceler toutes les nuances, les aspérités ou les souplesses, les ouvertures, les possibilités. Elle revoyait Vivien Joly se figer en entendant les aboiements d'un chien, le signal d'alarme d'un camion, elle ressentait son anxiété. Cet embout trouvé chez les Nantel serait à la base d'une fable qu'elle servirait à Vivien Joly. Elle prêcherait le faux pour savoir le vrai.

En entendant claquer les portières de l'auto, elle referma son dossier et le rangea dans son fourre-tout. Puis elle sortit la bouteille du seau à glace pour remplir les verres. Le soleil accentuait la couleur du vin qui jetait des éclairs sur la nappe provençale, et le bouquet de roses que lui avait offert Alain se découpait sur la haie de cèdres. Maud s'approcha des fleurs, respira leur parfum de framboise. La soirée serait belle.

Plus tard, après le souper, après que Maxime et Grégoire se furent éclipsés, elle confia à Alain que l'enquête prendrait bientôt une nouvelle tournure. Ils sirotèrent le riesling dans la cour, heureux que les garçons soient sortis.

— Est-ce qu'on est égoïstes ? plaisanta Alain. Je les aime beaucoup, mais j'avais hâte qu'ils partent.

— Ils étaient ravis de nous fausser compagnie. Surtout Maxime. Il était plutôt fébrile.

— Il faut qu'il se réhabitue à vivre avec nous. Il n'avait pas envie de mettre la table. Il m'a dévisagé avec un air de martyr obligé de transporter quatre assiettes.

— J'étais contente que tu le lui demandes. C'est mieux quand ça vient de toi.

— Pas sûr.

— Il change… Durant tout le souper, il n'a parlé que de ce groupe rock et de leur prochain concert à Montréal. On est loin du gars qui voulait devenir pathologiste comme toi, à Noël.

— Ou enquêteur. Ou astronaute.

— Je ne sais pas comment agir avec lui, avoua Maud Graham. Quand il est descendu de l'autobus, j'étais contente de le voir, mais je ne savais pas quoi lui dire.

— Sois naturelle.

— Je suis plus à l'aise quand il est question de meurtres. Je dois être un peu cinglée.

— Je t'aime comme ça !

— Tant mieux parce que je voudrais que tu me reparles des marques que tu as notées sur le corps de Frank Potvin.

— On a immobilisé Potvin pour lui injecter la coke. Il y a des bleus aux avant-bras et aux épaules. C'est sur le biceps que j'ai décelé l'empreinte partielle. Pour l'instant, elle ne correspond à rien, mais…

— On est malchanceux avec les empreintes, soupira Graham. Il a fallu que Jessie Dubuc porte un foulard le jour où elle a été étranglée.

— C'est bizarre que le meurtrier n'ait pas serré le foulard au lieu de l'étrangler avec ses mains.

— Il était en colère. Ce n'est pas un crime prémédité quoi qu'en pensent Trottier et le patron. Et il n'est pas relié à celui de Tony Nantel. Lui, c'est un contrat. Jessie a été tuée dans un accès de rage. Je sais que j'ai raison. Je sais aussi que Victor Duchesne est lié à la mort de Potvin.

— Il a un alibi. Pas trop solide, c'est sa sœur qui le lui a fourni, mais il en a un. Il était à Montréal. Tu n'as aucune preuve pour l'incriminer.

— J'ai raison, répéta Graham.

Chapitre 11

Les bosquets des plaines d'Abraham étaient d'un vert si soutenu qu'ils paraissaient noirs quand tombait la nuit. Sous le ciel chargé d'étoiles, Maxime songeait que la soirée aurait été parfaite si Fanny avait été près de lui. Il avait retrouvé avec plaisir Sébastien, Étienne et Jeff, mais au bout d'une heure déjà il s'ennuyait avec eux. Ils étaient immatures, ne parlaient que du match de soccer qu'ils disputeraient le mardi et du vélo tout-terrain que Sébastien recevrait à son anniversaire à la fin du mois. Heureusement, Jonathan Champoux les avait rejoints. Il était plus vieux ; il avait une blonde, Mina, et comprenait que Maxime se languisse de Fanny. Ils avaient laissé Sébastien et Étienne s'échanger le ballon de soccer et s'étaient rendus jusqu'à la terrasse Dufferin où ils s'étaient assis devant le fleuve.

— J'emmènerai Fanny ici, cet hiver. Elle n'est jamais venue à Québec durant les fêtes.

— C'est dommage qu'elle habite si loin.

— Quand elle ira au cégep, elle s'installera à Québec. En attendant, on sera obligés de faire des allers-retours. Mon problème, c'est l'argent. Les parents de Fanny ne voudront pas lui payer un billet d'autobus deux fois par

287

mois. Pour moi, c'est différent, je dirai à Maud que je veux voir mon père plus souvent, elle paiera mon billet. Et comme je vais m'arranger pour que Bruno paie aussi mon billet, je pourrai garder de l'argent. Mais malgré tout, ce ne sera pas assez.

— On devrait prendre la relève de Fabien Marchand, dit Jonathan sur le ton de la plaisanterie. Le dealer du collège de mes frères, celui qui est mort au début de l'été.

— La relève?

— C'est une blague. N'empêche que c'est la seule façon de gagner du fric rapidement. Mes frères étaient des chums de Fab. Il paraît qu'il ramassait un maximum de cash! C'est fou, cette histoire-là. Les enquêteurs ont interrogé mes frères plusieurs fois pour savoir ce que Fab vendait, s'il y a d'autres dealers que lui dans leur collège. C'est évident. Il n'y a pas qu'un seul vendeur pour toute une école. C'est pareil dans la nôtre.

— C'est Maud qui enquête là-dessus. Ma tutrice.

— C'est vrai, tu vis avec une… Elle enquête sur la mort de Fab ou sur celle de Frank Potvin?

— Frank Potvin? C'est qui?

— Un gars qui est mort d'une overdose, d'après ce que mes frères m'ont dit. Jérôme est obligé d'acheter son stock à quelqu'un d'autre. Sais-tu s'il en avait beaucoup sur lui?

— Comment est-ce que je le saurais?

— À cause de ta tutrice.

— Elle ne me raconte pas ce qu'elle fait à son travail.

— Qu'est-ce qu'ils font avec la dope qu'ils trouvent? insistait Jonathan.

— Ils l'apportent au poste. Ce sont des pièces à conviction.

— Jamais chez vous ? Ta tutrice n'en ramène pas avec elle ? Tu aurais pu en apporter, vendredi prochain. C'est l'anniversaire des jumeaux. On va avoir du fun, je te le garantis. Mes frères savent s'organiser !

— Oui, ça va être cool.

Maxime avait parlé d'un ton détaché, mais il enviait Jonathan d'avoir des frères plus âgés qui savaient s'amuser. Lui, il avait Grégoire mais, s'il avait été content plus tôt de le voir à la maison, il avait moins aimé le sermon qu'il lui avait servi en quittant Alain et Maud. Grégoire lui avait reproché de ne pas avoir téléphoné durant son séjour au Saguenay. Pour qui se prenait-il ?

Maxime avait eu envie de protester, mais il s'était tu, se rappelant qu'il devait être en bons termes avec Grégoire s'il voulait dormir chez lui avec Fanny.

— Viens-tu au party ? demanda Jonathan.

— J'aurais aimé y aller avec Fanny, mais elle est loin.

— Il faut juste que tu apportes ce que tu veux boire. Et si tu te trompes et qu'il y a du pot chez vous, tant mieux.

— Ça me surprendrait.

De toute façon, il n'était pas assez stupide pour fouiller dans les affaires de Maud ; elle s'en apercevrait. Il apporterait plutôt le pot qu'il avait acheté au Saguenay avant de rentrer. Il voulait le garder pour fumer avec Fanny quand elle serait à Québec, mais il trouverait une autre manière de s'approvisionner d'ici deux semaines. Deux semaines. Moins un jour. Aujourd'hui ne comptait pas. Il vendrait son vélo. Il fallait qu'il fasse de l'argent. Il avait été déçu, au début de l'été, de ne pas avoir obtenu d'emploi sous prétexte qu'il était trop jeune, mais maintenant il était en colère : comment pouvait-il gagner de l'argent si on lui refusait toutes les jobines ? Il referait la tournée des supermarchés. Il était prêt à n'importe quoi pour pouvoir gâter Fanny.

* * *

Nicole Rhéaume regardait le ciel ; elle n'attendrait pas qu'une étoile filante passe devant elle pour faire un vœu. Elle avait été assez patiente avec Vivien Joly ; le moment était venu de lui démontrer à quel point il avait besoin d'elle. Plus tôt dans la journée, elle avait réussi à intercepter Élian. Elle n'avait échangé que des banalités avec lui ; l'important était qu'elle l'ait fait au beau milieu de la rue, que des voisins les aient vus ensemble. Elle pourrait ensuite prétendre, en exposant sa théorie à Vivien, qu'elle avait discuté avec Élian et compris qu'il savait beaucoup de choses sur la mort de Jessie Dubuc. Elle était certaine de ne pas se tromper, même si Élian était muet comme une carpe. À force de le voir tout faire, jour après jour, pour éviter de croiser Vivien Joly, elle était convaincue qu'ils partageaient un secret. Et quand elle se rappelait la pâleur soudaine de Vivien lorsqu'elle avait mentionné le bouton perdu, elle ne pouvait s'empêcher de sourire à sa chance. Était-ce de la chance ? Non, elle maîtrisait simplement les enseignements concernant les lois de l'attraction ; elle était attentive à ce qui pouvait l'aider à réaliser son rêve. Attentive, ouverte à la vie. Peut-être qu'elle n'aurait pas vu le bouton, ni remarqué le comportement étrange de Vivien, si elle n'avait pas été si disponible. Elle était récompensée d'avoir eu foi en elle.

Elle traversa la rue pour se rendre chez Vivien. En s'approchant de la cour, elle entendit une voix féminine qu'elle ne pouvait identifier. Elle s'immobilisa, tendit l'oreille sans réussir à comprendre ce dont discutaient

Vivien et son invitée. Elle hésita ; soit elle rentrait chez elle, soit elle frappait à la porte du jardin. Il serait bien obligé de lui présenter son invitée. Elle saurait à qui elle avait affaire. Elle s'immobilisa ; que dirait-elle à Vivien pour justifier sa visite ? Elle ne pouvait lui annoncer que Graham avait découvert un bouton chez les Nantel devant un témoin. Elle ne pouvait pas lui signifier qu'elle savait qu'il était allé chez Jessie Dubuc et qu'il avait un lien avec le meurtre. Elle pivota sur ses talons, rentra chez elle pour prendre une tasse à mesurer et mettre un tablier, puis elle retraversa la rue.

Elle replaça ses cheveux ; même avec un tablier légèrement blanchi par de la farine, elle restait distinguée. Elle n'aurait pas l'air d'une souillon devant l'étrangère.

— Nicole ?

Vivien avait l'air inquiet en lui ouvrant la porte, mais il lui sourit.

— Je ne te dérange pas longtemps. Je me suis lancée dans le caramel et j'ai besoin d'une tasse de sucre. Je pensais en emprunter à Laura, elle n'est pas là. Il n'y a personne non plus chez les Mondoloni.

Vivien fit un geste pour inviter Nicole à le suivre à la cuisine et celle-ci comprit à sa démarche un peu lente qu'il avait bu.

— Bois donc un verre avec nous. Ma nièce est ici pour la fin de semaine.

Une fille d'une vingtaine d'années, aux cheveux noirs et au front très large se leva pour tendre la main à Nicole qui sourit, rassurée.

— Où habites-tu ? lui demanda-t-elle.

— À Outremont, à Montréal.

— C'est un beau quartier, fit Nicole. J'ai une amie qui y demeure.

— Je préférerais rester à Québec, confia Vanessa. Mon ami s'est inscrit à l'Université Laval. Je voudrais finir mon cégep ici, mais ma mère ne veut pas. Vivien va arranger ça. Hein, Vivien ?

Il revenait avec un verre vide et une nouvelle bouteille.

— On verra ce que je peux faire… Un vin de la Loire, ça te convient, Nicole ?

Vivien se tourna vers sa nièce en vantant les compétences de Nicole en gastronomie et en œnologie ; ne lui avait-elle pas offert un superbe Meurseault ? Nicole protesta ; elle n'avait pas de réelles connaissances, seulement une réelle gourmandise.

— C'est la meilleure pâtissière que j'ai rencontrée dans ma vie, insista Vivien.

Nicole sourit ; elle n'avait pas de mérite, elle adorait cuisiner. Elle avait été bien inspirée de sonner chez Vivien, il était de bonne humeur, vraiment charmant et Vanessa avait un amoureux. Nicole se détendit, leva les yeux au ciel où un croissant de lune lui fit penser qu'elle n'avait jamais fait de croissants pour Vivien.

— Claude aimait tellement les gâteaux, dit Vanessa.

— Claude ?

Était-ce un homme ou une femme ?

— Mon oncle. Le chum de Vivien.

Il y eut un silence si dense que Nicole eut l'impression qu'elle pouvait entendre les pétales de l'hibiscus saumon se refermer lentement pour la nuit. Elle fixa de nouveau le ciel, guettant un signe qui lui indiquerait ce qu'elle devait faire, mais les étoiles semblaient dessiner un large sourire comme si elles riaient à une bonne blague. Elles riaient d'elle, de ses efforts pour plaire à Vivien. Toute la rue se moquerait d'elle, tous ceux qui avaient deviné l'orientation sexuelle de Vivien. Qui était au courant ?

Qui avait remarqué qu'elle apportait des gâteaux à Vivien en la plaignant d'être aussi naïve ? Elle aurait voulu fuir ce jardin, mais elle en était incapable tellement elle s'était raidie en comprenant que tous ses plans avorteraient. Elle n'était plus qu'une masse compacte engluée pour toujours dans cette cour, dans ce silence qui s'étirait à l'infini. Ce silence où sombraient toutes ses illusions, nouvelle maison, voyages en Europe, assurance vie.

— J'aurais dû te le dire, commença Vivien. Je te l'aurais dit. C'est juste que...

— Que ?

Elle avait réussi à prononcer un mot. Ses lèvres lui obéissaient. Ses mains suivaient. Nicole leur ordonnait mentalement de porter son verre à ses lèvres. Elle sentit le vin couler dans sa gorge mais ne lui trouva aucun goût.

— J'avais peur que tu me juges. Je tiens à ton amitié. J'ai déjà perdu des amis à cause de ça.

— Ce n'étaient pas des amis, déclara aussitôt Vanessa. Les amis ne nous jugent pas, ils nous aiment tels que nous sommes.

— Tu as raison, ma belle. Mais je n'ai pas évolué dans le même milieu que Claude, c'était plus facile pour lui.

— Que fait-il ? parvint à demander Nicole.

— Il est mort, dit Vanessa. Cancer.

— Il était scénographe, raconta Vivien. Un artiste. On savait qu'il était gay dans son milieu. Moi, j'ai préféré être discret. Au travail. Et avec ma famille. J'en ai pris l'habitude.

Vanessa saisit la bouteille, remplit trop les verres, mais ni Vivien ni Nicole ne lui en firent le reproche. Ils burent comme s'ils avaient soif, à grandes gorgées. Le chant d'un grillon s'égrena dans la nuit et Vivien fit remarquer qu'il avait commencé à chanter plus tard, ce soir.

— Je l'ai dérangé en sarclant. J'ai bousculé ses habitudes.

Nicole hocha la tête ; oui, Vivien était doué pour bousculer les habitudes, les certitudes, les attitudes. Comment devait-elle se comporter avec lui dorénavant ?

Elle était furieuse, mais ne voulait pas s'humilier en admettant qu'elle n'avait rien soupçonné. Elle devait embarrasser Vivien à son tour, ne pas être seule à être gênée.

— Est-ce qu'Élian t'a aidé dans le jardin, aujourd'hui ?

Vivien qui s'apprêtait à poser son verre le ramena vers lui, but une longue gorgée et Nicole sourit. Elle avait été trop gourde pour deviner que son voisin était gay, mais elle avait été assez intelligente pour déceler un malaise entre Élian et lui. Elle s'accrocherait à ce malaise, le creuserait jusqu'à la vérité.

— Élian n'est pas tellement disponible, tu le sais.

— Qui est Élian ? s'enquit Vanessa.

— Un jeune du coin. Il m'a secondé dans la cour au début de l'été. Il est fâché contre moi.

— Tu ne m'en avais rien dit, fit Nicole.

— Parce que tu es au courant. Tu as remarqué qu'il m'évite.

— Pourquoi ? s'informa Vanessa.

— Je l'ignore. Je ne lui ai rien fait.

À lui. À lui, je n'ai rien fait. À Jessie, oui. Pas à Élian. Mais oui, à Élian aussi.

— Tu dois avoir une petite idée ?

— C'est depuis que j'ai envoyé les policiers chez son amie Jessie. Mais je ne pouvais pas deviner qu'il l'aimait à ce point ! Il m'en veut.

— Tu as envoyé des flics chez quelqu'un ? Toi ?

— À cause du bruit. Je voulais seulement que Jessie

Dubuc arrête de nous casser les oreilles avec sa maudite musique à n'importe quelle heure !

Vanessa siffla avant de déclarer que c'était impossible que lui, que Vivien qu'elle connaissait depuis qu'elle était petite, ait appelé des flics ! Après toute cette répression envers les gays qu'il reprochait aux policiers.

— J'étais très jeune. Tout a changé maintenant.

— Pour une histoire de musique !

— Il avait raison, déclara Nicole d'une voix ferme. Absolument raison ! Jessie Dubuc nous dérangeait depuis des semaines. Vivien est le seul qui a eu le bon sens de lui envoyer la police. Il l'avait avertie plusieurs fois.

— Ils l'ont arrêtée ?

La voix de Vanessa s'était fait moins accusatrice.

— On n'arrête pas les gens parce qu'ils sont bruyants. Les policiers lui ont donné un avertissement, c'est tout. Peut-être une amende.

— Qu'elle avait largement de quoi payer, compléta Nicole.

Le regard empli de gratitude de Vivien rasséréna Nicole ; et si la situation n'était pas si désolante qu'elle l'imaginait, s'il y avait d'autres options ? Elle oubliait sa colère pour analyser la nouvelle donne. Quelles cartes y avait-il dans son jeu ? C'était la seule chose qu'elle avait vraiment partagée avec son mari ; une passion pour le bridge. Persuaderait-elle Vivien de s'y mettre ?

En quittant la maison, elle oublia sa tasse à mesurer et Vanessa courut derrière elle dans la rue pour la lui remettre.

— Tu es libre demain ? Vivien nous invite au restaurant. Celui de ton choix. Mon chum sera là. Je suis sûre que tu vas l'aimer.

Nicole acquiesça, songeant qu'elle et Vivien auraient

l'air d'être les parents de ces jeunes adultes. Elle avait imaginé différemment sa première sortie au restaurant avec Vivien, mais elle ferait contre mauvaise fortune bon cœur. Ce soir, elle avait au moins la certitude que son voisin ne s'enticherait pas d'une autre femme. Elle s'arrangerait pour être la seule auprès de Vivien. Elle lui ferait comprendre où était son intérêt. Qu'il ait des aventures de son côté, elle s'en fichait pas mal. Elle ne tenait pas à la fidélité d'un mari. Jean-Yves l'avait trompée et elle avait plutôt plaint sa jeune maîtresse qui espérait qu'il divorce. Il était bien trop lâche. Puis il était mort et la question avait été réglée.

* * *

André Rouaix fixait la balle tout en levant son club de golf. Il était aveuglé par le soleil et se maudit d'avoir oublié sa casquette chez lui. Provencher remporterait la partie s'il ratait ce prochain coup. La balle décrivit un arc parfait avant de rouler pour s'immobiliser à moins de dix centimètres du trou. Dix ridicules petits centimètres.

— Ce n'est pas ma journée, soupira-t-il.

— Pour une fois que je gagne !

— L'important, c'est de participer, n'est-ce pas ?

— C'est ce que clament les perdants. Mais ma bière aura le goût de la victoire, pas la tienne.

Attablés au restaurant qui jouxtait le terrain de golf, Rouaix et Provencher dégustèrent leurs premières gorgées de bière en silence, regardant la forêt au bout du terrain de golf, écoutant le chant d'une tourterelle triste.

— Il est chanceux, Fournier, de vivre en plein bois, déclara Rouaix. Même si sa maison ressemble à un bunker.

— Je ne suis pas certain qu'il se plaît là-bas. Il a toujours vécu en ville, sur l'asphalte. Il doit s'ennuyer.

— Heureusement qu'on est là pour lui procurer des distractions. À lui et à son beau Victor.

— C'est vrai qu'il est beau. Il ressemble à sa mère. Sauf la bouche. C'est celle de son père, avide, cruelle. C'est un jeune homme violent.

— Et ce n'est pourtant pas lui qui a tué Potvin. Pas directement.

— Il est sûrement responsable de la mort de Fabien Marchand, mais pas de celle de Potvin. Pas directement du moins…

— Il a laissé son père commanditer ce meurtre ?

— Qui d'autre ? Fournier devait se débarrasser de Potvin pour l'empêcher de témoigner contre son fils. On le surveille. Les téléphones sont sur écoute, mais on n'a rien d'assez solide pour l'appréhender. Fournier est un honnête citoyen qui doit s'occuper de ses restaurants, gagner sa vie. Il a pu emprunter le téléphone cellulaire de n'importe quelle serveuse, n'importe quel serveur d'une de ses pizzerias et appeler qui ça lui chante pour qu'on le débarrasse de Potvin.

— On n'a aucune preuve de tout ça, ressassa Rouaix. On ne s'est jamais entretenus avec Potvin. Des jeunes nous ont dit que Victor et lui se tenaient ensemble. On ignore à qui ils achetaient le stock qu'ils dealaient. Et les techniciens n'ont encore rien découvert de probant dans l'ordinateur de Potvin.

— Il y a bien quelqu'un qui postulera pour la place laissée vacante par Potvin. Et celle de Marchand. Et celle de Victor Duchesne. Il ne peut pas écouler son stock ces jours-ci, il est conscient qu'on le surveille. Il y aura forcément une relève !

— On ne peut pas être derrière tout le monde en même temps, se lamenta Rouaix. On s'intéresse aux frères Champoux. Ce sont de bons consommateurs, ils ont de l'argent. Ils se sont tenus tranquilles après la mort de Fabien Marchand, mais s'ils ont l'habitude de consommer autant que je le pense, ils doivent savoir à qui faire appel. Par eux, on peut remonter la filière de la drogue. En interrogeant leur dealer, on saura peut-être qui approvisionnait Marchand. Ou Duchesne et Potvin.

— Ça ne prouvera pas que Fournier a payé quelqu'un pour tuer Potvin, soupira Provencher. Je ne veux pas que Fournier s'en tire ! Ça fait trop longtemps qu'il me niaise.

— Qu'il nous niaise. On aurait dû mettre la main sur Potvin avant lui. Maintenant, il est mort. Qu'on ait ramassé sa médaille sur les lieux d'un crime ne nous sert plus beaucoup. Et pour couronner le tout, on a découvert son corps dans un squat ! Paradis des seringues, des gommes à mâcher, du sang sur les murs, par terre, de la bouffe, de la pisse. Tout ce qui résume la joyeuse vie des junkies. Avec Potvin, ça nous fait quatre meurtres cet été et aucune des victimes n'avait plus de trente ans. J'en ai marre !

* * *

Maxime s'était endormi dès qu'il s'était allongé sur le canapé de Grégoire et celui-ci l'écoutait ronfler. L'adolescent l'avait réveillé à deux heures du matin en lui téléphonant pour le prévenir qu'il coucherait chez lui. Grégoire avait tout de suite compris que Maxime était ivre, mais il avait surtout perçu une note d'arrogance dans sa voix qui lui était jusqu'alors inconnue. Maxime n'avait pas demandé s'il pouvait s'inviter à son appartement, il le lui avait annoncé. Comme un fait établi. Il s'était à peine excusé de le déranger en pleine nuit. Il était à un party, avait-il dit quand Grégoire l'avait interrogé sur sa consommation. Dans un party, on prend un peu de tout. Il le savait bien, non?

Oui, il le savait trop.

Grégoire se revoyait à l'âge de Maxime. Dans les rues. Avec des hommes. Dans les toilettes publiques, dans les saunas, dans des appartements, dans des hôtels chics, parfois. C'était cependant dans un minable motel du boulevard Hamel qu'il avait sniffé de la coke pour la première fois. Il était plus jeune que Maxime à l'époque. Il n'avait pas aimé immédiatement l'effet de la coke. Il avait dû en prendre à plusieurs reprises avant de l'apprécier. Avant d'en faire une habitude. Il avait dit à Maud Graham, qui s'inquiétait pour lui, qu'il fumait du pot, oui, oui, mais qu'il ne sniffait pas régulièrement. Elle avait répondu qu'elle n'était pas dupe, qu'il pouvait bien lui mentir à elle, mais que l'important était qu'il ne se mente pas à lui-même.

Grégoire remonta le drap sur les épaules de Maxime, se pencha pour récupérer son sac à dos. Il était gêné de fouiller dans les affaires de son ami, mais avait-il le choix? Il trouva trois joints, une pipe à hasch, un demi-comprimé. Du speed?

Qu'avait pris Maxime avant d'arriver chez lui? L'autre moitié de la pilule avalée avec de la bière? Il avait dû fumer ensuite pour se calmer. Dans le portefeuille, il y avait une photo de Fanny, celle que Maxime lui avait montrée dix fois depuis qu'il était rentré à Québec. Était-ce cette fille qui avait entraîné Max à se doper? Il avait déjà fumé avant de partir pour le Saguenay et il avait conclu que c'était moins excitant qu'on le prétendait.

Il semblait avoir changé d'idée. Et de cercle d'amis. Deux jours plus tôt, il s'était arrêté chez Grégoire pour téléphoner à Fanny et il s'était plaint de Sébastien et d'Étienne qui étaient trop bébés pour lui. Avec qui s'amusait-il, aujourd'hui ? Est-ce que le mot s'amuser était adéquat ? Grégoire se souvenait qu'il consommait, lui, pour oublier. Ne plus rien sentir.

Maxime aussi ?

Grégoire ouvrit le réfrigérateur, saisit la cruche d'eau et s'en versa un grand verre. Devait-il tout raconter à Maud ou à Alain ? Durant combien de semaines Maxime lui en voudrait-il de l'avoir trahi ? Lui ferait-il de nouveau confiance ? Grégoire essayait de se convaincre qu'il rendait service à l'adolescent, mais il appréhendait le moment où Maxime le traiterait d'hypocrite. Il ne s'était jamais mêlé des affaires des autres parce qu'il ne voulait pas qu'on se mêle des siennes. Si Biscuit avait été trop curieuse, trop envahissante, ils n'auraient pas été amis.

Et voilà qu'il s'apprêtait à dénoncer Maxime.

Il but le verre d'eau trop vite, sentit un pincement aux tempes. Il revint vers le salon, ramassa les vêtements de Maxime, les déposa sur le fauteuil que lui avait offert Maud quand elle avait changé son mobilier. Elle lui avait expliqué que ce fauteuil lui appartenait déjà avant qu'elle lui en fasse cadeau, car c'était toujours là qu'il s'assoyait quand il venait la voir au début de leur amitié. Il boudait le canapé, craignant qu'on s'assoie à côté de lui, qu'on le touche. Il devait se sentir à l'abri dans ce fauteuil de velours côtelé gris. Du même gris que le poil de Léo. Le chat avait grandement contribué à l'inciter à fréquenter cette maison. Cette maison où vivait Maxime. Où il aurait dû être heureux d'être autant aimé par Biscuit. Que voulait-il de plus à la fin?

Il parlerait à Maud en présence d'Alain.

* * *

Vivien Joly regardait la vieille voiture de Jérémie gagner le bout de la rue. Est-ce que cette guimbarde mènerait les jeunes jusqu'à Montréal? Vanessa avait déclaré que Jérémie n'était jamais tombé en panne avec son auto, mais elle n'était pas en permanence avec Jérémie. Il pouvait avoir eu des problèmes mécaniques avec la bagnole sans lui en parler. Tout le monde mentait. Au moins par omission.

Et lui était le roi, l'empereur des menteurs par omission.

Il avait souhaité le départ de Vanessa, si bavarde, mais maintenant la maison lui paraissait vide et trop silencieuse. Et lorsqu'il croisait son reflet dans le miroir du salon, il ne parvenait plus à se persuader qu'il n'était pas qu'un lâche, un minable, alors qu'en présence de Vanessa tout était plus facile. Il se voyait dans son regard aimant, celui qu'elle lui réservait depuis qu'elle était gamine, depuis qu'il lui avait rapporté une coiffe en dentelle de la Hollande, un des premiers pays qu'il avait visités avec Claude. Vanessa lui restituait un passé où il avait été si heureux et, durant son séjour, il n'avait pas été assailli par l'idée qu'il aurait dû mourir à la place de Claude. C'est Claude qui aurait dû s'installer dans ce quartier; il n'aurait pas perdu la tête à cause de la musique d'une voisine. Il aurait réussi à se faire comprendre de Jessie. Il communiquait si facilement avec les gens. N'importe où, avec n'importe qui. Il était à l'aise dans tous les milieux. Il aurait sûrement fini par se faire couper les cheveux par Jessie, aurait discuté de motos avec Tony. Il aurait échangé des recettes de cuisine avec Nicole.

Au moins, avec elle, Vivien s'était montré plus franc. Il aurait dû lui dire avant qu'il était gay ; pourquoi s'était-il imaginé qu'elle réagirait mal ? Pourquoi craignait-il toujours le jugement d'autrui ? Nicole s'était montrée charmante quand il l'avait invitée avec Vanessa au restaurant. Elle n'avait pas changé d'attitude avec lui. Elle semblait plus décontractée. Elle et Vanessa avaient beaucoup ri ensemble. Ce soir-là, il avait quasiment réussi à oublier Jessie Dubuc. Il n'y avait repensé qu'en rentrant du Yuzu, alors qu'il roulait devant la maison vide. Nicole avait prédit qu'elle le serait longtemps ; les acheteurs potentiels redouteraient de s'installer dans un lieu où on avait trafiqué de la drogue. Ou autre chose. Et puis elle ne pourrait être inscrite sur le marché immobilier tant que l'enquête ne serait pas plus avancée.

— Est-ce que l'argent de la vente de la maison sera remis aux familles de Jessie et de Tony ? avait-elle demandé. Cette maison a été payée avec de l'argent gagné illégalement, ne devrait-elle pas plutôt revenir à l'État ?

L'esprit terre à terre de Nicole étonnait souvent Vivien. Il commençait à apprécier sa manière de considérer les événements, sans émotion. Elle ne dramatisait pas tout. Le soir de la tragédie, elle était restée plutôt calme, avait déjà pensé que la résidence des Nantel serait vendue un jour et qu'ils auraient de nouveaux voisins. Ce pragmatisme l'avait certainement aidé à se ressaisir. Il se souvenait qu'il avait trouvé un goût de métal au bordeaux qu'elle lui avait servi, mais qu'il n'avait pas laissé une goutte dans son verre et qu'il aurait bu davantage de vin s'il n'avait pas craint de perdre complètement la tête et de tout raconter à sa voisine. En même temps, il n'était pas sûr de ce qui s'était passé. Tout lui paraissait tellement irréel à ce moment-là.

Et même encore aujourd'hui.

S'il n'avait parfois croisé le regard d'Élian, il aurait pu se persuader que cette histoire s'étiolerait au fil des jours. Que Jessie serait morte de toute façon puisqu'on avait aussi exécuté Tony Nantel. C'était même probable. Peut-être que, après avoir tué Tony, l'assassin était venu chez les Nantel, avait constaté que Jessie était déjà morte et il était reparti. Vivien n'était pas resté devant sa fenêtre à surveiller ce qui se passait chez ses voisins. Il était prostré dans son salon. Puis il était allé au dépanneur. Non, avant. Il avait acheté une bouteille d'eau. Avant ou après ? Quelle importance ? D'ailleurs, qu'est-ce qui avait de l'importance, aujourd'hui ?

Vivien eut envie d'un verre de vin blanc. Du Doisy-Daëne que lui avait fait goûter Nicole. Il n'aurait pas une odeur de fer, celui-là. Il embaumerait le pamplemousse et la fleur d'oranger. Mais le soleil était encore haut dans le ciel. Il ne pouvait pas boire si tôt dans la journée. Il n'avait jamais fait ça. Sauf quand il voyageait avec Claude en France ou en Italie ; ils s'arrêtaient pour dîner et commandaient du vin pour accompagner leur repas. N'étaient-ils pas en vacances après tout ? Vivien se souvenait de tous les premiers verres de vin de leurs voyages, un sauvignon dans un bistrot parisien du passage Colbert, un verre de Retsina très rustique à Athènes, un délectable Boizel à Épernay, un Barolo sublime à Milan, une piquette infâme à Venise. Il n'oublierait pas non plus, dût-il vivre cent ans, le Doisy-Daëne bu chez sa voisine.

Il sortit dans le jardin, évalua le trajet du soleil ; il pourrait se servir un verre de bordeaux quand les rayons toucheraient les roses trémières. Pas avant. Il devait se discipliner.

Mais pourquoi ? S'il pouvait boire du vin à midi en voyage, pourquoi se refusait-il ce plaisir aujourd'hui ? Il était à la retraite, on était en plein été et un verre de vin frais serait tout simplement désaltérant. Pourquoi se sentait-il toujours surveillé ?

Il achèterait du vin blanc à la SAQ, s'arrêterait pour prendre des sardines à la poissonnerie et se préparerait un petit pique-nique. Qu'est-ce qui l'en empêchait ? Il était certain que Nicole ne s'embarrassait pas de ces scrupules si elle avait envie de boire un verre.

Il ouvrit la porte du garage et sortait la voiture lorsque Nicole arriva au volant de la sienne.

— Vanessa est partie ? s'enquit-elle.

— Oui, je veux acheter des sardines pour faire un pique-nique. Ça te tente ?

Nicole parut surprise, mais elle accepta avec enthousiasme.

— J'apporte le dessert, promit-elle. Un fondant au chocolat.

Vivien lui fit un signe de la main en lui donnant rendez-vous pour midi trente.

Midi lui semblait trop tôt. En Europe, quand il était en vacances avec Claude, il ne dînait jamais avant treize heures. Midi trente était idéal. Il fit une razzia sur les produits fins aux Halles de la rue Cartier et vit comme un signe de chance de mettre la main sur les deux dernières bouteilles de Doisy-Daëne qui restaient.

De retour à la maison, Vivien rangea immédiatement les bouteilles au réfrigérateur et mit la table dans le jardin après avoir ouvert le grand parasol acheté à la fin de l'été dernier. Il jeta un coup d'œil à sa montre ; plus que quinze minutes avant d'ouvrir la bouteille. Il s'inquiéta un peu de son impatience, se répéta qu'il ferait une cure sans alcool dès que l'enquête sur la mort de ses voisins serait close. Il avait besoin de se détendre. Ce n'était pas Nicole qui le lui reprocherait. Il lui ferait goûter un vieux porto quand ils en seraient au dessert. Avec le chocolat, ce serait délectable.

Nicole sonna à midi trente-deux minutes.

— J'aime les gens ponctuels, s'écria Vivien en lui ouvrant.

— Question d'éducation. Aujourd'hui, les jeunes n'ont pas l'air de comprendre que c'est la plus élémentaire des politesses. Dans mon temps…

Vivien agita la main en signe de dénégation; Nicole n'était pas assez vieille pour s'exprimer ainsi.

— Nous ne sommes pas des vieux, seulement de *nouveaux* retraités.

— C'est amusant de dîner ensemble. Tout le monde travaille et, nous, on pique-nique. On a l'impression d'être en vacances.

— Nous le sommes!

Vivien ouvrit la bouteille tandis que Nicole beurrait un bout de baguette. Ils trinquèrent en souriant, burent la première gorgée lentement, la savourant.

— C'est le vin qu'on avait bu chez moi le soir des meurtres, non?

Elle sortait la bouteille du seau, l'examinait.

— Ce n'est pas la même année.

— Tu te souviens des millésimes, toi? fit Vivien qui ne voulait surtout pas discuter du drame.

— J'ignore où je range tout ça dans mon cerveau, mais je me rappelle tout. J'aurais dû être historienne. Ou politicienne. Ou enquêteur. Maintenant que je connais des détectives, je me rends compte qu'ils ont plein de détails à retenir. Maud Graham et André Rouaix ont pris beaucoup de notes en m'interrogeant. Je n'avais pourtant pas l'impression de leur raconter quoi que ce soit d'intéressant.

Pourquoi Nicole s'entêtait-elle à évoquer la tragédie ? Elle gâcherait le pique-nique si elle continuait. Il se leva pour aller chercher la salade qu'il servirait en entrée.

— Apporte aussi le sel et le poivre.

— Ah ? Je les ai oubliés… Je n'ai pas ta mémoire.

Et il n'en voulait pas non plus, de cette fichue mémoire. Il voulait tout oublier. Il finit son verre d'un trait avant de se diriger vers la cuisine. Quand il revint dans le jardin, sa voisine remplissait les verres et Vivien se félicita d'avoir acheté deux bouteilles. Ni lui ni elle n'avaient l'habitude de boire autant, mais au diable les habitudes !

— Est-ce que Maud Graham t'a appelé ? demanda Nicole.

— Maud Graham ?

— Ou Rouaix ?

Vivien secoua la tête en saisissant son verre. Il regrettait d'avoir invité Nicole à dîner. Il n'avait pris aucune bonne décision depuis la mort de Claude. À commencer par s'installer rue des Parulines.

— Elle a trouvé un bouton.

Nicole se pencha pour humer les arômes du vin, sourit à Vivien qui s'efforçait de lui rendre son sourire, qui n'y parvenait pas. Elle ne s'était pas trompée.

— Maud Graham ne sait pas encore que c'est ton bouton. Comment pourrait-elle le savoir à moins d'avoir fouillé chez toi et examiné tes chemises ?

— Ça peut être le bouton de n'importe qui.

— Non, c'est le tien. Il est d'un turquoise très lumineux.

— Je l'aurai perdu un de ces soirs où je suis allé prier les Nantel de baisser la musique.

— Je pense que Maud Graham m'a parlé de ton bouton parce qu'elle croit que j'ai vu quelque chose le jour du meurtre. C'est vrai que je suis bien située.

Elle but une nouvelle gorgée avant de poser sa main sur celle de Vivien.

— Rassure-toi, je n'ai pas rapporté aux enquêteurs que je t'avais vu là. Ni toi ni Élian.

— Qu'est-ce que tu racontes, tu te…

— Je t'ai dit que j'ai une excellente mémoire.

Vivien avait très chaud et il plongea sa main droite dans le seau à glace, faisant s'entrechoquer les glaçons qui fondaient. Il saisit la bouteille par le col, la relâcha, laissant sa main tremper dans l'eau froide sans ressentir aucun soulagement. Il lui aurait fallu s'immerger dans un bain glacé. S'y noyer.

— C'est vrai que je suis allé chez Jessie, ce jour-là. Mais elle était morte quand je suis arrivé. Je suis reparti aussitôt.

— J'étais certaine de t'avoir vu, mentit Nicole.

Elle avait envie de lever son verre à sa victoire, mais elle devait rester calme.

— J'aurais dû appeler les secours à ce moment, admit Vivien. Mais ça n'aurait rien changé. Elle était morte. J'ai paniqué. J'ai eu peur qu'on m'accuse. Vous saviez tous que j'avais des problèmes avec les Nantel.

— Tu dois avoir perdu ton bouton ce jour-là.

— Pourquoi pas avant ? s'entêta Vivien.

— Pourquoi pas cette fois-là ?

— Qu'est-ce que ça change ?

— Il y a du sang sur le bouton, expliqua Nicole d'un ton égal, retrouvant l'attitude si neutre qui la servait tant lors des parties de bridge.

Elle observait Vivien qui ne pensait même plus à retirer sa main du seau embué, elle ne voulait pas rompre cet instant parfait où tout se mettait en place, où tout s'organisait, où les lois de l'attraction s'épanouissaient totalement pour lui préparer un bel avenir.

— Ce… ce sang a pu tacher le bouton que j'ai perdu à un autre moment.

— Je pense, hélas, que les enquêteurs croiront plutôt que tu as vu Jessie agonisante et que tu n'es pas intervenu pour l'aider.

Nicole fit une pause avant de préciser qu'elle n'aurait pas réagi autrement. Jessie était insupportable. Mais les enquêteurs l'ignoraient.

— Il n'y avait qu'Élian pour l'aimer. Il était tout le temps rendu chez elle.

Avec quelle facilité elle mentait ! Les paroles sortaient de sa bouche comme des perles enfilées une à une, d'un ton uni, fluide. C'était quasiment magique, et pourtant non : c'était facile parce qu'elle s'était préparée. Qu'elle avait tout prévu.

— C'est Élian, ton vrai problème, lâcha Nicole. S'il ne t'avait pas vu chez les Nantel, ce serait beaucoup plus simple.

Vivien sortit sa main du seau, se mouilla le visage avant de vider son verre. Pourquoi cet après-midi devait-il tourner au cauchemar ?

— Pourquoi me racontes-tu tout ça ? bredouilla-t-il.

— Parce que je veux t'aider. Parce que je suis la seule qui puisse le faire.

— Pourquoi ?

— Pourquoi pas ? On s'aime bien tous les deux, non ? On a eu du plaisir avec Vanessa durant le week-end. Tu es d'accord ?

Vivien déglutit. Que venait faire Vanessa dans cette histoire ?

— C'est un exemple des bons moments qu'on pourrait avoir ensemble.

Nicole attrapa la bouteille et versa ce qui restait dans le verre de Vivien. Il regarda la bouteille vide, la prit des mains de Nicole en annonçant qu'il allait en chercher une deuxième. Sa démarche d'automate plut infiniment à Nicole Rhéaume. Vivien était sonné, choqué, tétanisé par ses propos. Elle avait deviné juste sur toute la ligne ! Elle attendit que Vivien débouche la seconde bouteille avant de déclarer que le fait qu'il ait tué ou non Jessie ne changeait rien à sa situation. Les enquêteurs le croiraient coupable et s'acharneraient, accumuleraient des preuves. Il finirait par craquer, par tout avouer. Qu'il soit responsable ou non de la mort de Jessie.

— Mais je…

— Ça ne change rien si Élian décide de venger Jessie. Il finira par révéler aux enquêteurs qu'il t'a vu chez elle. Avec la technologie, aujourd'hui, ils parviennent à déterminer l'heure précise d'un décès. Il suffit qu'Élian affirme que tu étais là au moment du meurtre et tu auras de gros ennuis.

Vivien se sentait nauséeux. Il aurait dû cesser de boire pour avoir les idées claires, mais il ne savait pas comment réagir face à Nicole. Il ne savait pas quoi dire, quoi faire de ses mains qui tremblaient un peu. L'avait-elle remarqué ? Probablement. Y verrait-elle une preuve de sa culpabilité ? Il but une gorgée en fixant les bégonias dans le coin gauche du jardin. Les bégonias qu'Élian avait plantés.

— Dans les journaux, continuait Nicole, on a écrit que Jessie avait été étranglée et assommée. Moi, je pense que c'était un accident.

Comment pouvait-elle croire à un accident alors qu'elle venait de dire que Jessie avait été étranglée ? On n'étrangle pas une femme par distraction. Il ne comprenait pas où Nicole voulait l'entraîner.

— Le problème, c'est Élian, répéta-t-elle. Il ne parlera peut-être pas aux enquêteurs, il l'aurait déjà fait. Mais il finira bien par tout dire à sa mère. Elle se doute que quelque chose ne tourne pas rond. Elle l'a sûrement interrogé et le questionnera jusqu'à ce qu'il lui raconte pourquoi il a tant changé depuis le meurtre de Jessie.

Le meurtre, le meurtre, le meurtre. Vivien avait l'impression que Nicole se gargarisait avec ce mot !

— Tu mentionnes Jessie, mais que fais-tu de Tony ? Ils sont décédés la même journée. Ce n'est pas un détail.

— À quoi songes-tu ? s'enquit Nicole, curieuse de savoir ce qu'inventerait Vivien pour la persuader qu'il n'était pour rien dans la mort de leur voisine.

— Il est possible que l'homme qui a tué Tony Nantel ait fait disparaître Jessie afin qu'elle ne révèle rien sur les relations de Tony.

Nicole fit la moue. Pourquoi aurait-on abattu Tony alors qu'on avait étranglé Jessie ?

— À cause du bruit. On aurait entendu le coup de feu. C'est possible qu'il y ait eu deux tueurs à gages. Que Jessie et Tony soient décédés le même jour est significatif. Il y a une autre hypothèse : un homme s'est entiché de Jessie, il était jaloux de Tony et l'a tué pour avoir le champ libre. Il s'est ensuite rendu chez les Nantel et…

— Et Jessie lui est tombée dans les bras ?

— Non ! Au contraire ! Elle lui résiste. Il se fâche et

la tue. C'est quelqu'un qui connaissait Tony et Jessie. Un de leurs amis. On peut aussi chercher à qui profite le crime ? Quel membre de la famille hérite de leurs avoirs ? Les Nantel étaient riches. Cet argent a pu tenter quelqu'un et…

— Peut-être que tu as raison, le coupa Nicole. Mais les enquêteurs n'ont arrêté personne. Ils s'impatienteront. Ils trouveront à qui appartient le bouton taché de sang. Et si Laura leur raconte ses inquiétudes à propos d'Élian et toi…

— Élian et moi ?

Nicole soupira ; Vivien n'avait donc pas senti ce qui se tramait derrière son dos ? Laura s'interrogeait sur lui, sur ses rapports avec Élian. Elle l'accuserait bientôt de pédophilie. D'abuseur d'enfants à assassin, il n'y avait qu'un pas que les enquêteurs franchiraient aisément. Ils devaient tenir un coupable ! Vivien leur conviendrait.

Un frisson brûlant traversa Vivien si violemment qu'il pensa aux victimes de la foudre, qu'il se crut transpercé de bord en bord par un horrible éclair. Comment un frisson pouvait-il être ardent ?

— Tu n'y avais pas pensé ? Toutes les mères ont peur qu'on abuse de leurs enfants. Et puisque Élian et toi avez cessé toute relation, Laura a conclu que tu étais pédophile.

— Je… je n'ai jamais touché à un enfant ! réussit à articuler Vivien.

— Ce sera sa parole contre la tienne. Les enquêteurs diront que tu as tué Jessie pour l'empêcher de témoigner contre toi, parce qu'elle avait deviné que tu fricotais avec Élian ou qu'il s'était confié à elle. Et ton fameux bouton trouvé à côté du corps de Jessie viendra étayer cette hypothèse.

— Je… je n'ai jamais touché à Élian !

Il avait failli s'écrier qu'Élian témoignerait pour lui, qu'il dirait la vérité : il n'y avait jamais eu le moindre geste équivoque. Mais la vérité, c'était aussi qu'Élian l'avait vu agresser Jessie.

— Je suis gay, protesta-t-il, pas pédophile !

— Plusieurs personnes ne font pas la différence. Il y a de plus en plus d'affaires qui font la manchette des journaux autour de la pédophilie. Je ne suis pas certaine qu'elles s'appuient toutes sur des faits concrets. C'est si facile de lancer une rumeur.

Vivien fixait les lèvres de Nicole qui bougeaient, mais il n'entendait plus les mots. Le vocable pédophile lui martelait le cerveau, rebondissant, sautillant comme un diablotin dans son esprit. Il avait voulu jouer à l'autruche après la visite de Laura. Il avait lu dans ses yeux. Elle avait traversé la rue trop rapidement, choquée par ce qu'elle croyait avoir deviné en lui. Et lui n'avait pas couru derrière elle pour protester. Il était rentré chez lui.

— Laura a déjà dit à quelqu'un ce qu'elle pense ?

— Non, répondit Nicole, je ne crois pas. Pas à un de nos voisins, en tout cas. Je le saurais. Il faut étouffer ça dans l'œuf.

Vivien se pencha pour ramasser le bouchon de la deuxième bouteille qui avait roulé sur le sol, perdit l'équilibre, saisit un pied de la table pour éviter la chute, pesta en perdant ses lunettes. Il devait faire encore plus attention en les remettant pour ne pas s'éborgner, car il était ivre. Oui, ivre. Il s'était soûlé et il n'était pas encore deux heures de l'après-midi. Mais qu'aurait-il pu faire d'autre ? Il ne pouvait même pas aller faire coller un embout à la branche gauche de ses lunettes, comme il aurait dû le faire depuis des semaines, car il avait trop bu. Il ne devait pas sortir la voiture. Ce serait tellement ironique d'être arrêté pour conduite en état d'ébriété, alors qu'il n'avait pas été embêté pour un meurtre. Jusqu'à maintenant.

Pourquoi avait-il invité Nicole? Elle semblait être là depuis des heures à parler et à suer.

— Tu as trop chaud, déclara-t-il.

— Oui. Toi aussi. J'aurais dû mettre une robe sans manches, mais je suis bien ici, malgré la chaleur. Je suis toujours bien, ici.

— Tant mieux.

— Moi, ça ne me dérange pas du tout que tu sois gay. On peut avoir une relation affectueuse sans devoir coucher avec quelqu'un. À notre âge, ce n'est pas le plus important.

De quoi parlait Nicole?

— On pourrait s'entraider. Écoute-moi.

Nicole s'était rapprochée de Vivien pour lui démontrer les avantages qu'ils auraient à former un couple. Un couple peu conventionnel, soit, mais l'important n'était-il pas qu'ils puissent compter l'un sur l'autre, s'aider, se soutenir?

— Je ferais taire toutes les rumeurs de pédophilie en étant avec toi, dit-elle.

— Il y a des hommes mariés qui ont été accusés de pédophilie.

— Parce qu'on avait des preuves. On n'en a pas avec toi. Seulement l'impression de Laura. Mais cette impression peut alimenter une rumeur. Toute la rue la croira. Toi, tu viens d'emménager, les gens ne te connaissent pas. Ta réputation sera ternie. Ce n'est pas le genre de retraite que tu souhaites. Je me trompe?

— Non.

Elle n'avait tort que sur un détail ; il déménagerait bientôt.

— Si seulement Élian avait pu passer l'été avec son père, tu n'en serais pas là. Il n'aurait rien vu et on aurait la paix. Tu n'endurerais pas cette épée de Damoclès au-dessus de ta tête.

Damoclès ? Mais Vivien enviait Damoclès. Il avait eu peur que l'épée lui fracasse le crâne tout au long de ce souper chez un prince qu'il courtisait, mais il était rentré chez lui sain et sauf. Il n'avait pas vécu avec cette crainte durant des jours et des jours, des semaines.

— J'ai trop bu, dit-il à Nicole. Je dois m'allonger. Réfléchir.

Il se tut, puis sentit qu'il devait ajouter une parole aimable pour ne pas donner l'impression à Nicole qu'il la congédiait. Ne venait-elle pas de lui proposer son aide ? D'une manière totalement incongrue, mais il n'était plus assez sobre pour discuter avec elle, pour lui expliquer que ce qu'elle proposait n'avait aucun sens.

— Sais-tu que tu as la même bouche que Jeanne Moreau ? C'est une de mes actrices préférées.

Nicole sourit en terminant son verre de vin. Elle serait contente de rentrer chez elle et de repenser à ce dîner. Elle était à la fois lasse et excitée, comme elle l'était lors des tournois de bridge.

— À demain ? dit-elle avant d'effleurer la joue de Vivien d'un baiser.

Chapitre 12

Maud Graham écoutait la pluie ruisseler dans la gouttière, imaginait Léo qui irait boire dans la petite mare qui se formerait sous la descente. Elle ne saisissait pas pourquoi il préférait cette eau légèrement boueuse à celle qu'elle lui versait dans un bol propre. Boire dehors lui procurait-il un sentiment de liberté ? Elle regarda autour d'elle sans le chercher vraiment ; le chat dormait aussi souvent avec Maxime qu'avec elle. C'était une bonne chose qu'il ait passé la nuit avec l'adolescent. Celui-ci n'avait-il pas crié qu'il n'y avait que Léo qui ne le trahissait pas ?

Alain et elle avaient tenté de raisonner Maxime. Grégoire avait trompé sa confiance, mais il ne l'avait pas trahi. Il avait agi par amitié, pour lui éviter d'avoir les mêmes problèmes de consommation que lui. Pour lui éviter les ennuis, les dangers qu'il avait vécus. Maxime avait fixé Grégoire, qui avait eu le courage d'affronter sa colère, et il avait fini par baisser les yeux en répétant que personne ne le comprenait. Que tout était mieux au Saguenay. Qu'il déménagerait chez son père. Il avait soulevé Léo, l'avait serré contre lui avant de disparaître dans sa chambre.

— Je n'aurais pas dû, avait marmonné Grégoire. Il ne me le pardonnera jamais.

— Le plus important, c'est de le protéger. J'ai bien essayé avec toi, mais…

— J'aurais sniffé beaucoup plus si tu n'avais pas été là.

Grégoire s'était exprimé au passé, alors qu'il lui arrivait encore exceptionnellement de s'offrir une ligne de coke. Il n'avait plus l'argent nécessaire pour en acheter. Plus de clients pour lui en offrir. Son ancienne vie lui manquait parfois ; aucun horaire, aucune responsabilité, personne à qui rendre des comptes. Mais cette liberté n'était qu'apparente. Et, dans ce temps-là, il avait du mal à s'endormir. Et lorsqu'il y parvenait, son sommeil n'était pas réparateur. Aujourd'hui, quand il quittait le restaurant, il éprouvait une vraie fatigue, il n'avait plus besoin de prendre des somnifères. Sauf certains soirs où des images de l'enfance venaient le hanter. Il suffisait qu'il croise un homme ressemblant à son «oncle Bob», le conjoint de sa mère, et il se rappelait ses agressions, se rappelait qu'elle avait préféré fermer les yeux sur ces abus pour ne pas perdre Bob. Maxime avait peut-être été déçu par sa mère qui l'avait abandonné, mais il n'avait pas été maltraité, violé, souillé. Et son père l'aimait. Et Graham l'avait adopté.

— Ce sera un peu long, dit Alain, mais il ne pourra pas t'en vouloir toute sa vie. Ce n'est pas un enfant rancunier.

— Ce n'est pas un enfant, justement, murmura Maud. C'est là le problème. Je me doutais qu'il avait une bonne raison pour rester chez Bruno. Il s'est trouvé une bande d'amis pour fumer. Et personne pour l'en empêcher. J'imagine qu'il s'est rendu plusieurs fois chez toi à moitié gelé.

Grégoire haussa les épaules; quelle importance? Elle n'avait pas besoin d'avoir une date, des précisions sur les visites de Maxime à l'appartement. En revanche, elle serait sûrement intéressée d'avoir de l'information sur celui à qui Maxime avait acheté la drogue.

— J'ai suivi Maxime. J'ai même pris des photos des gars qu'il a rencontrés cette semaine. Et j'ai aussi suivi ces gars-là.

Grégoire avait baissé la voix, car il avait cru entendre s'ouvrir la porte de la chambre de Maxime. Maud et Alain ne perdirent pas un mot de ses confidences. Maud reconnut plusieurs jeunes qu'elle avait rencontrés après le décès de Fabien Marchand.

— Je leur ai dit que Fabien était mort à cause de la dope! Ils s'en fichent? Qu'est-ce qu'il leur faut?

Elle approcha les photos de son visage; Jérôme Champoux tendait la main à ce jeune adulte qui figurait aux côtés de Gauthier sur l'image précédente; et si Provencher le connaissait? Elle avait hâte de lui montrer ces photos.

— Si Maxime ne veut pas te parler, reprit Alain, ses copains le feront peut-être.

Maud Graham soupira; elle avait hâte que l'été se termine. Elle examina de nouveau les photos, cherchant à comprendre pourquoi les adolescents étaient si mal dans leur peau.

Elle reverrait les frères Champoux dans la matinée. Avant ou après Vivien Joly?

Durant la nuit, elle se releva pour vérifier si Maxime dormait avec Léo, s'il n'avait pas fugué. Il était tellement en colère quand il avait claqué la porte de sa chambre... Pourquoi avait-il autant changé? Elle se rappelait le gamin qu'elle avait rencontré dans une chambre d'hôpital, qu'elle avait apprivoisé, qui s'était senti assez à l'aise avec elle pour lui reprocher les rares cigarettes qu'elle allumait à l'époque. Il avait même mis sur la porte de sa chambre un écriteau indiquant qu'il était interdit d'y fumer. Et aujourd'hui, il s'allumait des joints.

Elle fut soulagée de voir que Maxime dormait profondément, se pencha vers lui pour remonter le drap sur ses épaules et vit une photo qui dépassait sous l'oreiller. Elle la fit glisser vers elle, s'approcha de la fenêtre pour avoir un peu de lumière. La lune était presque pleine heureusement et Graham distingua le visage d'une fille aux longs cheveux blonds. Elle sentit les larmes lui monter aux yeux ; son Maxime était amoureux. Elle replaça la photo sous l'oreiller, gratta la tête de Léo qui roupillait au pied du lit. Le chat avait probablement reçu beaucoup de confidences de la part de Maxime. Elle l'envia.

* * *

Les branches du saule pleureur nain s'étaient desséchées malgré les soins que lui avait prodigués Vivien Joly, et le retraité craignait de ne pas réussir à sauver le petit arbuste. Depuis la mort de Jessie, ses mains étaient maudites, il l'avait compris après avoir perdu son rosier Princesse Daisy. Ces mains qui avaient serré le cou de la jeune femme étaient damnées. Elles avaient ôté la vie, elles ne pouvaient plus servir à autre chose dorénavant. Il avait beau les laver vingt fois par jour, elles étaient souillées par le crime. Et maintenant, Laura était persuadée que ces mains avaient sali le corps d'Élian. Vivien avait rêvé qu'il se coupait les mains avec la tranche qu'il utilisait au cégep, mais que celles-ci s'étaient ensuite échappées pour aller étrangler toutes les jeunes femmes blondes de la ville. Il s'était réveillé en sueur et s'était levé aussitôt, craignant de se rendormir et de refaire cet horrible cauchemar.

Il était en train de devenir fou. Lui qui avait tant souhaité le silence ne pouvait plus le supporter. Dès que la nuit tombait, il se sentait oppressé, perdu dans le noir, effaré par le silence qui régnait dans cette maison qu'il n'aurait jamais dû acheter.

Le vent souleva les branches du saule pleureur nain et Vivien se souvint de sa joie quand il l'avait remarqué à la jardinerie. Il l'avait planté avec Élian. L'adolescent avait passé la main sur le feuillage dentelé en s'étonnant de sa douceur, le comparant à des plumes.

Que dirait-il s'il le voyait aujourd'hui ?

Rien. Il ne reviendrait plus jamais dans cette cour.

Le mot jamais obsédait Vivien, il avait l'impression qu'il entachait toutes ses réflexions et, en se relevant après avoir pulvérisé un produit sur l'arbre malade, il eut un étourdissement et vacilla, s'assit sur la chaise longue. Il avait vieilli de dix ans, de cent ans en quelques semaines. Pourquoi Nicole Rhéaume souhaitait-elle vivre avec lui ? La solitude lui pesait-elle au point d'être prête à partager son existence avec un vieillard ?

Il tressaillit en entendant le carillon de la porte d'entrée. Il jeta un coup d'œil à sa montre. Huit heures quatorze. Personne ne se présentait si tôt chez lui. Il sentit monter sa colère. Comment pouvait-on se permettre de déranger les gens à une heure pareille ? Il s'attendait à ouvrir à un colporteur et resta interdit devant Maud Graham.

— Il est tôt, mais je vous ai vu vous activer dans le jardin. Moi aussi, je suis matinale. Je peux entrer ?

Elle s'avança légèrement et il s'effaça devant elle. Il fallait qu'elle ait une bonne raison pour sonner à sa porte à cette heure-là. Laura devait lui avoir fait part de ses soupçons. Si elle n'avait pas pu lui fournir de preuves de ce qu'elle croyait — parce qu'il n'y en avait pas —, elle avait cependant réussi à alarmer l'enquêtrice.

— Je voulais avoir votre avis sur votre voisine.

— Jessie ? Il y a du nouveau ?

— C'est Nicole Rhéaume qui m'intrigue, confia Graham en prenant soin de ne pas répondre à la question de Vivien Joly.

— Ni... Nicole ?

Il avait balbutié et Maud Graham l'avait noté.

— Plusieurs personnes m'ont dit qu'elle observait volontiers ses voisins. Je suis surprise qu'elle n'ait rien à m'apprendre sur les Nantel.

— Ils n'étaient pas du même milieu. J'imagine mal Nicole fréquenter Jessie.

— Saviez-vous que le premier mari de Nicole Rhéaume est mort violemment ?

— Il s'est noyé. Il n'avait pas mis son gilet de sauvetage.

— Madame Rhéaume a touché une bonne assurance vie.

Vivien Joly dévisagea Maud Graham ; où voulait-elle en venir ? Quel rapport avec la mort des Nantel ?

— Je ne sais pas. C'est ce qui m'embête. Les morts violentes sont embêtantes et il y en a eu plusieurs, cet été.

— Nicole est veuve depuis des années.

— C'est vrai.

Elle fit une pause avant de demander à utiliser les toilettes et Vivien lui indiqua l'endroit en tentant de se rappeler s'il avait changé récemment les serviettes. Comment pouvait-il penser à des serviettes de bain alors qu'une enquêtrice débarquait à l'aube sous un faux prétexte ? Ce n'était certainement pas le mari de Nicole qui l'intéressait, elle inventait n'importe quoi pour fouiner chez lui.

Elle revenait déjà de la salle de bain et déclarait que c'était dommage que les Jasmin aient été absents la semaine des meurtres.

— Ils habitent en face de chez les victimes. Ils auraient pu voir quelque chose. C'est le problème avec l'été. Les gens partent au chalet, en voyage. Prenez-vous vos vacances bientôt ?

— Je suis à la retraite. Le mot vacances n'a plus le même sens.

— Vous ne semblez pas fréquenter beaucoup vos voisins.

— Je ne les connais pas encore tellement.

Qu'avait-on colporté à Maud Graham sur son compte ? Il s'était montré aimable avec le voisinage, hormis Jessie.

— Je suis quelqu'un de réservé, dit-il prudemment. Mais il y a eu un souper chez moi.

— Je suppose que les Germain-Valois étaient là ? Au début de notre enquête, Laura Germain m'a dit qu'Élian travaillait dans votre jardin.

Vivien Joly hocha la tête. Laura avait donc parlé à cette policière et c'était pour l'arrêter qu'elle était chez lui à cette heure-ci. Il ferma les yeux quelques secondes. Le sol semblait se dérober sous ses pieds. Il pensa à Pompéi, aux victimes du tremblement de terre de 63, de l'éruption du Vésuve en 79, aux habitants qui couraient pour échapper aux cendres volcaniques qui couvraient la ville d'un voile mortuaire, aux failles qui les engloutissaient, se refermaient sur eux.

— Ça ne va pas ?

— J'ai mal dormi.

— Je vous laisse vous reposer. Avant, j'aimerais savoir si vous pensez que le jeune Élian prend de la drogue.

— Non. Je suis sûr que non ! Je l'ai dit à Laura !

— Sa mère trouve qu'il a un comportement bizarre depuis le meurtre des Nantel. Et comme on est en train de relier Tony Nantel à un trafic de drogue...

— Élian a treize ans !

— On a un dealer de quinze ans qui s'est fait battre à mort au début de juin. Ils commencent de plus en plus tôt. Nicole nous a appris qu'Élian avait souvent fugué, qu'il s'ennuyait. Un jeune oisif peut faire bien des conneries pour se distraire.

— Pas Élian.

Vivien Joly réussit à regarder Maud Graham droit dans les yeux en prononçant ces derniers mots.

Celle-ci referma le calepin où elle n'avait rien noté et prit congé après lui avoir remis une carte de visite.

— J'en ai déjà une.

— Vous n'aurez pas à la chercher.

Maud Graham s'était garée en face de chez Vivien Joly et il demeura sur le seuil de sa maison jusqu'à ce qu'elle ait disparu. Elle ne l'avait pas arrêté. Pourquoi ?

Un coup de vent fit claquer la porte derrière lui. Il sursauta, s'appuya contre le chambranle en sentant ses jambes le trahir. Il rentra chez lui comme s'il craignait de découvrir une colonie de monstres derrière la porte. Il gardait la main gauche sur son cœur qui battait trop vite. Une crise cardiaque, s'il pouvait faire une crise cardiaque ! Tout serait terminé en quelques minutes. Il cesserait d'errer dans cette vie qui n'avait plus aucun sens.

Telle cette visite de Maud Graham. Elle aurait dû lui parler du bouton.

Il se dirigea vers la salle de bain pour vérifier si les serviettes étaient propres. Il fut soulagé de constater qu'il les avait changées la veille. Il les toucha; Maud Graham ne les avait pas utilisées, elles étaient parfaitement sèches, mais il y avait des gouttes d'eau dans le lavabo. Elle s'était contentée de faire couler l'eau. Elle s'était isolée dans cette pièce pour ouvrir la pharmacie. Elle savait maintenant qu'il prenait des somnifères. Est-ce qu'elle pouvait avoir noté le nombre de comprimés qui restaient dans le flacon et considéré, vu la date de l'ordonnance, qu'il en avait avalé beaucoup? Tous les soirs, en fait, depuis la mort de Jessie Dubuc.

Il déraillait. Cette femme n'avait pas de temps à perdre à dénombrer des pilules.

Il aperçut son visage dans la glace et eut un mouvement de recul. C'était la figure de son père qui s'y reflétait. Avait-il vieilli à ce point? Il regarda les pilules, hésita. Et s'il les avalait? S'il en finissait une bonne fois pour toutes? Il n'aurait jamais le courage de se suicider à l'arme blanche comme l'avaient fait Antoine et Brutus, mais s'il s'endormait tout simplement? Il prit le flacon. Il ne restait qu'une dizaine de comprimés; ce ne serait pas suffisant.

Il fallait qu'il s'en procure d'autres. Qu'il trouve un nouveau médecin pour lui en prescrire. Ou qu'il fouille dans la pharmacie de Nicole. N'avait-elle pas dit qu'elle prenait parfois des somnifères quand il avait évoqué ses insomnies?

Il rangea le flacon dans la pharmacie, prit machinalement le peigne pour replacer ses cheveux sur sa nuque. L'anxiété lui ferait perdre le peu qui lui restait d'ici la fin de l'été!

Les cheveux. C'était ça qui intéressait Maud Graham

dans la salle de bain. Vivien Joly n'était pas un amateur de romans policiers, mais il avait vu assez de séries télévisées pour savoir qu'on pouvait analyser l'ADN grâce à un cheveu. Graham voulait comparer l'ADN qu'on avait prélevé sur le bouton à celui d'un de ses cheveux.

Qu'avait donc dit Nicole ? Que s'il y avait du sang sur le bouton... Mais il n'y avait pas de sang, il ne se souvenait pas d'avoir vu du sang. Il n'avait pas poignardé Jessie, il l'avait étranglée. Puis elle s'était frappé la tête. Il y avait eu un peu de sang sur l'arête de la table. Il n'avait pas giclé sur lui. Maud Graham avait menti à Nicole en mentionnant un bouton ensanglanté.

Il s'immobilisa ; pourquoi Maud Graham avait-elle raconté ça à Nicole ? Pourquoi ne lui en avait-elle pas parlé à lui ? Elle n'avait pas mentionné le bouton. Pas un mot.

Et si Nicole lui avait menti ?

La tête lui tournait. Il s'affaissa sur le canapé du salon. Sur la table de verre, le téléphone sonna, mais Vivien ne fit aucun mouvement pour saisir le combiné. Il n'avait envie de parler à personne. Et surtout pas à Nicole Rhéaume. Il était incapable de démêler le vrai du faux. Il ne savait plus qui il était. Le seul appel qu'il aurait aimé recevoir aurait dû provenir d'Élian. Et ça ne se produirait pas.

* * *

Pierre-Ange Provencher replaça les photos en une pile bien ordonnée avant de les glisser vers André Rouaix. Il avait souri en identifiant Jacques Gauthier, mais il n'avait reconnu aucun des jeunes que Grégoire avait photographiés alors qu'il épiait Maxime.

— Ils étudient tous à Québec ou dans les environs ?

— Oui.

— Graham doit être découragée. Elle tient beaucoup à Maxime.

— Elle est surtout en colère que des jeunes puissent se procurer tout et n'importe quoi si facilement.

— Il paraît que des motards financent des centres de désintoxication afin de «nettoyer» leurs clients. Pour qu'ils puissent recommencer à prendre de la dope quand ils seront de nouveau assez en forme pour s'injecter ou sniffer des cochonneries. C'est vicieux, non ?

Provencher but une gorgée de café froid avant d'ajouter que ce serait tout à fait le genre de saloperies que pourrait faire Louis Fournier.

— Laver de l'argent sale avec ses pizzerias et s'arranger pour avoir une déduction d'impôt en donnant de l'argent à un organisme qui s'occupe des drogués.

L'arrivée de Graham qui précédait les frères Champoux et leur père emplit Provencher d'espoir. Peut-être qu'un de ces jeunes reconnaîtrait Gauthier et ses hommes sur les photos qu'il leur montrerait. Maud Graham n'avait pas eu de difficultés à persuader Jérôme, Jonathan et Justin de coopérer. Elle les avait menacés de complicité avec un dealer soupçonné de meurtre. Elle leur avait montré les photos du corps de Potvin, expliqué que le trafic de drogue n'était pas virtuel : ce n'était pas un jeu comme ils semblaient le croire.

Provencher, Rouaix et Graham s'isolèrent dans la salle de conférences avec les trois adolescents et leur père qui bouillait de rage mais parvenait encore à se contenir. Si Justin affichait une moue boudeuse, Jonathan et Jérôme avaient l'air plus piteux et ils s'assirent dès que Graham le leur ordonna.

— On va projeter des photos. Dites-nous si vous reconnaissez quelqu'un.

— Je connais plein de monde, avança Justin. On n'est pas nécessairement amis.

— Dis-nous seulement si tu reconnais quelqu'un. On s'arrangera après.

Une dizaine de photos se succédèrent sur l'écran de la salle de conférences. Jacques Gauthier apparaissait sur plusieurs d'entre elles, mais les jeunes ne réagissaient pas. Ils regardaient attentivement les images, lorsque Jérôme émit une sorte de gloussement.

— C'est Poutine. Qu'est-ce qu'il fait là ?

— Poutine ?

— C'est le débile qui s'écrase sur un banc en face du dépanneur, répondit Justin. Ou dans le parc près de l'escalier Casse-cou.

— Il est débile ?

— Il ne parle pas.

— Dans ce cas, il est muet, grogna Rouaix. Tu l'as vu souvent ?

— Quand j'ai à faire dans ce coin-là.

— Ce n'est probablement pas pour emprunter des bouquins à la bibliothèque Gabrielle-Roy…

— Tu te trompes, *man*. Je suis inscrit à cette bibliothèque.

— On peut vérifier si tu y as emprunté des livres.

Justin marmonna qu'il était allé consulter les encyclopédies pour un travail d'équipe.

Trois nouvelles photos défilèrent avant que Jérôme désigne un jeune adulte au crâne rasé. Il était de profil sur une des images captées par Grégoire, parmi lesquelles on avait intercalé celles de criminels déjà fichés.

— Lui. Il vend des pills. Et du pot.

— À la place de Vic Duchesne.

— Vend-il plus cher ou moins cher que lui ? Son nom ?

— Je ne sais pas.

— Moi, je sais que tu mens, fit Graham. Regarde la prochaine photo.

On voyait Jérôme qui tendait la main vers le type au crâne rasé. Ils souriaient tous les deux. On distinguait Justin derrière eux. Et Maxime. Graham avait tenu à ce que Maxime figure sur les photos afin que les frères Champoux s'imaginent qu'il avait été piégé, lui aussi.

— Max ne reste pas avec toi ? lança Jérôme.

— Ça ne te regarde pas.

— Est-ce que votre nouveau dealer vous fait de bonnes offres ? demanda Rouaix.

— Il vend le même prix. Il n'y a que Fab qui était moins cher.

— Juste pour le pot, corrigea Jonathan. Pas pour tout.

— Et Potvin ?

— Les mêmes tarifs que Vic. Mais, pour le speed, c'était moins cher si on en prenait plus.

— Exemple ?

— Une pill, ça coûtait dix dollars. Mais si on en achetait dix, c'était seulement soixante dollars.

— Et Vic ? Ça fait longtemps que vous lui avez acheté quelque chose ?

— Deux ou trois semaines, répondit Justin. On ne le voit plus. Il doit être parti en vacances. En voyage dans un autre pays. Son père est millionnaire, il lui paye tout ce qu'il veut. Il devrait être plus cool et nous vendre les pills moins cher. Il n'a pas besoin de cet argent-là.

L'adolescent ne s'apercevait même pas de l'énormité de ses propos. Il était sincère en déclarant que Victor Duchesne aurait dû se montrer plus généreux avec ses clients. Un gémissement de Jacques Champoux lui fit tourner la tête.

— C'est vrai ! Le père de Vic est plus riche que toi !

— Tu n'as pourtant pas l'air d'avoir de problèmes d'argent, objecta Provencher. Ta montre vaut plus cher que la mienne.

— C'était mon cadeau de Noël.

— Où trouves-tu l'argent pour acheter de la dope ?

Justin protesta. Il ne consommait pas quotidiennement. Il ne vendait pas.

Graham fit défiler les photos de nouveau, s'arrêta sur celle qui représentait le jeune chauve.

— Comment s'appelle-t-il ?

— Mat. Je ne connais pas son nom de famille. Mat.

— Qui d'autre fait affaire avec lui ?

— Ian Marois.

— Il étudie au collège avec vous ?

— Il a fini. Il n'est plus obligé de se faire chier.

— Tais-toi ! glapit son père. Je ne peux pas croire que…

— Il travaille ? demanda Rouaix.

— Au supermarché, dit Justin. C'est lui qui avait fait entrer Potvin. Ça n'a pas fonctionné pour nous.

— Peut-être que je pourrai prendre la place de Frank.

Tout aussi égoïste que son jumeau, Jérôme n'était même pas gêné de songer à profiter du décès de Frank Potvin. Graham soupira ; était-elle naïve de croire que Maxime n'aurait jamais tenu de propos aussi éhontés ? Jonathan semblait moins cynique que ses aînés mais plus agressif. Que deviendraient-ils si ce qui les motivait aujourd'hui se résumait à comparer les tarifs de leurs différents dealers ? Graham regrettait que l'autopsie de Frank Potvin ait été faite à Montréal. Elle aurait traîné les jeunes de force à la morgue. Ils auraient vu le cadavre de leur copain Frank et ils n'auraient pas pu oublier cette image.

Ou peut-être que si.

Il ne fallait pas que Maxime devienne si désabusé. Si opportuniste.

— On vous montre les photos encore une fois, dit Provencher.

Les garçons s'agitèrent sur leurs chaises, mais regardèrent les photos. Puis ils haussèrent les épaules. Ils n'avaient rien à ajouter. Rouaix sortit de la salle avec eux. Jacques Champoux eut un geste brusque pour pousser ses fils vers l'escalier.

Provencher fixait toujours le visage mince de Mat quand Rouaix revint dans la pièce.

— J'ai déjà vu ce garçon. Il n'est pas dans nos fichiers. J'en suis certain, je n'oublie personne.

— Tu l'as croisé dans un autre contexte. On a toujours du mal à replacer les gens, dans ces cas-là. Si je rencontre mon optométriste dans la rue, je mets quelques secondes à le reconnaître. On fige les gens dans un décor. Quand ils en sortent, ils nous échappent.

— Vous lui donnez quel âge ?

Graham se rapprocha de l'écran.

— Vingt, vingt-deux. Le fait qu'il ait le crâne rasé durcit ses traits, mais il n'est pas ridé. Ça ne devrait pas tarder s'il consomme.

Elle garda le silence avant de frapper la table de son poing fermé. Pierre-Ange Provencher la dévisagea.

— Ils me font chier. Ils achètent des pilules comme si c'était des bonbons. Ils ne voient pas qu'ils foutent leur vie en l'air. J'ai envie de les battre.

— Ils porteraient plainte contre toi pour gagner de l'argent.

Le ton de Provencher surprit Graham.

— À l'hôpital, quand j'allais voir Fabien Marchand, il y avait une fille de quatorze ans qui avait perdu tous ses cheveux et qui était contente de pouvoir sortir dehors quelques minutes pour prendre l'air. Respirer dehors. Elle était heureuse de simplement respirer ! Et eux…

— Comment étais-tu à l'adolescence ?

— Je m'ennuyais.

— Eux aussi. Moi, si je n'avais pas aimé la vitesse, j'aurais eu la même vie que Gauthier. Ou que Fournier.

— La vitesse ?

— La moto. Je voulais toujours aller plus vite. Je me suis dit que la meilleure manière, c'était d'être motard dans la police. J'ai fait ce qu'il fallait. Puis je suis intervenu dans des accidents de la route et le goût de la vitesse s'est évanoui. On n'a pas de tête à quinze ans. J'ai déjà roulé à deux cents à l'heure ! Victor Duchesne se tuera un de ces quatre matins.

— À moins qu'on ne l'arrête pour le meurtre de Marchand.

— Encore faut-il le prouver, fit Rouaix.

Il enleva son veston et Provencher s'exclama.

— C'est au restaurant que j'ai vu Mat ! En chemise blanche. Il n'avait pas la tête rasée. Il a travaillé dans une des pizzerias chics de Louis Fournier ! Je vous le garantis !

— Quelle pizzeria ? Quand ?

— L'an dernier. J'avais suivi Gauthier. Il m'a repéré dans le stationnement. Je ne m'étais pas vraiment caché. Il m'a offert une bière pour me narguer. En souvenir du bon vieux temps. J'étais curieux de voir la pizzeria de Bernières…

— Parce que c'est à côté de Saint-Nicolas ? À cause du bunker des Hells ? Ça remonte à loin.

— Oui. Mais il y a des gars nostalgiques. Je me suis assis au bar et c'est Mat qui m'a servi. Sans cheveux, il est différent, mais c'est lui. Je me souviens de ses yeux trop rapprochés. Si ça avait été une fille, il n'aurait jamais été engagé. Fournier n'admet que des top-modèles pour servir dans ses restaurants.

«Encore des beautés!» pensa Maud Graham. Tout cet été à ne rencontrer que des beautés! Jessie, Laura, Jasmine, toutes étaient belles. Sauf la fille de Fournier. Comment réagissait cette dernière quand elle était servie par ces mannequins? Une fille se définit par le regard de son père sur elle; comment Jennifer Duchesne se voyait-elle? Était-elle jalouse de la belle gueule de son frère? De l'intérêt que lui portait Louis Fournier? Graham avait été frappée par son calme quand elle l'avait interrogée, après la mort de Frank Potvin.

— On devrait aussi avoir un entretien avec Ian Marois et avec ce Mat, dit Provencher.

— On a son adresse. Grégoire l'a suivi jusque chez lui.

— Est-ce qu'il veut devenir enquêteur, maintenant? demanda Rouaix. Il me semblait qu'il se plaisait dans la restauration.

— Il a suivi Mat parce qu'il l'a vu vendre sa cochonnerie à Maxime. Il aime Max comme si c'était son frère.

Graham s'était pourtant posé cette question; est-ce que Grégoire avait une envie inconsciente de faire le même métier qu'elle? Il s'en était moqué durant les premiers mois de leur relation. Moqué et méfié. Pourquoi aurait-il changé d'idée? Elle revoyait ses yeux brillants alors qu'il lui montrait le résultat de sa filature. Il était fier de lui. Malgré son désarroi de déplaire à Maxime.

— Il est bon photographe, commenta Rouaix. Les

images sont nettes. Ça ne lui tente pas de postuler pour la place de Mathusalem ?

Rouaix faisait allusion à un des photographes judiciaires de Québec.

— Il prendra bientôt sa retraite. Il doit bien travailler depuis soixante ans !

— Il faudrait que Grégoire étudie à l'école de police. L'imagines-tu là-bas ? Pas moi. Et avec son passé…

— Tu devrais lui en parler. Et lui rappeler qu'on peut avoir de mauvaises surprises en jouant aux détectives.

— Je le lui ai dit, qu'est-ce que tu crois ?

— Allons plutôt parler à Mat.

— Puis on verra Fournier, dit Provencher.

— Sans moi, les gars, prévint Graham. J'ai un chaudron sur le feu.

— Vivien Joly ?

— Oui. Il est mûr. Je dois ajouter un peu de pression.

— Tu as l'air très confiante d'obtenir ses aveux.

— À cette heure-ci, il est convaincu que je me suis pointée chez lui ce matin avec une idée derrière la tête. Lorsque je vais lui parler d'un test d'ADN positif, de son empreinte de doigt sur la chaîne stéréo des Nantel, il avouera. Il n'en peut plus.

Chapitre 13

La voiture était une vraie fournaise et Maud Graham, qui avait prié Michel Joubert de l'accompagner chez Vivien Joly, ouvrit les portières quelques instants avant de s'asseoir du côté du passager.

— C'est toi qui conduis.

Joubert acquiesça, boucla sa ceinture et démarra. Il se tut durant le trajet et Graham songea qu'elle appréciait de plus en plus ce nouveau venu dans l'équipe. Elle l'avait choisi pour l'accompagner parce qu'il était très réservé. Elle ne voulait pas d'un bavard qui l'aurait empêchée de réfléchir aux étapes qui mèneraient aux aveux de Vivien Joly. Elle aurait dû se réjouir à l'idée de clore une partie du dossier Dubuc-Nantel, mais elle n'avait pas envie d'arrêter le retraité. Elle était persuadée qu'il avait tué Jessie Dubuc impulsivement, par exaspération, parce qu'il n'arrivait plus à les supporter, elle et sa musique. Graham s'était souvenue de son père qui avait dit un jour, alors que leur voisin faisait démarrer sa tondeuse à l'aube, qu'il finirait par lui arriver malheur, qu'il recevrait un bon coup de hache sur la tête.

Cependant, si Graham était certaine que Joly n'avait pas tué Jessie Dubuc avec préméditation, il avait eu cent fois l'occasion d'avouer et il ne l'avait pas fait. Il était humain et avait tenté de sauver sa peau. Les gens qui avouent leur crime ne le font pas tant par grandeur morale que pour soulager leur conscience. A priori, la moralité et la conscience étaient cousines. Mais agir par grandeur morale demandait une droiture, une honnêteté dues à des convictions, tandis que libérer sa conscience en avouant sa faute relevait plutôt d'un sentiment de culpabilité insupportable, d'un désir de se sentir mieux après l'aveu.

En arrivant rue des Parulines, Graham vit Laura courir vers Nicole Rhéaume, qui était en face de la demeure des Mondoloni, lui dire quelques mots et repartir aussitôt.

— Arrête-toi devant cette femme, dit Graham en désignant Nicole Rhéaume.

Dès qu'ils furent à sa hauteur, Graham la héla. Nicole plissa les yeux avant de la reconnaître.

— C'est vous ? Avec tout ce soleil, je suis aveuglée.

— Que se passe-t-il ?

Nicole Rhéaume haussa les épaules.

— Laura s'énerve parce que son fils a disparu. Elle devrait s'habituer, ce n'est ni sa première ni sa dernière fugue. Ce garçon ne tient pas en place. Laura fait inutilement le tour de tous les voisins. Élian est en fugue. Il ne joue pas à la cachette !

— Mais avant, Élian allait chez Jessie. Il me semble que c'est ce que vous m'avez raconté ?

— Effectivement, dit Nicole Rhéaume. Là, on ne sait pas où il est. Je suppose que Laura a averti Élian des dangers de l'auto-stop, mais il a la bougeotte. À cette heure-ci, il peut être loin.

Comme Nicole demeurait immobile, Graham se demanda qui elle comptait aller voir. Les Mondoloni ? Les Thériault ? Ou plutôt Vivien Joly ? Graham se rappelait parfaitement qu'il était sur le qui-vive lorsqu'elle avait parlé de Nicole Rhéaume. Quel lien unissait Nicole et Vivien ?

Graham fit signe à Joubert de s'arrêter tout près de Laura Germain qui se retourna en entendant claquer la portière.

— Il paraît qu'Élian a disparu ? Depuis quand ?

— Il devait dormir chez un ami, hier soir. Je l'attends depuis mon retour du travail. On devait aller acheter son cadeau d'anniversaire. Je vérifie chez les voisins.

— Vous auriez dû nous appeler.

— Pour vous dire quoi ? Je n'ameuterai pas toute la ville parce qu'Élian a fait une autre fugue.

Laura s'efforçait de s'exprimer d'un ton calme, mais elle ne parvenait pas à cacher son anxiété.

— Que vous a raconté son ami ? À quelle heure Élian est-il parti de chez lui, ce matin ?

— Son ami est absent.

— Auraient-ils fugué ensemble ?

— Je ne sais pas. J'ai laissé un message à mon ex, au Maroc. Peut-être qu'Élian lui a téléphoné et qu'il en sait plus que moi.

— Vous faites néanmoins le tour du voisinage.

— Question d'habitude. Je cours après Élian depuis qu'il est tout petit. Il avait trois ans lorsqu'il s'est échappé pour la première fois.

— Et aujourd'hui, qu'est-ce qu'il aime ?

Laura poussa un long soupir.

— Ses amis. Ceux à qui il envoie des courriels à Montréal et ceux qui restent au bout du monde. Il n'y a qu'eux qui le comprennent, paraît-il...

Elle se tut, se demandant si Maud Graham avait senti son malaise. Et aussi ce que celle-ci faisait dans leur quartier aujourd'hui. Devait-elle lui dire qu'elle soup-çonnait Joly d'être pédophile, même si Élian lui avait juré que leur voisin ne l'avait jamais touché? Il avait tel-lement changé ces dernières semaines, il faisait trop de cauchemars et il ne voyait plus du tout Vivien Joly. C'était anormal.

— Avez-vous parlé à Vivien Joly? Peut-être qu'il sait où est votre fils.

— Non.

Est-ce que Maud Graham lisait dans ses pensées?

— Non, vous ne lui avez pas parlé ou, non, il ne sait pas où est Élian?

— Je ne lui ai pas encore parlé.

— Allons-y alors. Vivien Joly aime beaucoup votre fils, il me l'a dit. Peut-être qu'Élian s'est confié à lui.

— Il vous a parlé d'Élian?

Le ton de Laura était uni, mais Graham avait vu les ailes de son nez palpiter.

— Il le trouve intelligent. Et bien élevé. Ouvert.

Maud Graham quitta le trottoir, fit quelques pas, se retourna pour vérifier si Laura la suivait. Allait-elle inventer un prétexte pour échapper à cette visite chez son voisin? Pourquoi évitait-elle Vivien Joly?

— Je ferais mieux de rentrer au cas où le père d'Élian appellerait...

— Mon collègue peut se rendre chez vous et attendre l'appel. Il vous préviendra dès que votre ex-conjoint téléphonera.

Laura se mordit les lèvres mais tendit son trousseau de clés à Michel Joubert. Ses gestes étaient raides de contrariété. Et d'anxiété, toujours cette anxiété.

Les deux femmes n'échangèrent aucune parole en tra-versant la rue, mais Laura s'écarta légèrement de Maud

Graham quand celle-ci sonna à la porte de Vivien Joly, comme si elle voulait se cacher derrière elle.

Vivien Joly ouvrit aussitôt, dévisagea l'enquêtrice et sa voisine, croisa et décroisa les bras, se frotta les poignets en se demandant quand on y fixerait des menottes. Il avait vu Maud Graham interpeller Nicole. Que lui voulait-elle?

Nicole venait tout juste de le quitter après lui avoir apporté des scones au fromage. Il l'avait remerciée chaleureusement, s'était efforcé d'en goûter un devant elle, l'avait complimentée; ces scones étaient meilleurs que ceux qu'il avait mangés à Londres.

— Tu es aussi allé à Londres? Tu as vraiment fait le tour du monde!

Il avait protesté; il y avait beaucoup d'endroits qu'il n'avait pas visités.

— On pourrait les découvrir ensemble...

Il avait souri, ne sachant comment faire comprendre à sa voisine que ses projets d'union étaient voués à l'échec. À cause de lui, bien sûr, s'était-il empressé de préciser. Il était trop âgé pour s'habituer à la vie commune.

— Pourtant tu as vécu avec Claude!

— Je l'ai rencontré quand j'étais jeune. On est plus souple alors. J'ai mes manies de vieux garçon. Je t'apprécie énormément, mais on devrait garder notre relation telle qu'elle est actuellement. Plutôt que de tout gâcher en tentant de vivre ensemble. Je sais que tu veux me rendre service...

— Surtout maintenant qu'Élian a disparu.

— Quoi?

Vivien revoyait le triomphe éclairer le visage de Nicole alors qu'elle lui apprenait qu'Élian s'était volatilisé; c'était ce que Laura venait de lui dire. Elle cherchait son fils partout.

— Elle va faire le tour du quartier, comme chaque fois que son fils fugue. Elle doit avoir une bonne raison pour ne pas être venue te voir. Et elle finira sûrement par en parler à la police.

Vivien avait fermé les yeux pour échapper au regard perçant de sa voisine.

— Je n'ai jamais touché à Élian ! Je le jure !

— Si je suis à tes côtés, tu as des chances de t'en sortir. Je pourrai être *aussi* ton alibi, je peux prétendre avoir passé la nuit avec toi.

— La nuit ?

— Élian a disparu cette nuit.

— Tu viens de dire qu'il a fugué.

— Mais si ce n'était pas une fugue ? S'il lui était arrivé quelque chose ? Suppose qu'il sache un truc sur les meurtres et qu'on ait voulu le faire taire ? Laura va parler de toi à Maud Graham. C'est une question d'heures.

Vivien s'était pris la tête à deux mains ; cette histoire le rendrait fou !

— D'un autre côté, tant mieux si Élian a disparu. C'est probablement mieux pour toi qu'il ne revienne jamais.

— Quoi ? Qu'est-ce que tu racontes ?

— Si c'est un témoin…

— Tais-toi ! Élian a fugué. Tu as dit toi-même qu'il en avait l'habitude. C'est une des premières choses que tu m'as confiées sur lui quand je me suis installé ici. Je ne veux pas qu'il arrive quoi que ce soit à Élian !

Nicole l'avait dévisagé avant de murmurer qu'il était vraiment très attaché à ce gamin. Le ton de sa voix, chargé d'insinuations, avait changé et Vivien avait fixé l'assiette de scones, abasourdi par ces absurdités.

— Tu devrais réfléchir, Vivien. Je peux t'aider si tu acceptes de me faire une petite place dans ta vie.

— Tu penses vraiment que tu serais heureuse avec moi ? C'est insensé !

— Qu'est-ce que le bonheur ? Je ne suis pas très exigeante.

— En quoi vivre avec moi pourrait-il te satisfaire ? Je ne comprends pas ton intérêt.

— Parce que tu n'es pas seul depuis assez longtemps. Tu ne peux pas savoir ce qu'est la solitude, les regards apitoyés des amies qui ont quelqu'un dans leur vie.

— Mais pourquoi moi ? Il y a des hommes qui seraient...

— Je ne veux justement pas de ces machos qui veulent une bonne. Tu n'es pas comme ça. Réfléchis. Réfléchis bien avant que Laura ne déclenche tout.

Nicole avait posé une main sur son épaule et il avait imaginé, l'espace d'un instant, qu'un aigle resserrait sa prise sur sa clavicule droite. Il s'était alors souvenu de sa première rencontre avec sa voisine ; il avait cherché à qui elle lui faisait penser, avait cru que c'était la bouche à la Jeanne Moreau qui expliquait cette impression de déjà-vu, mais il venait de comprendre que Nicole lui rappelait sa maîtresse d'école de deuxième année, Mme Boivin. Elle avait l'habitude de poser ses mains sur les épaules des élèves qu'elle allait envoyer au tableau et, chaque fois qu'elle choisissait Vivien, il frissonnait, avait l'impression qu'elle allait affermir sa prise, le garder contre elle pour toujours.

— On se reparle à l'apéro ? avait lancé Nicole en sortant.

Elle n'avait même pas attendu sa réponse, certaine de son pouvoir sur lui. Elle avait traversé la rue d'un pas léger, presque guilleret.

— Monsieur Joly ? dit Maud Graham. On peut entrer ?

339

Vivien hocha la tête en regardant les mains de l'enquêtrice, s'attendant à découvrir des menottes, à entendre leur cliquetis. Il jeta un bref coup d'œil à Laura Germain qui pinça les lèvres. Le silence qui s'éternisait permit à Graham de vérifier qu'un réel malaise existait entre ces deux voisins. Ils retenaient leur respiration, s'appuyaient sur un pied puis sur l'autre.

— Élian a fugué, finit par dire Laura. L'as-tu vu aujourd'hui?

— Non. J'étais levé à l'aube. Je lisais dans le jardin.

— Bon.

Laura se détourna aussitôt comme si la seule vue de Vivien Joly l'insupportait; que lui avait-il fait? Maud Graham la retint par la manche de son tee-shirt; ne souhaitait-elle pas qu'on lance un avis de recherche pour retrouver son fils?

— Non. Oui. Pas encore. Attendons un peu. De toute façon, il faut que ça fasse plus de quelques heures pour alerter les…

— Je peux accélérer les choses. Je dois parler à monsieur Joly maintenant, mais j'irai vous voir ensuite. Attendez-moi chez vous avec mon collègue. Je n'en ai pas pour longtemps.

Maud Graham appuya son coude sur la porte d'entrée pour l'ouvrir davantage et se dirigea tout droit vers la cuisine.

— J'aime mieux discuter dans une cuisine. C'est caractéristique des Québécois, paraît-il. On a un beau salon pour la visite, mais on jase à côté du frigo. Bien des choses se passent dans les cuisines. Beaucoup d'accidents. Une victime de violence conjugale m'a confié qu'elle évitait de se retrouver dans la cuisine en même temps que son mari. Il y avait trop d'armes potentielles à sa disposition, trop de couteaux. Mais ce n'est pas ce qui est arrivé à Jessie Dubuc. On ne l'a pas poignardée. Il n'y avait pas beaucoup de sang sur la scène du crime. Un paquet d'empreintes, cependant. Dont les vôtres.

— C'est certain. Je vous ai dit que j'étais là.

— Mais pas celles de Nicole Rhéaume.

— Nicole? Elle n'est allée qu'une fois chez les Nantel, leur porter un gâteau quand ils se sont installés.

— Elle l'a fait pour vous aussi.

— Elle l'a fait pour tous les voisins. Quand quelqu'un emménage, Nicole lui souhaite la bienvenue avec un de ses fameux desserts.

— Ils sont bons?

Vivien Joly fronça les sourcils; pourquoi cette femme s'informait-elle des talents culinaires de Nicole?

— Son mari a dû grossir si elle le gavait de pâtisseries. Il doit avoir coulé rapidement. Surtout si on l'a aidé.

— Aidé?

— Les enquêteurs qui ont travaillé sur cette noyade n'étaient pas certains qu'elle était accidentelle. Peut-être qu'elle était préméditée.

— Qu'est-ce que vous racontez?

— Qu'on ne sait toujours pas, aujourd'hui, si Nicole Rhéaume est innocente. Elle a touché un bon montant de l'assurance vie de son défunt mari. J'ignore si elle est dangereuse ou non. Et ça m'ennuie particulièrement aujourd'hui. À cause d'Élian.

— À cause... de... d'Éli...

— Si c'est elle qui l'avait fait disparaître?

— Mais pourquoi?

— Les gens sont bizarres, parfois. J'en ai vu de toutes sortes dans mon métier. Peut-être qu'elle est déséquilibrée. Elle a l'air normale, mais qui peut dire qu'il connaît vraiment ses voisins ? Vous-même, vous avez vu Jessie et Tony plus d'une fois, mais vous ignoriez que ce dernier était mêlé à un trafic de drogue.

— C'est confirmé ? s'entendit dire Vivien Joly, étonné d'être capable de répondre à Maud Graham.

— Bientôt. L'arme utilisée par l'assassin provient d'un stock qui a été volé. On remonte la filière. On épluche les dossiers. Tony Nantel n'était pas un modèle d'honnêteté. Pour Jessie, c'est plus compliqué. Mais on a trouvé un petit truc que je veux vous montrer.

— Mon bouton ?

Mon bouton. Mon bouton. Mon-bouton-mon-bouton-mon-bouton. Vivien avait l'impression que ses mots volaient en écho dans toute la maison, rebondissaient sur les murs.

— Votre bouton ?

— Je l'ai perdu quand je suis allé chez Jessie. Pour lui demander de baisser sa musique.

— On n'a pas trouvé de bouton.

— Pas trouvé ?

Vivien Joly avait l'air groggy d'un boxeur à qui on vient de décocher un mauvais coup. Il avait pensé à ce satané bouton durant des jours, en avait rêvé la nuit et Graham s'en foutait.

— Non, pas de bouton. Mais ceci.

Maud Graham sortait un petit sac de plastique de son fourre-tout. Un carton numéroté empêcha Vivien de distinguer immédiatement ce que contenait le sachet puis il vit une bille de verre.

— Qu'est-ce que c'est ?

Graham approcha lentement ses mains du visage de Vivien Joly pour lui enlever ses lunettes. Il tressaillit en sentant ses doigts sur ses tempes.

— C'est cette petite bille qui manque à la branche de vos lunettes. On l'a trouvée chez Jessie.

Elle lui rendit ses lunettes. Il les prit en disant qu'il avait fallu attendre la Renaissance pour voir apparaître les premières lunettes.

— J'aurais eu du mal à survivre avec ma myopie. Je ne vois rien à un mètre devant moi. Je me demande comment les gens qui avaient une mauvaise vue se débrouillaient dans l'Antiquité.

Il approcha sa main du sachet de plastique, Graham l'arrêta doucement.

— On ne peut pas vous rendre la bille. Elle fait partie des indices trouvés sur les lieux du crime.

— C'est vrai.

Vivien Joly remit ses lunettes, regarda le sachet de plastique.

— Une si petite bille. Vos techniciens ont de bons yeux pour l'avoir repérée dans les poils du tapis.

— Qui vous dit qu'on l'a trouvée dans les poils du tapis ?

Vivien haussa les épaules ; quelle importance maintenant ?

— Vous êtes ici pour m'arrêter. En partie à cause de Laura, j'imagine ? Elle vous a dit que je suis pédophile, c'est ça ? Vous supposez que je sais quelque chose sur la disparition d'Élian. Mais c'est faux. Je ne veux pas être arrêté pour pédophilie ou parce que j'aurais fait du mal à Élian. Je n'ai jamais touché à Élian ! S'il court un danger, ce n'est pas avec moi. Arrêtez-moi, qu'on en finisse avec cette histoire. Il ne faut pas perdre de temps ici. C'est plus important de chercher Élian !

— Que s'est-il passé pour qu'il change d'attitude ? Si je comprends ce qui lui est arrivé, je pourrai peut-être imaginer où on doit le chercher.

— Il m'a vu avec Jessie, quand je l'ai agressée. Quand je l'ai tuée.

Voilà, il avait lâché le mot; le mot tuée était tombé avec un bruit mat, sourd, lourd comme une pierre. Vivien pensa à Sisyphe qui roulait encore sa pierre aux Enfers, qui ne s'en délivrerait jamais. Il avait été pareil à lui depuis le meurtre. La pierre s'était nourrie de sa culpabilité, avait grossi, l'avait oppressé, écrasé.

— Il a tout vu?

— Je ne sais pas. Nous n'avons jamais reparlé de…

— Je n'aime pas du tout cette fugue. Je ne sais pas quoi penser de Nicole Rhéaume. Elle n'a aucune sympathie pour Élian. Pensez-vous qu'elle pourrait lui nuire?

Vivien gémit. Il était étourdi. Tout allait trop vite. Il avait pensé mille fois à cet instant où tout s'écroulerait, où on l'arrêterait, où sa vie serait finie, mais rien ne se passait comme il l'avait imaginé. Élian qui devait le dénoncer s'était volatilisé. Et Nicole était peut-être mêlée à cette disparition.

— Nicole m'a raconté que vous aviez trouvé mon bouton et qu'il y avait du sang dessus.

— Elle vous a menti.

Maud Graham reprit le sachet et le rangea dans son fourre-tout en disant qu'elle ne savait pas quelles intentions animaient cette voisine, mais que Laura Germain, en revanche, ne lui avait pas dit un mot sur sa supposée pédophilie.

— C'est vraiment pour Jessie, alors? Vous avez trouvé mon ADN sur la bille? Mais c'est normal qu'il y soit, j'ai touché à mes lunettes.

Il réfléchissait à haute voix, se corrigeait, hésitait, reprenait son raisonnement.

— Mais non, il faut que ce soit elle qui ait touché à mes lunettes. Ce sont ses empreintes sur la bille qui peuvent m'incriminer.

— Quand vous vous en êtes pris à elle, elle s'est débattue. Vous avez lutté, vos lunettes sont tombées, la bille s'est détachée.

— Jessie n'y a donc pas touché?

— Non. Je devais vous dire qu'on l'avait trouvée dans sa main, mais vous avez avoué sans que j'aie à vous mentir.

— Vous savez que c'est moi depuis combien de temps?

— Je ne sais pas, avoua Maud Graham. Depuis que j'ai vu la bille, peut-être.

— Vous le saviez quand vous êtes venue ce matin... Pourquoi ne m'avez-vous pas arrêté?

— Je voulais pouvoir dire que vous aviez avoué spontanément.

— Mais pourquoi?

— Parce que ce sera mieux pour vous au moment du procès.

— Je ne voulais pas la tuer. Juste lui faire comprendre qu'elle exagérait. Si Élian était venu travailler chez moi ce jour-là, rien ne serait arrivé. Vous me croyez? Il faut que Laura sache que je n'ai rien fait à Élian. Vous pouvez fouiller la maison si vous ne me croyez pas. Il n'est pas ici!

— Je sais. Il est ailleurs. Mais où? Quels sont vos liens avec Nicole?

— Elle veut que je l'épouse. C'est incroyable, non?

— Non. Vous êtes très à l'aise, contrairement à elle. On a examiné ses comptes de banque. Elle n'a pas de quoi s'amuser beaucoup. Elle a dépensé toute l'assurance vie de son mari.

— Mais elle m'a offert des vins assez chers.

— Elle bluffe. Elle a de quoi vivre correctement, mais elle ne peut pas s'offrir de superflu. Elle doit avoir trouvé que sa retraite serait plus distrayante avec vous. Ou votre assurance vie.

Vivien dévisagea Maud Graham avant d'esquisser un sourire las.

— C'est peut-être ce qui aurait dû m'arriver. J'aurais disparu et…

Il se frappa le front de sa paume gauche avant de bredouiller que Nicole avait répété plus d'une fois qu'Élian représentait une menace pour lui.

— Elle m'a même dit que sa disparition était une bonne chose pour moi.

— Vous devez m'aider. Je n'ai pas de mandat avec moi. Le temps que je l'obtienne, il peut se passer n'importe quoi.

— Je viens de dire à Nicole que je ne voulais pas l'épouser, même si elle offrait de me servir d'alibi.

Il rapporta les propos de Nicole à Maud Graham qui sourit ; Vivien téléphonerait à Nicole pour lui faire croire qu'il avait changé d'idée. Qu'il l'invitait à prendre un café pour en rediscuter.

— Le but est de l'éloigner de chez elle le temps qu'on fouille sa maison. Elle doit surveiller ce qui se passe de sa fenêtre. Vous l'appellerez dès que je serai sortie.

Maud Graham prévint Vivien Joly qu'elle devrait envisager un autre plan d'action si la fouille chez Nicole ne donnait rien. Il l'écouta attentivement puis hocha la tête.

— Faites ce qu'il faut pour trouver Élian.

Il garda le silence durant quelques secondes puis interrogea Graham.

— Vous n'avez pas peur que je m'enfuie ?

— Pour aller où ? Vous n'êtes pas un criminel endurci. Vous n'avez pas de contacts dans le monde interlope, personne pour vous fournir une nouvelle identité, un faux passeport. Et de quoi vivriez-vous ? On gèlerait vos comptes, vous le savez bien.

— Jessie, c'était un accident. J'ai perdu la tête.

— Occupons-nous d'Élian. On ira au poste plus tard.

Graham ouvrait déjà la porte, traversait la rue, passait devant la maison de Nicole Rhéaume pour aller sonner chez Laura Germain. Dès qu'elle entra chez cette dernière, Vivien composa le numéro de Nicole Rhéaume.

— Il faut que je te voie tout de suite.

— Je pensais que tu n'avais pas besoin de moi, répondit Nicole d'un ton pincé.

— C'est toi qui as raison. Graham me soupçonne. Elle a tourné autour du pot, mais je n'aime pas ça du tout.

— Je te l'avais dit, fit-elle d'une voix plus douce.

— Je lui ai raconté qu'on était ensemble la nuit dernière. Peux-tu venir ?

Vivien n'eut pas à attendre plus de cinq minutes avant d'entendre la sonnerie de la porte d'entrée. Il entraîna Nicole dans la cuisine.

— Je ne veux pas que Graham nous voie ensemble. Il faut qu'on se parle avant que Laura persuade les flics que j'ai quelque chose à voir avec la disparition d'Élian. Elle est avec eux, en ce moment. Elle doit leur dire tout le mal qu'elle pense de moi, alors que je n'ai pas touché à Élian ! Je ne suis pas un pédophile, tu me crois, toi ? Je ne sais plus quoi faire !

Nicole sourit intérieurement ; elle avait eu raison de croire qu'elle pourrait manipuler Vivien. Il avait tenté de résister, mais la visite de Maud Graham lui avait fait prendre conscience qu'il pouvait être arrêté. La menace s'était enfin incarnée. Il paniquait maintenant que la réalité le touchait de plein fouet ! Il avait besoin d'elle pour y faire face ! Elle n'allait pas le rassurer trop vite. Elle ferait semblant d'hésiter à l'aider. Elle dirait qu'il avait peut-être raison au fond, qu'une union comme la leur serait vouée à l'échec. Il devrait la supplier pour qu'elle change d'idée. Elle avait dû faire preuve de tant de patience depuis le début de l'été, c'était à son tour d'être dans une position inconfortable.

Chose certaine, il était décidé à accepter sa proposition, car il l'avait prise par les bras, avait tiré une chaise pour elle et il lui offrait un café. Elle était enfin là où elle le souhaitait ! Un homme qui était aux petits soins avec elle allait bientôt l'épouser. Elle vivrait dans cette maison. Au début, ce serait sûrement étrange de voir, du salon, les gens qui vivraient dans son ancienne maison ; elle pourrait les imaginer dans chaque pièce. Ce serait amusant. Elle se leva pour aller regarder sa maison par la fenêtre du salon, mais Vivien la rattrapa.

— Je ne veux pas que Graham nous remarque.

— Tu as dit qu'elle était chez Laura.

— J'ai peur qu'elle ait posté un homme pour me surveiller.

— Et alors ?

— On devrait se parler. Il faut qu'on donne la même version de la nuit dernière. Tu mets de la crème, mais pas de sucre dans ton café, c'est ça ?

Vivien servit Nicole qui s'était rassise, puis il lui sourit, lui dit que ça lui faisait tout drôle de penser qu'ils prendraient bientôt leur café ensemble tous les jours.

— Tu sais déjà que je ne mets pas de sucre. Mais toi, tu en mets un peu.

— Je pense que je vais ajouter un peu de cognac,

aujourd'hui. Je n'ai pas du tout aimé cette visite. Cette Graham se promenait partout! Elle est même montée à l'étage.

— Sous quel prétexte?

Nicole fit un geste de modération quand Vivien versa de l'alcool dans sa tasse, un geste très léger: elle était ravie qu'il ait tendance à boire, ça lui serait probablement utile plus tard. Et si lui buvait en ce moment pour se calmer, elle-même sirotait son café aromatisé pour fêter sa réussite. En attendant le champagne.

— Je me demande si on ne devrait pas déménager, avança Vivien. J'en ai assez de ce quartier. On devrait avoir notre maison à nous, sinon tu te sentiras toujours une étrangère dans mes affaires.

— C'est vrai. Mais on ne doit pas se précipiter. Les policiers pourraient trouver ça bizarre. Il ne faut pas attirer l'attention. Ce n'est pas le temps de changer nos habitudes. On leur dira simplement, comme à tous nos voisins, qu'on se fréquente.

— Mais Élian sait que je suis gay.

Vivien essayait de déceler un changement d'attitude chez Nicole alors qu'il faisait allusion à Élian. Elle se contenta de hausser les épaules; qui s'intéresserait aux bavardages d'un adolescent?

Était-elle décontractée parce qu'elle se foutait de ce qu'Élian pouvait apprendre à ses proches ou parce qu'elle savait qu'Élian ne dirait plus jamais rien?

— Tu disais qu'Élian est une menace pour moi, insista-t-il.

— Oui. Parce qu'il t'a vu chez Jessie. Mais je peux dire que j'ai vu Élian plus tard. Qu'il n'a pas pu te voir chez elle à ce moment-là. Il suffit de tout mettre au point, de ne pas hésiter en parlant à Maud Graham.

— Tu dois avoir raison.

Nicole acquiesça ; elle avait craint durant un instant que Vivien change encore d'idée. C'était une vraie girouette ; combien de temps pourrait-elle le supporter ? Non. Pas *pourrait* mais *devrait*. Quelques années. Au moins trois ou quatre.

— J'aimerais t'inviter au Laurie Raphaël pour nos fiançailles, déclara Vivien.

— Nos fiançailles ?

— Si on fait les choses, on doit les faire correctement. Je suis comme ça. Je suis un peu vieux jeu.

— Tu n'es pas vieux, protesta Nicole.

Il sourit en songeant qu'elle mentait bien. Il savait qu'il avait beaucoup vieilli durant l'été. Et que ce serait encore pire en prison. Pourquoi n'avait-il pas le courage de se tuer ? De s'enfuir ? Comment Maud Graham pouvait-elle l'avoir si bien deviné ? Elle savait qu'il était coupable de la mort de Jessie, mais ne s'inquiétait pas qu'il lui échappe. Comme Auguste avec Cicéron. Où serait allé Cicéron ? Il n'y avait plus de solution pour lui quand Auguste avait décidé de son assassinat. Pas de fuite possible. Il avait attendu la mort dans son jardin. Lui attendrait la mort dans sa cellule parce qu'il était trop lâche pour disparaître maintenant. Pourquoi tenait-il tant à sa misérable vie ? Il ne parvenait pas à se l'expliquer. Il regardait les lèvres de Nicole qui décrivait ce qu'elle avait mangé l'unique fois où elle était allée souper au Laurie Raphaël, et il espérait qu'elle continue à parler longtemps afin que Graham et son partenaire aient tout le loisir de fouiller sa maison. Afin qu'il puisse demeurer encore quelques minutes de plus chez lui, dans cette cuisine. Avec cette femme qui l'exaspérait et ce cognac dont il allait se resservir. Il ne pourrait plus en boire, désormais. Bientôt, la bouteille de Rémy Martin ne serait plus qu'un souvenir. Il se leva brusquement, sortit deux verres de l'armoire; il voulait voir la couleur du cognac en le dégustant, cette couleur si chaude qui lui rappelait tous ces bijoux d'ambre qu'il avait vus au grand bazar d'Istanbul. Claude avait rapporté un très beau bracelet à sa sœur Monique.

Est-ce que Monique viendrait le voir en prison? C'est elle qui avait collé la bille de verre à ses lunettes.

Nicole regarda les verres, puis Vivien qui les remplissait même si elle lui disait d'arrêter, que c'était suffisant, qu'ils ne pouvaient tout de même pas se soûler en plein jour, mais il ne l'écoutait pas. Il cogna son verre contre le sien avant de le vider d'un trait.

Puis il dit qu'il avait le souvenir d'une déclinaison de thon éblouissante au Laurie Raphaël.

Nicole se demandait ce qu'elle porterait le soir où ils iraient souper quand la sonnette de l'entrée retentit.

— C'est Maud Graham, annonça Vivien. C'est sûrement elle.

Le ton subitement calme de Vivien alerta Nicole; il aurait dû être plus nerveux. Quelque chose lui échappait. Et elle n'aimait pas du tout ça. Elle n'aimait pas l'étrange assurance dans la démarche de Vivien; il se dirigeait vers la porte la tête haute, alors qu'il aurait dû se tourner vers elle, chercher son appui. Ils auraient dû ouvrir ensemble la porte à l'enquêtrice. Il semblait avoir quasiment oublié son existence. Que se passait-il? Qu'avait-elle négligé?

Elle rejoignit Vivien dans le hall pour entendre ce que Maud Graham lui disait. Elle le vit prendre son veston dans le garde-robe.

— Où vas-tu?

— Je vais avec les enquêteurs au poste pour faire une déposition. Je suis coupable. C'est mieux comme ça.

— Tais-toi !

— C'est la vérité. Tu le sais, même si tu étais prête à m'épouser. Même si tu voulais me fournir un alibi.

— Tais-toi ! Je n'ai rien fait ! Ne me mêle pas à tes histoires !

Elle se rapprochait de la porte restée ouverte, s'éloignait ensuite à reculons avant de courir vers la rue.

— Je pensais que vous pourriez l'arrêter pour complicité, commença Vivien Joly. Je voulais vous donner un motif pour le faire.

— On n'a rien trouvé chez elle.

— Nous n'avons aucune raison de l'accuser, ajouta Joubert. On ne peut pas arrêter les gens sans motif. Elle ne vous avait pas encore servi d'alibi.

— Mais Élian ?

— Pas de trace chez Nicole Rhéaume. Mais j'ai dit à Laura que vous n'étiez pour rien dans sa disparition, que vous aviez avoué le meurtre de Jessie. Et qu'Élian en a été témoin.

— Elle me croit ?

— Je pense que oui. Si Élian ne donne pas de nouvelles avant la fin de la journée, on passera au plan B.

— De toute manière, je ferai la une des journaux. Que ce soit aujourd'hui ou demain, qu'est-ce que ça change ? Le plus tôt sera le mieux. Il faut qu'Élian revienne, qu'il sache que j'ai été arrêté, qu'il puisse en parler avec sa mère. S'il a fugué… C'est ça qui m'inquiète, est-ce bien une fugue ?

— On continue à surveiller Nicole Rhéaume même si on n'a rien de vraiment solide contre elle.

Quand ils sortirent de la maison, Vivien Joly remarqua

deux voitures garées non loin. Maud Graham n'avait pas vraiment peur qu'il s'enfuie, mais elle était prudente et avait fait venir des renforts. Au cas où.

Il apprécia qu'elle ne lui mette pas les menottes avant de le faire asseoir dans sa voiture. Il vit Laura devant chez elle qui lui adressait un petit salut de la main, et il se mit à pleurer sans savoir si c'était de désespoir ou de soulagement.

Chapitre 14

André Rouaix sourit à Maud Graham en sortant du bureau de leur patron.

— Ça fait du bien d'avoir de bonnes nouvelles à annoncer. On a vu Mathieu Longpré avec Alain «Bud» Vallières. On a vu Bud avec Ian Marois.

— Et Marois a admis qu'il achète de la dope de ce dernier et que Potvin s'approvisionnait auprès de lui, mais comme Marois est mineur…

— Il y en a qui commencent tôt leur carrière. D'après Provencher, Fournier n'avait pas dix ans qu'il volait déjà, rackettait les plus jeunes que lui. Et Gauthier suivait.

— On n'a toujours pas de preuve que Bud est relié à ces deux-là.

— Pas encore mais ça viendra. Il est surveillé vingt-quatre heures sur vingt-quatre. Lui, Gauthier et Mathieu Longpré. Il va bien se passer quelque chose. C'est une bonne journée ! On tient l'assassin de Jessie Dubuc et, en prime, la climatisation fonctionne de nouveau.

— Il nous manque le meurtrier de Potvin. Et celui de Marchand. Jennifer affirme qu'elle était avec son frère quand Potvin est mort. Pour Marchand, elle ne peut lui servir d'alibi, mais nous n'avons aucune preuve de la présence de Victor Duchesne sur les bords de la Saint-Charles la nuit du six au sept juin. C'était Potvin, notre preuve, notre témoin, et il est muet pour toujours.

— On resserre l'étau autour de tous ceux qui sont sur les photos. On remonte à la source. Tu as eu une bonne idée en montrant ces photos à Vivien Joly.

Elle avait enregistré les aveux de Vivien Joly en début d'après-midi et, alors qu'elle lui relisait sa déposition pour être certaine de n'avoir oublié aucun détail, elle avait vu le dossier Duchesne-Potvin dans la pile des affaires en cours, songé aux photos qui se trouvaient à l'intérieur et les avait tendues à Vivien Joly. Reconnaissait-il quelqu'un ? Avait-il vu une de ces personnes chez Jessie et Tony Nantel ?

— Élian m'a parlé d'une auto rouge. On sait que Bud Vallières possède une Porsche verte.

— Je ne comprends pas.

— J'ai appris qu'Élian est daltonien. S'il n'a pas inventé cette voiture, il a pu la croire rouge alors qu'elle est plutôt kaki. Vous m'avez dit qu'il y avait des voitures luxueuses un soir où vous êtes allé chez les Nantel pour vous plaindre du bruit. Ils étaient en plein party du vingt-quatre juin.

— Non, c'était le vingt-cinq juin. La Saint-Jean aurait dû être finie ! S'ils avaient su se comporter correctement, rien de tout ça ne serait arrivé. Je ne serais pas ici devant vous.

Il avait envoyé valser les photographies dans un mouvement d'impatience.

Maud Graham ne s'était pas étonnée de cette soudaine colère ; il vivrait plusieurs étapes après l'aveu de son crime. Le chagrin, la rage, l'apitoiement, le sentiment d'injustice, et la peur qui chapeauterait tout, qui lui collerait dorénavant à la peau où qu'il aille. Elle avait ramassé les images éparpillées, les avait déposées devant Vivien Joly qui s'était excusé de sa réaction.

— Je ne suis plus moi-même.

— Prenez votre temps.

Il avait examiné chacune des photos avant d'en mettre une de côté. On y voyait Bud Vallières avec Jacques Gauthier.

— Il était chez les Nantel, le soir du party. C'est lui qui m'a ouvert la porte.

— Vous êtes certain que c'est lui ?

— J'ai trouvé qu'il ressemblait à Bruce Willis. J'ai la manie de trouver aux gens que je croise des ressemblances avec des acteurs. Je le fais malgré moi. Et Bruce Willis n'est pas du tout mon type d'homme.

Il avait esquissé un sourire las avant de dire qu'il craignait qu'on l'agresse en prison parce qu'il était gay. Les détenus le mépriseraient. Le violeraient.

— On en tiendra compte avant de vous envoyer dans tel ou tel pénitencier.

— C'est ça le problème. On me mettra avec les pédophiles pour me protéger, alors que je n'ai rien à voir avec eux. Qu'est-ce qui sera écrit dans le journal, ce soir ?

— Que vous avez été arrêté pour le meurtre de Jessie Dubuc. Rien de plus.

— Mais Nicole Rhéaume parlera peut-être aux journalistes…

— Elle est trop prudente. Elle n'a sûrement pas envie qu'on s'intéresse de trop près à elle.

— On saura que je suis gay.

— Personne n'est obligé de le savoir. Vous avez tué Jessie parce que vous la trouviez trop bruyante.

— Qui va croire ça ?

Graham avait souri, admis que ce motif pourrait paraître trop léger à certains qui penseraient plutôt qu'il avait étranglé Jessie dans un accès de passion, de jalousie.

— Je ne l'ai pas vraiment étranglée. Je l'ai lâchée, je vous l'ai dit.

Graham avait hoché la tête, affirmé qu'elle avait bien noté cette nuance dans son rapport.

— Vous pensez que je ferais mieux de dire que j'ai tué Jessie parce qu'elle me repoussait?

— Ce sera plus facile à comprendre pour plusieurs.

Elle avait agité la photo de Bud, demandé à Vivien Joly s'il était sûr qu'il l'avait vu chez les Nantel, puis l'avait remercié.

Elle regardait maintenant cette image en se disant que Bud n'avait même pas trente ans.

— Ils sont tous jeunes, soupira-t-elle.

— Sauf Gauthier. Sauf moi, dit Rouaix.

— Toi?

— Je vois encore les ados comme des jeunes qui fument un petit joint de temps à autre. Au début de ma carrière, la coke circulait dans certains milieux un peu huppés. Pas dans la cour des écoles secondaires.

— Ou primaires. Carole, l'infirmière, a vu à l'urgence des gamins qui venaient d'avoir dix ans.

— Ça m'écœure! J'ai hâte qu'on arrête Alain «Bud» Vallières.

— Je veux un flagrant délit, sinon...

— On veut tous un flagrant délit. On sait déjà que Potvin communiquait avec Bud. Sa mère est peut-être une crack en informatique, mais pas lui. Le technicien a fait parler son ordinateur. On a du stock à montrer à Bud quand on l'aura devant nous.

— Tu crois que ça va marcher?

Rouaix s'impatienta ; Graham aurait dû se réjouir des points marqués durant la journée et faire confiance aux hommes qui suivaient les trois suspects. Il y avait un spectacle rock au carré D'Youville. Il était évident que les dealers feraient des affaires d'or ce soir-là. Et ce soir-là, c'était dans trente-deux heures. Pouvait-elle mettre une sourdine à son pessimisme ?

Elle faillit répéter que le ou les assassins de Fabien Marchand et de Frank Potvin étaient toujours en liberté quand elle sentit la vibration de son cellulaire contre sa hanche. Elle ne comprit pas tout de suite ce que disait Élian Germain-Jodoin. Elle lui demanda plusieurs fois s'il allait bien avant qu'il lui réponde.

— Je suis correct, mais…

— Où es-tu ?

— À Montréal. Chez mes amis Mark et Debbie. Aux nouvelles, on disait que Vivien avait été arrêté !

— Il faut que tu reviennes, ta mère est inquiète ! Est-ce que tu te rends compte de…

— Je veux que vous disiez à Vivien que je ne l'ai pas dénoncé. Vous le savez, vous ! Il faut que vous le lui disiez.

— Il le sait, Élian. Il a tout avoué parce que tu as disparu.

— Parce que j'ai fugué ?

— Vivien avait peur pour toi. Il ne voulait pas qu'on perde de temps avec lui au lieu de te chercher. Il nous a dit que tu l'avais vu avec Jessie. Et il le regrette vraiment.

— Moi aussi. Il faut que vous soyez correcte avec lui. Est-ce que je pourrai le voir ?

Maud Graham n'hésita qu'une seconde ; si la promesse d'une rencontre avec son voisin faisait rentrer

Élian rue des Parulines, elle s'arrangerait avec l'administration, garderait Vivien Joly à Québec ou obtiendrait qu'il puisse s'entretenir avec Élian dans le parloir d'Orsainville. Elle verrait à ce qu'il ne soit pas transféré à Trois-Rivières pour attendre son procès. Elle avait déjà dit aux avocats saisis de cette affaire que Vivien Joly avait avoué de son plein gré.

— Avec beaucoup de retard, avait persiflé Christian Boileau qui représentait la Couronne.

— Il n'y a aucune préméditation dans son geste. Et aucun antécédent judiciaire, avait rétorqué Graham. Ça ne sert à rien de le charger à outrance.

Boileau l'avait accusée d'être du mauvais côté. Elle n'avait pas réagi. Elle ne voyait pas une affaire criminelle en noir ou en blanc, rien n'était aussi tranché. Sinon, tout aurait été trop facile. Elle avait répété que Vivien Joly ne représentait pas un danger pour la société, et elle s'était réjouie que Marc-André Charest ait accepté de le défendre. Elle avait assez souvent pesté contre le talent de Poulain qui obtenait des peines trop légères pour ses clients. Pour une fois, elle en serait satisfaite.

— Madame Graham ?

— Tu verras Vivien, je te donne ma parole. À condition de rentrer maintenant. Je veux que tu te rendes tout de suite à la gare d'autobus. Je vais t'attendre au terminus de Québec et on ira voir ton voisin ensemble.

— Je ne veux pas que ma mère vienne avec nous.

— C'est d'accord. Mais je vais la prévenir que tu vas bien. Je t'attends dans quatre heures. C'est bon ?

— C'est cool.

Graham raccrocha en songeant que la situation était complexe mais certainement pas cool. Ce mot l'agacerait toujours. Il l'agaçait dans la bouche de Grégoire, de Maxime et à présent d'Élian. Cool.

— Je ne suis pas cool, dit-elle à Rouaix.

— Non. Ne t'inquiète pas. Ça ne te guette pas.

— Je retourne voir Vivien Joly. J'ai un message d'Élian pour lui. Je vais appeler Laura Germain, même si je n'ai pas beaucoup de précisions à lui donner.

— Juste le principal. Et c'est déjà beaucoup.

Oui. Élian était sain et sauf. Pourquoi Graham ne parvenait-elle pas à s'en réjouir pleinement ? Elle traversa le couloir, descendit deux étages pour rejoindre Vivien Joly placé en garde à vue dans une cellule. Il fixait le mur devant lui et sursauta quand on déverrouilla la porte.

— J'ai de bonnes nouvelles. Élian revient à Québec. Il va bien.

— C'est vrai ? Vous ne me mentez pas ?

— Je ne vous ai pas menti souvent, monsieur Joly. Je ne vous ai même pas raconté que la bille de verre était dans la main de Jessie.

— Ah. Elle venait de chez Monique, ma belle-sœur. Elle fait des colliers, c'est son passe-temps préféré. C'est elle qui l'avait collée à la tige de mes lunettes. Elle m'avait prévenu qu'elle n'avait pas de colle adéquate pour du métal. Vous êtes certaine qu'Élian va bien ?

— Il sera ici ce soir. Il revient pour vous voir avant que vous nous quittiez.

— Je suis content de ne pas avoir acheté de chien. J'ai failli prendre un chien parce que je me sentais seul. Mais aujourd'hui, je serais obligé de l'abandonner. Ce serait vraiment difficile. Peut-être que je l'aurais confié à Élian. Vous êtes certaine qu'il viendra ?

Maud Graham sourit avant d'offrir un café à Vivien Joly, se reprit ; peut-être préférait-il un thé glacé ?

* * *

Le ciel était étoilé et Maud Graham le contemplait en songeant à Vivien Joly qui dormait pour la première fois de sa vie dans une cellule. Elle ne parvenait pas à l'oublier, à se dire qu'il avait tué une femme et qu'il méritait son sort. Elle se sentait coupable d'éprouver de la sympathie pour un criminel au lieu de s'apitoyer sur la victime. Était-ce parce qu'elle était persuadée qu'elle n'aurait pas aimé avoir Jessie Dubuc et Tony Nantel comme voisins ? Qu'elle comprenait l'exaspération de Vivien Joly ? Elle s'était rappelé son premier appartement, le type qui vivait au-dessus de chez elle, ce danseur à claquettes qui s'exerçait à n'importe quelle heure. Elle ne l'avait enduré qu'une saison, mais elle se souvenait qu'elle avait envie de lui faire avaler ses souliers chaque fois qu'il répétait ses maudits numéros. Joly était passé à l'acte. Pas elle. Mais son métier ne la protégeait pas d'un égarement. C'était peut-être même le contraire ; elle était habituée à la violence.

Elle huma son verre de Gewurztraminer, y décela des arômes de rose qui ramenèrent ses pensées vers Vivien Joly et son magnifique jardin. Élian avait proposé à Vivien de l'entretenir puis il s'était mis à pleurer ; ça ne servirait à rien de sarcler la cour, d'arroser les plantes, puisque Vivien ne retournerait pas chez lui. Celui-ci avait pourtant demandé à Graham de remettre au garçon un double de ses clés. Ce serait trop triste que les fleurs meurent à cause de lui.

Tout était triste, ce soir-là. En bondissant sur ses genoux, Léo tira Graham de sa morosité. Elle regarda sa montre ; Maxime n'était pas encore rentré. Elle ferma les yeux ; est-ce qu'il n'aurait pas pu faire une exception

361

aujourd'hui ? N'avait-elle pas eu une journée suffisamment riche en émotions ? Que devait-elle lui dire pour qu'il comprenne le bon sens ? Elle aurait dû le traîner au chevet de Fabien Marchand. Elle flatta son chat quelques minutes, mais il devait percevoir sa nervosité car il ne se décidait pas à s'abandonner, à ronronner. Elle se leva d'un bond lorsque le téléphone de la cuisine retentit. Il lui semblait que la sonnerie réveillerait tous les voisins.

— Graham, j'écoute.

— Bingo, dit Joubert. On a Mathieu Longpré avec nous. Il a beaucoup bougé, ce soir, à cause du show. Il ne voulait pas manquer de stock. On l'a coincé. Et devine avec qui ? Vallières !

— C'est trop beau !

Elle jeta un coup d'œil à la bouteille de vin. Elle n'avait bu qu'un verre, heureusement, elle avait les idées claires, elle pouvait prendre sa voiture. Elle mâcherait de la gomme pour camoufler l'odeur de l'alcool et boirait un café au bureau. Non, du thé. Elle apporterait un thermos de thé au poste. Au cas où Mathieu Longpré mettrait toute la nuit pour reconnaître qu'il achetait du stock à Bud Vallières. Au cas où Bud Vallières s'entêterait à ne rien dire quand on lui montrerait les photos de lui avec Gauthier, quand on lui dirait que deux témoins l'avaient vu chez les Nantel, quand on lui lirait les courriels que Potvin avait échangés avec lui.

Tandis qu'elle remplissait d'eau la bouilloire, elle se félicita d'avoir gardé Vivien Joly au poste. Elle l'avait fait par gentillesse afin qu'Élian lui parle et elle était payée de retour : on pourrait procéder à une séance d'identification. Joly pourrait reconnaître Alain « Bud » Vallières.

Elle vissa le couvercle du thermos en pestant contre Maxime qui traînait on ne sait où. Elle ne saurait pas à

362

quelle heure il était rentré si elle passait la nuit dans la salle d'interrogatoire. Il lui raconterait encore n'importe quoi.

Comme le faisait Fabien Marchand avec ses parents. Potvin avec sa mère.

Et Victor Duchesne avec son père ? Elle avait perçu la colère de Louis Fournier envers son fils ; il lui en voulait certainement de s'être mis dans le pétrin et d'avoir attiré l'attention sur lui, sur sa famille, mais il ne pouvait tout de même pas lui reprocher de dealer, non ? Est-ce que Jennifer remplacerait son frère comme vendeuse ? Elle ressemblait si peu à Victor, elle était si calme. Elle les regardait, elle et Rouaix, droit dans les yeux en leur affirmant que Vic l'avait accompagnée à Montréal le jour de la mort de Frank Potvin. Parce qu'elle n'avait pas envie de conduire sur l'autoroute. Graham n'avait pourtant pas l'impression que Vic et Jennifer étaient si proches l'un de l'autre. Ils se regardaient à peine. Était-ce pour éviter qu'un coup d'œil complice les trahisse face aux enquêteurs ?

Quand Graham arriva au poste, Rouaix était déjà assis dans la salle d'interrogatoire.

— Trottier s'en vient, annonça-t-il. J'ai appelé Provencher, mais il ne répond pas. Ça me surprend.

— On commence sans eux ? Ensemble, ou je prends Bud et je te laisse l'autre ?

— On dirait que tu as hâte d'entendre ce Bud.

— Il en sait beaucoup sur le merveilleux monde de la drogue. Et il est majeur.

— Je m'enferme avec Mathieu Longpré. Je vais le traiter en victime. Le jeune qui s'est fait entraîner dans un trafic par des plus vieux que lui…

— Je m'en occuperai ensuite. On va obtenir des réponses cette nuit !

Elle attendit qu'on amène Alain « Bud » Vallières dans la salle d'interrogatoire avant d'en sortir. Elle tenait à ce qu'il sache qu'elle allait s'entretenir avec Mathieu Longpré.

— Ce qui est plaisant avec le numérique, lança-t-elle, c'est qu'on a de bien meilleures photos. On t'a vu avec Jacques Gauthier, avec Mathieu Longpré. Tu ne souris pas souvent. Tu fais pourtant de bonnes affaires avec eux.

Le jeune homme haussa les épaules sans répondre. Graham entendit Rouaix l'informer qu'il participerait à une séance d'identification, que des témoins l'avaient vu rue des Parulines. Alain « Bud » Vallières s'assit sans dire un mot devant Rouaix. La nuit serait longue. Il admettrait qu'il avait vendu de la coke à Mathieu Longpré, mais pour le reste…

Maud Graham passa une heure avec Mathieu Longpré qui finit par avouer qu'il avait repris le marché de Frank Potvin, auprès de qui il s'était déjà approvisionné.

— Potvin plutôt que Vic Duchesne ?

— Oui, il est moins chiant.

— Tu savais à qui Frank achetait son stock ?

— Je l'ai accompagné, une fois. J'avais besoin de pills. Il n'en avait plus avec lui. Je suis allé au bar. Il a jasé avec Bud. Puis c'était réglé.

— Toi, ça ne te fait pas peur ? Potvin est mort…

— Je ne suis pas assez fou pour prendre de l'héroïne !

— Pourquoi dis-tu que c'est de l'héroïne ?

— Frank voulait essayer ça pour ses dix-huit ans. Vic devait le faire avec lui. Mais je suis certain que Vic a freaké. Il joue au king, mais c'est un peureux.

Maud Graham but une pleine tasse de thé pour digérer les propos de Mathieu Longpré ; comment pouvait-on souhaiter s'offrir un trip d'héroïne pour fêter sa majorité ? Elle montra des photos de Jacques Gauthier à Mathieu Longpré qui le reconnut ; il était venu manger quelques fois à la pizzeria où il travaillait.

— Et tu savais qu'il était copain avec Bud ?

— Il peut bien être ami avec qui il veut. Je ne m'intéresse pas à la vie de mes clients.

— Et à leur bien-être ? Tu leur proposes peut-être des choses qui ne sont pas sur le menu ?

Elle glissa vers lui une image qui le représentait en train de tendre un sachet à une jeune femme.

— Elle n'est pas très vieille, cette fille-là.

— Je ne m'en souviens pas. Je vois tellement de monde dans une journée.

— Ce n'est pas grave, elle se souvient de toi, mentit Graham. C'est un de nos agents. Il paraît que tu fais de bons prix.

Mathieu Longpré s'entêta encore un peu à répéter qu'il n'était qu'un consommateur, qu'il n'avait pas assez de dope sur lui pour qu'on l'accuse de dealer, mais il finit par avouer qu'il travaillait pour Bud. Lequel travaillait pour Gauthier et pour l'Américain.

— L'Américain ?

— Il se fait appeler Tony alors qu'il doit s'appeler Antoine. Il parlait toujours en anglais avec sa blonde quand il venait au restaurant. Un maudit fendant, péteux de broue. Ça ne me surprend pas qu'il se soit fait tirer.

— Tu parles d'Anthony Nantel ? Tu sais qui l'a tué ?

— Non, j'ai lu le journal comme tout le monde. Ça ne m'a pas fait de peine. Il prenait des bouteilles à cent dollars, mais il était tellement cheap sur les pourboires…

Maud Graham souriait en quittant Longpré. Nantel refaisait surface plus aisément qu'elle ne l'aurait cru.

365

Elle rejoignit André Rouaix que Trottier relayait auprès de Bud Vallières. Elle lut une réelle inquiétude dans le regard de son meilleur ami ; que lui avait dit le dealer ?

— Ce n'est pas Vallières qui me tracasse mais Provencher. Il aurait dû nous rejoindre. Ce n'est pas normal. Il suit tout ce qu'on fait avec Bud et Mat depuis le début. Je lui laisse un message pour lui apprendre qu'ils sont ici et il ne répond pas.

Maud Graham tenta de rassurer Rouaix, mais elle manquait de conviction. Ça ne ressemblait pas à Provencher de ne pas répondre à un appel si important.

— S'il lui était arrivé quelque chose, on le saurait. Veux-tu qu'on fasse le tour des hôpitaux ? Il a peut-être eu un accident ? On pense toujours que ça arrive aux autres, sauf que… Je vais demander à Marie d'appeler aux urgences, de joindre les patrouilleurs.

Graham passa ce coup de fil avant de rapporter sa conversation avec Mathieu Longpré. Rouaix se réjouit en apprenant qu'un lien était établi avec Tony Nantel. On commençait à tirer le tapis sous les pieds de Bud Vallières. Rouaix venait d'ouvrir une canette d'eau gazeuse quand Marie les rejoignit : Pierre-Ange Provencher était à l'hôpital au chevet de sa femme qui avait fait un arrêt cardiaque.

— C'est tout ce que j'ai pu savoir.

— Mais Lucie est trop jeune ! s'exclama Rouaix. Elle est en forme. Je l'ai vue la semaine dernière après notre partie de golf !

— Veux-tu y aller ?

André Rouaix hésita, secoua la tête ; non, Provencher préférerait sûrement qu'il reste auprès de Bud Vallières, qu'il ne le lâche pas. La confirmation qu'il venait de recevoir au sujet de l'empreinte l'y encourageait. C'était bien celle de Bud qu'on avait trouvée sur le biceps de Frank Potvin.

— On y va !

— Mais on ne lui parle pas tout de suite de l'empreinte. On va le mêler un peu.

En entendant mentionner Tony Nantel, Alain « Bud » Vallières réclama son avocat.

— Maître Lalonde.

Graham se retint d'échanger un regard avec Rouaix ; entendre le nom de René Lalonde était infiniment doux à ses oreilles. N'était-ce pas sa présence auprès de Victor Duchesne qui avait alerté Pierre-Ange Provencher dès le début de cette affaire ? Car peut-être qu'il ne s'agissait que d'une seule et même affaire, tout compte fait. Une toile d'araignée où certains resteraient prisonniers…

— Très bien. En attendant maître Lalonde, nous allons procéder à l'identification.

Une heure plus tard, Vivien Joly retournait à sa cellule légèrement rasséréné. Il avait au moins rendu service aux enquêteurs en reconnaissant formellement Alain « Bud » Vallières.

— Vous en êtes certain ? Votre vue n'est pas si bonne, vous êtes myope, c'était le soir.

— C'était archi-éclairé chez les Nantel. Je vous avais dit qu'il ressemblait à Bruce Willis en plus jeune, c'est vrai ou pas ?

Graham, Rouaix, Trottier et Joubert se partagèrent une pizza à deux heures dix du matin. Graham ne savait pas si elle avait faim ou non, mais la nourriture l'apaisait toujours et elle engloutit rapidement la pointe de pizza.

— On aurait pu la commander à un des restaurants de Louis Fournier, dit Trottier.

— Ce n'est pas ton genre. Ils servent des pizzas plus

367

originales dans ses restos. Avec des jambons fins d'Italie, du saumon fumé, du poulet grillé à la coriandre…

— Qu'est-ce qu'on va proposer à maître Lalonde ?

— Une remise de peine ?

— Ce n'est pas nous qui décidons ça.

— Trop de choses relient Bud à Gauthier, à Fournier, à Nantel. Et à Potvin. On a son empreinte sur le biceps ! Je me demande ce que René Lalonde conseillera à son client en apprenant ça.

— C'est surprenant qu'il n'ait pas de casier.

— Il a été chanceux jusqu'à maintenant. Et il doit être très prudent.

— Tant mieux. Il écoutera maître Lalonde lui démontrer où est son intérêt.

Maud Graham repoussa son assiette de carton vide d'un geste lent. Elle se sentait coupable d'avoir avalé toutes ces calories. Et elle avait envie d'une cigarette. Trottier venait de s'éclipser pour en griller une. Serait-elle un jour totalement indifférente au tabac ?

Elle flaira une odeur de cigare quand René Lalonde les rejoignit ; il s'était offert quelques bouffées avant de rencontrer son client. Il ne manifesta aucune émotion tandis que Rouaix lui expliquait pourquoi Alain Vallières l'attendait dans la salle d'interrogatoire, mais quand il en ressortit, une heure plus tard, il avait détaché le premier bouton de sa chemise.

— Il faut qu'on parle à un juge. On verra après ce que mon client pourra vous dire.

— C'est un meurtre avec préméditation. Il n'a pas rencontré Potvin par hasard.

— Mais ce n'est pas Vallières qui vous intéresse…

René Lalonde les salua et Graham le vit tirer un étui à cigares de la poche de son veston. Il fumerait dans l'air chaud de la nuit. Peut-être qu'il habitait une maison avec un jardin, lui aussi, et qu'il s'assoirait sur une chaise longue en pensant à ce qu'il proposerait au juge dans les prochaines heures.

Quand Maud Graham rentra chez elle, elle trouva Maxime endormi devant le téléviseur allumé. Léo était pelotonné sur son ventre. Elle lui ôta ses chaussures avant d'aller se coucher. Elle eut une pensée pour Pierre-Ange Provencher. Rouaix avait téléphoné à l'hôpital juste avant qu'ils quittent le poste; Lucie était toujours dans un état critique.

* * *

Le temps était gris quand Maud Graham et André Rouaix quittèrent le salon funéraire, mais on devinait une lueur derrière les nuages. Il ferait beau d'ici la fin de l'après-midi. Graham sourit en songeant à Léo qui serait si heureux de se prélasser dans le jardin après ces trois jours de pluie. Comment pouvait-elle penser à son chat alors qu'elle venait de quitter Pierre-Ange Provencher?

— Au moins, on avait de bonnes nouvelles, fit Rouaix.

— Je ne sais pas s'il a tout assimilé. Il est sous le choc.

— Il est ravi, malgré tout. On a fragilisé l'empire de Fournier. Je ne pensais pas que Bud serait si bavard.

— René Lalonde lui a rappelé les peines encourues pour un meurtre avec préméditation. Il n'a pas envie de finir ses jours au pénitencier.

— On n'a toujours pas eu Fournier. Mais Provencher est tout de même content qu'on ait pu prouver que Gauthier était mêlé à un trafic important.

— Très important.

— Je ne comprends pas que Tony Nantel ait eu

l'impudence de tenter de court-circuiter Gauthier. C'était suicidaire.

— Et Bud Vallières l'a bien saisi. S'il n'avait pas parlé, il aurait fini par être exécuté comme Tony Nantel. Vallières a voulu faire des affaires avec Nantel, pour profiter du circuit d'Hoffman. Et c'est parce que Gauthier l'a su qu'il l'a obligé à tuer Potvin.

«Ils se trahissent tous», songea Graham. C'était là la chance des enquêteurs; la colère, l'envie, la déception, la peur menaient à la délation. Maud Graham n'avait pas imaginé, toutefois, qu'elle aurait la visite de Jennifer.

— Provencher m'a souri quand je le lui ai raconté. Ça lui a peut-être fait oublier sa peine durant quelques minutes.

Jennifer Duchesne avait téléphoné deux jours plus tôt à Maud Graham pour lui annoncer qu'elle avait repensé à son témoignage au sujet de la présence de son frère Victor à ses côtés, le jour du meurtre de Frank Potvin. Elle avait oublié un détail.

— Quel détail ? avait demandé Graham.

Jennifer avait sorti un sac en plastique de son fourre-tout et le lui avait tendu. Maud Graham avait examiné le petit éléphant de fourrure grise avec curiosité.

— Ce porte-clés appartenait à Fabien Marchand. Jasmine a le même. Ils les avaient achetés ensemble, la veille du départ de Jasmine pour Vancouver. Mon frère l'a pris à Fab. Le soir du six juin. Il n'a pas pu le prendre avant, parce qu'ils l'ont acheté le cinq.

— Jasmine ne nous a pas parlé de ça.

— Elle a trop de peine. Mais quand j'ai vu l'éléphant dans la chambre de mon frère, il m'a crié de ne pas y toucher. Puis il a ri, il était gelé à mort. Il a ajouté que les serpents peuvent même manger des éléphants. Vic a un tatouage en forme de serpent.

Maud Graham avait fait imprimer la liste des objets qu'on avait retirés à Victor Duchesne avant de le boucler en cellule lorsqu'on l'avait arrêté pour excès de vitesse, et le porte-clés y figurait. Victor Duchesne aurait besoin des services de René Lalonde…

— Tu savais ce que tu faisais en montrant les photos du corps de Potvin à Jennifer? avança Rouaix.

— Je n'avais rien à perdre. Jasmine m'avait dit que Jennifer le trouvait cool. Et j'ai vu comment Vic s'adressait à elle. Il la méprisait. Tandis que Frank Potvin lui a envoyé un courriel très gentil. On trouve de tout dans un ordinateur avec un bon technicien, aujourd'hui.

— Un courriel! Pas dix, un seul courriel! Et ce n'était pas une déclaration enflammée.

— C'était assez pour que Jennifer se croie amoureuse. Ce n'est pas facile pour les moins gâtées par la nature. Il paraît que même les belles filles doutent de leur charme. Certaines, en tout cas. Elle a voulu venger Frank en nous donnant Victor. Et peut-être prendre sa place à la maison.

— Mais ses parents vont la détester d'avoir trahi Victor.

Maud Graham secoua la tête; au début, oui. La mère surtout. Mais Louis Fournier comprendrait vite que Jennifer lui avait rendu service en éloignant Victor. Il ne leur apportait que des ennuis. Elle se rappelait les propos de Provencher: les criminels ne ressemblaient pas à ceux qu'on voyait dans les séries télévisées. C'était leur intérêt qui primait sur tout. Et même sur la famille. Fournier n'allait pas tenter de nouveau de sauver son fils.

— Tu étais comment, à l'âge de Jennifer?

— Tellement ordinaire. Banale, quelconque, inexistante. Parfois, je me dis que c'est un hasard si je n'ai pas eu envie de prendre de la drogue. Je m'ennuyais à mourir. Grégoire a pris de la coke parce qu'il se sentait très mal dans sa peau, mais les frères Champoux fument par désœuvrement, parce qu'ils s'emmerdent. Quelle est la pire raison : la douleur ou le vide ?

Elle sentit les larmes lui monter aux yeux. Provencher affronterait la douleur et une sorte de vide, un vertige devant l'abîme en rentrant chez lui, dorénavant. Il faudrait qu'elle l'invite à la maison. Quand Alain serait à Montréal. Elle n'étalerait pas son bonheur devant Pierre-Ange. Car elle était heureuse avec Alain, elle le savait maintenant. Simplement parce qu'il était en vie et elle aussi. Elle éprouva un irrépressible besoin de lui parler, de le toucher, de s'assurer de sa réalité. Il serait de retour à Québec dans vingt-deux heures.

Elle décida d'attendre d'être chez elle pour l'appeler, au lieu d'utiliser son téléphone cellulaire. Mais quand elle s'approcha de la maison, elle entendit des cris d'excitation qui la détournèrent de son projet. Maxime et Grégoire s'arrosaient dans le jardin en riant. L'adolescent n'avait pas pu continuer à bouder son aîné plus longtemps. La longue queue de Léo dépassait de sous la table et indiquait sa désapprobation par un mouvement saccadé, indigné : comment pouvait-on s'amuser avec de l'eau ? Maud Graham se pencha pour le rassurer. Les garçons se calmeraient bientôt, ils prépareraient le souper ensemble, tandis qu'elle sortirait la bouteille de riesling du réfrigérateur. Et quand elle siroterait le vin, le roi Léo aurait droit à un morceau de poulet cru.